OVERLORD

Band 5: Die Männer des Königreichs Teil I

Kugane Maruyama | Illustration: so-bin

TOKYOPOP

Inhalt

Prolog

1 später Flammenmond (September), 14:15 Uhr

Als er aufsah, erblickte er dieselben dunklen Wolken, die den Himmel schon seit dem frühen Morgen bedeckten. Inzwischen hatte leichter Regen eingesetzt, als hätten sie sich irgendwann nicht mehr zurückhalten können. Gazef Stronoff, Hauptmann der königlichen Garde, musterte seine diesige Umgebung und schnalzte missbilligend mit der Zunge.

Wäre er etwas früher aufgebrochen, hätte er sein Zuhause erreicht, ohne vorher nass zu werden.

Bei einem weiteren Blick gen Himmel entdeckte er nicht die kleinste Lücke zwischen den finsteren Wolken, die Re-Estize, die königliche Hauptstadt und Namensgeberin des umliegenden Königreichs, einhüllten. Es sah nicht danach aus, als würde der Regen so bald wieder aufhören, selbst wenn er sich zum Warten entscheiden sollte.

Er verwarf den Gedanken, noch mehr Zeit in der Burg zu verbringen, zog die Kapuze seines Umhangs hoch und schritt in den Regen hinaus.

Die Wachen am Tor kannten ihn, daher ließ man ihn ungehindert passieren, sodass er kurz darauf die Hauptstraße der Stadt betrat.

Normalerweise würde hier geschäftiges Treiben herrschen, im Moment hielt sich jedoch kaum eine Menschenseele draußen auf. Die wenigen, die man sah, achteten äußerst genau auf ihre Schritte, um auf der Straße nicht auszurutschen und zu stürzen, die vom Niederschlag derart durchtränkt war, dass der Boden beinahe schwarz wirkte.

Da kaum jemand zu sehen war, nahm er an, dass der Schauer schon vor einer ganzen Weile eingesetzt haben musste. *Dann hätte es vermutlich auch nichts daran geändert, wenn ich früher gegangen wäre.*

Während sein Umhang unter dem stetigen Prasseln immer schwerer wurde, kam er schweigend an ein paar Leuten vorbei, die sich ähnlich vor den Elementen schützten. Der Umhang würde ihn zwar für den Augenblick vor der Nässe schützen, jedoch über kurz oder lang völlig durchweicht sein, sodass der Stoff unangenehm an seiner Haut kleben würde. Gazef beschleunigte seine Schritte, um zügig nach Hause zu kommen.

Als er sich seinem Haus näherte, seufzte er bereits erleichtert, freute sich darauf, seinen inzwischen klatschnassen Umhang bald ablegen zu können, als etwas in einer Gasse zu seiner Rechten plötzlich seine Aufmerksamkeit erregte. Dort saß ein heruntergekommener Mann, der den Regen ungehindert auf sich einprasseln ließ.

Das nasse Haar, das an der Stirn des Mannes klebte, besaß an den Wurzeln eine andere Farbe als der Rest. Vielleicht das Ergebnis eines halbherzigen Versuchs, es zu färben? Da der Mann zu Boden blickte, konnte Gazef sein Gesicht nicht erkennen.

Die Tatsache, dass der Mann für dieses Wetter absolut unpassend gekleidet war und dadurch immer nasser wurde, war nicht der Grund, warum er Gazef aufgefallen war. Vielmehr hatte der Hauptmann das Gefühl, irgendetwas stimme mit diesem Fremden nicht. Eine Ungereimtheit. Es war seine rechte Hand, die Gazefs Blick auf sich gezogen hatte.

Die Waffe, die er festhielt wie ein Kind, das sich an die Hand seiner Mutter klammerte, passte so gar nicht zu dem schmutzigen Kerl. Es handelte sich um eine äußerst seltene Klinge, ein Katana, das aus einer Stadt stammte, die – wie es hieß – in einer Wüste weit im Süden lag.

Hat er es gestohlen …? Nein. Den Eindruck macht er nicht auf mich. Irgendwie kommt er mir bekannt vor … Gazef bekam ein seltsames Gefühl, wie wenn man sein Hemd ein Loch versetzt zuknöpfte.

Als er schließlich stehen blieb und das Profil des Mannes betrachtete, erinnerte er sich wieder.

»Könnte das ... U... Unglaus sein?« Noch während er das sagte, dachte er: *Vollkommen unmöglich.*

Brain Unglaus war der Mann, gegen den er damals im Finale des königlichen Turniers gekämpft hatte.

Niemals würde er denjenigen vergessen, den er nur so knapp besiegt hatte. Das Gesicht des stärksten Kriegers, mit dem er sich während seiner gesamten Laufbahn als Schwertkämpfer gemessen hatte. Den er noch immer als Rivalen betrachtete – auch wenn dieses Gefühl nicht auf Gegenseitigkeit beruhte.

Ja, diese hohlen Wangen erinnerten ihn an jenen Mann.

Doch ... er konnte es nicht sein.

Natürlich, es gab eine gewisse Ähnlichkeit. Selbst wenn man die Veränderungen berücksichtigte, die die Zeit mit sich brachte, waren seine Gesichtszüge eindeutig erkennbar. Allerdings hätte der Krieger, an den sich Gazef erinnerte, niemals so erbärmlich vor sich hingestarrt. Er hatte damals nur so vor Vertrauen in sein Schwert und seine Fähigkeiten gestrotzt und einen geradezu brennenden Kampfeswillen an den Tag gelegt. Er war kein alter, nasser Hund wie der hier.

Gazef näherte sich dem Mann mit auf der nassen Straße platschenden Schritten.

Das Geräusch veranlasste den Fremden dazu, träge den Kopf zu heben.

Gazef keuchte. Ein direkter Blick in sein Gesicht offenbarte die Wahrheit. Dies war Brain Unglaus, der herausragende Schwertkämpfer.

Doch er war nur noch ein Schatten seiner selbst. Der Brain, vor dem Gazef nun stand, war ein gebrochener Mann.

Brain kam taumelnd auf die Füße. Seine langsamen, geradezu apathisch wirkenden Bewegungen waren nicht länger die eines Kriegers, sie passten nicht einmal zu einem alten Soldaten. Er hielt den Blick gesenkt, drehte sich wortlos um und schlurfte mit hängenden Schultern davon.

Während seine Gestalt im Regen verschwand, überkam Gazef das Gefühl, wenn sie sich auf diese Weise trennten, würden sie sich nie wiedersehen, also folgte er ihm und rief: »Unglaus! Brain Unglaus!«

Sollte der Mann ihm sagen, es wäre eine Verwechslung, würde Gazef sich eingestehen, dass es sich um nichts weiter als eine zufällige Ähnlichkeit handelte. Allerdings widersprach ihm die leise Stimme, die ihm antwortete, nicht.

»Stronoff?«

Die Stimme wirkte abgestumpft, seelenlos. Gazef hätte sie niemals demselben Brain zugeordnet, mit dem er die Klingen gekreuzt hatte. »Was ... was ist mit dir passiert?«, fragte er entsetzt.

Was um alles in der Welt könnte ihm widerfahren sein?

Jeder konnte sich selbst zugrunde richten. Gazef kannte ein paar, die das geschafft hatten. Wenn man ununterbrochen nach Möglichkeiten suchte, sich das Leben einfacher zu gestalten, bestand die Möglichkeit, dass ein einziger Fehlschlag in den Ruin führte.

Allerdings konnte er den überaus begabten Schwertkämpfer Brain Unglaus nicht mit diesen Leuten auf dieselbe Stufe stellen. Vielleicht, weil er sich nicht eingestehen wollte, dass sein größter Gegner jemals so tief fallen könnte?

Ihre Blicke begegneten sich.

Was für ein Gesicht ...

Brains Wangen waren eingefallen, er hatte dunkle Ringe unter den beinahe leblos wirkenden Augen und er war blass. Er sah fast wie eine Leiche aus.

Nein, sogar ein Toter würde besser aussehen ... Unglaus ist tot, obwohl er noch aufrecht steht.

»... Stronoff, es ist kaputt.«

»Was?«

Bei diesen Worten blickte Gazef als Erstes zu dem Katana in Brains Hand, erkannte jedoch, dass der einstige Krieger von etwas anderem sprach. Nicht das Schwert war kaputt, sondern ...

»Sag mir, sind wir stark?«

Das konnte Gazef nicht einfach bestätigen.

Er musste an den Vorfall in Carne denken. Ohne den geheimnisvollen *Caster* Ainz Ooal Gown wären er und alle seine Männer gestorben. Damals hatte er die Grenzen seiner Kraft erreicht, obwohl es hieß, niemand im Königreich wäre ihm gewachsen. Er konnte nicht mit stolzgeschwellter Brust verkünden, er wäre stark, ohne sich dabei wie ein Lügner vorzukommen.

Wie verstand Brain sein Schweigen? Er antwortete: »Schwach! Wir sind schwach. Letzten Endes sind wir nur Menschen. Unsere Fähigkeiten mit dem Schwert sind kaum der Rede wert. Menschen ... wir sind eine erbärmliche Rasse.«

Das stimmte, Menschen waren nicht besonders stark.

Was körperliche Kraft anging, war der Unterschied zwischen Menschen und Drachen, der stärksten aller Rassen, mehr als offensichtlich. Drachen verfügten über harte Schuppen, scharfe Klauen, Flügel, mit denen sie sich in den Himmel schwangen, und Atem, der alles auslöschen konnte. Menschen hingegen konnten mit nichts Vergleichbarem aufwarten.

Genau das war der Grund, warum Krieger versuchten, Drachen zu töten. Es war ruhmreich, diese überwältigende Kluft mit erlernten Fähigkeiten, Verbündeten und Ausrüstung zu meistern. Das schafften nur die wenigsten, die man daher zurecht als Ultra-Krieger bezeichnen könnte.

War es Brain nicht gelungen, einen Drachen zu töten?

Hatte er sich ein zu hohes Ziel gesteckt, war gescheitert und darum nun so am Boden zerstört?

»Ich weiß nicht. Ist sich nicht jeder Krieger darüber im Klaren? Dass Menschen schwach sind?«

Nein, er verstand nicht, was Brain daran dermaßen beunruhigte.

Wie jeder wusste, gab es Dinge, die unerreichbar blieben.

Man sang Loblieder auf ihn, bezeichnete ihn als den stärksten Krieger; Gazef hingegen fragte sich, ob er diesen Titel wirklich verdiente. Zum einen bestand die sehr wahrscheinliche Möglichkeit, dass es im Gottesstaat Krieger gab, die stärker waren als er. Und Halbmenschen wie Oger und Riesen waren von Natur aus kräftiger als ein Mensch wie Gazef. Sollten sie ähnliche Fähigkeiten erlernen, wäre ihm ein Sieg vermutlich unmöglich.

Der Gipfel war schlicht und ergreifend nicht auszumachen. Gazef war sich voll und ganz der Tatsache bewusst, dass es ihn gab. Hatte Brain etwas so Grundlegendes nicht begriffen, etwas, das jeder Krieger wissen sollte?

»Es gibt Ziele, auf die wir hinarbeiten sollten. Darum trainieren wir – um zu gewinnen, richtig?«

Im Glauben daran, es irgendwann zu schaffen.

Doch Brain schüttelte nur nachdrücklich den Kopf, wobei aus seinem Haar Wasser in alle Richtungen spritzte.

»Nein, ich meine nichts, das wir erreichen können!«, schrie er gequält.

Das Bild des Mannes, gegen den er gekämpft hatte, das sich in Gazefs Erinnerung eingebrannt hatte, schob sich in diesem Augenblick über die Gestalt, die vor ihm stand. Er spürte: Obwohl die Aussage dem widersprach, war die Essenz von Brains Angriffen in diesen Schrei mit eingeflossen.

»Stronoff! Die wahren Höhen können wir nicht einmal mit harter Arbeit erklimmen! Menschen können sie nicht einmal zu Gesicht bekommen. Das ist die wahre Natur von Gipfeln. Am Ende sind wir nichts weiter als Kinder mit Stöcken, die genau wie in der Jugend immer noch Ritter spielen!« Er bedachte Gazef mit einem ausdruckslosen Blick. »Hey Stronoff, du hast doch Vertrauen in dein Schwert, oder? Aber … das Ding ist bloß ein Stück Blech. Du fuchtelst mit diesem Schrott herum und glaubst, du könntest damit Leute beschützen!«

»Du hast etwas gesehen, das sich deinem Verständnis entzieht, nicht wahr?«

»Kann man wohl sagen. Ich hab was erfahren. Es gibt Gipfel, die den Menschen immer verwehrt bleiben werden. Nein …« Brain schien über sich selbst zu lachen. »Was ich gesehen hab, reichte nicht annähernd an das wahre Ausmaß heran. Ich konnte den höchsten Punkt nicht einmal erahnen. Es war lediglich ein Spiel. Wenn man so darüber nachdenkt, ist es eigentlich eine lustige Geschichte.«

»Wenn du also trainierst, um zumindest einen Blick auf diesen Gipfel zu erhaschen …«

Wütend verzog Brain das Gesicht. »Du verstehst überhaupt nichts! Kein Mensch könnte auch nur ansatzweise so stark werden wie dieses Monster! Du kannst dein Schwert schwingen, so oft du willst, trotzdem wirst du seine Stärke nie erreichen! … Was für ein Witz. Was war überhaupt mein Ziel?«

Darauf hatte Gazef keine Antwort.

Er hatte bereits Leute mit derart verletzter Psyche erlebt. Leute, die mitangesehen hatten, wie ihre Freunde starben, und daran zerbrochen waren. Es gab keine Möglichkeit, sie zu retten. Nichts von außen war dazu in der Lage. Egal wie viele versuchten zu helfen – wenn auf solche Weise niedergeschlagene Personen nicht selbst beschlossen, wieder aufzustehen, war alles vergebens.

»Unglaus.«

»Stronoff. Die Kraft, die dir ein Schwert verleiht, ist bedeutungslos! Im Angesicht wahrer Überlegenheit ist es nur Schrott.«

Nein, von seinem früheren Mut war nichts geblieben.

»Ich bin froh, dir noch einmal begegnet zu sein.«

Traurig sah Gazef zu, wie sich Brain zum Gehen wandte.

Er fand nicht die Kraft, der bemitleidenswerten, geschundenen Gestalt, die einst sein größter Rivale gewesen war, etwas hinterherzurufen. Doch dann hörte er Brains gemurmelte Worte: »Jetzt ... kann ich sterben.«

»Warte! Brain Unglaus, warte!«, rief er ihm hinterher, plötzlich von brennender Sorge erfüllt.

Er folgte ihm, packte den Mann an der Schulter und riss ihn zurück. Die taumelnde Gestalt besaß nichts mehr von ihrem früheren Können. Aber obwohl Gazef mit aller Kraft gezogen hatte und Brain damit aus dem Tritt brachte, stürzte der andere Mann nicht – eben weil er gut trainiert war und über einen hervorragenden Gleichgewichtssinn verfügte.

Er empfand ein wenig Erleichterung, dass sein früherer Gegner nicht gänzlich fort war. Noch war es nicht zu spät. Er konnte ihn jetzt nicht sterben lassen.

»Was machst du da?«

»Wir gehen zu mir nach Hause.«

»Hör auf. Versuch nicht, mich zu retten. Ich möchte sterben ... Ich möchte mich nicht mehr fürchten müssen. Andauernd zucke ich vor Schatten zurück und die Angst, jemand könnte sich an mich heranschleichen, ist mein ständiger Begleiter. Ich will mich nicht länger der Wahrheit stellen, ich will mich nicht daran erinnern, wie glücklich ich war, ein Stück billiges Metall herumzuschwingen ...«

Das Flehen in Brains Stimme machte Gazef wütend. »Sei ruhig und folge mir.«

Um seiner Aufforderung Nachdruck zu verleihen, packte Gazef Brains Arm, bevor er sich in Bewegung setzte. Die Art und Weise, wie ihm der Mann hinterherstolperte, ohne den geringsten Widerstand zu leisten, widerte Gazef mehr an, als er mit Worten hätte ausdrücken können.

»Du bekommst frische Kleidung, etwas zu essen und dann ab ins Bett.«

26 mittlerer Flammenmond (August), 13:45 Uhr

Re-Estize, die Hauptstadt des Königreichs Re-Estize ...

»Die alte Stadt« war wohl die beste Umschreibung der Metropole, die Millionen ihr Zuhause nannten. Nicht nur, weil sie auf eine lange Geschichte zurückblicken konnte, sondern auch aus anderen Gründen ... die zäh dahinfließenden Tage, die deprimierende Rückständigkeit, der Mangel an Veränderung.

Um das zu erkennen, musste man nur durch ihre Straßen schlendern.

Viele der Häuser, die die Straßen säumten, waren bereits alt und noch dazu von kruder Bauweise, sodass es ihnen an architektonischer Dynamik und herausragenden Eigenheiten fehlte. Allerdings waren die Leute unterschiedlicher Ansicht, was das Ganze anging. Ja, vermutlich gab es diejenigen, die die Stadt als traditionell und geruhsam beschreiben würden, während andere eher Wörter wie »langweilig« und »stagnierend« benutzt hätten.

Es schien so, als würde die Hauptstadt genau so fortbestehen wie eh und je, unverändert, immer gleich – obwohl nichts ewig so bleibt, wie es ist.

Viele der Straßen der königlichen Hauptstadt waren ungepflastert, was bei Regen dazu führte, dass alle Wege schlammig wurden. Bei dem

Anblick fiel es schwer zu glauben, dass man sich innerhalb dieser großen Metropole befand. Allerdings war das Königreich nicht unbedingt unterentwickelt. Es war von vornherein ein Fehler, Vergleiche mit dem Imperium oder dem Gottesstaat anzustellen.

Da die Straßen nicht sonderlich breit waren (und niemand bewegte sich genau in der Mitte, wo die Kutschen fuhren), drängten sich die Fußgänger an den Seiten, was die gesamte Szenerie noch ärmlicher erscheinen ließ. Die Einwohner waren daran gewöhnt, alle schlängelten sich aneinander vorbei. Sie liefen direkt aufeinander zu, um im letzten Moment geschickt auszuweichen.

Die Straße, die Sebas Tian entlangging, unterschied sich jedoch von den meisten Orten innerhalb der Hauptstadt. Sie war breit und mit Steinen gepflastert.

Ein Blick zur Seite reichte, um dies zu erklären. Die Häuser hier waren groß und prächtig. Man konnte den Wohlstand geradezu riechen.

Bei dieser belebten Promenade handelte es sich um die Prachtstraße der Hauptstadt.

Während Sebas würdevoll die Straße entlangschritt, drehten sich die meisten Frauen – von dem vornehmen Gesicht des Mannes mittleren Alters angetan – nach ihm um. Ein paar sahen ihn sogar mit deutlich erkennbarer Leidenschaft an. Sebas hingegen beachtete sie nicht, sondern hielt sich lediglich gerade und ging mit gleichmäßigen Schritten und nach vorn gerichtetem Blick weiter.

Er würde erst stehen bleiben, sobald er sein Ziel erreichte – zumindest vermittelte er genau diesen Eindruck –, dann hielt er jedoch unvermittelt an, schaute in beide Richtungen, um zu sehen, ob eine Kutsche kam, bevor er sich abrupt zur Seite wandte und die Straße überquerte.

Er näherte sich einer alten Frau. Sie hatte ein bis zum Rand mit Kohlköpfen gefülltes Tragegestell abgesetzt und rieb sich den Knöchel.

»Ist alles in Ordnung?«

Von der unerwarteten Frage überrascht hob die Alte mit misstrauischem Blick den Kopf. Als sie Sebas' gutes Aussehen und die edle Kleidung bemerkte, verlor ihre Miene etwas an Schärfe.

»Es scheint Ihnen nicht gut zu gehen. Dürfte ich behilflich sein?«

»N… nein, es ist nichts, womit ich Euch behelligen würde, Sir.«

Als Sebas grinste, errötete die Frau. Das schöne Lächeln dieses edlen Herren wischte den letzten Rest ihrer Bedenken beiseite.

Sie hatte ihren Marktstand für heute geschlossen und sich auf dem Weg nach Hause den Knöcheln verdreht, was ihr nun zunehmende Schwierigkeiten bereitete.

Diese Straße war nicht gefährlich, das bedeutete jedoch nicht, dass hier jeder auch ein aufrechter Bürger war. Wenn sie den Falschen um Unterstützung bat, bestand die Möglichkeit, dass derjenige ihre Waren und Einnahmen stahl.

Sie wusste, so etwas kam vor, darum zögerte sie, vorbehaltlos Hilfe anzunehmen.

Beim Anblick dieses Mannes fiel ihr die Entscheidung allerdings leicht.

»Ich werde Euch begleiten. Würdet Ihr mir bitte die Richtung weisen?«

»Seid Ihr sicher, Sir?«

»Selbstverständlich. Es ist nur natürlich, jemandem in Not beizustehen.«

Die Frau bedankte sich immer wieder, während er sich umdrehte und seinen Rücken präsentierte. »Wenn Ihr bitte aufsteigen würdet.«

»D… das kann ich unmöglich tun!«, stammelte sie verlegen. »Meine schmutzige Kleidung wird Eure edlen Gewänder ruinieren!«

Sebas lächelte freundlich.

Wen interessierte schmutzige Kleidung? Mit so etwas musste man rechnen, wenn man jemandem in Not half.

Unvermittelt musst er an die Gesichter seiner Kameraden in der Großen Gruft von Nazarick denken. Zweifelnde Blicke, die eine oder andere gerunzelte Stirn und sogar unverhohlene Verachtung. Aber egal, wie Demiurge, der vermutlich als Erster so reagiert hätte, darüber dachte, Sebas war überzeugt, hier gerade das Richtige zu tun.

Es war richtig, anderen zu helfen.

Sie versuchte mehrmals, ihn davon abzubringen, Sebas hingegen überredete sie schließlich, auf seinen Rücken zu steigen. Dann hob er ihr Gestell mit einer Hand hoch.

Die alte Frau – und jeder, der zusah, wie er die offensichtlich schwere Fracht mühelos trug – seufzte bewundernd.

Er machte sich auf den Weg in die gewiesene Richtung.

Kapitel 1: Die Gefühle eines Jungen

Kapitel 1: Die Gefühle eines Jungen

1

2 **später Flammenmond** (September), 23:30 Uhr

Der Mann entzündete die Laterne an seiner Hüfte. Er benutzte ein spezielles Öl, das grün brannte und die Umgebung in ein unheimliches Licht tauchte.

Beim Hinaustreten schlug ihm Hitze entgegen. Er verzog das Gesicht, allerdings hatte er keinen Einfluss auf das Wetter. Zu dieser Jahreszeit war es überall im Königreich drückend heiß, selbst nach Sonnenuntergang. Die heißesten Tage lagen bereits hinter ihnen, es sollte also allmählich abkühlen, auch wenn davon bis jetzt nichts zu bemerken war.

»Argh, heute ist es mal wieder heiß.«

»Kann man wohl sagen. Ich hab aber gehört, weiter oben im Norden oder am Meer ist es etwas kühler«, antwortete der Kollege, der ihm für diese Nacht zugeteilt war.

»Ein wenig Regen würde es zumindest ein bisschen angenehmer machen.« Bei diesen Worten spähte er gen Himmel, doch entgegen seiner Hoffnung war keine einzige Wolke auszumachen. Über ihnen erstreckte sich nichts als die übliche Dunkelheit der Nacht, wobei die Sterne seltsam groß wirkten.

»Ja. Regen wär toll ... Na denn, sollen wir uns an die Arbeit machen?«

Diese beiden als typische Dorfbewohner zu bezeichnen wäre nicht ganz richtig gewesen. Da war zum einen ihre Ausrüstung. Mit ihren Langschwertern und der Lederrüstung waren sie viel zu gut ausgestattet, um Teil der örtlichen Bürgerwehr zu sein. Und ihr Körperbau sowie die Gesichter passten nicht zu Leuten, die ihren Lebensunterhalt mit Feldarbeit verdienten – sie schienen es vielmehr gewohnt zu sein, Gewalt anzuwenden.

Ohne ein weiteres Wort gingen sie los.

Außer ihren Schritten war in dem von der nächtlichen Finsternis eingehüllten Dorf nichts zu hören. Die Stille war geradezu unheimlich, dennoch bewegten sich die beiden Männer unbeeindruckt weiter. Diese Ruhe verriet, dass sie das schon oft getan hatten.

Das gesamte Dorf war von einer hohen Mauer umgeben und alleine von ihrem Standpunkt aus konnten sie sechs Wachtürme ausmachen. Diese Türme waren stabile Bauwerke, sogar besser als jene in Gebieten, die häufig von Monstern heimgesucht wurden.

Es handelte sich hierbei um mehr als eine Siedlung, dies war ein strategischer Stützpunkt.

Trotzdem hätte jeder Vorbeikommende es für nichts weiter als ein ganz normales Dorf mit etwas besserer Sicherheit gehalten. Doch es gab etwas, das vermutlich für ein wenig Verwirrung gesorgt hätte.

Normalerweise errichtete man Mauern um Wohn- und Lagerhäuser, Felder hingegen lagen für gewöhnlich auf der anderen Seite. Um Äcker innerhalb eines Dorfs anzulegen, musste man viel weitläufigere Mauern errichtete, was sehr zeitaufwendig und arbeitsintensiv war. Hier jedoch umgab der schützende Wall auch das sich in der Brise wiegende Grün, als handele es sich dabei um pures Gold.

Die Männer spürten bei ihrer Patrouille, dass man sie von einem der Wachtürme aus beobachtete. Dort oben waren Freunde mit Pfeil und Bogen postiert. Wenn nötig konnten sie ihre Laternen über dem Kopf schwenken und so um Unterstützung bitten.

Beim Gedanken an die Fähigkeiten ihrer Kameraden waren die beiden jedoch überzeugt, es wäre besser, sie nicht um Feuerunterstützung zu bitten. Trotzdem war es sehr beruhigend zu wissen, dass alle herbeieilen würden, sobald jemand die Glocke läutete.

Sollten die patrouillierenden Männer aus Versehen einmal Fehlalarm geben, würden ihre schlafenden Kameraden verständlicherweise verärgert sein, trotzdem beabsichtigten sie, Verstärkung zu rufen, falls sie etwas Eigenartiges sahen.

Die beiden wollten nicht sterben.

Nicht, dass sie mit irgendwelchen Problemen rechneten. Sie waren schon seit Monaten hier stationiert, ohne besondere Vorkommnisse, und das würde vermutlich auch so bleiben.

Obwohl sie den restlichen Teil ihrer Patrouille ganz besonders langweilig fanden, folgten sie der vorgegebenen Route durch das Dorf.

Gerade als sie die Halfte ihres Rundgangs erreicht hatten, glitt etwas wie eine Schlange über den Mund des einen Mannes. Nein, das war keine »Schlange«. Es saugte sich an seinem Mund fest, ließ sich nicht lösen – es glich mehr dem Tentakel eines Tintenfischs.

Sein Kiefer wurde nach oben gerissen, sengender Schmerz schnitt in seinen freigelegten Hals. Das alles dauerte weniger als eine Sekunde.

Es klang, als würde etwas an seinem Hals trinken – es war das Letzte, was der Mann in seinem Leben hörte.

Die Hand auf dem Mund des Mannes löste sich, um ihn zu stützen, damit er nicht wie ein nasser Sack umkippte. Nachdem sicher war, dass die magische Waffe, die Vampirklinge, sein gesamtes Blut getrunken hatte, zog die andere Hand sie aus seiner Kehle.

Die Gestalt, die den Mann aufrecht hielt, war ganz in Schwarz gekleidet und bis auf die Augen komplett verhüllt. Die Kleidung selbst mochte aus Stoff bestehen, zusätzlich trug sieh Arm- und Beinschienen. Zudem bedeckte eine Metallplatte mit eindeutig weiblichen Konturen ihre Brust.

Eine ähnlich gekleidete Gestalt stand hinter dem zweiten Wachmann. Die erste Frau blickte mit einem knappen Nicken in ihre Richtung.

Dann schaute sie sich mithilfe ihrer Heimlichkeits-Skills um. Es sah nicht danach aus, als hätte jemand etwas bemerkt.

Sie empfand einen Funken Erleichterung.

Die Laternen brannten noch. Da die Frauen so dicht bei ihren Opfern standen, hatte vermutlich niemand im Wachturm bemerkt, was geschehen war. Ihre einzige Sorge hatte darin bestanden, dass man sie im Augenblick ihres Angriffs entdecken könnte, während sie sich mit *Darkness Crossing* von Schatten zu Schatten teleportierten – doch diese Befürchtung spielte nun keine Rolle mehr.

Das Blut des Mannes hatte den Dolch in ihrer Hand rot gefärbt. Vorsichtig ließ sie die Leiche zu Boden sinken.

Für die Männer im Wachturm sah es bestimmt so aus, als wäre die Patrouille stehen geblieben, sollten sie allerdings zu lange hierbleiben oder sichtbar zu Boden sacken, würde das nur Misstrauen wecken.

Darum war es dringend notwendig, den nächsten Schritt einzuleiten – das war jedoch nicht ihre Aufgabe.

Plötzlich spürte sie, wie ein Vibrieren den Mann erfasste, als würde etwas Massives in seinen Körper eindringen. Einen Moment später ging ein Ruck durch die Leiche, was belegte, dass es keine Einbildung war.

Es war nicht im Geringsten überraschend, dass der Wachmann sich bewegte, obwohl er tot war. Das entsprach dem Plan.

Sie ließ die Leiche los, benutzte zeitgleich einen ihrer Ninja-Skills: Schattentauchen. Diese Fähigkeit erlaubte es ihr, mit den Schatten in ihrer Umgebung zu verschmelzen und auf diese Weise für das bloße Auge praktisch unsichtbar zu werden.

Ohne die beiden Verschwundenen zu beachten, setzten sich die Toten in Bewegung, folgten demselben Pfad, den sie als Lebende genommen hätten. Es war, als hätten sie sich auf einmal daran erinnert, worin ihre Aufgabe bestand. Nur, dass sie nun langsam und träge vor sich hin schlurften. Die Verletzungen an ihrem Hals bluteten nicht, was nicht daran lag, dass man sie geheilt hatte – sie hatten schlicht keinen Tropfen Blut mehr im Leib.

Es gab nur eine Erklärung für das Ganze. Sie waren jetzt Zombies und befolgten die Befehle ihrer neuen Herrin.

Doch dies war nicht das Werk der beiden Frauen.

Bei einem beiläufigen Blick würde man nur die beiden zu erwartenden Männer sehen und selbst wenn ein Beobachter die undeutlichen Gestalten der beiden Frauen ausmachen könnte, wären das nur vier Personen. Allerdings war da noch jemand. Die Person, die die Zombies erschaffen hatte.

Die beiden Frauen konnten die fünfte Person ebenfalls nicht sehen, doch dank einer Ninjutsu-Technik waren sie in der Lage, durch Magie oder Skills Verborgenes zu erkennen, was es ihnen erlaubte, direkt vor ihnen eine Präsenz zu spüren.

»Hier sind die Vorbereitungen abgeschlossen.«

»Perfekt«, antworteten sie flüsternd.

Ähnlich leise antwortete jemand: »Ja, ich weiß. Ich habe alles beobachtet. Ich begebe mich zum nächsten Standort. Wenn möglich, müssen wir die Hochrangigen erwischen.« Es klang wie die Stimme einer Frau, nur etwas höher und irgendwie unreif, wie die eines Kindes.

»Ich mache mich ebenfalls auf zum nächsten Überfall. Wo sind die anderen beiden?«

»Da sie sonst nichts zu tun haben, treiben sie wahrscheinlich irgendwelchen Blödsinn.«

»Das denke ich nicht. Sie liegen in der Nähe des Dorfes auf der Lauer, bereit, im Notfall gleichzeitig die Vorder- und Rückseite anzugreifen.

Na schön, ich begebe mich zum wichtigsten Zielort. Ihr solltet auch wie geplant weitermachen.«

Ihre unsichtbare Kameradin schwebte dank *Fly* in den Himmel hinauf. Ihre schwächer werdende Präsenz bewegte sich auf das Gebäude zu, das sie als den »wichtigsten Zielort« bezeichnet hatte. Es handelte sich um eines der Dorfgebäude und eine bedeutsame Stellung, die sie als Erstes einnehmen mussten.

Normalerweise hätten sie andere Gebäude als wichtiger erachtet – der Grund, dass dieses Priorität hatte, war der Zauber *Message*.

Viele vermieden es, Informationen mit *Message* weiterzugeben, da sich der Zauber häufig als unzuverlässig erwies und es zudem schwierig war zu bestätigen, von wem genau die Nachricht stammte. Gleichzeitig benutzten manche den Zauber, ohne sich wegen der Nachteile Gedanken zu machen, wie beispielsweise das Imperium, wo die magische Ausbildung der Bürger vom Staat gefördert wurde. Zusätzlich gab es mehrere große Händlernetzwerke, für die das schnelle Zusammenstellen von Informationen von größter Wichtigkeit war, und die Feinde, die dieses Dorf kontrollierten, verhielten sich ganz ähnlich. Darum war es unerlässlich, die für die Kommunikation zuständige Person in diesem Gebäude schnellstmöglich auszuschalten.

Da sich ihre Kameradin auf den Weg gemacht hatte, mussten sie sich zügig in der näheren Umgebung ihres Ziels verstecken. Sie mussten unbedingt gleichzeitig zuschlagen und diesen Überfall vollenden, bevor irgendwer überhaupt bemerkte, was vor sich ging.

Stoßweise atmend rannten die beiden Ninjas los.

Keine normale Person würde sie bemerken, während sie auf diese Weise von Schatten zu Schatten hetzten. Selbst hochrangigen Abenteurern würde es schwerfallen, die beiden mit magischen Items ausgerüsteten Eindringlinge zu entdecken. Sie waren sozusagen für jeden in diesem Dorf unsichtbar.

Ihre Begleiterin neben ihr bewegte geschickt die Finger, beugte und streckte sie in verschiedene Positionen, doch die Bedeutung war klar: »Gut, dass die hier keinen Hund haben.«

Sie antwortete mit derselben Methode: »Sehe ich genauso.«

Dies war die Zeichensprache der Assassinen. Wenn man so geübt war wie die beiden, war eine Unterhaltung genauso schnell, als würden sie reden. Sie hatten versucht, sie ihren Kameraden beizubringen, allerdings mit wenig Erfolg, weswegen diese nur einfache Anweisungen geben konnten. Die beiden Ninjas hingegen verfügten über das Vokabular und die nötige Geschwindigkeit, um mühelos ganze Gespräche zu führen, weswegen sie diese Fähigkeit häufig auch für heimlichen Small Talk wie diesen nutzten.

»Ohne Zweifel. Alles ist so viel einfacher, wenn keine Hunde da sind, die den Blutgeruch wittern.«

Hätten die Männer einen Hund gehabt, wäre das Ganze nicht so reibungslos verlaufen. Sie hatten zwar etwas vorbereitet, um im Notfall ein Tier außer Gefecht zu setzen, dennoch war es immer besser, mit so wenig Problemen wir möglich zu tun zu haben.

Wieder bewegte ihre Kameradin zügig die Finger. »Dann begebe ich mich dem Plan entsprechend zu meinem Zielgebäude.«

»Verstanden«, lautete ihre Antwort, dann entfernte sich der Schatten neben ihr allmählich.

Alleine rannte sie weiter und spähte dabei zu den Feldern hinüber.

Hier baute man keinen Weizen oder anderes Getreide an, nicht einmal Gemüse. Diese Pflanzen waren der Rohstoff für eine im Königreich heiß begehrte und höchst illegale Droge: Schwarzes Mehl. In diesem von einer Mauer umgebenen Dorf gab es mehrere Felder, auf denen überall das Gleiche wuchs. Dieses Dorf war eine Drogenfabrik.

Schwarzes Mehl, manchmal auch Lyla-Pulver genannt, war eine Droge in Form eines schwarzen Pulvers, das man in einem Getränk gelöst zu sich nahm.

Es wurde in großen Mengen hergestellt und war billig, zudem ein einfacher, effektiver Weg, einen Zustand berauschender Euphorie herbeizuführen, was das Zeug zur bekanntesten Droge im Königreich machte. Obwohl sie abhängig machte, gab es angeblich keinerlei Nebenwirkungen, sodass sich Schwarzes Mehl großer Beliebtheit erfreute.

Bei dem Gedanken daran, was sie selbst inzwischen über die Droge wusste, schnaubte sie abfällig.

Es gab keine Drogen ohne Nebenwirkungen. Und die Behauptung »Ich kann jederzeit aufhören« war genauso lächerlich. Sie hatte Autopsien an toten Süchtigen vorgenommen und bei allen war das Gehirn auf vier Fünftel der normalen Größe geschrumpft.

Davon abgesehen war aus Wildpflanzen hergestelltes Schwarzes Mehl ein starkes Gift. Wie kam man also bloß auf die Idee, eine giftige Pflanze würde nicht abhängig machen?

Das Schwarze Mehl, das auf der Straße verkauft wurde, konnte man nur deswegen als Droge bezeichnen, weil es nicht besonders wirkungsvoll war.

Das änderte jedoch nichts daran, dass es abhängig machte und lange im Körper blieb. Die meisten nahmen eine weitere Dosis, bevor ihr Stoffwechsel die Letzte vollständig abgebaut hatte. Ohne einen Priester, der die Substanz mit Magie beseitigte, war es für Süchtige praktisch unmöglich, aus eigener Kraft aufzuhören.

Das größte Problem dieser schrecklichen Droge bestand darin, dass die Entzugssymptome nicht besonders auffällig waren. Selbst wenn es den Süchtigen schlecht ging, erlebte man keine Wut- oder Gewaltausbrüche. Aus diesem Grund begriff die Obrigkeit des Königreichs nicht, welche Gefahr diese Droge darstellte, und konzentrierte sich lieber darauf, andere Substanzen zu verteufeln – was Leute wiederum als Erlaubnis auffassten, Schwarzes Mehl zu konsumieren.

Sie hatte gehört, dass das Imperium sogar behauptete, das Königreich würde die Herstellung insgeheim unterstützen.

Als Assassine hatte sie gelegentlich Drogen benutzt und ihre Organisation hatte derartige Substanzen selbst hergestellt, sie war also nicht strickt dagegen. Richtig angewandt konnten Rauschmittel ungemein praktisch sein. Im Grunde waren es medizinische Kräuter mit einem Hauch Gefahr.

Doch das hier war ein Auftrag, daher war ihre persönliche Meinung belanglos. Allerdings ...

Anfragen, die nicht über die Abenteurergilde laufen, sind gefährlich. Zudem war sie nicht überzeugt, dass diese Mission eine gute Idee war.

Unter der Maske legte sie die Stirn in Falten. Die Kundin war eine Freundin der Anführerin ihrer Gruppe. Sie wurden gut bezahlt, dennoch konnten Aufträge, die nicht durch die Gilde vermittelt wurden, alle möglichen Probleme nach sich ziehen – selbst wenn sie eine von nur zwei Adamantit-Abenteurergruppen im Königreich waren.

Ähm, Moment, ich glaub, inzwischen sind es drei, oder? Während sie sich daran erinnerte, dass sie vor Kurzem von einer neuen Adamantit-Gruppe gehört hatte, erreichte sie das Gebäude, dass bei der Missionsbesprechung die Bezeichnung »Nummer zwei« bekommen hatte.

Ihre Aufgabe bestand darin, sämtliche Informationen, die sich im Inneren befanden, zu sichern. Nachdem das erledigt war, musste sie die Felder in Brand stecken.

Der Rauch der Pflanzen würde giftig sein, allerdings war es für den Abschluss ihrer Mission notwendig.

Abhängig von der Windrichtung war es durchaus möglich, dass ein paar der Dorfbewohner zu Schaden kamen. Aber es fehlte ihnen an Zeit und Möglichkeiten, sie zu evakuieren. *Sie sind notwendige Opfer ...*

Das redete sie sich ein und verdrängte sämtliche Bedenken an die Sicherheit der Menschen.

Da sie als Assassine aufgewachsen war, berührte sie der Verlust von Leben nur selten; besonders leicht fiel es ihr, wenn es Personen betraf, die sie nicht kannte. In einem solchen Fall zuckte sie nicht einmal mit der Wimper. Sie hasste lediglich den Blick, mit dem ihre Anführerin sie bedachte, wenn es unschuldige Opfer gab. Bei dieser Mission jedoch hatte sie alles abgesegnet, daher verspürte sie nicht den geringsten Drang dazu, irgendwen zu retten.

Wichtiger noch, nach diesem Überfall würde sie in ein anderes Dorf teleportieren und die Felder dort anstecken. Sie konnte an nichts anderes als den Plan denken.

Der Rohstoff für die Droge wurde nicht allein in diesem Dorf angebaut. Ihren Informationen zufolge gab es im ganzen Königreich zehn Standorte wie diesen. Und vermutlich existierten noch weitere, die sie bisher nicht entdeckt hatten. Anders wären diese Gruppen gar nicht in der Lage, die Mengen herzustellen, mit denen sie derzeit das Königreich überschwemmten.

Wir müssten das Übel an der Wurzel packen ... Was wir hier tun, könnte letzten Endes vergeblich sein, aber eine andere Möglichkeit haben wir nicht ...

Es wäre hervorragend, wenn sie in diesem Dorf irgendwelche Dokumente fände, die schriftliche Anweisungen von den Köpfen dieses Netzwerks enthielten, doch rechnete sie nicht damit, so viel Glück zu haben. Bestenfalls würde der örtliche Vorarbeiter über ein paar Informationen verfügen.

Unsere Anführerin wäre aber sehr zufrieden, wenn ich zumindest einen Teil der Organisation enthüllen könnte ...

Das riesige Verbrechersyndikat, das für die Herstellung der Droge verantwortlich war, war als die Acht Finger bekannt. Ihren Namen hatten sie von einer Gottheit, die dem Gott der Erde unterstand – dem Gott des Diebstahls, der nur acht Finger hatte. Es handelte sich um eine mächtige Organisation, die große Teile der Unterwelt des Königreichs kontrollierte.

Die Organisation war in acht Divisionen unterteilt: Sklavenhandel, Attentate, Schmuggel, Diebstahl, Drogenhandel, Sicherheit, Geldverleih und Glücksspiel. Angeblich steckte sie hinter jeder Bande, die sich im Königreich herumtrieb. Und eben weil es sich um ein derart groß angelegtes Unternehmen handelte, lag die Wahrheit darüber irgendwo unter einer Schicht aus unzähligen Legenden und Geheimnissen verborgen.

Allerdings gab es etwas, das belegte, wie viel Einfluss die Acht Finger im Königreich besaßen – und zwar das Dorf, in dem sie sich gerade befand.

Hier baute man in aller Öffentlichkeit illegale Drogen an. Das reichte ihr als Beweis, dass der herrschende Adelige ein Komplize war. Doch selbst wenn sie die Verbrechen ans Licht bringen sollte, würde sie den Lord oder die Lady nicht belasten können.

Sollte die königliche Familie eine Untersuchung einleiten oder die Gerichtsbarkeit auf den Plan treten, sähe das Ganze schon anders aus. Trotzdem wäre es nicht einfach, das Verbrechen mit dem Adel in Verbindung zu bringen. Um den Kopf aus der Schlinge zu ziehen, würde der Lehnsherr vermutlich behaupten: *»Ich hatte ja keine Ahnung, dass man damit Drogen herstellt«*, oder: *»Die Dorfbewohner haben das aus eigenem Antrieb heraus gemacht.«*

Den Adel direkt anzuklagen war praktisch sinnlos, und selbst wenn man versuchen sollte, die Verbreitung der Droge zu unterbinden, die Acht Finger hatten Einfluss auf viele Adelige, die die Verteilungswege kontrollierten. Inzwischen war es unmöglich, der Situation mit Wachen und anderen herkömmlichen Mitteln Herr zu werden.

Genau darum griffen sie gerade auf die recht brutale Lösung zurück, die Felder einfach abzubrennen; ihnen blieb keine andere Wahl.

Wenn sie ehrlich mit sich war, bezweifelte sie, dass die Zerstörung der Plantagen irgendetwas ändern würde. Das Syndikat hatte das Königreich zu weitreichend unterwandert – es war einfach zu mächtig und seine Tentakel reichten bis zur Regierung selbst.

»Wir machen nichts weiter, als etwas Zeit zu schinden ... Wenn wir nichts tun können, um die Situation grundlegend zu ändern, wird das hier letztendlich vergeblich sein ...«

2

Es regnete.

Das Geräusch war so laut und durchdringend, dass es an den Nerven zerrte.

Beim Bau der Straßen des Königreichs hatte niemand daran gedacht, durch das Anlegen von Abflussrinnen oder Kanälen für vernünftige Entwässerung zu sorgen, besonders nicht bei Seitenstraßen. Das führte dazu, dass die Alleen zu weitläufigen Seen wurden.

Wo die Tropfen auf die Oberfläche trafen, spritzte Wasser in die Höhe. Der Wind erfasste den so entstandenen Sprühnebel und schwängerte die Luft mit dem Geruch von Feuchtigkeit. Man bekam das Gefühl, als wäre die gesamte Hauptstadt in einem riesigen Gewässer versunken.

In dieser von den umherwirbelnden Tropfen grau gefärbten Welt gab es einen Jungen.

Er lebte in einer Hütte. Nein, man konnte es nicht einmal als Hütte bezeichnen. Der Hauptbalken, der alles trug, war nicht dicker als der Arm eines Mannes. Anstatt mit festen Schindeln war das Dach mit Lumpen gedeckt und die Wände bestanden lediglich aus den Kanten dieser Lumpen, die bis auf den Boden hingen.

In dieser Behausung, die kaum Schutz vor den Elementen bot, lag ein etwa sechs Jahre alter Junge, zusammengerollt wie achtlos weggeworfener Müll, auf einer auf dem Boden ausgebreiteten, dünnen Decke.

Wenn man einen Moment lang darüber nachdachte – die Holzstützen, die Lumpen, aus denen Decke und Wände bestanden –, dann sah diese Konstruktion tatsächlich so aus wie etwas, das ein Kind nur so zum Spaß bauen würde.

Der einzige Vorteil, den dieses Zuhause bot, war, dass der Regen nicht direkt auf ihn niederprasselte. Die durchdringende Feuchtigkeit hatte die Temperatur merklich gesenkt und hüllte den Jungen in eisige Kälte. Der Dampf, wenn er ausatmete, war nur ein kurzer Beweis für seine Existenz, bevor sich die Wärme in der kühlen Luft verflüchtigte.

Ehe er seinen Unterschlupf erreicht hatte, hatte ihn der schreckliche Regen komplett durchgeweicht und seine Körperwärme verließ ihn mit erschreckender Geschwindigkeit.

Er konnte nichts gegen sein Zittern tun.

Der einzige, verschwindend kleine Lichtblick seiner derzeitigen Situation war, dass die Kälte sich wie Balsam auf seinem geschundenen Körper anfühlte.

Auf der Seite liegend blickte er nach draußen, in die Gasse, durch die sich inzwischen niemand mehr bewegte.

Er hörte nichts außer den Regen und seine eigenen Atemzüge. Die Aussicht machte es leicht zu glauben, er wäre vollkommen alleine auf dieser Welt. Das war gewissermaßen beruhigend.

Ungeachtet seines Alters wusste er, dass er vermutlich sterben würde.

Er war jedoch nicht alt genug, um voll und ganz zu verstehen, was der Tod wirklich bedeutete, darum fürchtete er sich nicht sonderlich davor. Abgesehen davon schien das Leben nichts zu sein, woran man sich klammern sollte. Der einzige Grund, warum er noch lebte, war ein Bedürfnis, das sich mit dem Wunsch, Schmerz zu vermeiden, vergleichen ließ.

Wenn der Tod schmerzlos und nur kalt war – so, wie er sich im Moment fühlte –, schien sterben gar nicht so schlimm zu sein.

Allmählich begann er, immer weniger von seinem nassen Körper zu spüren, sein Bewusstsein versank in Nebel.

Vermutlich wäre es besser gewesen, sich vor dem Wetterumschwung an einen Ort zu verkriechen, wo ihn Wind und Regen nicht erreichen konnten. Allerdings war er ein paar üblen Männern begegnet und nach der Prügel war er froh, dass er es zumindest bis hierher zurückgeschafft hatte.

Ein winziger Hauch von Glück. Bedeutete das, alles andere war traurig?

Es war normal, dass er seit zwei Tagen nichts gegessen hatte, das war also nicht traurig. Seine Eltern waren fort und sonst kümmerte sich niemand um ihn. Das war schon lange der Fall, also auch nichts, worüber man sich aufregen sollte. Auch daran, dass er in Lumpen gekleidet war und schlecht roch, war nichts Ungewöhnliches. Er hatte nie etwas anderes kennengelernt, als faulige Nahrung zu essen und schmutziges Wasser zu trinken.

Wenn man diesen Gedanken weiterverfolgte: War es traurig, dass man ihn aus seinem bisherigen Unterschlupf, dem verlassenen Haus, vertrieben hatte? Dass jemand aus Spaß seine mühselig errichtete Hütte zerstört hatte? Dass ihn betrunkene Männer verprügelt und mit Verletzungen am ganzen Körper zurückgelassen hatten?

Nein.

Die herzzerreißende Wahrheit war: Der Junge begriff nicht einmal, was traurig war und warum überhaupt.

Doch dies war das Ende.

Das Leid, das sich seinem Verständnis entzog, würde hier sein Ende finden.

Das Grab rief nach den Glücklichen und den Glücklosen gleichermaßen.

Ja, der Tod war absolut.

Er schloss die Augen.

Sie offen zu halten war zu anstrengend für einen Körper, der nicht einmal mehr die Kälte wahrnahm.

In der Finsternis hörte er seinen schwachen Herzschlag.

In einer Welt, in der es nichts außer diesem leisen Rhythmus und den Regen gab, ertönte ein weiteres, eigenartiges Geräusch. Es schien, als würde etwas den Regen abhalten.

Trotz seiner schwindenden Sinne brachte er die Neugierde auf, die allen Kindern zu eigen war, und zwang sich, die Lider zu heben.

In diesem schmalen Streifen, den seine Sicht ihm offenbarte, sah er es.

Der Junge riss unwillkürlich die Augen auf.

Etwas Wunderschönes.

Einen Augenblick lang begriff er nicht, was er da vor sich hatte.

Möglicherweise wäre es eine zutreffende Beschreibung gewesen, es mit einem Juwel oder einem Stück Gold zu vergleichen, doch jemandem, den man im Stich gelassen hatte, der sein Leben lang nichts als halb vergammeltes Essen gekannt hatte, kamen solche Worte nicht in den Sinn.

Nein.

Er dachte nur an eines: *Wie die Sonne.*

Die Sonne war das Schönste auf dieser Welt, das er kannte, etwas Herrliches, das er niemals erreichen konnte.

Der Regen hatte die Welt grau gefärbt. Dunkle Wolken beherrschten den Himmel. War das der Grund? *Ist die Sonne hier bei mir, weil sie sich auf die Reise gemacht hat, als sie niemand sehen konnte?*

Das fragte er sich.

Sie streckte die Hand nach ihm aus, streichelte sein Gesicht. Und dann ...

Der Junge war nie eine Person gewesen.

Niemand hatte ihn jemals als Person wahrgenommen.

Doch an diesem Tag wurde er zu einer.

3 später Flammenmond (September), 4:15 Uhr

Das Königreich Re-Estize, in der königlichen Hauptstadt ...

Mitten in der Stadt thronte die Burg Ro-Lente, die ein weitläufiges Areal einnahm. Die umgebende Ringmauer, beinahe eintausendsechshundert Meter lang, wurde durch zwölf riesige, zylindrische Türme verstärkt, die das Verteidigungsnetzwerk bildeten.

Das Zimmer befand sich in einem dieser zwölf Türme.

In dem kleinen, dunklen Raum stand ein einzelnes Bett. Darauf lag ein Kind, dessen Alter genau an der vagen Grenze zwischen »Junge« und »junger Mann« lag.

Sein blondes Haar war kurz geschnitten, seine Haut wies eine gesunde Bräune auf.

Climb.

Obwohl er keinen anderen Namen hatte, war er ein Soldat mit der Aufgabe, die Frau, die man häufig »die Goldene« nannte, zu beschützen. Dafür durfte er sich in ihrer direkten Nähe aufhalten, was niemandem sonst gestattet war – eine Position, um die ihn viele beneideten.

Er wachte früh auf, war bereits vor Sonnenaufgang auf den Beinen.

Wenn er spürte, wie sein Bewusstsein aus der tiefen, dunklen Welt des Schlafs emporstieg, war sein Verstand bereits klar und sein Körper weitestgehend wach. Er war stolz darauf, wie leicht ihm das Einschlafen und Aufwachen fiel.

Climbs mandelförmige Augen, bei denen man nur unter der Iris etwas vom weißen Augapfel sah, öffneten sich und offenbarten seinen eisernen Willen.

Er schob die recht dicke Decke von sich (von Steinmauern umgeben zu schlafen war kühl, darum benutzte er sie auch im Sommer) und setzte sich auf.

Er berührte seine Wangen. Sie waren feucht. »Schon wieder dieser Traum?« Er wischte sich die Tränen mit den Ärmeln ab.

Vielleicht hatte der Regen vor zwei Tagen Erinnerungen an seine Kindheit wachgerufen.

Die Tränen entsprangen keinem Gefühl von Traurigkeit.

Wie viele Personen traf man im Laufe seines Lebens, die man respektieren konnte? Hatte jeder das Glück, jemandem dienen zu dürfen, für den man, ohne zu zögern, sein Leben opfern würde?

An jenem Tag war Climb einer Frau begegnet, von der er überzeugt war, ohne Reue für sie in den Tod gehen zu können.

Es handelte sich um Freudentränen. Er hatte aus Dankbarkeit für das Wunder geweint, das mit dieser Begegnung seinen Anfang genommen hatte.

Mit entschlossenem Blick, der jedoch nicht über sein jugendliches Aussehen hinwegtäuschen konnte, stand Climb auf.

Seine Stimme war vom vielen Training ganz heiser, als er in dieser dunklen Welt ohne jede Lichtquelle flüsterte: »*Shine.*«

Das Wort aktivierte den Zauber *Continual Light* in einer von der Decke hängenden magischen Lampe. Ihr weißes Licht erhellte den Raum.

Obwohl diese Items nicht schwer zu bekommen waren, waren sie dennoch kostspielig. Allerdings verdankte er die Lampe nicht seiner besonderen Stellung. Es war nicht ratsam, an einem Ort ohne ausreichende Belüftung wie diesem Steinturm etwas zu verbrennen, nicht einmal, um Licht zu erzeugen. Darum hatte man trotz der hohen Anschaffungskosten fast alle Räume mit magischen Lichtquellen versehen.

Die vom weißen Schein erhellten Wände und der Boden bestanden aus grob behauenem Stein. Ein dünner Teppich diente als einziger Schutz gegen den kalten, harten Untergrund. Die weitere Ausstattung des Zimmers bestand aus einem ähnlich grob gezimmerten Holzbett, einem Kleiderschrank, groß genug für eine Plattenrüstung, einem Schreibtisch mit Schublade und einem hölzernen Stuhl mit einem dünnen Kissen darauf.

Auf einen Außenstehenden mochte es schäbig wirken, doch für jemanden von Climbs Rang stellte das alles unverdienten Luxus dar.

Soldaten bekamen keine eigenen Zimmer zugeteilt; für gewöhnlich schliefen sie gemeinsam in Sälen und teilten sich ihre Betten mit anderen. Ansonsten stand ihnen lediglich eine abschließbare Holztruhe zur Verfügung, um darin persönliche Gegenstände zu verwahren.

Des Weiteren besaß Climb eine weiße Plattenrüstung, die in einer Ecke des Raumes stand. Herkömmliche Soldaten hätten nie etwas von solcher Qualität gestellt bekommen. Die Rüstung erstrahlte in makellosem Glanz, als würde sie von innen heraus schimmern.

Climb hatte sich diese Sonderbehandlung nicht durch irgendwelche Taten verdient. Die Rüstung war ein Zeichen der Gunst seiner Herrin. Kein Wunder, dass man neidisch auf ihn war.

Er öffnete den Kleiderschrank, nahm sich ein paar Sachen, um sich dann vor dem innen an der Tür angebrachten Spiegel anzuziehen.

Zuerst ein Hemd, das vom häufigen Tragen metallisch roch, dann ein Kettenhemd. Normalerweise hätte er als Nächstes die Rüstung angelegt, aber nicht dieses Mal. Stattdessen schlüpfte er in eine mit vielen Taschen versehene Weste und zum Abschluss in eine Hose. In der Hand hielt er einen Eimer mit einem Handtuch darin.

Zu guter Letzt überprüfte er im Spiegel sein Aussehen, um sicherzugehen, dass alles am richtigen Platz war und er präsentabel wirkte. Jeden Fehltritt dieser Art konnte man nutzen, um Kritik an seiner Herrin, der Goldenen Prinzessin Renner, zu üben. Darum achtete Climb sorgsam auf derartige Dinge. Es war nicht seine Aufgabe, ihr Probleme zu bereiten. Man erwartete von ihm, dass er seiner Herrin voll und ganz zur Verfügung stand.

Er schloss die Augen, dachte an ihr Gesicht.

Die Goldene Prinzessin Renner Theiere Chardelon Ryle Vaiself …

Sie war so unbeschreiblich schön, man hätte sie mit Leichtigkeit für eine Göttin halten können. Sie strahlte geradezu vor Mitgefühl, passend zu ihrer adeligen Abstammung, und sie setzte ihre überragende Weisheit zum Wohle des Volkes ein. Sie war eine Adelige unter Adeligen, eine Prinzessin unter Prinzessinnen – eine Dame, die alle anderen in den Schatten stellte.

Climb konnte nicht zulassen, dass er auch nur den kleinsten Schandfleck auf diesem makellosen, wie Gold glänzenden Edelstein hinterließ.

Würde man ihre Beziehung mit einem Ring vergleichen, so wäre Renner ein großer, von Meisterhand geschliffener Diamant, während Climb nur die Haltezinken darstellte, die sie umgaben, aus billigem

Material und leicht herzustellen. Daher schmälerte der junge Mann den Gesamtwert des Rings, doch er würde keinesfalls zulassen, ihm noch weiter zu schaden.

Er konnte beim Gedanken an sie nichts gegen die in seiner Brust aufsteigende Leidenschaft tun. Selbst ein tiefgläubiger Anhänger der Götter hätte es nicht mit seiner Inbrunst aufnehmen können.

Er betrachtete sich ein letztes Mal im Spiegel, nickte zufrieden, überzeugt, seiner Herrin mit seiner Erscheinung keine Schande zu machen, und verließ das Zimmer.

3

3 später Flammenmond (September), 4:35 Uhr

Climb machte sich auf den Weg zur großen Halle, die das gesamte Erdgeschoss einnahm und für das Training genutzt wurde.

Für gewöhnlich wurde sie von der Körperwärme anderer Soldaten regelrecht aufgeheizt, doch so früh am Morgen war natürlich noch niemand hier. Es war so ruhig, er konnte die Stille geradezu hören. Climbs Schritte hallten laut von den Steinwänden wider.

Magische Lampen erhellten die Halle. Dort gab es aufgestellte Rüstungen und Strohpuppen, die beim Bogenschießen als Ziele dienten. An den Wänden befanden sich Regale mit einer Vielzahl stumpfer Klingenwaffen.

Es gab einen Grund, warum man das Trainingsareal nach innen verlegt hatte, obwohl solche Übungsstätten üblicherweise draußen errichtet wurden. Im Inneren der Burganlage von Ro-Lente befand sich auch Schloss Valencia. Würden Soldaten im Freien trainieren, könnten vorbeikommende Boten sie sehen. Da das nicht besonders würdevoll wäre, hatte man mehrere Anlagen im Inneren der Türme untergebracht.

Man hätte den Anblick der starken Soldaten, die bei ihren Kampfübungen ihre Fähigkeiten zur Schau stellten, zwar zur diplomatischen Einschüchterung nutzen können, dies war jedoch nicht die Art des Königreichs. Man wollte das Reich viel lieber als elegant, ansehnlich und vornehm präsentieren.

Dennoch gab es Übungen, die man nur im Freien abhalten konnte. Diese fanden heimlich, in einer abgeschiedenen Ecke des Geländes statt, entweder auf einem Sportplatz jenseits der Mauern oder gleich außerhalb der Hauptstadt.

Climb betrat den stillen, frostigen Saal, wo er sich in einer Ecke mit Aufwärmübungen vorbereitete.

Nach etwa dreißig Minuten war sein Gesicht sichtlich gerötet. Schweiß stand auf seiner Stirn, sein Atem bildete dichte Dampfwolken.

Nachdem er sich die Stirn abgewischt hatte, trat er ans Regal und nahm sich ein recht massives, großes und stumpfes Übungsschwert aus Eisen. Seine Hand war vom vielen Training ganz schwielig. Er wog die Waffe in der Hand und probierte dann noch mehrere andere aus, bis er eine fand, die sich perfekt in seine Hand schmiegte.

Danach schob er kleine Metallklumpen in die Taschen seiner Weste und schloss die Knöpfe, damit sie nicht herausfielen. Durch das zusätzliche Gewicht war das Kleidungsstück nun so schwer wie eine Plattenrüstung. Eine Rüstung bot Schutz, allerdings war sie schwer und schränkte die Bewegungsfreiheit ein. Wenn man unter Kampfbedingungen trainieren wollte, sollte man das in voller Montur tun, was

Climb jedoch nicht besonders oft machte. Abgesehen davon konnte er seine weiße Rüstung nicht beim Training tragen. Darum behalf er sich auf diese Weise.

Er packte die Eisenwaffe, die länger als ein Langschwert war, mit festem Griff, hob sie über den Kopf und schwang sie beim Ausatmen langsam nach unten. Kurz bevor die Spitze den Boden berührte, zog er sie einatmend wieder hinauf. Er starrte konzentriert vor sich hin, seine Übungsschwünge wurden schneller.

Das Ganze wiederholte er über dreihundert Mal.

Climb hatte inzwischen einen hochroten Kopf, der Schweiß lief ihm in Strömen über das Gesicht. Sein Atem bildete weiße Wölkchen in der kalten Luft und verriet, wie heiß dem Jungen war.

Er war ein recht gut gebauter Soldat, dennoch brachte das Langschwert ein beachtliches Gewicht auf die Waage. Besonders schwierig war das Abbremsen, damit die Spitze den Boden nicht berührte – das verlangte einiges an Kraft.

Nach fünfhundert Wiederholungen bekam er allmählich Krämpfe in den Armen, als würden sie ihn anflehen, endlich eine Pause zu machen. Seine Kleidung war klatschnass und klebte an seiner Haut.

Er wusste genau, er hatte seine Grenze erreicht, trotzdem schien er nicht bereit aufzuhören.

»Das reicht jetzt, denkst du nicht auch?«, rief ihm jemand zu.

Überrascht blickte Climb in die Richtung, aus der die Stimme kam, und entdeckte einen Mann.

Um ihn zu beschreiben, gab es kein passenderes Wort als *robust*. Er war wie fleischgewordener Stahl. Ein Stirnrunzeln zeichnete sich auf seinem markanten Gesicht ab, dank der dadurch hervorgerufenen Falten wirkte er älter, als er tatsächlich war. Seine kräftigen Muskeln verrieten jedem: Dies war kein gewöhnlicher Mann.

Vermutlich gab es keinen einzigen Soldaten im ganzen Königreich, der diese Gestalt nicht kannte.

»Hauptmann Stronoff.«

Gazef Stronoff, Hauptmann der königlichen Garde. Er war der stärkste Krieger des ganzen Landes und auch in den benachbarten Reichen gab es niemanden, der sich mit ihm messen konnte.

»Wenn du weitermachst, schadest du dir nur selbst. Und das ist absolut unnötig.«

Climb ließ das Schwert sinken, betrachtete seine zuckenden Arme. »Ihr habt recht. Kann sein, dass ich es ein wenig übertrieben habe.«

Während er Gazef mit unbewegtem Gesicht dankte, hob der ältere Mann lediglich die Schultern. »Würdest du das wirklich denken, müsste ich es dir nicht jedes Mal sagen. Ich frage mich, wie oft wir dieses Spielchen inzwischen gespielt haben ...«

»Tut mir leid.«

Gazef zuckte erneut mit den Schultern, als sich der Junge entschuldigend verneigte.

Mittlerweile kam das Ganze einer Begrüßung zwischen den beiden gleich. Für gewöhnlich endete es hier und jeder konzentrierte sich voll und ganz auf sein eigenes Training, heute jedoch war es anders.

»Wie sieht's aus, Climb? Willst du einen Übungskampf versuchen?«

Einen Moment lang zeigten sich Risse in der sonst ausdruckslosen Miene des Jungen.

Sie waren sich schon mehrmals hier begegnet, hatten allerdings nie gegeneinander gekämpft. Es war ein ungeschriebenes Gesetz. Gemeinsam zu trainieren bot keinerlei Nutzen. Das stimmte so nicht, es gab durchaus einen Nutzen, allerdings auch eine Vielzahl von Nachteilen.

Zurzeit rangen im Königreich die Fraktion der Adeligen – die aus drei der sechs großen Adelsgeschlechtern bestand – und die des Königs um die Macht. Die Lage war dermaßen angespannt, dass manche glaubten, der jährliche Krieg mit dem Imperium sei das Einzige, das alles noch zusammenhielt.

Dass Gazef Stronoff, die rechte Hand des Königs und Hauptmann der königlichen Garde, verlieren könnte, war absolut undenkbar. Aber angenommen, es käme dazu, dann wäre dies etwas, das die Adeligen als Munition gegen den König nutzen könnten.

Und sollte Climb unterliegen, würden dieselben Adeligen vermutlich behaupten, er wäre ungeeignet, die Prinzessin zu beschützen. Dass ein gewöhnlicher Soldat mit fragwürdiger Herkunft damit beauftragt worden war, die unvergleichlich schöne und unverheiratete Prinzessin zu bewachen, war so manchem Aristokraten ein Dorn im Auge.

Daher konnte sich keiner von ihnen eine Niederlage erlauben.

Es stand außer Frage, Schwäche zu zeigen, einen wunden Punkt zu offenbaren oder dem Gegner eine Gelegenheit für einen Angriff zu bieten. Beide achteten mit größter Sorgfalt darauf, ihren Herren keine Schande zu bereiten. Eine Gemeinsamkeit, die sie ihrer Abstammung als gewöhnliche Bürger verdankten.

Welchen Grund könnte Gazef haben, diese Regel zu brechen?

Climb schaute sich um.

Vielleicht, weil sonst niemand hier war. Doch an einem Ort wie diesem hatten die Wände Ohren. Es bestand die Möglichkeit, dass sie jemand aus einiger Entfernung oder in den Schatten verborgen beobachtete. Eine andere Erklärung wollte ihm allerdings nicht in den Sinn kommen.

Unsicher, ob das jetzt ein guter oder ein schlechter Grund war, musterte Climb den älteren Mann. Verwirrung und Ratlosigkeit machten sich in seinem Inneren breit, wovon er sich jedoch nichts anmerken ließ.

Vor dem Jungen stand der Krieger, der als der Stärkste im ganzen Königreich bekannt war. Gazef bemerkte den Aufruhr in seinem

Gegenüber, der sich nur für einen winzigen Sekundenbruchteil zeigte und jedem anderen Menschen entgangen wäre, bevor er antwortete. »Mir wurde erst vor Kurzem vor Augen geführt, wie unerfahren ich eigentlich noch bin. Ich möchte mit jemandem trainieren, der eine gewisse Herausforderung darstellt.«

»Unerfahren, Sir? Ihr?«

Was mochten das für Umstände gewesen sein? Dann fiel Climb wieder ein, dass die Einheit unter Stronoffs Befehl zurzeit unterbesetzt war.

Da Climb keine engen Freunde hatte, hatte er nur die Gerüchte gehört, die im Speisesaal die Runde machten. Angeblich war die königliche Garde in einen Hinterhalt geraten und hatte ein paar Männer verloren.

»Ja, ohne die Unterstützung eines hilfsbereiten *Casters* wäre ich jetzt vermutlich nicht hier ...«

Diese Offenbarung ließ Climbs steinerne Miene bröckeln, ohne dass er etwas dagegen tun konnte. Wen hätte ein solches Geständnis nicht überrascht? Die Neugier trieb ihn dazu zu fragen: »Ein hilfsbereiter *Caster*?«

»Sein Name ist Ainz Ooal Gown. Ich bin mir nicht sicher, aber ich glaube, er steht auf derselben Stufe wie die monströsen *Caster* des Imperiums.«

Diesen Namen hatte Climb noch nie gehört.

Der junge Soldat bewunderte Helden und begeisterte sich insgeheim für Sagen – egal, von welchem Volk die Legenden stammten. Überdies sammelte er so viele spannende Geschichten wie möglich über berühmte Abenteurer der Region, doch der von Gazef genannte Name sagte ihm nichts.

Natürlich bestand stets die Möglichkeit, dass es sich um einen Decknamen handelte.

»A… also, ähm!« Er unterdrückte das Verlangen, mehr zu erfahren. *Ich kann nicht einfach so nach einem Vorfall fragen, bei dem er mehrere seiner Männer verloren hat. Es gibt Grenzen …* »Ich werde mir den Namen merken … Ist es denn wirklich in Ordnung, dass Ihr mich ausbildet?«

»Ich bilde dich nicht aus. Das ist ein Übungskampf. Ob du dabei etwas lernst oder nicht, liegt ganz bei dir. Du bist einer der besten Soldaten dieses Landes, weißt du? Für mich wird das Ganze auch nützlich sein.«

Das war ein beachtliches Lob, doch Climb betrachtete es lediglich als Höflichkeit.

Er war nicht sonderlich stark; es war lediglich so, dass die Messlatte, die bei ihm angelegt wurde, niedrig war. Die Soldaten des Königreichs waren nur geringfügig stärker als der Durchschnittsbürger und schwach im Vergleich zu den Rittern des Imperiums. Niemand innerhalb der Armee des Königreichs war berühmt genug, um über die Grenzen dieser Region hinaus bekannt zu sein. Die Männer, die Gazef direkt unterstanden, waren zäh und fähig, wenn auch nicht so stark wie Climb.

An den Abenteurer-Rängen Bronze, Eisen, Silber, Gold, Platin, Mithril, Orichalkum und Adamantit gemessen erreichte Climb vermutlich den Gold-Rang. Er war kein Schwächling, es gab jedoch viele, die ihm überlegen waren.

Konnte jemand wie er wirklich mit den nötigen Fähigkeiten aufwarten, die für einen solchen Übungskampf angemessen waren, sodass jemand wie Gazef nicht seine Zeit verschwendete – ein Krieger, der ohne Zweifel dem Adamantit-Rang entsprach?

Climb verbannte sämtliche entmutigenden Gedanken aus seinem Kopf.

Die Erfahrung, vom stärksten Mann des Königreichs zu lernen, würde ungemein wertvoll sein. Selbst wenn er Gazef enttäuschen sollte, würde Climb das Ganze nicht bereuen.

»Na schön, dann würde ich gerne eine Runde versuchen.«

Gazef nickte mit einem begeisterten Grinsen.

Gemeinsam gingen sie zum Waffenständer, um sich Schwerter in der passenden Größe zu holen. Gazef wählte einen Anderthalbhänder, Climb einen kleinen Schild und ein Breitschwert.

Als Nächstes holte Climb die Metallklumpen aus seinen Taschen. Es wäre unhöflich, sich damit jemandem zu stellen, der ohnehin bereits stärker war als er. Ganz abgesehen davon: Wenn er nicht sein Bestes gab, würde er auch nichts lernen. Sein Gegner war der stärkste Krieger des Königreichs. Diese Herausforderung würde ihm alles abverlangen.

Er brauchte nicht lange für seine Vorbereitungen und als er bereit war, fragte Gazef: »Und deine Arme sind wieder in Ordnung? Nicht mehr taub?«

»Nein, Sir. Alles wieder gut. Sie fühlen sich etwas warm an, aber ich kann mein Schwert problemlos halten.«

Climb bewegte die Arme, um Gazef zu zeigen, dass er die Wahrheit sagte, woraufhin dieser nickte. »Okay. Hmm. Das ist allerdings gewissermaßen schade. Auf dem Schlachtfeld kann einiges passieren, sodass man nicht mit ganzer Kraft kämpfen kann. Wenn dein Griff schwach ist, musst du deinen Stil entsprechend anpassen. Hast du dich schon mal damit befasst?«

»N… nein, hab ich nicht. In dem Fall gebt mir einen Moment, um noch ein paar Übungen zu machen …«

»Oh nein, so weit musst du jetzt auch nicht gehen. Aber die meiste Zeit beschützt du die Prinzessin. Es wäre nicht verkehrt zu üben, was du tun kannst, wenn man euch an einem Ort angreift, wo du kein Schwert mit dir führen darfst. Darum solltest du dich auch mit anderen Waffen vertraut machen.«

»Ja, Sir!«

»Im bewaffneten Kampf gibt es neun Grunddisziplinen: Schwerter, Schilde, Speere, Äxte, Dolche, Kampfhandschuhe, Bögen, Knüppel und Wurfwaffen. Wenn du dich mit zu vielen davon befasst, lernst du am Ende keine davon richtig kennen. Ich würde dir empfehlen, dich auf zwei oder drei zu beschränken und mit denen zu üben. Nun gut … Entschuldige den langweiligen Vortrag.«

»Es war nicht langweilig, Hauptmann Stronoff! Danke vielmals!«

Gazef lächelte schief und winkte ab. »Wenn du so weit bist, dann lass uns anfangen. Greif mich erst einmal so an, wie du jetzt ausgestattet bist. Später … nun, ich kann dich nicht ausbilden, doch ich kann dir ein paar Ratschläge geben, wie man in den anderen Disziplinen kämpft.«

»Ja, Sir. Ich freue mich darauf.«

»Schön, das ist jedoch nicht der Zweck der heutigen Übung. Greif mich an, als wäre das ein richtiger Kampf.«

Climb nahm eine Haltung ein, bei der er Gazef die linke Seite zuwandte. Er hielt sein Schwert niedrig und den Schild schützend erhoben. Sein Blick wirkte konzentriert – für ihn war das Ganze jetzt schon mehr als nur eine einfache Übung. Er spürte, dass Gazef es genauso ernst nahm.

Ihre Blicke trafen sich und Climb fühlte sich wie erstarrt.

Ohne das Metall in den Taschen war er beweglicher, trotzdem war er sich sicher, gegen Gazef keine Chance zu haben. Der Hauptmann war ihm sowohl an körperlicher Kraft als auch an Erfahrung weit überlegen.

Sollte er sich auf unvorsichtige Weise nähern, würde ihn Stronoff mühelos abfangen. Sein Gegner war ihm in jeglicher Hinsicht überlegen, und daran ließ sich nichts ändern. Würde Climb in einem echten Kampf einfach sein Leben verlieren, weil er nichts dagegen unternehmen konnte?

Welche Möglichkeiten hatte er?

Er musste einen Vorteil nutzen, der Gazef fehlte.

Climb war schwächer, wesentlich unerfahrener und geistig noch nicht so gefestigt – alles Aspekte, die bei einem Krieger eine große Rolle spielten. Wenn es einen Unterschied gab, dann, was ihre Ausrüstung anging.

Gazef hatte einen Anderthalbhänder, Climb hingegen ein Breitschwert und einen kleinen Schild. Eine verzauberte Klinge wäre anderen überlegen gewesen. Hier handelte es sich jedoch um Übungswaffen – also kein Trumpf, den er nutzen konnte.

Allerdings trug Gazef nur eine Waffe, Climb hingegen zwei – man konnte mit einem Schild ebenfalls angreifen. Als Ausgleich dafür, dass seine Angriffskraft auf diese beiden Kampfwerkzeuge verteilt war, besaß Climb einen Vorteil, was die Vielseitigkeit anging. Er konnte einen Schlag mit dem Schild abwehren und selbst angreifen oder mit dem Schwert parieren und mit dem Schild zuschlagen.

Climb studierte Gazefs Bewegungen genau, suchte nach Möglichkeiten für einen Gegenangriff.

Nach ein paar Sekunden schlich sich ein sachtes Lächeln auf die Züge des älteren Mannes. »Du willst nicht angreifen? Dann übernehme ich das ... Los geht's!«

Vollkommen gelassen hob Gazef sein Schwert. Er senkte seinen Schwerpunkt ein wenig, sammelte Energie in seinem Rumpf, als würde sich in seiner Mitte eine Sprungfeder spannen.

Climb festigte seinen Stand und seinen Griff, um für den bevorstehenden Angriff gewappnet zu sein

Dann stürmte der Hauptmann los, schwang sein Schwert nach oben und ließ es in einem mächtigen Hieb auf Climbs Schild niederfahren.

Er ist schnell! Der Junge versuchte erst gar nicht, den bevorstehenden Treffer mit seinem Schild abzuleiten. Er konzentrierte sich einzig und allein auf die simple Verteidigungsstrategie, der Attacke zu widerstehen.

Im nächsten Moment wurde der Schild von einem gewaltigen Schlag getroffen.

War er jetzt schon kaputt? Es fühlte sich jedenfalls so an. Climbs Hand war durch den Aufprall taub geworden. So einen Angriff musste man mit dem ganzen Körper abwehren.

Abwehren?! Wie soll ich überhaupt mit seiner Schnelligkeit mithalten? Wenn ich den nächsten Schlag zumindest abgleiten lassen könnte … Noch während er sich für seine Achtlosigkeit tadelte, traf ihn etwas in den Bauch. »Guh-hagh!«

Der Junge wurde nach hinten geschleudert, landete hart auf dem Rücken und der unnachgiebige Steinboden trieb ihm die Luft aus der Lunge. Es brauchte nur einen Blick zu Gazef, um zu verstehen, was passiert war.

Der ältere Krieger zog nach dem harten Tritt das Bein wieder zurück. »Konzentriere dich nicht zu sehr auf das Schwert, nur weil dein Gegner keine andere Waffe hat. Sonst könnte dich ein Tritt wie dieser erwischen. Dieses Mal hab ich auf deinen Bauch gezielt, normalerweise wählt man aber weniger gut geschützte Bereiche. Entweder das Knie oder … selbst wenn du deinen Schritt polsterst, ein Tritt mit Beinschienen aus Metall kann trotzdem für schlimme Verletzungen sorgen. Du musst den ganzen Körper deines Gegners im Auge behalten und auf jede Bewegung achten.«

»Ja … Sir.« Climb ignorierte den dumpfen Schmerz in seinem Bauch und rappelte sich auf.

Gazef verfügte über ein enormes Maß an Kraft. Mit einem Tritt von voller Stärke hätte er Climbs Rippen mühelos brechen können – ob mit oder ohne Kettenhemd –, und damit den Kampf für sich entschieden. Es war klar, dass er sich zurückgehalten und den Tritt absichtlich so platziert hatte, um den Jungen zu Boden zu schicken, mit gerade genug Wucht, wie dafür nötig war.

Dann ist das hier also doch eine Lehrstunde ... Vielen Dank. Die Erkenntnis, dass er gerade eine Lektion vom stärksten Krieger des Königreichs bekam, erfüllte Climb mit großer Dankbarkeit, und er nahm erneut Kampfhaltung an.

Was für eine unbeschreiblich wertvolle Gelegenheit! Er musste dafür sorgen, dass es nicht zu schnell vorbei war.

Der junge Soldat hob seinen Schild und schob sich langsam auf seinen Gegner zu. Gazef sah sich das Ganze schweigend an. Wenn das so weiterging, würde es genauso enden wie beim letzten Mal. Climb war gezwungen, seine Herangehensweise zu überdenken.

Sein wartender Gegner strahlte eine überwältigende Gelassenheit aus. Bislang hatte Climb Stronoff nicht einmal dazu gebracht, auch nur einen Bruchteil seiner wahren Kraft zu demonstrieren.

Angesichts seiner eigenen Unfähigkeit stieg Frust in ihm auf, doch dieses Gefühl zuzulassen kam ihm überheblich vor.

Climb näherte sich bereits seinen Grenzen. Obwohl er jeden Morgen früh aufstand, um zu üben, kam er lediglich im Schneckentempo voran. Seit er das erste Mal ein Schwert in die Hand genommen hatte, hatte sich sein Können kaum gesteigert. Selbst wenn er seinen Körper dazu bringen konnte, schwerere Waffen schneller zu schwingen, würde es ihm vermutlich trotz allem nicht gelingen, sich besondere Kampffähigkeiten anzueignen.

Bestimmt war es unhöflich, sich zu wünschen, Gazef, das Sinnbild kriegerischer Begabung, würde sein gesamtes Potenzial in diesem Kampf voll ausschöpfen, wenn Climb dermaßen unfähig war. Er beklagte innerlich, dass seine kümmerlichen Fähigkeiten dies unnötig machten.

Ihm zu sagen, er solle ihre Trainingsstunde wie einen richtigen Kampf betrachten, war vermutlich Gazefs Art gewesen, Climb wissen zu lassen: Wenn er nicht mit der Absicht zu töten kämpfte, wäre das Ganze nichts weiter als Zeitverschwendung.

Der Junge knirschte hörbar mit den Zähnen.

Er hasste seine eigene Schwäche. Wäre er stärker, könnte er nützlicher sein. Mit mehr Macht könnte er die Waffe der Prinzessin sein und sich jenen stellen, die das Königreich beschmutzten, das Volk leiden ließen.

Die Prinzessin verfügte lediglich über ein zerbrechliches Schwert, weswegen sie vorsichtig sein musste, wie sie es einsetzte, was in Climb wiederum Schuldgefühle weckte.

Diese Bedenken verdrängte er augenblicklich. Wenn er bei dieser Begegnung seine Fähigkeiten auch nur ein wenig verbessern wollte, durfte er sich nicht von solcher Schwermut übermannen lassen. Er musste sich diesem Mann, der den Gipfel des menschlichen Potenzials darstellte, stellen – mit allem, was er aufbieten konnte.

In seinem Herzen gab es nur einen Gedanken: *Ich will der Prinzessin von Nutzen sein ...*

»Oh?«, murmelte Gazef anerkennend und seine Miene wandelte sich geringfügig.

Der Grund war die Veränderung, die er in dem Jungen an der Schwelle zum Mannesalter vor sich bemerkte. Bis eben war Climb aufgeregt gewesen, wie ein Kind, das einer Berühmtheit begegnete. Doch nach dem Tritt war davon nichts mehr zu sehen, stattdessen zeigte er ihm das Gesicht eines Kriegers.

Gazef wurde ein wenig vorsichtiger.

Er hielt mehr von Climb, als dem Jungen bewusst war. Insbesondere respektierte er seinen unermüdlichen Wunsch, besser zu werden. Seine Hingabe glich beinahe religiösem Eifer. Und dann waren da noch seine Fähigkeiten als Schwertkämpfer.

Niemand hatte ihn unterrichtet. Was er wusste, hatte er gelernt, indem er andere beim Training beobachtete. Seine Haltung war unausgefeilt, seine Bewegungen plump und oft unnötig kompliziert. Doch anders als jene, die, ohne zu überlegen, übten, was man ihnen beigebracht hatte, dachte Climb über jeden Schlag nach und schuf sich auf diese Weise einen Stil, der sich auf den echten Kampf konzentrierte. Oder, um es finster auszudrücken, den Stil eines Mörders.

Gazef fand das absolut wunderbar.

Ein Schwert war letztendlich nichts anderes als ein Werkzeug für Mord. Jemand, der nur zum Sport und für Vorführungen trainierte, war in einem ernsthaften Kampf nutzlos. Ein solcher Stil schützte und rettete niemanden.

Climb jedoch war anders. Er würde seine Feinde niederstrecken, um zu beschützen, was immer ihm wichtig war.

Wie dem auch sei …

»Deine Einstellung mag sich gerade geändert haben, der deutliche Unterschied, was unsere Fähigkeiten angeht, bleibt trotzdem derselbe! Was willst du dagegen unternehmen?«

Wenn man es auf den Punkt brachte, fehlte Climb die angeborene Begabung. Ohne diese konnte er niemals den Gipfel erklimmen, auf dem Gazef oder Brain Unglaus standen. Egal wie verbissen er sich bemühte, wie rücksichtslos er seine Muskeln drillte.

Die Versuche des Jungen, zum Stärksten zu werden, waren nichts weiter als Träume oder Wunschvorstellungen.

Warum also versuchte Gazef, ihm etwas beizubringen? Wäre es nicht sinnvoller, seine Zeit in jemanden mit mehr Talent zu investieren?

Die Antwort war simpel: Er konnte nicht tatenlos zusehen, wie sich Climb umsonst abmühte. Wenn es eine Grenze des menschlichen Potenzials gab, so warf sich dieser Junge immer wieder mit einem einzigen

Ziel vor Augen gegen diese unsichtbare Barriere. Und dafür bemitleidete ihn Gazef.

Er wollte dem Jungen einen anderen Weg weisen.

Er war überzeugt, selbst wenn Fähigkeiten ihre Grenzen hatten, galt das nicht für Erfahrung.

Der andere Grund bestand darin, dass Gazef den abstoßenden Zustand seines ehemals größten Gegners bedauerte. *Als würde ich versuchen, das irgendwie wettzumachen ... was Climb gegenüber nicht gerecht ist, aber ... Es ist ja nicht so, als würde es ihm nichts nützen, sich ein wenig mit mir zu messen.*

»Na komm schon, Climb!«

Die entschlossene Antwort unterbrach Gazefs inneren Monolog.

»Sir!«

Zeitgleich mit seinem Schrei stürmte Climb nach vorne.

Anders als zuvor hob Gazef mit ernster Miene langsam sein Schwert.

Dann ließ er es herabsausen.

Sollte Climb es mit seinem Schild abfangen, würde ihn das zum Stillstand bringen; das Gleiche mit seinem Schwert zu versuchen würde ihn zurückwerfen. Dieser Angriff machte jede Abwehr zwecklos. Sich zu verteidigen war eine schlechte Idee, doch Climbs Breitschwert war kürzer als Gazefs Anderthalbhänder.

Er konnte nur einen Sprung wagen. Das wusste Gazef, entsprechend war er darauf vorbereitet.

Climb kam in Reichweite von Gazefs Schwert.

Der Schlag war perfekt abgestimmt und der Junge wehrte ihn mit seinem Schild ab. Dieses Mal war der Treffer sogar noch härter. Der Schmerz in seinem Arm brachte Climb dazu, unwillkürlich das Gesicht zu verziehen.

»Schade, dass es letztendlich denselben Verlauf nimmt wie zuvor.«

Gazef schien ein wenig enttäuscht, während er zu einem weiteren Tritt in Climbs Bauch ansetzte, doch dann geschah etwas Unerwartetes ...

»Festung!«

Gazef wirkte angesichts dieses Ausrufs etwas überrascht.

Es war nicht so, als könnte man die Kampfkunst Festung nicht auch ohne Schwert oder Schild benutzen. Sie ließ sich ebenso mit bloßen Händen oder einer Rüstung anwenden. Normalerweise nutzte man sie bei der Verteidigung mit Schwert oder Schild, weil der zeitliche Ablauf genau stimmen musste. Wenn man sich verschätzte, konnte es passieren, dass man den Treffer ungeschützt einsteckte. Darum entsprach es der menschlichen Psychologie, diese Kampfkunst zu aktivieren, wenn man einen Angriff mit einer Waffe abfing.

Allerdings wusste Climb exakt, wann Gazefs Tritt erfolgen würde.

»Du hast das so geplant?«

»Ja, Sir!«

Die Wucht hinter Gazefs Tritt verpuffte, als würde sie von etwas Weichem abgefedert werden. Mit voll ausgestrecktem Bein und unfähig, Kraft hineinzuschicken, gab er den Versuch auf und machte sich daran, den Fuß wieder auf den Boden zu bringen. Während sich der Hauptmann in dieser unvorteilhaften Haltung befand, rückte Climb vor, um selbst anzugreifen.

»Hieb!«

Während er sein Schwert herabsausen ließ, aktivierte Climb die Kampfkunst.

Eigne dir einen einzelnen Angriff an, den du voller Zuversicht entfesseln kannst.

Er verfügte über keine angeborene Begabung zum Schwertkämpfer, allerdings hatte er sich den Rat eines Kriegers zu Herzen genommen, und seinen Überkopfschwung bis zur Vollendung geübt.

Climb war nicht besonders muskulös und nicht einmal in der Lage, schnell Muskeln aufzubauen. Ihm fehlte ohnehin die nötige Beweglichkeit, um eine solche zusätzliche Masse sinnvoll einzusetzen.

Also hatte er seinen Körper gestählt und durch zahllose Wiederholungen einen drahtigen Körperbau entwickelt.

Als Ergebnis konnte man seinen Überkopfschwung, bei dem er hinter seiner Klinge Luftverwirbelungen herzog, als ungewöhnlich flink bezeichnen.

Und diese Klinge raste in diesem Augenblick auf Gazefs Kopf zu.

Climb dachte nicht einmal daran, dass sein Angriff bei einem Treffer tödlich enden könnte. Er war voll und ganz davon überzeugt, ein Mann von Gazefs Kaliber würde durch so etwas nicht ums Leben kommen.

Ein scharfes Klirren ertönte, als der Anderthalbhänder die Bahn des niederfahrenden Breitschwerts kreuzte.

Gazef hatte so weit vorausgeplant.

Climb bot seine gesamte Stärke auf, um den älteren Krieger aus dem Gleichgewicht zu bringen.

Doch Gazef rührte sich nicht.

Selbst in der unsicheren Haltung auf einem Bein hatte er keine Schwierigkeiten, Climbs mit ganzer Kraft geführten Schlag abzufangen. Der Mann erschien wie ein großer Baum mit dicken, tief im Erdreich verankerten Wurzeln.

Climb hatte seine Kampfkunst und seine gesamte Energie aufgeboten. Dennoch konnte er sich nicht mit dem auf einem Bein stehenden Gazef messen. Von dieser Erkenntnis verblüfft zuckte sein Blick zu seinem Bauch.

Um die Attacke mit dem Breitschwert ausführen zu können, war er gezwungen gewesen, sich dicht an seinen Gegner heranzuwagen, was Gazef nun Gelegenheit gab, erneut nach ihm zu treten.

Er machte im selben Moment einen Satz zurück, als ihn der ältere Krieger traf.

Bloß ein schwacher, dumpfer Schmerz. Mit ein paar Schritten Abstand zwischen sich starrten sich die beiden Kontrahenten an.

Gazefs Augen lachten, sein Mund verzog sich zu einem Grinsen.

Seine Miene wirkte amüsiert, allerdings ohne eine Spur von Gehässigkeit. Nur ein erfrischendes Lächeln. Es war Climb unangenehm, dass ihn Gazef wie ein Vater anlächelte, der auf die Fortschritte seines Sohns stolz war.

»Gut gemacht. Den nächsten Angriff nehme ich wohl besser etwas ernster.« Sein Gesichtsausdruck veränderte sich.

Angst breitete sich in Climbs Körper aus. Der stärkste Krieger des Königreichs gab sich endlich die Ehre.

»Ich hab einen Heiltrank. Wenn ich dir einen Knochen oder so breche, können wir uns gleich darum kümmern, also mach dir keine Sorgen.«

»Danke.«

Zu hören, wie Gazef praktisch ankündigte: *Ich werde dir einen Knochen brechen, mehr nicht*, ließ Climbs Herz schneller schlagen. Er war Verletzungen gewohnt, das bedeutete jedoch nicht, dass er sie mochte.

Gazef griff an – doppelt so schnell wie Climb zuvor.

Der Anderthalbhänder beschrieb einen ungewöhnlich tiefen Bogen, der auf die Füße des Jungen zielte, wobei die Spitze nahezu über den Boden glitt. Von der Geschwindigkeit und der damit verbundenen Schwungkraft überrascht, schützte Climb seine Füße, indem er sein Breitschwert auf den Boden richtete, als wollte er es in den Stein rammen.

Die beiden Waffen trafen aufeinander. Zumindest dachte Climb das, doch plötzlich kam ihm Gazefs Anderthalbhänder an der Klinge seines Breitschwerts entlang entgegen.

»Kgh!« Er drehte sich von dem Schwert weg, wodurch er ihm nur um Haaresbreite entging. Die Zugluft blies ihm die Haare aus dem Gesicht.

Es war erschreckend, wie rasant ihn Gazef in die Ecke gedrängt hatte. Sein Blick folgte dem Anderthalbhänder und Climb verfolgte, wie er plötzlich innehielt und erneut herumgeschwungen wurde.

Schneller, als er denken konnte.

Sein Überlebensinstinkt trieb ihn dazu, seinen Schild in die Bahn des Schwerts zu halten. Der Treffer klirrte schrill.

Und dann ...

»Gah!«

Von einem scharfen Schmerz begleitet wurde Climb zur Seite geworfen. Als er auf dem Boden aufschlug, verlor er seine Waffe.

Der Anderthalbhänder war seitlich am Schild abgeprallt und hatte die weit offene Flanke des Jungen schwer getroffen.

»Finde den Fluss der Bewegungen. Hör auf zu denken. *Erst angreifen, dann verteidigen* – du musst dich auf eine Weise bewegen, die in deinen nächsten Schlag übergeht.« Während Climb sein Schwert aufklaubte, sich beim Aufrappeln die Seite hielt, sagte Gazef freundlich: »Ich hab mich zurückgehalten, es ist also nichts gebrochen. Es geht dir noch gut, oder? Was willst du jetzt machen?«

Im Gegensatz zu Gazef, der nicht im geringsten außer Atem schien, ließen Schmerz und Stress Climb keuchen.

Wenn er nicht mehr als eine Handvoll solcher Schlagabtausche durchhielt, verschwendete er Gazefs Zeit. Doch er wollte sich verbessern, egal wie gering sein Fortschritt auch sein mochte.

Er nickte Gazef zu, hob sein Schwert.

»Na schön, dann machen wir also weiter.«

»Ja, Sir!« Mit diesem heiseren Schrei auf den Lippen rannte Climb los.

Nach einigen Schwerttreffern, Stürzen, Tritten und Schlägen brach Climb völlig außer Atem auf dem Boden zusammen. Es war angenehm zu spüren, wie der kalte Stein seine Körperwärme durch Kleidung und Kettenhemd aufsaugte.

Er keuchte, wischte sich nicht einmal den Schweiß vom Gesicht. Ihm fehlte schlichtweg die Kraft dazu.

Er ignorierte den an verschiedenen Stellen seines Körpers aufblühenden Schmerz, dennoch war er überwältigt von diesem Maß an Erschöpfung und schloss einen Moment lang die Augen.

»Gut gemacht. Ich hab versucht, dich so zu treffen, dass ich dir nichts breche, aber wie fühlst du dich?«

Ohne ein Wort herauszubringen und noch immer am Boden liegend, bewegte Climb die Arme, machte sich ein Bild von den Prellungen und Schürfwunden, bevor er die Augen öffnete. »Scheint alles in Ordnung zu sein. Ich hab Schmerzen, vermutlich nur blaue Flecken.«

Nichts davon fühlte sich wie eine ernsthafte Verletzung an. Nichts davon würde ihn daran hindern, die Prinzessin zu beschützen.

»Gut … Dann brauchst du den Heiltrank wohl nicht, hm?«

»Nein. Wenn ich zu viele davon benutze, bringt das ganze Krafttraining nichts.«

»Wenn deine Muskeln auf natürliche Weise heilen, werden sie kräftiger, aber nicht, wenn du mit magischen Hilfsmitteln ihren ursprünglichen Zustand wiederherstellst. Verstehe. Machst du dich jetzt auf den Weg, deiner Aufgabe als Leibwächter der Prinzessin nachzugehen?«

»Ja.«

»Dann gebe ich sie dir. Nimm sie, falls du glaubst, sie zu brauchen.« Er stellte das Fläschchen neben Climb auf den Boden.

»Danke.« Der Junge setzte sich auf, betrachtete den Mann, den sein Schwert nicht ein einziges Mal berührt hatte.

Der unversehrte Krieger fragte verwirrt: »Was ist?«

»Ach, ich hab nur gerade gedacht, wie erstaunlich Ihr seid …«

Gazef schwitzte kaum. Er war nicht außer Atem. Seufzend akzeptierte Climb, wie viel ihn, einen am Boden liegenden Jungen, vom stärksten Mann des Königreichs trennte.

Zur Antwort grinste Gazef verlegen. »Oh. Ich verstehe.«

»Wie …?«

»Ich kann dir nicht wirklich sagen, wie ich so stark geworden bin. Ich hatte einfach ein gewisses Talent, mehr nicht. Ich hab das Kämpfen übrigens während meiner Zeit als Söldner gelernt. Die Adeligen beschweren sich immer, wie vulgär meine Tritte sind, aber die hab ich mir auch damals angeeignet.«

Es gab keine Tricks, durch die man stärker wurde. Das hatte ihm Gazef gerade unmissverständlich mitgeteilt. Mühelos hatte er das Fünkchen Hoffnung beiseitegewischt, an das sich Climb geklammert hatte. Den Glauben, wenn er nur weiter trainierte, würde er stärker werden.

»In gewisser Weise wär das ein guter Stil für dich, Climb – Schläge, Tritte, ein Stil, bei dem du Arme und Beine auf diese Weise einsetzt.«

»Glaubt … Ihr das wirklich?«

»Ja, keine Ausbildung als Schwertkämpfer oder Soldat zu haben, könnte für dich von Vorteil sein. Sobald sie ein Schwert in Händen halten, konzentrieren sich die meisten nur noch darauf … Meiner Meinung nach ist das nicht besonders schlau. In einem echten Kampf sollte eine Herangehensweise, bei der man seine Hände und Füße voll nutzt und das Schwert lediglich eine weitere Angriffsmöglichkeit darstellt, weitaus sinnvoller sein. Nun, man könnte sagen, es ist eine schmutzige Art zu kämpfen … aber für Abenteurer eignet sie sich ausgezeichnet.«

Climb gab seine übliche, stoische Miene auf und lächelte. Er hätte nie geahnt, dass der stärkste Mann des Königreichs so viel von seinem

Können mit dem Schwert oder seinen ungewöhnlichen Manövern hielt. Er wusste, dass sich die Adeligen hinter vorgehaltener Hand über ihn lustig machten, wodurch dieses Lob für ihn nur noch bedeutender wurde.

»Na schön, ich gehe dann wieder. Ich muss mich auf das Frühstück mit dem König vorbereiten. Hast du etwas noch Zeit, bevor dein Dienst beginnt?«

»Ja. Die Prinzessin empfängt heute Besuch.«

»Besuch? Einer der Adeligen?«

Gazef fragte sich, mit wem sich die Prinzessin wohl abgeben würde, und Climb lieferte ihm prompt die Antwort: »Von der Aindra-Familie.«

»Aindra? Oh, und welche davon? Blau, richtig? Ich kann mir nicht vorstellen, dass es der Rote ist.«

»Ja, von den Blauen Rosen.«

Gazef war sichtlich erleichtert. »Aha ... verstehe, sie bekommt also Besuch von ihrer Freundin ...«

Der Hauptmann schien davon auszugehen, dass Renner Climb nicht beim Frühstück mit ihrer Freundin dabeihaben wollte. In Wahrheit hatte er ihre Einladung ausgeschlagen. Selbst wenn er die Art von Beziehung zu ihr gehabt hätte, die das erlauben würde – die Einladung eines Mitglieds der königlichen Familie abzulehnen hätte bei Gazef sicher zu einem Stirnrunzeln geführt. Darum sagte Climb nichts weiter dazu und überließ die Einzelheiten der Fantasie des älteren Mannes.

Was Aindra anging: Dank Renner kannte sie Climb und sie behandelte ihn freundlich. Anders als andere Adelige würde sie nicht ungehalten reagieren, wenn er beim Frühstück dabei gewesen wäre. Renner hatte jedoch nur wenige Freundinnen und er fand, sie sollte die Gelegenheit für ein Gespräch unter Mädchen nutzen, ohne dass ein Kerl dabei war.

»Ich möchte Euch für heute danken, Gazef.«

»Ach, nicht der Rede wert. Ich hatte auch meinen Spaß.«

»Wenn es Euch nichts ausmacht, könntet Ihr mir irgendwann noch mehr beibringen?«

Gazef war sich nicht sicher, was er dazu sagen sollte, doch schneller, als Climb seinen Fehltritt bemerken und sich entschuldigen konnte, antwortete der Hauptmann: »Klar, solange wir die Zeit und einen passenden Ort finden, wo sonst niemand in der Nähe ist.«

Climb verstand genau, was der ältere Krieger meinte, und hielt sich daher zurück, etwas Unangebrachtes zu sagen. Mit schmerzenden Muskeln rappelte er sich auf. Er ließ es sich allerdings nicht nehmen, seine aufrichtigen Gedanken auszusprechen. »Vielen Dank.«

Gazef winkte wohlwollend und setzte sich in Bewegung. »Na schön, räumen wir auf. Wenn ich zu spät zum Frühstück komme, bekomme ich eine Menge Ärger. Übrigens, dein Überkopfschwung ist ziemlich gut. Du musst dir nur überlegen, was du danach machen willst – falls dein Gegner ausweicht oder ihn abwehrt.«

»Ja, Sir!«

4

3 später Flammenmond (September), 6:22 Uhr

Nachdem Gazef gegangen war, wischte sich Climb mit einem feuchten Handtuch ab und begab sich zu einem Ort, der sich deutlich von der großen Übungshalle unterschied. Dieser Raum war zwar genauso groß, allerdings gefüllt mit langen Tischen und Bänken, an denen zahlreiche Leute saßen und miteinander plauderten. Ein appetitanregender Duft schwängerte die angenehme Atmosphäre.

Dies war der Speisesaal.

Climb schlängelte sich durch den Lärm, um sich hinter ein paar anderen anzustellen.

Während sich die Schlange vorwärtsbewegte, nahm er sich von bereitstehenden Stapeln Geschirr. Auf sein Tablett kamen ein Holzteller und eine hölzerne Eintopfschüssel, gefolgt von einem Holzbecher.

Der Reihe nach wurden die Wartenden an der Essensausgabe bedient.

Jeder bekam eine große Backkartoffel, Schwarzbrot, hellen Eintopf mit Beilagen, Sauerkraut und ein Würstchen – Climbs Meinung nach war es ein Festmahl.

Von seinem Tablett stieg ein einladender Duft auf. Mit plötzlichem Heißhunger ließ er den Blick durch den Speisesaal schweifen.

Die Soldaten waren beim Essen nicht gerade leise und unterhielten sich mit ihren Sitznachbarn über diverse Themen wie beispielsweise, was sie an ihrem nächsten freien Tag vorhatten, das Essen, ihre Familie, Alltägliches, was sie bei der Arbeit erlebt hatten und so weiter.

Climb entdeckte einen leeren Platz und bewegte sich durch den geschäftigen Raum darauf zu.

Angekommen stieg er über die Bank und stellte sein Tablett ab. Links und rechts von ihm saßen Soldaten, die sich angeregt mit ihren Freuden unterhielten. Während er Platz nahm, schauten ihn diejenigen in seiner Nähe kurz an, um sich dann desinteressiert abzuwenden.

Es war, als gäbe es im allgemeinen Plätschern der Unterhaltungen eine Flaute, die ausschließlich um Climb herum herrschte.

Von außen betrachtet mochte es seltsam scheinen.

Überall fanden lebhafte Gespräche statt, aber niemand beachtete ihn. Dass kaum jemand einfach so einen Fremden ansprechen würde war verständlich. Doch da sie allesamt Soldaten waren, die am selben Ort ihren Dienst versahen und einander ihr Leben anvertrauten, war diese Behandlung etwas eigenartig.

Es war, als existierte er nicht.

Climb versuchte ebenfalls nicht, mit irgendwem ins Gespräch zu kommen – er kannte seinen Platz.

Die Wachen von Burg Ro-Lente gehörten nicht zum gewöhnlichen Militär.

Die »Soldaten« des Königreichs umfassten Lehnsmänner, die von ihren jeweiligen Adeligen zum Dienst verpflichtet und entsprechend ausgerüstet wurden, ebenso wie Soldaten, die wie eine Privatarmee organisiert waren und von Würdenträgern der Stadt bezahlt wurden. Hinzu kamen die Wachen, die hauptsächlich in den Straßen der Stadt patrouillierten. Sie alle hatten eines gemeinsam – sie waren Bürgerliche.

Bauern unbekannter Herkunft mit dem Schutz der Burg zu beauftragen und sie in die Nähe der königlichen Familie sowie der geheimdienstlichen Informationen des Königreichs zu lassen barg jedoch das

Potenzial, Ärger zu verursachen. Darum brauchten die Soldaten, die Burg Ro-Lente bewachten, ein Empfehlungsschreiben eines Adeligen. Sollte ein solcher Soldat Schwierigkeiten machen, würde man den bürgenden Adeligen dafür zur Verantwortung ziehen. Daher wurde genaustens darauf geachtet, dass bekannt war, wer diese Soldaten waren, und dass es keinerlei Hinweise darauf gab, dass ihre Denkweise oder ihr Verhalten zu Problemen führen könnten.

Dieses System hatte allerdings zu einer besonderen Entwicklung geführt: Zur Bildung von zwei Fraktionen.

Die Adeligen, die Kandidaten für den Dienst in der Burg vorschlugen, gehörten entweder zur einen oder anderen Gruppe – der des Königs oder der des restlichen Adels. Selbstverständlich standen die jeweiligen Soldaten auf derselben Seite wie ihre Gönner. Diejenigen, die das nicht demonstrierten, hätten von vornherein keine Aussicht darauf gehabt, ausgewählt zu werden. Es war also nicht übertrieben zu behaupten, dass es keinen einzigen unter ihnen gab, der neutral und unabhängig war.

Auf den ersten Blick bot diese Herangehensweise keinerlei Vorteile, einer existierte allerdings. Da der Konflikt zwischen den beiden Fraktionen potenziell zu einem Krieg führen konnte, wurde von ihnen erwartet, dass sie ihre Aufgabe pflichtbewusst erfüllten. Obwohl sie sich keinesfalls mit den Rittern des Imperiums messen konnten, musste man einräumen, dass die Soldaten, die die Burg bewachten, gut ausgebildet waren.

Climb hingegen war ihnen um einiges voraus, und das war ein weiterer Grund, warum ihn die Adeligen nicht ausstehen konnten – er war stärker, als die von ihnen unterstützten Soldaten.

Natürlich bestand noch die Möglichkeit, dass ein Adeliger zu keiner der beiden Fraktionen zählte. Beim Ringen um Einfluss, das zwischen dem Königshaus und der Aristokratie herrschte, gab es einen einzigen, der genug strategisches Geschick besaß, um zwischen den beiden Gruppen hin- und herzuwechseln.

Abgesehen von den Soldaten, die von diesem außergewöhnlichen Adeligen unterstützt wurden, ließ sich hier nur ein anderer finden, der sich zu keiner der beiden Gruppen bekannte.

Nämlich Climb.

Das machte seine Position äußerst schwierig.

Normalerweise hätte ein Mensch von seiner Abstammung niemals als Renners persönlicher Begleiter dienen können. Einem Bürger von niederem Stand wäre nie gestattet worden, ein Mitglied der königlichen Familie zu beschützen. Diese Aufgabe fiel für gewöhnlich einem Adligen von Rang und Namen zu.

Nun, eine Ausnahme existierte allerdings: Gazef Stronoff, der stärkste Soldat des Königreichs mit seiner Elitetruppe. Wichtiger noch, es gab nicht viele, die Prinzessin Renner offen widersprechen konnten, wenn sie etwas unbedingt wollte. Ein Verwandter konnte ihr vielleicht ins Gewissen reden, doch wenn sie die Zustimmung des Königs hatte, wagte niemand, sich dagegen auszusprechen.

Eben wegen seiner schwierigen Position hatte Climb ein eigenes Zimmer. Wäre er ein Soldat wie alle anderen gewesen, hätte er sich mit anderen einen gemeinsamen Schlafraum teilen müssen.

Obwohl Renners ausdrücklicher Wunsch, ihn als Leibwächter zu engagieren, ein Grund dafür war, dass er sein eigenes Zimmer bewohnte, ging es auch darum, ihn zu isolieren. Weil er zu keiner Fraktion gehörte, wusste man nicht, wo man ihn unterbringen sollte.

Wenn man die Umstände des Jungen und seine Position bedachte, hätte man meinen sollen, er wäre Teil der königlichen Fraktion. Aber obwohl die Adeligen dieser Gruppierung dem König gegenüber loyal waren, war Climb ein Niemand, den sie bestenfalls als Ärgernis betrachteten.

Darum war anzunehmen, selbst wenn sie ihn aufnehmen würden, wüssten sie nicht, wie sie ihn behandeln sollten. Er würde seinerseits natürlich mit ihnen zusammenarbeiten, solange man ihn weitestgehend in Ruhe ließ. Und was die Adeligen selbst anging, für sie wäre es durchaus lohnenswert gewesen, ihn auf ihre Seite zu ziehen, gleichzeitig jedoch auch gefährlich.

Jede Fraktion setzte sich aus zahllosen Adeligen zusammen und dort herrschten durchaus unterschiedliche Denkweisen und Ansichten. Letztendlich musste man sich eingestehen, dass eine Fraktion nichts weiter war als ein loses Bündnis ähnlich denkender Leute, die versuchten, aus dieser Verbindung den größtmöglichen Vorteil zu ziehen. Darum gab es durchaus Leute unter den Königstreuen, die Climb – den ungeachtet seiner ärmlichen Herkunft engsten Vertrauten der schönen Goldenen Prinzessin – verabscheuten, während sich in der Fraktion der Adeligen jene fanden, die sich gerne mit ihm angefreundet hätten.

Bislang war allerdings niemand so leichtsinnig gewesen, wegen eines Jungen eine Spaltung seiner jeweiligen Gruppe zu riskieren. Das bedeutete letztendlich: Während jeder vermeiden wollte, dass Climb sich der Gegenseite anschloss, wagte niemand den Schritt, ihn auf die eigene zu ziehen.

Darum unterhielt sich niemand mit ihm, darum aß er alleine.

Er nahm seine Mahlzeit schweigend zu sich, ließ den Blick nicht schweifen. Nach nicht einmal zehn Minuten war er fertig.

»Nun gut, vermutlich sollte ich mich langsam auf den Weg machen.« Er sprach leise mit sich selbst – etwas, das er aufgrund seiner Einsamkeit immer häufiger tat –, stand auf und wurde von einem zufällig vorbeikommenden Soldaten angerempelt.

Der Ellbogen des Mannes traf eine Stelle, die er sich beim Training mit Gazef geprellt hatte, und obwohl seine Miene ausdruckslos blieb, ließ ihn der Schmerz innehalten.

Der Soldat ging ohne ein Wort weiter. Natürlich sagte auch keiner der Umsitzenden etwas. Ein paar, die das Ganze beobachtet hatten, runzelten leicht die Stirn, schwiegen jedoch.

Climb atmete langsam aus, brachte sein benutztes Geschirr zurück.

Diese Art von Schikane war nichts Ungewöhnliches. Er war nur froh, dass es nicht passiert war, als seine Schüssel noch voll mit heißem Eintopf gewesen war.

Dass jemand ein Bein ausstreckte, um ihn stolpern zu lassen, oder gegen ihn prallte und so tat, als wäre es ein Versehen gewesen, kam immer wieder vor.

Trotzdem ...

Was sollte das?

Climb lief unbeeindruckt und mit erhobenem Kopf weiter. Mehr als das konnten sie ihm ohnehin nicht antun, besonders nicht hier im Speisesaal vor so vielen Zeugen.

Sollte er sich in einer solchen Situation rächen, würde er Schande über sich bringen und seiner Herrin Renner damit Probleme bereiten. Es ging um den Ruf der Frau, der er sich voll und ganz verschrieben hatte.

Kapitel 2: Die Blauen Rosen

Kapitel 2: Die Blauen Rosen

1

3 später Flammenmond (September), 8:02 Uhr

Makellos herausgeputzt, in seine weiße Plattenrüstung gekleidet und mit seinem Schwert an der Hüfte, betrat Climb Schloss Valencia.

Der Palast bestand aus drei Hauptgebäuden und er befand sich nun im größten davon, in dem die königliche Familie residierte. Anders als der Speisesaal im Wachturm war hier alles dafür entworfen, so viel Licht hereinzulassen wie möglich, sodass das gesamte Innere taghell erstrahlte.

Er folgte einem langen Flur, der so sauber war, dass man vermutlich nicht ein Staubkorn gefunden hätte, schon gar keinen Abfall. Seine Rüstung war mit einer Legierung aus Mithril und Orichalkum versehen, wodurch sie fast kein Geräusch erzeugte; zudem war sie mit mehreren Zaubern belegt.

Entlang des breiten Korridors standen reglos und in voller Rüstung die Elitesoldaten, deren Aufgabe die Bewachung des Palasts war – die Ritter des Königreichs.

Im Imperium war ein *Ritter* eine ganz normale Person, die man zu einem professionellen Soldaten gemacht hatte, im Königreich hingegen bezeichnete das Wort jemanden, dem man einen Titel verliehen hatte. Dritte oder gar vierte Söhne von Adeligen, die kein Anrecht auf die Besitztümer ihrer Familie hatten, strebten häufig den Ritterstand an. Abgesehen davon war der Sold mehr als angemessen, was wiederum dazu führte, dass nur die begabtesten Bewerber ausgewählt wurden. Verbindungen alleine halfen einem hier nicht weiter.

Am passendsten ließen sich die Ritter des Königreichs vielleicht als »die Leibwache des Königs« bezeichnen.

Gazefs Titel als Kriegerhauptmann war etwas, das sich der König ausgedacht hatte, um all den Einwänden der Aristokratie entgegenzuwirken, die nichts davon hielt, einen Bürgerlichen zum Ritter zu schlagen. Und darum wurden die von ihm handverlesenen Elitesoldaten unter seinem Befehl die königliche Garde genannt.

Climb nickte den Rittern zu. Für gewöhnlich erwiderten sie seinen Gruß. Ein paar von ihnen taten es unbewusst, anderen war es damit ernst. Diese Männer waren Adelige, gleichzeitig waren sie dem König gegenüber loyal und im Herzen Krieger. Darum brachten sie einem herausragenden Soldaten, dessen Hingabe an seinen König niemals wanken würde, Respekt entgegen.

Allerdings begegnete er in den Gängen auch denjenigen, die ihm gegenüber offene Feindseligkeit an den Tag legten – den Kammerzofen. Die meisten bedachten ihn bei jeder Begegnung mit ungehaltenen Blicken.

Anders als herkömmliche Bedienstete handelte es sich bei den Kammerzofen des Palasts um die Töchter von Adelshäusern, die hofften, auf diese Weise ihr Ansehen zu steigern. In gewisser Weise waren sie von höherem Stand als Climb. Viele von ihnen entstammten den angesehensten Familien, besonders diejenigen, die sich direkt um die königliche Familie kümmerten. Ihre wütenden Mienen machten deutlich, wie sehr es ihnen widerstrebte, sich vor einem Mann niederer Abstammung verneigen zu müssen.

Es stimmte, Climbs sozialer Stand lag unter ihrem; daher wollten sie ihren Unmut darüber vermutlich zum Ausdruck bringen, wenn Renner nicht in der Nähe war. Das verstand er und er beklagte sich nicht darüber.

Allerdings sorgten diese Gefühle dafür, dass er die Blicke ausdruckslos erwiderte, was die Kammerzofen wiederum so auffassten, als würde er sie einfach ignorieren. Das befeuerte ihre Wut nur noch mehr und nährte einen Teufelskreis, dessen Existenz sich Climb nicht einmal bewusst war. Tatsächlich hätte er mit vielen Situationen besser umgehen können, wenn er derartige Dinge bemerkt hätte.

Der junge Soldat war ein wenig schwer von Begriff, dennoch war er jedes Mal aufs Neue nervös, wenn er so durch den Palast ging.

Natürlich umfasste die königliche Familie außer Renner und Ramposa III. noch weitere Mitglieder.

Ack!!! Als er eines davon auf sich zukommen sah, trat er an den Rand des Korridors, nahm Haltung an und hob zum Gruß eine Hand an die Brust.

Sie waren zu zweit. Der hintere der beiden war groß, schlank und trug sein Haar streng zurückgekämmt. Es handelte sich um Marquis Raeven, einen der sechs großen Adeligen.

Das Problem war der übergewichtige Mann vor ihm. Zanac Valléon Igana Ryle Vaiself. Er war der Zweite in der Thronfolge, der jüngere der beiden Prinzen.

Er blieb stehen und verzog sein schwabbeliges Gesicht zu einem sarkastischen Grinsen. »Oh, wenn das nicht Climb ist! Willst du das Monster besuchen?«

Es gab nur eine Person, die Prinz Zanac als Monster bezeichnete. Obwohl Climb wusste, wie respektlos es war zu widersprechen, konnte er nicht einfach nur dastehen und schweigen. »Eure Hoheit. Bei allem gebührenden Respekt, Prinzessin Renner ist keinesfalls ein Monster. Angesichts ihrer Schönheit und Herzensgüte kann man zurecht behaupten: Sie ist das Juwel des Königreichs.«

Wenn die Frau, die Gesetzesänderungen zur Abschaffung der Sklaverei vorlegte, um damit der Bevölkerung zu helfen, kein Juwel war, wer dann? Dank der Einmischungen der Adeligen hatten nicht alle ihre Vorschläge das Tageslicht erblickt, dennoch entsprach das Climbs Überzeugung. Er wusste, wie sehr Renner das Volk am Herzen lag.

Zanac, der nichts dergleichen tat, hatte nicht das Recht, auch nur ein einziges Wort über die mitfühlende Frau zu verlieren, die jedes Mal Tränen vergoss, wenn man ihre Ideen verspottete und ablehnte.

Er wollte den Prinzen brüllend zur Schnecke machen, den dicken Mann mit seinen Fäusten bearbeiten.

Niemand, nicht einmal ein Prinz, sollte so über seine Blutsverwandten reden – selbst wenn sie nur Halbgeschwister waren. Doch es wäre unverzeihlich gewesen, hätte sich Climb seine tobende Wut anmerken lassen.

Renner hatte ihn gewarnt. *»Mein Bruder wird versuchen, dich dazu zu provozieren, etwas Diffamierendes zu sagen. Er hätte gerne einen Grund, dich von mir zu trennen. Climb, zeige ihm gegenüber niemals auch nur die geringste Schwäche.«*

Er erinnerte sich an den Tag, an dem er ihr – seiner Herrin, die von ihrer eigenen Familie nichts als Ablehnung erfuhr –, im Angesicht ihrer todunglücklichen Miene geschworen hatte, sie niemals zu enttäuschen.

»Ich habe Renner nicht als Monster oder sonst etwas bezeichnet. Sieht so aus, als würdest du in deinem Herzen so über sie denken ... Das würde ich sagen, doch ich werde nichts derart Klischeehaftes von mir geben. Aber ein ›Juwel‹, hm? Glaubst du, sie erwartet wirklich, dass auch nur einer ihrer Vorschläge angenommen wird? Ich denke, sie weiß genau, wie sinnlos es ist ...«

Das kann nicht sein. Unmöglich. Das sind die neidischen Worte eines Mannes, der nichts als haltlose Anschuldigungen vorbringt. »Ich glaube nicht, dass das der Fall ist.«

»Hahahahaha. Du erkennst also wirklich nicht, dass sie ein Monster ist, hmm? Hast du überhaupt Augen im Kopf? Oder ist sie derart gerissen? Es kann ja nicht schaden, zumindest ein wenig an ihr zu zweifeln, oder?«

»An ihr Zweifeln? Prinzessin Renner ist das Juwel des Königreichs. Was das angeht, wird mich nichts und niemand umstimmen.« *Alles, was sie tut, ist richtig.* Das konnte Climb deswegen so überzeugt sagen, weil er sie genauer beobachtete als sonst jemand.

»Verstehe, verstehe. Wie amüsant. Würdest du dem Monster dann bitte etwas von mir ausrichten? Unser älterer Bruder hält sie bei seinen Machenschaften für ein nützliches Werkzeug, aber wenn sie sich mit mir zusammentut, kann ich ihr Erbfolgerecht aufheben und ihr ein Gebiet an der Grenze zusprechen.«

Climb überkam ein unangenehmes Gefühl. »Ihr beliebt zu scherzen. Ich kann nicht glauben, dass Ihr hier über so etwas sprecht. Ich werde so tun, als hätte ich nichts gehört.«

»Hahahahaha. Wirklich zu schade. Wollen wir dann, Marquis Raeven?«

Der Mann, der dem Gespräch schweigend zugehört hatte, verneigte sich leicht.

Climb war sich nicht sicher, welchen Standpunkt der Adelige vertrat. Marquis Raeven wirkte stets etwas distanziert von allem. Doch wenn er ihn musterte, bekam Climb einen anderen Eindruck von ihm als bei den restlichen Adeligen. Renner hatte ihm überdies nie gesagt, wie er sich in seiner Gegenwart verhalten sollte.

»Oh. Der Marquis stimmt mir übrigens zu, dass sie scheußlich ist. Nein, ich sollte lieber sagen, wir sind ein Bündnis eingegangen, eben weil wir beide so denken.«

»Prinz ...«

»Lasst mich es ihm sagen, Marquis Raeven. Also, Climb. Würde ich denken, du wärst bereits hoffnungslos verloren, würde ich das nicht erwähnen, aber … ich muss dich warnen, denn es kann sehr gut sein, dass dich diese Bestie hinters Licht führt … Sie ist ein Monster!«

»Bitte vergebt mir, doch gestattet mir zu fragen: Was bringt Euch dazu zu denken, Prinzessin Renner wäre ein Monster? Gibt es irgendjemanden, dem das Volk mehr am Herzen liegt als ihr?«

»Weil alles, was sie versucht, letztendlich scheitert. Zu viele ihrer Pläne verlaufen im Sand. Anfangs dachte ich, sie ist einfach nur schlecht darin, solide Grundlagen zu schaffen. Nach einem Gespräch mit Marquis Raeven ist es mir schließlich wie Schuppen von den Augen gefallen: *Was, wenn das genau ihrem Plan entspricht?* Wenn man es so betrachtet, ergibt alles einen Sinn. Wenn das stimmt, was sagt das dann über eine Frau aus, die nicht einmal einen einigermaßen guten Kontakt zu den Adeligen pflegt, die praktisch im Palast eingesperrt ist, und trotzdem irgendwie alle manipuliert … Wenn das kein Monster ist, wer dann?«

»Das ist nur ein Missverständnis. Prinzessin Renner ist nicht so«, beharrte Climb.

Ihre Tränen konnten unmöglich vorgetäuscht sein. Prinzessin Renner war eine mitfühlende, gutherzige Person. Climb, den sie von der Straße gerettet hatte, wusste das besser als jeder andere.

Doch der Prinz hörte seine Worte nicht. Zanac lächelte spöttisch und ging mit Marquis Raeven im Schlepptau weiter.

Im nun leeren Korridor flüsterte Climb: »Prinzessin Renner ist die freundlichste Person im ganzen Königreich. Vielleicht bin ich ein Niemand, aber davon bin ich überzeugt. Würde …« Climb verbiss sich seine nächsten Worte. In Gedanken setzte er seinen Monolog jedoch fort. *Würde Prinzessin Renner über das Königreich herrschen, wäre es ein wundervolles Land, dem das Wohl seiner Bürger stets am Herzen läge.*

Wenn man die Erbfolge berücksichtigte, war das natürlich ein Wunsch, der niemals in Erfüllung gehen würde. Trotzdem ließ ihn der Gedanke nicht los.

3 später Flammenmond (September), 8:11 Uhr

Schließlich erreichte Climb den Raum des Palasts, in dem er die meiste Zeit verbrachte.

Er sah sich gründlich um, bevor er den Türknauf drehte. Nicht anzuklopfen war ein unvorstellbarer Bruch der Etikette, doch es war der Wunsch der Prinzessin. Sie gestattete ihm nicht anzuklopfen, ungeachtet, wie oft er dagegen protestierte.

Also befolgte Climb ihre Anweisung. Er hätte es nicht ertragen können, wenn er die Prinzessin durch Missachtung zum Weinen gebracht hätte. Es war ihm allerdings gelungen, sie zu überzeugen, ihm das Anklopfen bei bestimmten Gelegenheiten zu gestatten. Beispielsweise wenn der König in der Nähe war, denn in einer solchen Situation konnte er unmöglich unangekündigt eintreten.

Trotz allem wurde er jedes Mal sehr nervös, wenn er die Tür einfach so öffnete. Das war kaum verwunderlich, da ihm dabei jedes Mal der gleiche Gedanke durch den Kopf ging: *Das ist keinesfalls in Ordnung.*

Er wollte gerade eintreten, als er durch den Türspalt eine hitzige Unterhaltung hörte, darum hielt er inne.

Es handelte sich um zwei Stimmen, beide weiblich.

Climb stand noch draußen, die Tür halb geöffnet; die eine Sprecherin war dermaßen in die Unterhaltung vertieft, dass sie ihn nicht bemerkte. Reglos lauschte er. Schuldgefühle überkamen ihn, allerdings wäre es weitaus schlimmer gewesen, einfach hineinzuplatzen.

»... was ich dir klarzumachen versuche. Für gewöhnlich sehen die Leute nur die Vorteile, die sie direkt vor der Nase haben.«

»Ich weiß nicht ...«

»Du hast vor, abwechselnd verschiedene Getreidearten anbauen zu lassen. Und ... ich glaube nicht, dass sie dadurch besser wachsen werden, aber ... wann würden wir Ergebnisse sehen?«

»Meinen groben Berechnungen zufolge in etwa sechs Jahren.«

»Wie hoch wären die durch den Wechsel verursachten finanziellen Einbußen während dieser sechs Jahre?«

»Das kommt auf die Getreideart an, aber ... wenn wir den üblichen Ertrag mit eins beziffern, lägen wir nach dem Wechsel bei null Komma acht. Das wäre also ein Verlust von null Komma zwei. Nach sechs Jahren hingegen würden die Erträge gleichmäßig um null Komma drei ansteigen. Und wenn wir das Nutzvieh auf eigens dafür angelegten Weiden grasen lassen, sollte das noch weitere Erhöhungen mit sich bringen ...«

»Würden sie nur den letzten Teil hören, wären alle dafür, aber werden sie einen Verlust von null Komma zwei über sechs Jahre hinnehmen? Gute Frage.«

»Was, wenn die Regierung die Differenz durch ein sicherheits- und zinsloses Darlehen ausgleicht, das sie erst rückerstatten müssen, sobald es ihnen möglich ist? Ich denke nicht, dass das ein Problem wäre ... Und wenn die Erträge nicht steigen, müssen sie auch nichts zurückzahlen – so in der Art. Doch wenn die Erträge hochgehen, könnten sie es in vier Jahren abbezahlen ...«

»Ich glaube nicht, dass du sie damit überzeugen kannst.«

»Warum nicht?«

»Das sage ich dir doch schon die ganze Zeit. Die Leute konzentrieren sich auf die Vorteile, die direkt auf der Hand liegen – die meisten wollen Stabilität. Wenn man nichts weiter als das Versprechen hat, dass man in sechs Jahren null Komma drei mehr Ertrag einfahren kann, da ist es nur natürlich, skeptisch zu sein.«

»Ich ... verstehe es wirklich nicht. Auf den Testfeldern läuft alles gut ...«

»Das mag ja sein, das garantiert aber nicht die Ergebnisse.«

»Stimmt – die Ergebnisse sind nicht sicher, weil die Tests nicht sämtliche Eventualitäten abdecken können. Um auch noch Bodenqualität und das Klima zu berücksichtigen, bräuchten wir ziemlich umfangreiche Testreihen ...«

»Und das macht die Sache nicht besonders überzeugend. Ich kann nicht sagen, ob diese Steigerung von null Komma drei das Minimum oder der Durchschnitt ist, doch zusammen mit den ganzen anderen Punkten wirkt das nicht besonders reizvoll. Du musst genug langfristige Vorteile versprechen können, *nachdem* du sofortige unterbreitet hast.«

»Und wenn wir ihnen die null Komma zwei anbieten, ohne dass sie etwas zurückzahlen müssen?«

»Das würde die gegnerischen Adeligen zufriedenstellen, da der König dadurch etwas von seiner Macht einbüßen würde.«

»Aber sobald die Ertragssteigerung im Ackerbau nach sechs Jahren eintritt, sollte das die Macht des Königreichs vergrößern ...«

»Genau wie die der gegnerischen Adeligen, was wiederum den König schwächen würde. Die ihn unterstützenden Adeligen würden das niemals zulassen.«

»In dem Fall könnten wir uns an die Händler wenden ...«

»Du meinst die Wohlhabenden? Die haben ihre eigenen Abwägungen. Wenn sie zu eng mit der Fraktion des Königs zusammenarbeiten, könnten sie Geschäfte mit der anderen verlieren.«

»Das ist echt schwierig, Lakyus ...«

»Deine Pläne führen zu nichts, weil du nicht gut darin bist, die Grundlagen zu schaffen und die notwendigen Vorbereitungen zu treffen ... Ich meine, mir ist klar, dass es zwei gegeneinander arbeitende Fraktionen gibt, macht alles noch schwieriger ... Wie wäre es, deinen Plan nur auf Ländereien umzusetzen, die direkt dem König unterstehen?«

»Das würden meine Brüder nie erlauben.«

»Ach, diese Idio… ehrenhaften Männer, die die gesamte vererbbare Weisheit deiner Mutter dir überlassen haben.«

»Na ja, nur, dass wir nicht dieselbe Mutter haben.«

»Dann ist es die des Königs? Ernsthaft, es ist so traurig, dass nicht einmal die königliche Familie an einem Strang ziehen kann.«

Es wurde still und Climb begriff, dass das Gespräch vorübergehend zum Erliegen gekommen war.

»Ach, du kannst übrigens jederzeit reinkommen. Ist doch so, oder, Renner?«

»Häh?«

Climbs Herz sprang fast aus seiner Brust. Er war erschrocken, dass sie ihn bemerkt hatte, andererseits war das nur eine Frage der Zeit gewesen. Langsam öffnete er die Tür. »Verzeihung.«

Vor ihm lag die vertraute Inneneinrichtung.

Das Zimmer war luxuriös, ohne dabei protzig zu wirken. An einem Tisch nahe dem Fenster saßen zwei blonde Damen. Beide waren hübsch und ihre Kleider unterstrichen das noch zusätzlich.

Eine von ihnen war selbstverständlich Renner, immerhin waren dies ihre Gemächer.

Ihr gegenüber saß eine weitere Frau. In ihren grünen Augen und auf den pinken Lippen lag ein gesunder Schimmer. Sie war nicht so schön wie Renner, dennoch verströmte sie eine andere Art von Charme. Wenn Renner wie ein Juwel glitzerte, war diese Frau von einem überaus kräftigen Lebensfunken erfüllt.

Sie hieß Lakyus Alvein Dale Aindra.

Wenn man sie in ihrem hellrosa Kleid sah, würde man nie vermuten, dass es sich hier um die Befehlshaberin einer der beiden einzigen Adamantit-Abenteurergruppen des Königreichs und gleichzeitig Renners beste Freundin handelte.

Ihre überwältigenden natürlichen Begabungen mussten der Grund sein, dass sie im zarten Alter von gerade einmal neunzehn Jahren bereits Adamantit-Rang erreicht hatte. Gelegentlich ertappte sich Climb dabei, dass er deswegen einen Stich der Eifersucht verspürte.

»Schönen guten Morgen, Prinzessin Renner, Lady Aindra.«

»Guten Morgen, Climb.«

»Morgen.«

Nach seiner formellen Begrüßung wollte er seinen üblichen Platz rechts hinter der Prinzessin einnehmen, doch sie hielt ihn davon ab. »Climb, nicht dort, hier.« Sie deutete auf den Stuhl zu ihrer Rechten.

Er war verwirrt. Um den Tisch standen fünf Stühle – so wie immer. Doch auf der Tischplatte befanden sich drei Tassen mit Tee: eine vor Renner, eine vor Lakyus und eine am Platz neben Lakyus – nicht vor dem Stuhl, auf den Renner deutete. Er schaute sich um, konnte aber sonst niemanden ausfindig machen.

Mit einem seltsamen Gefühl betrachtete Climb den Stuhl.

Seine Herrin bat ihn gerade darum, einen respektlosen Akt zu begehen und sich an denselben Tisch zu setzen wie jemand von königlichem Geblüt, obwohl er nur ein Bürgerlicher war, ganz zu schweigen davon, dass er nicht anklopfen sollte. Die meisten Befehle seiner Herrin waren kaum zu ertragen.

»Aber ...« Er sah die andere Frau Hilfe suchend an.

Seine stumme Bitte, sich nicht zu ihnen setzen zu müssen, wurde nicht weiter beachtet. »Ich habe nichts dagegen.«

»A... aber ... Lady Aindra ...«

»Ich habe dir bereits gesagt, du darfst mich Lakyus nennen.« An Renner gewandt merkte sie an: »Climb ist was Besonderes.«

»Grah.« Lakyus' zuckersüßer Tonfall, als entsprängen ihre Worte wahrer Zuneigung, veranlasste Renner, ein gezwungenes Lächeln aufzusetzen, während sie ihr Missfallen zum Ausdruck brachte. Sofern man gehobene Mundwinkel in Verbindung mit einem ernsten Blick als Lächeln bezeichnen konnte.

»Lady Aindra, bitte, keine weiteren Scherze«, flehte Climb.

»Na schön, na schön, Herr von und zu Besen im Po. Vielleicht solltest du dir ein bisschen was von mir abschauen, wie man sich entspannt.«

»Was? Das war ein Scherz?«, fragte Renner überrascht.

Lakyus erstarrte, als hätte man sie ertappt, um dann übertrieben zu seufzen. »Aber natürlich. Nun, Climb ist auf alle Fälle was Besonderes, aber nur, weil er *zu dir* gehört.«

Climb wandte verlegen den Blick von Renner ab, während diese mit den Händen an den Wangen errötete, und starrte zur Wand hinüber. Dann riss er plötzlich die Augen auf.

In einer Ecke des Zimmers hockte jemand mit angezogenen Knien im Schatten. Eine Frau in eng anliegender schwarzer Kleidung, die überhaupt nicht in diesen Raum passte.

»Was zum …?!« Überrascht griff Climb nach dem Schwert an seiner Hüfte, nahm Kampfhaltung an und trat auf die Person zu, um Renner zu beschützen.

Lakyus seufzte. »Siehst du, jetzt hast du Climb überrascht, weil du dich so anziehst.«

In ihrer gefassten Stimme schwang keine Spur von Sorge oder Panik mit. Als Climb begriff, was das bedeutete, entspannte er sich wieder.

»Verstanden, Boss.« Die in der Dunkelheit kauernde Frau sprang auf die Füße.

»Ach ja, du hast sie noch nicht kennengelernt, oder, Climb? Sie gehört zu meiner Gruppe …«

»Sie heißt Tina«, beendete Renner Lakyus' Satz.

Climb wusste, die Adamantit-Gruppe der Blauen Rosen bestand aus fünf Frauen: Lakyus war die Anführerin und noch dazu eine

Faith-Casterin. Ihr zur Seite standen eine Kriegerin namens Gagaran, die *Arcane-Casterin* Evileye sowie zwei Spezialistinnen für Diebes-Skills, Tia und Tina.

Den ersten drei war er bereits begegnet, den anderen beiden dagegen nicht.

Sie ist ... Ich verstehe. Sie ist genau so, wie die Gerüchte behaupten. Mit ihrem schlanken, von Kopf bis Fuß in eng anliegenden schwarzen Stoff gehüllten Körper passte sie auf jeden Fall zu ihrem Ruf.

»Bitte vergebt mir. Wie geht es Euch? Ich bin Climb.« Er verneigte sich tief vor Tina.

»Häh? Ist doch nicht schlimm.«

Nachdem sie seine Entschuldigung mit einer lässigen Handbewegung beiseitegewischt hatte, kam sie nahezu lautlos und geschmeidig wie ein wildes Tier zum Tisch herüber. Sie zog den Stuhl neben Lakyus zurück, um sich zu setzen. Offensichtlich war das ihre Tasse.

Nun hatten alle drei Teetassen auf dem Tisch eine Besitzerin; das deutete darauf hin, dass außer ihnen niemand hier war, trotzdem schaute sich Climb nach der anderen Frau um, der er noch nicht begegnet war.

Lakyus begriff augenblicklich, was er tat. »Tia ist nicht mitgekommen. Gagaran und Evileye meinten, sie könnten Formalitäten nicht ausstehen ... Dabei ist das hier nun wirklich keine sonderlich schicke Veranstaltung! Ich habe mich nur für alle Fälle fein gemacht, hätte sie aber nicht dazu gezwungen, sich ebenfalls in Schale zu werfen.« Tatsächlich war förmliche Kleidung bei einem Treffen mit der Prinzessin angebracht. Allerdings hatte Climb nicht vor, eine Adelige und zudem Freundin Renners darauf hinzuweisen.

»Ich verstehe. Aber ich freue mich sehr, endlich die berühmte Lady Tina kennenzulernen. Ich hoffe, Ihr werdet Euch im Falle einer zukünftigen Begegnung wohlwollend an mich erinnern.«

»Wie wäre es, wenn du dich erst setzt und *dann* plauderst, Climb?« Renner schenkte ihm eine frische Tasse ein. Der Tee aus dem magischen Item Wärmende Flasche dampfte wie ganz frisch aufgebrüht.

Die Wärmende Flasche bewahrte Temperatur und Geschmack jedes Getränks für etwa eine Stunde und war eines von Renners Lieblingsitems. Besonders gerne benutzte sie es, wenn sie Gäste hatte, die ihr wichtig waren. Tatsächlich verwendete sie die Flasche ansonsten eher selten.

Da ihm keine andere Wahl blieb, gab sich Climb seinem Schicksal hin, setzte sich und trank einen Schluck Tee. »Er ist köstlich, Prinzessin Renner.«

Sie strahlte, allerdings konnte Climb nicht beurteilen, ob das Getränk köstlich war oder nicht. Er nahm einfach an, da sie es zubereitet hatte, musste es so sein.

Plötzlich ertönte eine bemessene Stimme, deren Gefühlslage nur schwer einzuordnen war. »Sie soll heute Informationen beschaffen – auf Befehl von jemandem, der ihr einen Auftrag erteilt hat, obwohl es hieß, wir würden alle gemeinsam den Palast besuchen. Das ist alleine die Schuld unserer dämonischen Anführerin.« Die Stimme gehörte offensichtlich Tina.

Climb wandte den Blick von Lakyus ab, die bei der Bezeichnung als *dämonische Anführerin* ein erschreckendes Lächeln aufgesetzt hatte, und fragte: »Wirklich …? Ich würde sie gerne mal kennenlernen.«

»Climb, Tina und Tia sind Zwillinge und ihr Haar hat fast die gleiche Länge.«

»Darum ist es vollkommen ausreichend, eine zu sehen.«

Es ging nicht darum, was ausreichend war, trotzdem nickte Climb.

Allmählich machte ihn Tinas eindringlicher Blick nervös. Er nahm sich vor, es einfach über sich ergehen zu lassen, dann jedoch kam ihm unwillkürlich der Gedanke, ob sie etwas bemerkt hatte, das ihm entgangen war. Darum beschloss er zu fragen. »Was ist denn?«

»Du bist zu groß geworden.«

»Häh?« Das verstand er nicht. Verwirrung zeichnete sich so deutlich auf Climbs Zügen ab, als würden mehrere Fragezeichen über seinem Kopf schweben, als Lakyus entschuldigend dazwischenging.

»Nicht weiter wichtig, das ist nur eine ihrer Marotten. Mach dir deswegen keine Gedanken, Climb. Wirklich, du musst dir keine Sorgen machen. Wirklich nicht.«

»Ich verstehe ...«

»Wovon redest du, Lakyus?« Climb hatte sich gezwungen, diese Erklärung zu akzeptieren, Renner jedoch wollte die Sache nicht einfach darauf beruhen lassen.

Lakyus sah sie wehleidig an. »Ugh, sobald es um Climb geht ...«

»Oh, ich wollte damit nur ...«, meldete sich Tina zu Wort.

»Halt den Mund. Ich habe Tia absichtlich nicht mitgebracht, weil sie immer versucht, Renner irgendwelche Flausen in den Kopf zu setzen. Kannst du das einfach akzeptieren und still sein?«

»Aye aye, Dämonen-Boss.«

»Aber ... Lakyus. Worum geht es?«

Renners Hartnäckigkeit sorgte dafür, dass Lakyus missmutig das Gesicht verzog.

Gerade als Climb beschloss, dass es womöglich angebracht wäre, etwas dazu zu sagen, wandte sie sich plötzlich an ihn. »Äh ... Climb, sieht so aus, als würdest du diese Rüstung sehr gerne tragen.«

»Ja, sie ist fantastisch. Vielen Dank.«

Das Wort *erzwungen* reichte bei Weitem nicht aus, um diesen Themenwechsel zu beschreiben. Doch in der Hoffnung, verhindern zu können, dass die Situation für den Gast der Prinzessin noch unangenehmer wurde, antwortete er pflichtbewusst und strich über die weiße Rüstung, die er von Renner bekommen hatte. Sie bestand hauptsächlich aus Mithril und etwas Orichalkum, war mit verschiedenen

Zaubern belegt und erstaunlich leicht und widerstandsfähig, dennoch gewährte sie viel Bewegungsfreiheit.

Die Blauen Rosen hatten das benötigte Mithril kostenlos zur Verfügung gestellt. Er konnte sich gar nicht häufig genug verneigen, um seinen Dank auszudrücken.

Er wollte sich gerade erneut verbeugen, als ihn Lakyus davon abhielt. »Keine Bange. Nachdem wir mit unseren Mithril-Rüstungen fertig waren, hat Renner einfach die Reste bekommen.«

Schon kleinste Bröckchen Mithril waren unermessliche Summen wert. Ein Abenteurer mit Orichalkum-Rang konnte es sich möglicherweise leisten, eine Plattenrüstung aus Mithril herstellen zu lassen, und einer mit Mithril-Rang eventuell eine Waffe aus dem Material. Vermutlich waren mächtige Abenteurer von Adamantit-Rang die einzigen, die es sich erlauben konnten, das Material einfach so weiterzugeben.

»Abgesehen davon hat uns Renner darum gebeten. Da konnten wir nicht Nein sagen.«

»Ihr wolltet mein Geld aber nicht. Ich habe dafür sogar mein Taschengeld gespart ...«

»Ist es nicht seltsam für eine Prinzessin, Taschengeld zu bekommen?«

»Es handelt sich um Geld, das mit meinem Vermögen nichts zu tun hat. Ich wollte Climbs Rüstung von meinem Taschengeld herstellen lassen ...«

»Ja, du wolltest ihm eine Rüstung geben, die du mit deinem eigenen Geld bezahlt hast.«

»Wenn du das wusstest, warum hast du mir das Material dann kostenlos gegeben? Du dumme Pute!«

»Verdiene ich es wirklich, wegen so was als dumme Pute bezeichnet zu werden ...?«

Renner schmollte und Lakyus schmunzelte, als sie anfingen zu zanken, ohne wirklich zu streiten.

Während er den beiden zuschaute, wäre Climb seine stoische Miene um ein Haar entglitten, doch er riss sich zusammen.

Dass er das mit ansehen durfte – diese friedliche Szene voller Freundschaft –, verdankte er seiner Herrin, die ihn aufgenommen hatte. Allerdings hätte er seine wahren Gefühle nie aussprechen können. Seine Dankbarkeit auszudrücken war angemessen, doch er empfand mehr, was er niemals zeigen durfte.

Er empfand … Liebe.

Climb unterdrückte diese Gefühle. Stattdessen wiederholte er die Worte, die er bereits so oft gesagt hatte: »Vielen Dank, Prinzessin Renner.«

Seine Haltung zog eine klare Grenze zwischen ihrer jeweiligen Stellung – sie verdeutlichte ihre Beziehung als Herrin und Untergebener. Renner reagierte darauf mit einem Lächeln, in dem ein kaum merklicher Hauch Traurigkeit lag, was Climb nur deshalb auffiel, weil er sie tagein, tagaus beobachtete.

»Nichts zu danken. Es sieht so aus, als hätten wir uns ablenken lassen. Lasst uns wieder über unser vorheriges Thema reden.«

»Über die Acht Finger, richtig? Du weißt, dass wir uns in drei Dörfer geschlichen und dort die Drogenplantagen abgebrannt haben, oder?«

Bei der Erwähnung der Organisation runzelte Climb innerlich die Stirn, ohne jedoch sichtbar die Miene zu verziehen.

Die Acht Finger waren eine kriminelle Organisation innerhalb der Unterwelt des Königreichs. Seine geliebte und respektierte Herrin versuchte herauszufinden, was sie gegen die Bande unternehmen konnte.

Wenn man die Drogen verbrannte, die die Lebensgrundlage dieser Dorfbewohner darstellten, gab es keine gute Antwort auf die Frage, was dann aus ihnen werden sollte. Doch wenn man dieses Geschwür innerhalb des Königreichs ausrotten wollte, musste man bereit sein, Opfer zu bringen.

Jemand mit absoluter Macht hätte über verschiedenste Möglichkeiten verfügt, an dieses Problem heranzugehen. Aber obwohl Renner die Prinzessin war, hatte sie praktisch keinerlei Unterstützer. Darum musste sie realistisch entscheiden, wen sie retten konnte und wen sie ignorieren musste.

Würde sie ihren Vater, den König, darum bitten, wäre es eventuell möglich, wann immer sie wollte, militärisch vorzugehen. Da die Acht Finger jedoch offensichtlich Verbindungen zu diversen Adeligen unterhielten, würden Informationen über einen solchen bevorstehenden Angriff garantiert durchsickern, was den Kriminellen wiederum erlauben würde, die Beweise für ihre Verbrechen rechtzeitig zu vernichten.

Darum hatte Renner beschlossen, sich an ihre Freundin Lakyus und ihre Gruppe zu wenden.

Climb wusste, ein solches Vorgehen barg Risiken. Normalerweise bekamen Abenteurer ihre Aufträge über die Gilde; einen Auftrag direkt anzunehmen war nicht gestattet. Was sie taten war eindeutig gegen die Regeln.

Zugegeben, die Gilde konnte es sich kaum erlauben, eine Gruppe von derart hohem Rang auszuschließen. Dennoch könnte ein Regelverstoß ihrem Ruf schaden und in Zukunft zu Nachteilen führen. Vermutlich taten es die Blauen Rosen trotzdem, weil sie ihr Land liebten und Renner als Freundin betrachteten.

Lakyus brachte sich selbst und ihre Gruppe in Gefahr – dafür war ihr Climb zu noch mehr Dank verpflichtet.

Lakyus war der Ansicht, dass es Zeit war, ein bestimmtes Thema anzusprechen, darum öffnete sie den Beutel, den Tina mitgebracht hatte, und holte eine Rolle Pergament heraus.

Die Blauen Rosen waren nicht in der Lage gewesen, es zu entschlüsseln. Da Renner die intelligenteste Person war, die Lakyus kannte, hoffte sie, sie könnte damit etwas anfangen.

»Das haben wir bei Überfall auf die Drogenplantagen gefunden. Sieht nach Anweisungen aus, darum haben wir es mitgenommen. Allerdings … kannst du darin irgendeinen Sinn erkennen?«

Auf dem Pergament prangten Symbole, die zu keiner Schrift eines ihnen bekannten Landes gehörten. Nach einem flüchtigen Blick erklärte Renner: »Das ist eine monoalphabetische Substitution.«

Bei einer solchen Verschlüsselung ersetzte ein Symbol einen einzelnen Buchstaben oder eine bestimmte Buchstabenfolge in normaler Schrift. Wenn man *A* durch △ ersetzte und *B* mit □, ergab △△□□△ *AABBA*.

»Das dachte ich mir auch. Darum habe ich überall nach dem Übersetzungsschlüssel gesucht, leider erfolglos. Kann sein, dass sie ihn sich gemerkt haben, daher wäre es sinnvoll, unseren Gefangenen mit Magie zu beeinflussen, damit er uns für Verbündete hält und den Code verrät. Er scheint einer der Befehlshaber zu sein. Aber du weißt ja, *Charm*-Magie verliert ihre Effektivität, wenn dieselbe Person sie mehrmals auf dasselbe Ziel wirkt. Ich wollte sichergehen, dass wir gleich von Anfang an nach den richtigen Dingen fragen, also dachte ich mir, wir sollten zuerst mit dir reden.«

»Ich verstehe … Warum war diese Nachricht überhaupt dort? Ist es eine Falle …? Oder gibt es einen anderen Grund? Dann würden sie nichts benutzen, was nur schwierig zu knacken ist. Stimmt. Ich denke, das wird sich ziemlich leicht entschlüsseln lassen.«

Lakyus bekam große Augen und wechselte unwillkürlich einen Blick mit Tina neben sich. Sie konnte nicht glauben, dass die Prinzessin das Ganze derart schnell durchschaut haben könnte. Andererseits, es war Renner.

»Ähm, also, in der Sprache des Königreichs stehen die ersten Zeichen entweder für den maskulinen, den femininen oder den neutralen Artikel, daher … Einen Moment …« Murmelnd stand die Prinzessin mit dem Pergament in der Hand auf, holte sich Stift und Zettel und kehrte zum Tisch zurück.

Dann flossen die Buchstaben förmlich auf das Papier.

»Das ist ein ziemlich simpler Code, da jedes Zeichen für einen einzelnen Buchstaben steht. Und wir haben Glück, sie benutzen die Sprache des Königreichs. Hätten sie für die Verschlüsselung ein Buch des Imperiums oder so benutzt, wäre es praktisch unmöglich, die Nachricht zu dechiffrieren. Aber so ... Nun, sobald man einen Buchstaben hat, wird es erheblich einfacher. Das kann jeder ohne viel Mühe entschlüsseln.«

»Neiiiin, das sagst du so leicht, aber es ist unmöglich, sofern man nicht Zehntausende von Wörtern kennt, oder?«, widersprach Lakyus.

»Das sind codierte Anweisungen! Da benutzt man keine übermäßig komplizierten Sätze und die Wahrscheinlichkeit, dass ausgefallene Wörter benutzt werden, ist äußerst gering. In Klarschrift muss es so einfach gehalten sein, dass sogar ein Kind die Bedeutung verstehen würde. Das schränkt die Ausdrucksmöglichkeiten also sehr ein.«

Lakyus war sich nicht sicher, was sie zu dieser indirekten Unterstellung sagen sollte.

Ihre Freundin sprach, als wäre die Entschlüsselung keine große Sache, was ihrer Meinung nach ganz und gar nicht der Fall war.

Sie scheint solche Dinge im Schlaf zu beherrschen, aber ... sie ist ja auch ungemein schlau.

Wenn sie sich trafen und unterhielten, war Lakyus jedes Mal aufs Neue überrascht. Sie kannte niemanden, auf den die Bezeichnung *Genie* so gut passte wie auf Renner.

Insgeheim erschauderte Lakyus vor Unbehagen, als Renner leichtfertig verkündete: »Geschafft! Es sind allerdings keine Anweisungen.« Sie reichte ihr das Blatt Papier. Darauf befand sich eine Auflistung verschiedener Orte innerhalb des Königreichs. Insgesamt sieben Stück.

»Ich frage mich, ob das bedeutet, dass dort Drogen gelagert werden oder dass es sich um strategisch bedeutsame Standorte handelt«, mutmaßte Lakyus.

»Ich bezweifle, dass sie etwas so Wichtiges notieren würden, um es dann in einer relativ kleinen Produktionsstätte herumliegen zu lassen ... Das müssen Scheinanlagen sein.«

»Scheinanlagen? Du denkst, es ist eine Falle?«

»Hm, glaube ich nicht. Äh, die Acht Finger sind eine große Gesamtorganisation, aber angeblich sind sie in acht einzelne Organisationen aufgeteilt, die irgendwie zusammenarbeiten, richtig?«

Lakyus nickte.

»Also spielen sie uns absichtlich Informationen über die anderen sieben Organisationen, ähm, Zweige, zu. Vermutlich, um von sich selbst abzulenken.«

»Sie haben Informationen über die anderen sieben Zweige zusammengestellt ...? Ich habe mir ja schon gedacht, dass diese Bande nicht so geschlossen agiert, wie sie sich gibt, aber damit hätte ich jetzt wirklich nicht gerechnet ...« Für Abenteurer war die Vorstellung, einen Kameraden zu hintergehen, geradezu abstoßend. »Ich wusste, wir müssen schnell vorgehen ... nun ja, wenn nicht, wird uns das vermutlich Probleme bereiten.«

Renner nickte und Lakyus hatte bereits eine weitere Frage.

»Was ist dann mit diesem Bordell? Sieht so aus, als wäre es durch und durch verkommen – ein Ort, wo alles erlaubt ist.« Alleine darüber zu sprechen brachte sie vor Wut innerlich zum Kochen. *Dieses widerliche Gewürm! Gesindel, das nur an die eigenen Gelüste denkt, sollte am besten auf der Stelle tot umfallen!* In Gedanken fletschte sie angesichts der Informationen über diese Einrichtung die Zähne. Nicht als Tochter eines Adeligen, sondern als erfahrene Abenteurerin. Sie musste nicht einmal überlegen, was »alles« bedeutete. Sie wusste, dass man dort bereits mehrere Männer und Frauen rein zum Vergnügen umgebracht hatte.

Früher, während der Zeit des Sklavenhandels, hatte es in der Unterwelt mehrere solche Bordelle gegeben. Doch dank der Bemühungen ihrer Freundin wurde Sklaverei Schritt für Schritt illegal und eine nach der anderen verschwanden diese verruchten Einrichtungen. Bei diesem Ort könnte es sich um das letzte Bordell in der königlichen Hauptstadt oder gar im ganzen Königreich handeln.

Und genau deswegen war es nicht so einfach auszumerzen. Man würde ihnen bestimmt heftigen Widerstand leisten. Es war das letzte verkommene Paradies für Leute mit unvorstellbar abartigen Neigungen.

»Hey Renner, da du deine Autorität kaum nutzen kannst, um eine Durchsuchung anzuordnen, warum marschieren wir nicht einfach rein und nehmen den ganzen Laden hops? Solange wir Beweise finden, wird es keine Schwierigkeiten geben, richtig? Wenn die Sklaverei-Abteilung der Acht Finger wirklich das Bordell betreibt, wird die Stilllegung ein schwerer Schlag für die gesamte Organisation sein und abhängig davon, was wir dort finden, könnte es auch den Adeligen schaden, die mit ihnen unter einer Decke stecken.«

»Kann sein, Lakyus. Aber wird das deiner Familie, dem Haus Alvein, keine Probleme bereiten? Das Ganze ist eine heikle Angelegenheit. Es wird nicht leicht sein, selbst wenn wir die Blauen Rosen losschicken … aber für Climb wäre es unmöglich, sie alleine auszuschalten …«

»Tut mir leid, dass ich nicht stark genug bin.«

Als Climb den Kopf hängen ließ, nahm Renner seine Hand in ihre, lächelte gütig. »Entschuldige, Climb. Ich habe es nicht so gemeint. Es ist das einzige Unterwelt-Bordell in der Hauptstadt. Niemand könnte es im Alleingang stilllegen … Dir vertraue ich noch am meisten, Climb. Ich weiß, wie sehr du dich für mich anstrengst. Unternimm aber nichts Unüberlegtes, verstanden? Und das ist keine Bitte … das ist ein Befehl! Wenn dir jemals etwas zustoßen sollte …«

Sogar Lakyus, die Renner nur von der Seite sah, spürte, wie der Blick der feuchten Augen dieser unvergleichlichen Schönheit tief in ihr Herz drang. Wie mochte es da erst Climb ergehen?

Er bemühte sich mit aller Kraft, seine unbewegte Miene aufrechtzuerhalten, schaffte es jedoch nicht vollständig. Ganz im Gegenteil, seine geröteten Wangen sprachen Bände.

Wenn ein Barde dieser Szene einen Namen gegeben hätte, dann sicher etwas wie: *Die Prinzessin und der Ritter* – das Ganze war bewegend, dennoch verspürte Lakyus auch einen Funken Furcht. Sie hielt es nicht für möglich, doch sollte Renner dieses Verhalten absichtlich an den Tag legen, dann kannte sie offensichtlich jeden Trick, den es gab, um andere zu manipulieren – es war unglaublich.

Was denke ich da bloß? So was sollte man einer guten Freundin nicht unterstellen. Alles, was sie getan hat, belegt, dass sie kein schlechter Mensch ist. Wenn ich nicht an die Goldene Prinzessin glauben kann, die so viel für ihr Volk erreicht hat, an wen dann?

Lakyus schüttelt den Kopf, und um diese schrecklichen Gedanken noch weiter zu verdrängen, sagte sie: »Übrigens, Tinas und Tias Nachforschungen haben die Namen von ein paar Adeligen zutage gefördert, die Kontakte zu Coccodor, dem Anführer der Sklavenhandelsabteilung der Acht Finger, unterhalten. Das Problem ist nur ... es ist noch zu früh, um etwas zu unternehmen, da wir noch keine Bestätigung haben, ob das tatsächlich stimmt.«

Als sie die Namen mehrerer Adeliger aufzählte, gab es einen, auf den Renner und Climb reagierten.

»Seine Tochter ist eine meiner Kammerzofen.«

»Ich kann mir nicht vorstellen, dass er sie hergeschickt hat, um dich auszuspionieren ... aber genauso wenig kann man garantieren, dass sie nur hier ist, um Punkte zu sammeln.«

»Ja. Ich sollte aufpassen, wie ich mit Informationen umgehe. Du solltest ebenfalls achtgeben, Climb.«

»Na schön, überlegen wir uns, was wir in Bezug auf die Orte aus der verschlüsselten Nachricht machen wollen. Und Renner, kann ich mir Climb ausleihen? Ich möchte, dass er Gagaran und den anderen Bescheid sagt, dass es ganz danach aussieht, als würden wir bald handeln müssen.«

2

3 später Flammenmond (September), 9:49 Uhr

Climb folgte einer breiten Straße durch die Hauptstadt. Nichts an seiner Erscheinung war außergewöhnlich, wodurch er vollkommen in der Menge unterging.

Seine weiße Plattenrüstung hätte bestimmt Aufmerksamkeit auf sich gezogen, darum hatte er sie abgelegt. Er hätte die Farbe mithilfe eines speziellen alchemistischen Mittels verändern können, doch das war seiner Meinung nach zu viel Aufwand, nur um sie in der Stadt zu tragen. Es gab keinen Grund, in voller Rüstung durch die Straßen zu schlendern.

Mit einem unter seinem Oberhemd verborgenen Kettenhemd war er vergleichsweise leicht gepanzert. Das Einzige, was ihn von den herkömmlichen Bürgern unterschied, war das Langschwert an seiner Hüfte. Damit war er in etwa genauso ausgestattet wie die patrouillierenden Soldaten – Wächter –, Söldner und andere Leute auf der Straße; auch wenn manche einen Bogen um ihn machten, reichte seine Ausrüstung nicht dazu aus, dass der Großteil der Passanten dies als Grund nahm, ihm Platz zu machen.

Übermäßig ausgestattete Fußgänger waren in der Regel Abenteurer. Nicht aus Notwendigkeit – sie wollten auffallen.

Für Abenteurer war es nichts Ungewöhnliches, sich extravagant zu kleiden. Es war gewissermaßen Werbung. Manche legten besonderen Wert auf ein exzentrisches Auftreten, um zu beeindrucken, Gerüchte zu schüren und sich einen Namen zu machen. Anders gesagt, der persönliche Stil war das Markenzeichen eines jeden Abenteurers.

Doch Abenteurer wie die Blauen Rosen, zu denen Climb gerade unterwegs war, hatten so etwas nicht mehr nötig. Bei ihrer Bekanntheit reichte es, die Straße entlangzuschlendern, um die Leute zum Tuscheln zu bringen.

Irgendwann entdeckte er an der Straße den Eingang zu einem bei Abenteurern beliebten Gasthaus. Neben dem eigentlichen Gebäude bot es zusätzlich noch einen Stall und einen Hof, der groß genug war, um dort mit dem Schwert zu üben. Die fantastisch gestaltete Fassade machte es einem leicht, sich vorzustellen, wie wunderbar erst das Innere aussehen musste, und die Fenster der Gästezimmer bestanden aus klarem Glas.

Dieses hochkarätige Hotel war ein Treffpunkt für Abenteurer, deren Können etwas hermachte und die sich die recht hohen Preise leisten konnten.

Ohne die beiden Wachen links und rechts des Eingangs zu beachten, schob Climb die Tür auf.

Wenn man die Größe berücksichtigte, hielten sich vergleichsweise wenige Abenteurer im geräumigen Schankraum des Erdgeschosses auf. Es gab schlichtweg nicht allzu viele Elite-Abenteurer.

Nachdem ein leises Murmeln die Runde gemacht hatte, waren die neugierigen Blicke aller Versammelten auf Climb gerichtet. Der ließ sich davon nicht beirren, sah sich seinerseits um.

Die Anwesenden waren überaus mächtig. Jeder Einzelne von ihnen hätte ihn mit Leichtigkeit besiegen können. Jedes Mal, wenn er einen solchen Ort besuchte, wurde er daran erinnert, wie unbedeutend er selbst war.

Climb ertrug den niederschmetternden Gedanken und konzentrierte seinen Blick auf eine bestimmte Stelle im Schankraum.

Ganz hinten saßen zwei Personen an einem runden Tisch.

Eine war klein, in eine schwarze Robe gehüllt.

Das Gesicht der Gestalt war nicht zu erkennen. Das lag nicht an den Lichtverhältnissen, sondern an der seltsamen Maske mit dem blutroten Edelstein in der Stirn. Die Maske hatte Schlitze für die Augen, deren Farbe jedoch nicht auszumachen war.

Die andere Person war enorm groß – fast schon übermenschlich gigantisch. Ihr gesamte Körper wirkte massig, allerdings ohne ein Gramm Fett zu viel.

Ihre Arme waren dick wie Baumstämme. Der Hals unter dem kantigen Kopf hatte in etwa den Durchmesser von zwei weiblichen Oberschenkeln. Das breite Kinn war angespannt, sie behielt den Schankraum wie ein Raubtier im Blick. Das blonde Haar trug sie kurz geschnitten. Die Brustmuskeln, die sich unter der Kleidung abzeichneten, schienen bis aufs äußerste trainiert zu sein – weibliche Kurven ließen sich dort nicht mehr ausmachen.

Die Adamantit-Abenteurergruppe mit dem Namen »die Blauen Rosen« bestand ausschließlich aus Frauen. Diese beiden eigentümlichen Gestalten gehörten dazu – die *Arcane-Casterin* Evileye und die Kriegerin Gagaran.

Als Climb sich ihnen näherte, rief die, die ihm näher war, mit rauchiger Stimme: »Hey, Jungfrau!«

Die Blicke der restlichen Abenteurer richteten sich erneut auf Climb, allerdings verspottete ihn niemand. Ganz im Gegenteil, die

Leute schienen augenblicklich das Interesse zu verlieren und wandten rasch mit etwas, das an Bedauern erinnerte, die Augen ab.

Der Grund dafür war, dass alle wussten: Sich mit einem Gast von Gagaran zu befassen, wäre nicht mutig, sondern bestenfalls leichtsinnig gewesen, sogar für Abenteurer mit Orichalkum- oder Mithril-Rang.

Beschämt ging Climb weiter.

Egal wie oft er sie darum bat, Gagaran behielt den Spitznamen bei, den sie ihm gegeben hatte, daher war das Beste, sie zu ignorieren und so zu tun, als würde es ihn nicht stören.

»Es ist lange her, La... Ähm, Gagaran. Und Lady Evileye.« An ihrem Tisch angekommen nickte er ihnen zu.

»Ja, lang nicht gesehen! Bist du hier, um flachgelegt zu werden?«, fragte sie mit einem wilden Grinsen, während sie ihm mit dem Kinn bedeutete, sich zu setzen. Climb hingegen blieb stehen und schüttelte nur den Kopf.

Man hätte das als Gagarans übliche Begrüßung bezeichnen können, allerdings scherzte sie nicht. Sollte Climb zustimmen, wenn auch nicht im Ernst, würde sie ihn vermutlich in ihr Zimmer im ersten Stock schleifen. Was Kraft anging, hatte er ihr nichts entgegenzusetzen.

Ohne Unterlass bekräftigte sie, wie sehr sie »frische Früchtchen« genoss – so war sie nun mal.

Evileye hingegen war das genaue Gegenteil und stierte schweigend vor sich hin. Wegen ihrer Maske konnte Climb nicht sagen, worauf sie den Blick gerichtet hatte.

»Nein, Lady Aindra hat mich gebeten herzukommen.«

»Hmm? Unsere Anführerin?«

»Ja, ich habe eine Nachricht für Euch. Sie sagt, es sähe so aus, als würdet Ihr sehr bald aufbrechen müssen. Einzelheiten folgen nach Eurer Rückkehr, aber sie möchte, dass Ihr jederzeit kampfbereit seid.«

»Ha! Na, es tut mir leid, dass du nur deswegen hergekommen bist.« Gagaran lachte herzhaft, als Climb einfiel, dass er ihr noch etwas mitteilen wollte.

»Ich hatte heute das Glück, eine Lektion von Hauptmann Stronoff zu erhalten, und er hat den Angriff gelobt, den Ihr mir beigebracht habt, den Überkopfschwung.«

Diesen hatte ihm Gagaran auf dem Übungsplatz hinter dem Gasthaus gezeigt. Sie lächelte, als hätte Gazef sie persönlich gelobt. »Ach, das? Hmm, gute Arbeit. Aber du weißt ja ...«

»Ja, ich weiß. Ich werde mich nicht damit zufriedengeben. Ich werde noch härter trainieren.«

»Nun, das auch. Geh immer davon aus, dass dieser Angriff nicht reicht – du musst dir also stets überlegen, womit du nachlegen willst, und die beiden Bewegungen ineinanderfließen lassen.«

Vielleicht war es für herausragende Krieger nur natürlich, so zu denken, dennoch war es eigenartig, dass Gagarans Rat so viel Ähnlichkeit mit dem hatte, was Gazef ihm ans Herz gelegt hatte. Climb war von diesem Zufall überrascht, doch sie schien seine Reaktion anders zu deuten. »Natürlich hat der Schlag, den ich dir gezeigt habe, keinen Sinn, wenn du nicht vorhast, dein Ziel mit diesem einen Treffer zu töten.« Sie lachte. »Tatsächlich ist es das Beste, zahllose Angriffe in petto zu haben und abhängig von der jeweiligen Situation den Sinnvollsten zu wählen, aber dazu bist du ja nicht imstande.« Das war ihre Art, ihm durch die Blume zu sagen, dass er keinerlei Begabung für den Schwertkampf besaß. »Du solltest dir am besten drei aufeinanderfolgende Attacken zurechtlegen, damit dein Gegner nicht zum Gegenangriff übergehen kann, selbst wenn er sie abwehrt.«

Climb nickte und nahm schließlich doch auf dem angebotenen Stuhl Platz.

»Nun ja, es wird Gelegenheiten geben, wo auch das nichts bringt, wenn du es beispielsweise mit einem Monster mit vielen Armen zu tun hast, aber gegen einen Menschen hast du gute Aussichten. Wenn man allerdings dein Angriffsmuster erkennt, bist du geliefert, für Gegner, denen du zum ersten Mal gegenüberstehst, dürfte das jedoch vollkommen ausreichend sein. Reihe Angriffe aneinander, damit du deinen Widersacher ununterbrochen unter Druck setzen kannst.«

»Verstanden.« Climb nickte energisch.

Alleine mit diesem Angriff war es ihm an diesem Morgen gelungen, Gazef zumindest ansatzweise in Bedrängnis zu bringen. Allerdings hatte ihn der Hauptmann augenblicklich durchschaut und ab dem Moment war Climb nichts anderes übrig geblieben, als sich gegen die Gegenangriffe zu verteidigen.

Doch ließ sich Climb davon entmutigen? Nein.

Verzweifelte er? Nein.

Ganz im Gegenteil.

Ein gewöhnlicher Junge wie er war dem stärksten Krieger des Königreichs ... nein, der gesamten Region derart nahe gekommen. Er wusste, sein Gegner hatte sich zurückgehalten, doch für Climb, auf seinem pechschwarzen Pfad ohne den geringsten Hoffnungsschimmer, war das dennoch sehr ermutigend gewesen.

Deine harte Arbeit ist nicht völlig vergebens.

Während er daran dachte, begriff er, was ihm Gagaran zu sagen versuchte.

Er war sich nicht sicher, ob er sich eine Angriffsfolge zurechtlegen konnte, doch er wollte es auf jeden Fall versuchen und unbedingt Erfolg damit haben. Er wollte stärker werden, damit er bei seinem nächsten Übungskampf mit dem Hauptmann der königlichen Garde beweisen konnte, dass er zumindest ein wenig seiner in ihn investierten Mühe wert war.

»Ach ja. Du hast doch auch Evileye um was gebeten, oder? Magische Ausbildung, richtig?«

»Ja.« Er sah die andere Frau an. Als er sie darum gebeten hatte, hatte sie hinter ihrer Maske lediglich spöttisch geschnaubt und das war das Ende der Unterhaltung gewesen. Sollte er es erneut zur Sprache bringen, würde er vermutlich dieselbe Reaktion erhalten, da sich an der Situation nichts geändert hatte.

Allerdings ...

»Junge.« Sie war kaum zu hören. Selbst wenn man die dämpfende Wirkung der Maske ignorierte, wirkte ihre Stimme sehr geheimnisvoll. Der Klang hätte es eigentlich möglich machen sollen, zumindest grob einzuschätzen, wie alt sie war. Doch Evileyes Wispern verriet weder ihr Alter noch ihre Gefühle oder sonst irgendetwas über sie. Man konnte nur mit Sicherheit sagen, dass es die Stimme einer Frau war. Sie klang alt und gleichzeitig jung. Distanziert und tonlos.

Vielleicht war ihre Maske ein magisches Item, aber warum gab sie sich solche Mühe, ihre wahre Stimme zu verbergen?

»Dir fehlt die Begabung dafür. Befasse dich mit was anderem.« Ihre Ablehnung klang, als hätte sie ihm sonst nichts zu sagen.

Climb war sich dessen durchaus bewusst.

Er verfügte über keinerlei magische Begabung ... oder sonst irgendein Talent.

Egal wie oft er sein Schwert schwang, wie oft seine Schwielen aufplatzten, bluteten und verheilten, die erhofften Erfolge blieben aus. Jemand mit einer natürlichen Veranlagung hätte diese Hürden mit Leichtigkeit überwinden können, für Climb dagegen stellten sie unbezwingbare Felswände dar.

Das bedeutete allerdings nicht, dass er nicht trotz allem versuchen musste, sie zu erklimmen. Ohne Begabung blieb ihm nichts anderes übrig, als hart zu arbeiten und darauf zu vertrauen, dass er sich zumindest ein wenig verbessern konnte.

»Du wirkst nicht überzeugt.« Anscheinend bemerkte Evileye die Gefühle, die hinter Climbs ausdrucksloser Mine wüteten. »Talent zeigt sich von Anfang an. Manche sagen, diese Fähigkeiten seien wie Knospen vor dem Erblühen und dass in jedem das Potenzial schlummere, aber ... hmm. Wenn du mich fragst, ist das reines Wunschdenken. Etwas, das die Schwachen sagen, um sich selbst zu trösten. Allerdings war der Anführer der Dreizehn Helden genauso.«

Der Anführer der Dreizehn Helden ... Den Legenden zufolge war er zu Beginn ein ganz gewöhnlicher Mensch gewesen, schwächer als jeder andere, doch während er mit seinem Schwert gekämpft hatte und dabei verletzt worden war, hatte er sich zu einem Helden entwickelt, stärker, als man es für menschenmöglich gehalten hätte. Sein Potenzial war unaufhörlich angewachsen.

»Er hatte das nötige Potenzial, es war nur noch nicht erblüht. Du hingegen bist anders. Du arbeitest hart, ohne dass sich etwas ändert ... Ganz genau. Natürliche Begabung ist unverkennbar. Es gibt diejenigen, die sie besitzen, und jene, auf die das nicht zutrifft. Also ... ich sage dir nicht, du sollst einfach aufgeben – du solltest nur wissen, woran du bist.«

Evileyes ungeschönte Worte führten zu einem Moment des Schweigens. Und es war sie selbst, die es brach.

»Gazef Stronoff ... er ist ein gutes Beispiel. Das ist ein Mann mit Potenzial. Climb, glaubst du wirklich, du könntest die Kluft zwischen euch mit harter Arbeit überwinden?«

Er bekam kein Wort heraus. Sein Training heute mit Gazef hatte ihm vor Augen geführt, wie aussichtslos dieses Unterfangen war.

»Nun, vermutlich ist es nicht gerecht von mir, dich ausgerechnet mit ihm zu vergleichen. Außer vielleicht den Dreizehn Helden fällt mir niemand ein, der ihm mit einem Schwert gewachsen wäre. Gagaran zum Beispiel ist ziemlich talentiert, trotzdem kann sie Gazef nicht schlagen.«

»Jetzt mach dich nicht lächerlich. Der Kerl ist doch jetzt schon praktisch ein legendärer Held.«

»Hmm. Angeblich bist du ja auch eine Heldin ... Was dein Geschlecht angeht, da scheiden sich jedoch die Geister.«

Evileye zögerte einen Augenblick lang, doch Gagaran erwiderte lächelnd: »Nicht doch, Evileye. Lautet die Definition von Held nicht Monster mit außergewöhnlichen Fähigkeiten, die das Menschenmögliche übertreffen?«

»Dem widerspreche ich nicht.«

»In dem Fall werde ich es nie zur Heldin bringen. Ich bin ein Mensch.«

»Und doch hast du eine Begabung. Du unterscheidest dich von Menschen wie Climb, bei denen das nicht der Fall ist. Climb, du solltest deine Zeit nicht damit verbringen zu versuchen, das Unmögliche zu erreichen.«

Climb wusste sehr gut, dass er bei seinem Streben im Nachteil war, und dies immer wieder gesagt zu bekommen machte ihm das Ganze nur noch deutlicher. Das bedeutete jedoch nicht, dass er vorhatte, seine Lebensweise zu ändern.

Ich existiere allein für die Prinzessin. Um ihr zu Diensten zu sein.

Evileye schien seine märtyrerhaften Gedanken irgendwie zu erahnen. Sie schnalzte unter der Maske mit der Zunge. »Du wirst dich von meinen Worten wohl kaum abbringen lassen.«

»Richtig.«

»Was du doch für ein Narr bist. Ein richtiger Trottel.« Kopfschüttelnd brachte sie ihr Unverständnis zum Ausdruck. »Weißt du, diejenigen mit unerreichbaren Träumen neigen dazu, sich selbst zu zerstören. Ich hab es bereits gesagt, du solltest deine Situation begreifen und akzeptieren.«

»Ich verstehe.«

»Aber du hast nicht vor, auf meinen Rat zu hören, oder? Du bist hoffnungslos dämlich. Die Art Mann, die früh stirbt ... Gibt es überhaupt jemanden, der um dich weinen würde?«

»Was soll das, Evileye? Schikanierst du ihn so sehr, weil du dir Sorgen um ihn machst?«

Gagarans Worte sorgten dafür, dass Evileye niedergeschlagen die Schultern hängen ließ. Sie wandte sich der anderen Frau zu, packte sie mit einer behandschuhten Hand am Kragen und zischte: »Halt mal einen Moment lang die Klappe, Schwachkopf!«

»Stimmt doch, oder etwa nicht?«

Obwohl Evileye ihren Kragen noch immer festhielt, zeigte sich Gagaran absolut unbeeindruckt, und die Maskierte wusste nicht, was sie erwidern sollte.

Die verhüllte Frau sackte auf ihrem Stuhl zusammen, und um das Thema zu wechseln, richtete sie ihre Frustration gegen Climb. »Fang damit an, etwas über Magie zu lernen. Das ermöglicht dir zu verstehen, was ein Gegner, der Magie benutzt, vorhaben könnte. So kannst du entsprechende Gegenmaßnahmen treffen.«

»Gibt es nicht zu viele Arten von Magie, um sie alle zu lernen?«, warf Gagaran ein.

»Nein. Es gibt relativ wenige grundlegende Zauber, die fast alle *Caster* benutzen. Mit denen kann er anfangen.« Die Herablassung in ihrer Stimme machte deutlich, dass Evileye glaubte, wenn er das nicht schaffte, konnte er genauso gut aufgeben. »Solange er die bis Stufe drei lernt, sollte er keine Probleme haben.«

»Hey, Evileyyyye, angeblich gibt es Zauber bis Stufe zehn, aber die kann keiner benutzen, richtig? Woher wissen wir dann davon?«, fragte Gagaran grinsend.

»Hmm ...« Wie eine Lehrerin, die ihren Schülern etwas beibringen wollte, tat Evileye irgendetwas unter ihrer Robe. Climb bemerkte, dass die Umgebungsgeräusche mit einem Mal gedämpft wurden, als wäre ihr Tisch von einer Blase eingeschlossen. »Keine Panik. Ich hab nur ein unbedeutendes Item benutzt.«

Er war sich nicht sicher, wie stark ihre Sorge sein mochte, dass man sie belauschen könnte, um sich für den Einsatz dieses Item zu entscheiden, doch als Climb begriff, dass die Antwort auf Gagarans Frage wichtig genug war, um solche Vorsichtsmaßnahmen zu ergreifen, setzte er sich etwas aufrechter hin.

»In einer der Legenden ist von Wesen die Rede, die als die Acht Gierigen Könige bekannt sind. Es heißt, sie hätten die Macht der Götter gestohlen und diese Welt mit ihrer unermesslichen Macht regiert.«

Climb kannte die Geschichte der Acht Gierigen Könige. Als Märchen war sie alles andere als beliebt, doch Leuten mit einem gewissen Maß an Wissen war sie geläufig.

Die Acht Gierigen Könige waren vor fünfhundert Jahren aufgetaucht. Angeblich waren sie größer als der Himmel und ähnelten Drachen. Innerhalb eines Wimpernschlags verwüsteten sie ganze Landstriche und dank ihrer überwältigenden Macht unterwarfen sie die gesamte Welt. Allerdings waren sie unvorstellbar raffgierig und kämpften untereinander um die Besitztümer der anderen. Am Ende der Erzählung fanden sie alle den Tod.

Das machte es nur zu verständlich, dass sich das Märchen keiner sonderlichen Beliebtheit erfreute. Ob es sich lediglich um eine Sage oder doch um mehr handelte, das war der Punkt, wo sich die Geister schieden. Climbs Meinung nach wirkte die Geschichte ziemlich übertrieben und ausgeschmückt. Unter Abenteurern hingegen gab es ein paar, die überzeugt waren, sie handele von Wesen, die tatsächlich existiert hatten – und dass diese mächtiger gewesen seien als alles, was man heutzutage auf der Welt fand.

Eine der Begründungen dafür war eine Stadt, die sich angeblich weit entfernt in einer südlich gelegenen Wüste befand. Man sagte, die Acht Gierigen Könige hätten sie im Laufe ihrer Herrschaft als ihre Hauptstadt errichtet.

Während Climb noch seinen eigenen Gedanken nachhing, fuhr Evileye fort: »Es heißt, die Acht Gierigen Könige hätten zahllose mächtige Items besessen, darunter ein Grimoire, das *Namenlose Zauberbuch*. Da hast du deine Antwort.«

»Häh? Du meinst, die stehen alle in dem Buch?«

»Korrekt. Angeblich finden sich in diesem unvorstellbar mächtigen Item der legendären Könige sämtliche Zaubersprüche, die es gibt. Gerüchten zufolge kann es sein, dass jeder neu entwickelte Zauber automatisch darin aufgenommen wird.«

Obwohl Climb die Geschichte von den Acht Gierigen Königen kannte, hatte er noch nie von dem Buch gehört. Ihm wurde vage bewusst, wie kostbar dieses Wissen war, darum konzentrierte er sich wieder darauf zuzuhören.

»Darum können wir sicher sein, dass es Zauber der zehnten Stufe gibt. Natürlich wissen nur wenige, dass das *Namenlose Zauberbuch* wirklich existiert.«

Climb schluckte. »H… habt Ihr jemals versucht, es zu finden? Das *Namenlose Zauberbuch*?« Er stellte die Frage deshalb, weil diese beiden an der Spitze der Abenteurer standen.

Evileye schnaubte, als wolle sie damit sagen: *Mach dich nicht lächerlich!* »Hmpf. Jemand, der es mit eigenen Augen gesehen hat, meinte, es sei mit einem mächtigen Zauber belegt, der verhindert, dass es irgendwer außer seinem rechtmäßigen Besitzer berührt. Es heißt, es verfüge über die Macht einer ganzen Welt, was im Umkehrschluss bedeutet, es ist auch genauso gefährlich. Ich weiß, wo ich stehe, und hab nicht das Verlangen, so ein Item zu besitzen und daraufhin einen so närrischen Tod wie die Acht Gierigen Könige zu sterben.«

»Und das, obwohl die Anführerin Eurer Gruppe dafür berühmt ist, eine Waffe zu besitzen, die einem der Dreizehn Helden gehört hat?«

»Angeblich gehört dieses Buch in eine ganz andere Kategorie. Na ja, diese Information beruht lediglich auf dem Bericht von jemandem, der es gesehen hat, ich kenne also keine Einzelheiten. Sind wir jetzt nicht vom Thema abgekommen? Wie dem auch sei, das ist die Antwort, Gagaran. Kapiert?«

Danach schien Evileye kurz zu zögern, was nur selten vorkam, bevor sie sich schließlich an Climb wandte. »Climb, tu niemals etwas so Dummes, wie deine Menschlichkeit aufzugeben, nur weil du Macht willst.«

»Meine Menschlichkeit aufgeben …? Ihr meint, wie die Dämonen in den Geschichten?«

»Das oder zu einem Untoten oder einem magischen Wesen werden.«

»Ein normaler Mensch ist zu so was doch gar nicht in der Lage.«

»Stimmt … Die meisten Menschen, die zu Untoten werden, verlieren gewissermaßen den Verstand. Sie verfolgen ihre Ziele voller Leidenschaft, darum entscheiden sie sich für diesen Weg, um ihre Wünsche wahr werden zu lassen, aber … die körperlichen Veränderungen belasten auch den Verstand, und dadurch werden sie zu etwas Erschreckendem.«

Die Maske verbarg ihre Gefühle, in Evileyes Stimme lag jedoch ein unverkennbarer Hauch von Mitleid. Während sie anfing, ins Leere zu starren, erklärte Gagaran beängstigend gut gelaunt: »Und überhaupt, stell dir vor, die Prinzessin wacht eines Morgens auf und ihr Climb ist ein Oger – das wäre vielleicht ein Schock!«

Evileye schien zu verstehen, was Gagaran damit sagen wollte. Erneut senkte sie die Stimme zu einem undeutbaren Flüstern, als sie erläuterte: »Nun, wäre durchaus eine Möglichkeit. Mit Verwandlungsmagie könntest du dich vorübergehend verändern. Nein, wirklich, das ist eine Option! Ich meine, um die körperlichen Fähigkeiten zu steigern.«

»Ich glaube, das lasse ich lieber«, entgegnete der junge Soldat.

»Es ist sehr effektiv, wenn es um eine Steigerung auf rein körperlicher Ebene geht. Weißt du, Menschen sind von vornherein nicht besonders gesegnet. Wenn man davon ausgeht, dass alle über die gleiche Grundbegabung verfügen, ist derjenige mit den besseren Attributen natürlich im Vorteil.«

Das war offensichtlich.

»Tatsächlich haben die meisten der Dreizehn Helden anderen Völkern angehört. Übrigens, wir reden zwar immer von den Dreizehn Helden, in Wahrheit waren es mehr. Aber gerade mal dreizehn von ihnen haben es geschafft, Teil der Legenden zu werden ... Der Kampf gegen die bösen Geister hat Wesen aller Völker zusammengebracht, doch die Leute haben sich nur auf die Menschen konzentriert. Vermutlich wollten sie keine Heldengeschichten über Vertreter anderer Völker verbreiten«, erklärte Evileye sarkastisch. Dann veränderte sich ihre gesamte Ausstrahlung und ihr Tonfall nahm einen nostalgischen Zug an. »Der Krieger, der die Wirbelwind-Axt führte, war der mächtigste Krieger der Luftriesen. Und es gab eine königliche Familie der Elfen mit den gleichen charakteristischen Eigenschaften, die ihre altehrwürdigen Vorfahren besaßen. Und dann wäre da noch der ursprüngliche Besitzer des Schwerts unserer Anführerin, Killineiram: Der schwarze Ritter, der die Vier Großen Schwerter der Finsternis führte und zum Teil ein Dämon war.«

»Die Vier Großen Schwerter der Finsternis ...?«, fragte Climb.

Es hieß, einer der Dreizehn Helden, der Schwarze Ritter, besäße vier Schwerter: das Böse Schwert Humiris, das Dämonische Schwert Killineiram, das Verdorbene Schwert Coroquedavarre und das Schwert des Todes Sufiz. Eines davon befand sich zurzeit im Besitz von niemand anderem als der Anführerin der Blauen Rosen, Lakyus.

»Das mächtigste Schwert der Finsternis ist das Dämonische Schwert Killineiram. Es wurde erschaffen, indem man unendlich viele Schatten zu einer Klinge verdichtete … Alsooo, stimmt es, dass genug dunkle Energie freigesetzt wird, um ein ganzes Land zu verschlingen, wenn man seine gesamte Macht entfesselt?«, fragte Gagaran.

»Was um alles in der Welt?« Evileye wirkte verwirrt.

»Das hab ich von unserer Anführerin gehört. Sie hat es erwähnt, als sie vor ein paar Tagen alleine war. Sie hielt sich die rechte Hand und hat so was gesagt wie: Nur eine Frau, die sich wie sie den Göttern hingibt, könne seine volle Macht kontrollieren und so weiter.«

»Davon hab ich noch nie gehört …« Evileye neigte den Kopf verdutzt zur Seite. »Doch wenn die Besitzerin des Schwertes das sagt, könnte es stimmen.«

»Dann stimmt es auch, dass aus dem Verstand dieser Finsternis eine dunkle Lakyus geboren wird?«

»Was?«

»Na ja, ich meine, das hat sie ein anderes Mal vor sich hin gemurmelt. Sie hat mich offenbar nicht bemerkt, also hab ich einfach mal zugehört, und sie sagte so irres Zeug wie: ›Wenn du unachtsam wirst, werde ich, die schwarze Wurzel aller Finsternis, deinen Körper kontrollieren und die Macht des Dämonischen Schwerts entfesseln.‹«

»Ich … kann nicht sagen, dass das vollkommen ausgeschlossen ist. So manches verfluchte Item übernimmt den Verstand seines Besitzers … Aber es wäre ein riesiges Problem, wenn Lakyus besessen wäre.«

»Sieht so aus, als wollte sie es vor uns verheimlichen, ich wette allerdings, wenn wir sie direkt fragen, wird sie knallrot werden und sagen, wir sollen uns keine Gedanken machen.«

»Hmm. Als Priesterin, die Flüche brechen soll, ist es ihr vermutlich peinlich, wenn wir uns Sorgen machen, sie könnte verflucht sein.

Bedeutet das, sie will nicht, dass wir uns deswegen den Kopf zerbrechen und darum behält sie es für sich?«

»Seitdem hab ich nichts Derartiges mehr mitbekommen, aber ... Erinnerst du dich? Kurz nachdem sie das Schwert bekommen hat, hat sie angefangen, diese sinnlosen Panzerringe zu tragen, nicht wahr?«

»Ich dachte, die sollen einfach nur schick sein. Willst du etwa behaupten, das wären magieversiegelnde Items oder Katalysatoren?«

Climb konnte seine stoische Miene nicht länger beibehalten und runzelte die Stirn.

Was er gerade gehört hatte, deutete an, Lakyus könnte im Begriff sein, unter den Einfluss eines bösartigen Items zu geraten. Beim Gedanken, wo er vorhin erst gewesen war und wo sich Lakyus in diesem Moment aufhielt, wurde er unruhig. »Schwebt Prinzessin Renner in Gefahr?«

Er schien drauf und dran, jeden Augenblick, ohne zu zögern, loszurennen, doch Evileye hielt ihn zurück, »Keine Panik. Es ist nicht so, als würde so was im Handumdrehen geschehen. Selbst wenn sie allmählich einer dunklen Macht unterliegen sollte, wird sie es bemerken, bevor es zu spät ist. Dass sie uns nichts davon erzählt, bedeutet vermutlich, sie glaubt, es kontrollieren zu können. Ich meine, sie verfügt über enorme Willensstärke, richtig? Ich wusste allerdings nicht, dass das Schwert solche Macht besitzt!«

»Sollen wir vorsichtshalber Azus Bescheid geben?«, fragte Gagaran.

»Es ist unangenehm, einen Rivalen um Hilfe zu bitten, aber ... sie ist seine Nichte, darum sollten wir es ihn wahrscheinlich wissen lassen.«

»Na schön, vermutlich sollten wir das am besten sofort erledigen? Erst müssen wir herausfinden, wo er sich gerade herumtreibt.«

»Ja. Wir sollten bereit sein, Lakyus jederzeit zur Seite zu stehen.«

»Außerdem: Die einzigen, die gegen einen Adamantit-Abenteurer bestehen können, sind andere Adamantit-Abenteurer.«

»Hmm? Oh! Da wir gerade darüber reden, Gagaran. Angeblich gibt es in E-Rantel inzwischen noch eine dritte Adamantit-Gruppe.«

»Was? Echt? Das ist mir neu … Hast du das heute Morgen bei der Abenteurer-Gilde gehört?«

»Nein … äh, ach … Tut mir leid, was ich ganz vergessen hab zu erwähnen: Sieht so aus, als wäre ihre Farbe Schwarz.«

»Schwarz? Es gibt rot und blau, da hätte ich gedacht, braun oder grün wären als Nächstes dran!«

»Schwarz ist eine der Farben im Glauben an die Sechs Götter, daher ist es keine wirkliche Überraschung. Die Nächsten wählen vielleicht Weiß.«

»Ich mag den Gottesstaat Slane nicht besonders. Da war doch dieses eine Mal, als wir uns mit den Kerlen von dieser Geheimeinheit in die Wolle gekriegt haben, erinnerst du dich?«

Climb hatte das Gefühl, gerade etwas ungemein Gefährliches mit anzuhören, die beiden ignorierten ihn jedoch und unterhielten sich einfach weiter.

»Du magst sie nicht, Gagaran? … Die versuchen mich umzubringen, trotzdem stimme ich ihrer Politik zu. Oder besser, der Aufgabe, die sie sich selbst gestellt haben. Der Eid, die Menschheit zu beschützen, ist vom Standpunkt der Menschen aus betrachtet nichts Falsches.«

»Häh? Es ist also in Ordnung, Halbmenschliche und Elfen umzubringen, selbst wenn sie nichts getan haben?« Deutlicher Ekel zeichnete sich auf Gagarans Miene ab und in ihren Augen loderte Wut auf.

Evileye tat den Zorn, der ihr wie die Hitze eines Schmiedeofens entgegenschlug mit einem Schulterzucken ab. »Es gibt hier mehrere von Menschen beherrschte Länder: das Königreich, das Geweihte Königreich und das Imperium. Aber Gagaran, wusstest du, je weiter du dich von hier entfernst, umso seltener findest du Länder mit überwiegend menschlicher Bevölkerung? Halbmenschen und andere, den Menschen überlegene Völker gründen Nationen. An manchen Orten werden Menschen sogar als Sklaven gehalten! Der Grund, warum das hier nicht so ist, ist der Gottesstaat Slane, der das seit Jahren verhindert.«

Gagaran riss sich zusammen und begann stattdessen zu schmollen. »Nun, ja, Halbmenschen sind Menschen zumindest körperlich überlegen. Wenn die sich irgendwo zusammentun und eine Zivilisation aufbauen, können die Menschen nicht viel dagegen unternehmen ...«

»Wenn du ein Mensch bist, solltest du das, was der Gottesstaat tut, zu schätzen wissen. Natürlich, einiges von dem, was sie machen, ist herzlos, doch keiner dient der Menschheit mehr als sie. Ob ich dasselbe sagen würde, wenn ich zu einer der unliebsamen Minderheiten gehören würde, steht selbstverständlich auf einem anderen Blatt. Und es kann sein, dass der Gottesstaat Slane die Abenteurer-Gilden überhaupt erst ins Leben gerufen hat.«

»Ernsthaft?«

»Wer weiß? Die Wahrheit liegt im Dunkeln, allerdings besteht diese Möglichkeit durchaus. Das Gildensystem kam nach dem Kampf gegen die bösen Geister auf, als die Menschen am schwächsten waren. Die Herrscher des Gottesstaates haben sich ihre Stärke bewahrt und vermutlich wurde das Abenteurer-Netzwerk gegründet, um Unterstützung zu bieten, ohne internationale Konflikte heraufzubeschwören.«

Betretenes Schweigen machte sich am Tisch breit. Als es Climb nicht länger ertrug, ergriff er das Wort. »Verzeiht, dass ich mich einmische, Lady Evileye. Diese neue Adamantit-Gruppe, wie heißen die Mitglieder?«

»Hmm? Ach ja. Ich glaube, einer heißt Momon. Er ist der Anführer und als der Dunkle Held bekannt. Sieht so aus, als hätte ihre Gruppe keinen eigenen Namen, die Leute scheinen sie einfach Nachtschwarz zu nennen.«

»Hm. Und die anderen Mitglieder?«, fragte nun Gagaran.

»Sie sind nur zu zweit. Er arbeitet mit einer *Arcane-Casterin* namens Nabe zusammen, die auch die Schöne Prinzessin genannt wird.«

»Häh? Nur zwei Leute? Was soll das denn? Sind das bloß unheimlich selbstsichere Schwachköpfe …? Nun, nein, sie haben Adamantit-Rang. Das bedeutet, sie haben ein paar Tricks auf Lager. Und? Was haben sie bisher geleistet?«

Climb hörte ebenfalls gespannt zu. Diese Gruppe hatte Adamantit-Rang erreicht. Sie hatten also Dinge getan, die sich ein Normalsterblicher nicht einmal vorstellen konnte. Er wusste jetzt schon, die Geschichten würden spannend sein, und sein Herz raste erwartungsvoll.

»Ich hab gehört, das alles sei innerhalb von zwei Monaten passiert, aber … als Erstes haben sie sich um einen Vorfall mit mehreren tausend Untoten in E-Rantel gekümmert. Dann haben sie ein Bündnis aus Goblin-Stämmen ausgelöscht, das aus dem Süden hochgekommen ist, außerdem haben sie im Waldgebiet von Tob ultraseltene Kräuter gesammelt, einen *Gigantic Basilisk* ausgeschaltet und schließlich noch eine Division Untoter vernichtet, die aus der Kazde-Ebene hergezogen ist. Und ich hab gehört, sie hätten eine unvorstellbar starke *Vampire* besiegt.«

»Einen *Gigantic Basilisk* …?« Climb keuchte.

Basilisks waren riesige Monster, die Eidechsen oder Schlangen ähnelten. Sie waren über zehn Meter lang, verfügten über einen versteinernden Blick und dermaßen giftige Körperflüssigkeiten, dass der Kontakt damit augenblicklich zum Tod führte. Ihre Haut war so dick, dass man sie mit Mithril verglich – kurz gesagt, es handelte sich um furchterregende Gegner. Wenn diese Gruppe in der Lage war, ein Monster zu bezwingen, das eine ganze Stadt in Schutt und Asche legen konnte, war ihr Adamantit-Rang gerechtfertigt.

Es gab da allerdings ein Problem.

»Das ist ziemlich … unglaublich. Haben sie das echt mit nicht mehr als zwei Leuten geschafft? Es ist fast unmöglich, einen *Gigantic Basilisk* mit nur einem Krieger und einem *Caster* kleinzukriegen. Das kann nicht stimmen.«

Genau das war der Haken. Zu zweit war diese Aufgabe praktisch nicht zu bewältigen. Besonders für einen Krieger und eine *Casterin* – wie heilten sie sich? Schließlich war es undenkbar, dass sie eine Möglichkeit besaßen, sich gegen jeden Spezialangriff – den versteinernden Blick, die giftigen Flüssigkeiten und so weiter – des *Basilisks* zu verteidigen.

»Oh, tut mir leid! Vermutlich sollte ich nicht behaupten, sie wären bloß zu zweit. Sie haben auch den Weisen König des Waldes gezähmt und jetzt dient er ihnen.«

»Den Weisen König des Waldes? Was für ein Monster ist das denn?«, fragte Gagaran.

Climb erinnerte sich an den Namen aus ein paar Volkserzählungen, die Ähnlichkeit mit den Geschichten über Abenteurer hatten. Doch er hielt es für unangebracht, sich ausgerechnet in diesem Moment einzumischen.

»Ich weiß keine Einzelheiten, in den alten Geschichten heißt es jedoch, der Weise König des Waldes sei eine magische Bestie, die schon seit Ewigkeiten über das Waldgebiet von Tob herrscht. Angeblich ist er unvergleichlich mächtig. Jemand, den ich kenne, ist vor langer Zeit … ähm, vor etwa zweihundert Jahren … in den Wald von Tob gegangen und hat nichts gesehen, aber …« Bei der Erwähnung der zweihundert Jahre hob sie lediglich die Schultern.

Wäre sie eine Elfe, wäre ein solches Alter absolut vorstellbar, doch ihr Verhalten ließ Climb zu dem Schluss kommen, dass sie nur scherzte.

»Woah! Also, wie viel davon stimmt denn wirklich? Komm schon, es muss eine Menge Aufschneiderei dabei sein, richtig?«

Das war für gewöhnlich der Fall. Wenn Leute Geschichten erzählten, übertrieben sie ganz unbewusst. Zerstückelte Leichen machten es schwer, die Opferzahl genau festzustellen, und gelegentlich behaupteten Abenteurer geradezu haarsträubende Dinge. Dadurch wurden die Berichte mit der Zeit immer fantastischer.

Zur Antwort schnalzte Evileye missbilligend mit der Zunge. »Nein, es hat den Anschein, als wäre jedes Wort davon wahr. Die ersten Gerüchte, die nach dem Vorfall in E-Rantel kursierten, haben behauptet, Momon hätte einen untoten Riesen besiegt, indem er ein Schwert geworfen hat, und dann wäre er durch eine Horde aus Tausenden Untoten gepflügt. Das haben einige überlebende Wächter berichtet, die das Ganze mit eigenen Augen gesehen haben, und sie haben alle das Gleiche gesagt. Klingt also nicht nach Übertreibung. Die Leichen belegen, dass sie die beiden Anführer der Horde ebenfalls getötet haben. Und vorher haben sie noch zwei *Skeletal Dragons* besiegt.«

Climb fragte die sprachlose Gagaran: »Würde das nicht sogar Euch schwerfallen?«

»Wenn es sich bei den Tausenden von Untoten um *Zombies* und *Skeletons* handelt, wäre das kein Problem. Damit käme ich klar. Vermutlich würde ich auch irgendwie mit beiden *Skeletal Dragons* zurechtkommen, doch die beiden Anführer, die für einen solchen Vorfall verantwortlich sind? Ich weiß nicht. Da ich keine Ahnung hab, wozu sie fähig waren, kann ich das nicht mit Sicherheit sagen.«

»Inoffiziell ist man der Ansicht, sie gehörten zu Zurrernorn.«

»Ist das dein Ernst, Evileye? Ah, wenn wir hier von *deren* Anhängern reden, wäre die Lage für mich aussichtslos. Nach dem ganzen anderen Zeug wäre so ein Kampf verdammt schwierig. Und wenn mir nur der kleinste Fehler unterliefe – wenn ich zum Beispiel vergiftet oder gelähmt würde –, wäre ich verloren. Wie heilen sich die beiden? Benutzen sie *Heiltränke*? Oder vielleicht kann der Krieger Momon wie unsere Anführerin *Faith*-Magie verwenden. Oder diese Schöne Prinzessin?«

»Das ist nicht auszuschließen.« Evileye nickte.

»Aber ein *Giant Basilisk* wäre ... unmöglich. Für einen Krieger, jemanden, der hauptsächlich im Nahkampf agiert, ist das eine ernsthafte Herausforderung. Ich hab zwar Fluchblick, meine Rüstung, doch ohne Unterstützung würde ich trotzdem Schwierigkeiten bekommen.«

»Und da hast du deine Antwort, Climb. Sieht so aus, als wäre es für Gagaran alleine unmöglich. Es kommt also darauf an, zu was diese Frau namens Nabe fähig ist. Gagaran, zusammen könnten wir beide es schaffen ... vermutlich?«

»Ja, wenn sie auf deinem Level ist, wären diese beiden Abenteurer vermutlich stark genug. Wenn man es schafft, den Kampf weitestgehend aus der Entfernung zu führen, könntest du einen *Giant Basilisk* vermutlich auch alleine besiegen. Und dafür müsstest du dich nicht einmal verausgaben, oder?«

»Hm, nein, so einfach ist das nicht. Ich müsste schon alles geben.«

»Wenn ich dich an meiner Seite hätte, wäre es bei den aufgezählten Gegnern das Sinnvollste, wenn ich mich um die *Skeletal Dragons* kümmern würde ... Ich müsste mich also praktisch die meiste Zeit auf deine Kraft verlassen. Mit einem *Caster* der Orichalkum-Stufe wäre das ... schlichtweg unmöglich.«

Climb war verwirrt. *Ist Evileye wirklich eine derart mächtige* Casterin? Üblicherweise setzten sich Abenteurergruppen aus Mitgliedern ähnlicher Stärke zusammen, zudem waren Gagaran und Evileye schon sehr lange gemeinsam unterwegs. Würde sich unter solchen Umständen wirklich eine so offensichtliche Kluft zwischen ihren Fähigkeiten auftun?

»Das stimmt nicht. Ich weiß, wie stark Ihr seid, Gagaran. Ihr könntet Euch auf jeden Fall mit dieser neuen Gruppe messen«, versicherte ihr Climb.

»Hoowhee! Danke für das Lob. Also schön, wollen wir miteinander schlafen?«

»Nein, ich lehne respektvoll ab.«

»Und genau darum bist du noch Jungfrau! Das ist so, als würdest du dich beim Essen zurückhalten, obwohl der randvolle Teller direkt vor dir steht. Du bekommst keinen Preis dafür, ewig Jungfrau zu bleiben, verstehst du? Was wirst du machen, wenn es so weit ist, und du kurz davor stehst, mit der Frau deiner Träume zu schlafen? Willst du, dass sie sich über deine mangelhafte Leistung beschwert? Gefällt dir das? Bist du ein Masochist?« Nach dieser Sturzflut aus Anschuldigungen, ohne Climb die Möglichkeit zu geben, darauf zu antworten, stieß Gagaran einen übertriebenen Seufzer aus. »Nun, ich werde dich nicht zwingen. Ich stehe jederzeit zur Verfügung, wenn du also willst, musst du nur was sagen … Aber hey, was ist ›Schöne Prinzessin‹ denn bitte für ein kitschiger Spitzname? So toll kann sie ja wohl kaum sein, oder?«

»Angeblich ist Nabe ziemlich hübsch. Zumindest dem zufolge, was ich so gehört hab«, erklärte Evileye und Climb spürte einen Moment lang, dass ihr Blick auf ihm ruhte, »ist sie so schön wie die Goldene Prinzessin.«

Gagaran beäugte ihn verschmitzt. Da er ahnte, was sie sagen wollte, kam er ihr zuvor. »Aussehen ist eine Frage des persönlichen Geschmacks und für mich gibt es keine schönere Frau als Prinzessin Renner.«

»Ich *verstehe*.« Sie klang enttäuscht.

»Hmm. Wir plaudern schon zu lange. Tut mir leid, dass du dir diesen Blödsinn anhören musstest. Wir werden Lakyus' Anweisungen befolgen und gleich mit den Vorbereitungen beginnen.«

Gagaran und Evileye erhoben sich, Climb tat es ihnen gleich.

»Tut mir leid, Climb! Es gibt vieles, das ich gerne mit dir *tun* würde, aber sieht so aus, als hätten wir dafür keine Zeit mehr.«

»Macht Euch deswegen bitte keine Gedanken, Gagaran. Und Lady Evileye, danke für das informative Gespräch.«

Gagaran musterte Climb, bevor sie müde lachte. »Na, ist schon gut. In Ordnung. Du machst dich jetzt vermutlich auf den Rückweg, oder? Kümmer dich um unsere Anführerin. Ich verlasse mich auf dich, Jungfrau! Oh, und vergiss deine Items nicht. Das Schwert an deiner Hüfte ist ja wohl kaum deine normale Waffe, richtig?«

»Nein, das ist mein Ersatzschwert.«

»Man weiß nie, was passieren wird. Was auch immer du mit deiner Rüstung machst, dein Schwert solltest du stets dabeihaben! Das gilt für Abenteurer und besonders für einen Krieger. Hast du die Items, die ich dir gegeben hab?«

»Die Glocken? Ja, hier drin.« Dabei berührte er einen Beutel an seinem Gürtel.

»Gut. Denk daran: Wir Krieger können nichts tun, außer unsere Waffen zu schwingen, manchmal reicht das allerdings nicht. Dann müssen wir auf magische Items zurückgreifen. Sammle davon so viele, wie du kannst, und trag sie immer bei dir. Und du solltest außerdem mindestens drei Heiltränke mitführen. Mir hat das schon öfter das Leben gerettet.«

Er besaß drei Heiltränke, im Moment befanden sich allerdings nur zwei in seiner Tasche. Climb nickte.

»Du bist überraschend fürsorglich ...«

»Mach dich nicht über mich lustig, Evileye ... Tut mir leid, dass ich dich aufhalte, Climb. Was ich dir sagen will, ist, sei stets auf der Hut und auf alles vorbereitet.«

»Verstanden.« Climb verneigte sich tief vor Gagaran.

3

3 später Flammenmond (September), 6:00 Uhr

Um den runden Tisch herum saßen neun Männer und Frauen.

Obwohl sich die Befehlshaber der acht Divisionen der Acht Finger zusammengefunden hatten, beachtete kaum einer den anderen. Stattdessen lasen sie die Unterlagen in ihren Händen oder unterhielten sich mit ihren Untergebenen, die hinter ihnen standen.

Es war, als hätten sich hier acht Gruppen getroffen, die absolut nichts miteinander zu schaffen hatten. Man konnte es nicht unbedingt als Pulverfass bezeichnen, allerdings war nicht abzustreiten, dass jeder eine gewisse Vorsicht an den Tag legte, als würde alles und jeder eine Bedrohung darstellen. Und doch war das für sie vollkommen normal. Auch wenn sie eine lockere, voneinander abhängige Beziehung innerhalb derselben Organisation pflegten, kam es wegen widersprüchlicher Interessen häufig zu Streitereien und richtige Zusammenarbeit fand nur selten statt.

Beispielsweise kümmerte sich die Drogen-Division um jeden Aspekt ihres Bereichs, von der Produktion bis hin zur Auslieferung. Sie würden nie mit der Schmuggel-Division zusammenarbeiten. Und obwohl es keine offenen Feindseligkeiten gab, war es gang und gäbe, den anderen bei Gelegenheit Steine in den Weg zu legen.

Dieses nachteilige Verhalten war das Ergebnis der Zusammenführung von einst getrennten Unterweltsyndikaten.

Diese Leute waren nicht miteinander befreundet, allerdings nahmen sie aus gutem Grund an den jährlichen Treffen der Acht Finger in der Hauptstadt teil. Wenn jemand fernblieb, konnte es durchaus vorkommen, dass er des Verrats verdächtigt und aus der Organisationshierarchie entfernt wurde. Darum nahmen selbst diejenigen, die nur selten in die Hauptstadt kamen, die weite Reise auf sich.

Sogar jene, die sich für gewöhnlich irgendwo verschanzten, wagten sich dafür gewissermaßen in die Öffentlichkeit. Daher war es kein Wunder, dass einige von ihnen Angst vor Attentaten hatten und versuchten, sich mit Eskorten zu schützen – mit zwei Elitekämpfern, mehr durfte keine Division mitbringen.

Nur einer kam alleine ...

»Na schön, alle sind da. Dann beginnen wir die Sitzung.« Als Antwort auf die Stimme knarrten Stühle, während sich die Leute setzten.

Der Sprecher war derjenige, der die Versammlung leiten würde, das Oberhaupt der Acht Finger. Er wirkte etwa um die fünfzig und trug ein Siegel des Wassergottes. Sein sanftmütiges Gesicht passte ganz und gar nicht zu einem Kriminellen.

»Wir haben einige Themen, doch als Erstes kümmern wir uns um ... Hilma.«

»Aye.« Ihm antwortete eine Frau, der es größtenteils an Farbe fehlte. Ihre Haut war so bleich, dass man hätte meinen können, sie wäre krank, außerdem trug sie ein weißes Kleid. Von ihrer rechten Hand bis zur Schulter hinauf erstreckte sich eine Tätowierung in Form einer Schlange. Zwischen den Fingern hielt sie eine Pfeife, von der widerlicher, lilafarbener Rauch aufstieg. Ihr Lippenstift besaß dieselbe violette Farbe wie ihr Lidschatten. Ihre freizügige Kleidung vermittelte die Dekadenz einer Edelprostituierten. Sie gähnte übertrieben. »Müssen wir uns denn direkt zu Anfang damit befassen?«

»Es geht um die Überfälle auf deine Drogenherstellungsstandorte.«

»Ja, jemand hat ein paar Dörfer angegriffen, wo die Produktion stattfindet. Die Verluste kosten mich ein Vermögen. Könnte sein, dass es deswegen zu Lieferengpässen kommt.«

»Weißt du etwas über die Verantwortlichen?«

»Nö. Sie waren sehr sorgfältig ... Allerdings habe ich gerade deshalb eine Ahnung, wer es gewesen sein könnte.«

»Welche Farbe?«

Alle wussten genau, was er meinte.

»Keine Ahnung! Wir haben selbst gerade erst davon erfahren. Wie soll ich da so schnell weitere Informationen haben?«

»Ich verstehe. Nun, dies ist die aktuelle Lage. Wenn jemand unter den Anwesenden etwas darüber weiß, hebt die Hand.«

Es gab keine Reaktion. Entweder wussten sie nichts oder sie wollten nichts preisgeben.

»Als Nächstes ...«

»Hey!« Eine leise, dennoch ungemein kraftvolle, männliche Stimme meldete sich zu Wort.

Alle blickten ihn an. Der Mann war kahlköpfig, mehrere tätowierte Tiermotive bedeckten seinen Körper, eine davon zog sich sogar über die Hälfte seines Gesichts. Zudem war er groß gewachsen. Seine Kleidung konnte seinen muskulösen Körperbau nicht verschleiern. Der kalte Glanz seiner Augen machte deutlich: Er war ein Krieger.

Jeder andere Befehlshabende hatte eine Eskorte dabei – abgesehen von ihm. Natürlich nicht. Welchen Zweck hätte es, jemanden mitzubringen, wenn derjenige ihm ohnehin keine Hilfe gewesen wäre?

Er funkelte Hilma, die Befehlshaberin der Drogen-Division, an. Nein, vermutlich hatte er gar nicht beabsichtigt, sie derart intensiv anzustarren, es fiel jedoch schwer, den Blick dieser rasiermesserschmalen Augen anders aufzufassen.

Den Wächtern hinter der Frau stockte einen Moment lang der Atem – eine natürliche Reaktion, als sie begriffen, wie sehr sie diesem Mann unterlegen waren.

Er war ein Monster, in der Lage, jeden der Anwesenden abzuschlachten.

»Warum heuerst du nicht uns an? Deine Wichte sind ganz offensichtlich unfähig, deine Anlagen zu schützen, oder?«

Zero leitet die Sicherheits-Division, die von Türstehern bis zu Eskorten für Adelige alles zur Verfügung stellte. Noch bekannter war er dafür, der beste Kämpfer der Acht Finger zu sein. Sein Angebot hingegen ...

»Kein Bedarf.«

... wurde rigoros abgelehnt.

»Wir brauchen dich nicht. Abgesehen davon können wir nicht zulassen, dass Außenstehende wissen, wo unsere wichtigen Stützpunkte liegen.«

Und damit war die Angelegenheit erledigt. Zero schloss die Augen, als hätte er jegliches Interesse an der Sache verloren. Es war, als würde er versteinern.

»In dem Fall möchte ich dein Angebot annehmen.« Damit ergriff ein schlanker Mann das Wort. Sein Körperbau stellte das genaue Gegenteil von Zeros Erscheinungsbild dar. »Zero, ich würde gerne einen Mann anheuern.«

»Du, Coccodor? Kannst du denn zahlen?«

Während Hilmas Drogenproduktion recht lukrativ war, nahm der Umsatz von Coccodors Sklavenhandel stetig ab. Seit die Goldene Prinzessin Sklaverei für illegal erklärt hatte, war er gezwungen, seine Geschäfte mehr und mehr im Verborgenen abzuwickeln.

»Ich kann es mir leisten, Zero. Und ich hätte gerne einen der Besten, die du hast. Vorzugsweise einen der Sechs Arme.«

»Ach?« Zum ersten Mal während dieses Treffens wirkte Zero ernsthaft interessiert und öffnete die Augen erneut.

Nicht nur er war überrascht. Fast jedem hier ging es so.

Sechs Arme war die Bezeichnung für die sechs Mitglieder der Sicherheitsabteilung mit den größten Kampffähigkeiten; der Name hatte seinen Ursprung in der Legende, dass der Bruder des Gottes des Diebstahls sechs Arme hatte.

Natürlich stand Zero selbst an der Spitze dieser Gruppe, die anderen fünf waren allerdings genauso stark. Von einem hieß es, er könne den stofflichen Raum selbst durchtrennen, ein anderer war in der Lage, Illusionen zu wirken, und bei einem handelte es sich angeblich um einen unvorstellbar mächtigen Untoten – einen *Elder Lich*.

Wenn Gazef Stronoff und Adamantit-Abenteurer die stärksten unter den Gesetzestreuen waren, stellten die Sechs Arme das Mächtigste dar, was die Unterwelt zu bieten hatte. Einen von ihnen anzuheuern ließ allerdings nur eine Schlussfolgerung zu.

»Steckst du etwa dermaßen in Schwierigkeiten? Na schön. Mach dir keine Sorgen. Mein Mann wird sich um die Sicherheit deiner Waren kümmern.«

»Es tut mir wirklich leid, dich damit zu belästigen. Bei einer Frau, die wir loswerden wollten, ist es zu unvorhergesehenen Komplikationen gekommen. Vielleicht ist es ein wenig übertrieben, sollte jedoch unser Stützpunkt ausfallen, bekomme ich Probleme. Also ja, den Vertrag und die Bezahlung besprechen wir später.«

»Alles klar.«

»Passt es dir gleich nach dem Treffen? Es gibt da etwas, das ich gerne gleich erledigt haben möchte.«

»Verstehe. Ich hab einen Mann mitgebracht, den kann ich dir eine Weile ausleihen.«

»In Ordnung, ich gehe dann zum nächsten Punkt über«, sagte das Oberhaupt der Acht Finger und setzte damit die Besprechung fort. »Kennt irgendwer hier den neuen Adamantit-Abenteurer namens Dunkler Momon? Hat ihn schon jemand eingeladen, sich uns anzuschließen?«

Zwischenspiel

Klirrend schlug das wertvolle Metall aufeinander.

Nachdem er sicher war, dass der Lederbeutel leer war, reihte Ainz die glänzenden Münzen auf seinem Schreibtisch auf. Er stapelte immer zehn, nach Gold und Silber getrennt, aufeinander und zählte sie. Nachdem er die Summe mehrmals überprüft hatte, spähte er noch einmal in den Beutel.

Da ist echt nichts mehr drin. Nach dieser Bestätigung schleuderte er ihn in eine Ecke und stützte den Kopf in die Hände.

»Es reicht nicht ... Ich hab nicht annähernd genug Geld ...«

Sein menschlich wirkendes Gesicht, das er mithilfe einer Illusion erschaffen hatte, verzog sich zu einer ungehaltenen Fratze. Natürlich stellten die Münzen vor ihm ein Vermögen dar, eine Summe, die ein herkömmlicher Bewohner dieser Welt in Dutzenden Jahren nicht zusammentragen würde. Doch als Herrscher der Großen Gruft von Nazarick und als Einziger, der hier Geld verdiente, beunruhigte ihn die Summe zutiefst.

Da seine Gefühle automatisch beruhigt wurden, sobald sie ein gewisses Maß überschritten, würde sein schockierter Verstand im Falle äußerst schlechter Umstände – beispielsweise wenn er gerade einmal eine einzige Silbermünze besäße – sofort stabilisiert werden. Solange er über Goldmünzen verfügte, trat das jedoch nicht ein, weil sie eine gewisse Zuversicht auslösten. Das wiederum führte zu ständiger Gereiztheit.

Kopfschüttelnd machte sich Ainz daran, die Münzen vor ihm verschiedenen Verwendungszwecken zuzuordnen. »Als Erstes: Mehr Kapital für Sebas Tian.«

Nachdem ein großer Teil dafür abgezogen war, verzog er erneut das Gesicht.

»Dann ist da noch das Geld, um das Cocytus gebeten hat, für den Wiederaufbau des Echsenmenschen-Dorfs und um Ausrüstungskosten zu decken.«

Erneut legte er einen Betrag beiseite – es blieben nur ein paar Goldmünzen.

»Was wir den Echsenmenschen zukommen lassen, ist notwendig. Wenn ich also in der Abenteurer-Gilde einkaufen will, kann ich meine Adamantit-Verbindungen spielen lassen. Dadurch sollte ich alles ein wenig günstiger bekommen ... für vielleicht so viel?«

Er nahm ein paar Münzen von Cocytus' Haufen zurück.

Ainz zählte den Rest und murmelte: »Es wäre ideal, einen Händler dazu zu bringen, mich zu finanzieren ... eine Art regelmäßiges Einkommen neben den Abenteueraufträgen.«

Inklusive Ainz' gab es derzeitig drei Adamantit-Gruppen im Königreich. Darum forderten ihn Händler gelegentlich direkt an. In der Regel war die Arbeit im Vergleich zur Bezahlung ziemlich leicht. Und er wollte diese Aufträge auf jeden Fall annehmen. Allerdings hatte er bis jetzt damit gezögert.

Er wollte vermeiden, dass man Momon, dem Abenteurer, den er verkörperte, nachsagte, er würde jeden Auftrag annehmen, solange er dafür bezahlt wurde.

Er wollte Momon zu einem Abenteurer machen, den jeder bewunderte, und wenn die Zeit reif war, würde er diesen Ruhm Ainz Ooal Gown zugutekommen lassen. Darum musste er auf seinen Ruf achten.

»Aber ich hab kein Geeeld! Ich brauche wirklich kein solches Zimmer.«

Ainz schaute sich in seinen prächtigen Räumlichkeiten um.

Er hatte das beste Zimmer im teuersten Hotel von E-Rantel gemietet, die Kosten waren daher beachtlich. Ainz brauchte keinen Schlaf, es war also unnötig, ein dermaßen prunkvolles Zimmer zu bewohnen. Das Geld hätte er auch anders verwenden können.

Das Gleiche galt für Nahrung. Selbst wenn man ihm die edelsten Mahlzeiten anbot, Ainz war außerstande zu essen, das machte sie bedeutungslos. Es wäre schlauer gewesen, abzulehnen und das Geld zu sparen.

Doch er wusste genau, das konnte er nicht tun.

Ainz ... nein, Momon ... war der einzige Adamantit-Abenteurer in der Stadt. So jemand konnte unmöglich in einer heruntergekommenen Absteige wohnen. Nahrung, Kleidung und Unterkunft waren allesamt Dinge, an denen die Leute andere maßen. Ein Adamantit-Abenteurer musste einen gewissen Lebensstandard pflegen.

Es ging einzig und allein um den schönen Schein. Darum konnte sich Ainz kein günstigeres Zimmer nehmen, obwohl er wusste, was für eine Geldverschwendung es war.

»Wenn die Gilde auch nur einen Pfifferling auf mich gibt, konnte ich sie vermutlich dazu überreden, für meine Unterkunft zu zahlen … Ach, ich wette, ich müsste nur fragen …« Allerdings wollte er niemandem etwas schuldig sein. Bis jetzt hatte er eine Menge getan – beispielsweise dringende Bitten angenommen –, damit man ihm was schuldig war. Sobald genug Leute in seiner Schuld standen, wollte er die Gefallen einfordern, selbst wenn er den Leuten dafür ein wenig drohen musste. Hätte er wegen so einer Nichtigkeit um eine Gefälligkeit gebeten, hätte das bloß seine Pläne gefährdet.

»Argh, ich hab kein Geld. Was soll ich machen? Vermutlich muss ich einen Auftrag annehmen … Sieht aber nicht so aus, als gäbe es zurzeit gut bezahlte Angebote. Und wenn ich alle an mich reiße, nehmen mir das die anderen Abenteurer sicher übel.«

Wenn er Ainz Ooal Gown zu einer Legende machen wollte, würde er das nicht auf schlampige Art und Weise tun, sondern das Ganze ordentlich angehen. Ainz gab ein Geräusch von sich, dass einen Seufzer imitieren sollte, und zählte die verbliebenen Münzen, um genau zu wissen, welche Ausgaben er sich erlauben konnte.

»Da ich gerade von Geld spreche, was ist mit dem Gehalt der Wächter?« Mit einem *Hmm* lehnte er sich zurück, starrte an die Decke.

Die Wächter beharrten darauf, kein Gehalt zu benötigen, da sie nichts glücklicher mache, als einem Erhabenen Wesen zu dienen, und es absurd sei, dafür entlohnt zu werden. Trotzdem fragte sich Ainz, ob es wirklich richtig war, sie auf diese Weise auszunutzen. *Ihre Arbeit sollte gerecht belohnt werden.*

Jedes Mal, wenn die Wächter ihm erklärten, es sei mehr als ausreichend, den Erhabenen Wesen hingebungsvoll zu dienen, fiel es ihm schwer, das zu akzeptieren. Vielleicht lag es einzig und allein an ihm, der als Mensch für Geld in einer Firma gearbeitet hatte. Doch der Gedanke, dass Arbeit entsprechend entlohnt werden musste, ließ ihn nicht los.

Der Gedanke, diese Kinder, die nichts von Gehältern wussten, mit dieser Neuerung zu konfrontieren, bereitete ihm zwar ebenfalls Sorgen, dennoch war er der Meinung, das es angebracht war, sich ein System dafür auszudenken, zumindest als eine Art Experiment.

»Das Problem ist, womit soll ich sie bezahlen?« Sein Blick senkte sich von der Decke auf den kleinen Haufen Goldmünzen vor ihm.

»Wenn ich einigen Wächtern das zahle, was bei Managern üblich ist, läge ich bei fünfzehn Millionen Yen ... Shalltear, Cocytus, Aura, Mare, Demiurge und Albedo müssten dann noch mehr bekommen, nicht wahr? Anders gesagt, das Sechsfache. Ja, das kann ich vergessen. So viel kann ich nicht verdienen.«

Ainz stützte erneut den Kopf in die Hände, doch plötzlich riss er die Augen auf.

»Oh! Ich kann auch einfach was anders benutzen! Ich könnte eine Währung erschaffen, die nur innerhalb von Nazarick benutzt werden kann – so was wie Spielgeld –, und den Wert festlegen, wie ich es für richtig halte!«

Nachdem er das in den Raum hineingerufen hatte, runzelte er wieder die Stirn.

Und wofür sollen sie das Geld benutzen?

In der Großen Gruft von Nazarick war alles kostenlos, es gäbe also nichts, wofür sie dieses Geld ausgeben könnten.

»Vielleicht könnten sie damit Items dieser Welt kaufen?« Ainz verglich die Items dieser Welt mit dem, was man in Nazarick alles bekommen konnte, und fragte sich, warum jemand dafür Geld ausgeben sollte. »Wenn ich aber festlege, dass kostenlose Einrichtungen plötzlich Geld kosten, wäre das ein Schritt in die falsche Richtung ... Was soll ich nur machen?«

Nach etwas Grübelei kam er auf eine brillante Idee.

»Das ist es! Ich muss bloß die Wächter selbst darüber nachdenken lassen. Ich frage sie einfach, was sie so sehr wollen, dass sie dafür bezahlen würden!« Erfreut murmelte er: »Genial, das ist einfach genial«, bis er plötzlich betrübt das Gesicht verzog. »Oh Mann ...«

In letzter Zeit quatsche ich ziemlich viel mit mir selbst.

Diese Neigung war ihm bereits aufgefallen, als alles noch ein Spiel gewesen war und sich kaum jemand eingeloggt hatte. Er fragte sich allerdings, warum das nicht nachgelassen hatte, da die NPC nun nach eigenem Ermessen handelten.

War es bereits zur Gewohnheit geworden? Oder …?

»Vielleicht, weil ich nach wie vor alleine bin …« Er lächelte trübsinnig.

Vermutlich war es den NPC gegenüber, die inzwischen einen eigenen Willen hatten, ungerecht zu sagen, er sei alleine, doch so empfand er nun mal – vielleicht, weil Satoru Suzuki immer mehr in den Hintergrund rückte, damit er Ainz Ooal Gown, den Herrscher der Erhabenen Wesen spielen konnte.

Als er sich seufzend ein weiteres Mal auf die Münzen auf dem Schreibtisch konzentrierte, klopfte es an der Tür. Gleich darauf wurde sie geöffnet. Als Ainz sah, dass er mit seiner Vermutung, wer es sein könnte, richtiglag, setzte er einen bestimmten Ausdruck auf. Seine Miene wirkte nun arrogant, mit einem ironisch hochgezogenen Mundwinkel.

Da die niedrig stufige Illusion seines Gesichts seine Gefühle wahrheitsgetreu wiedergab, bestand durchaus die Gefahr, dass er etwas zeigte, das für den Herrscher von Nazarick unangebracht war. Aus diesem Grund, um vor anderen – insbesondere Narberal – als erhabener Gebieter zu erscheinen, gab er sich große Mühe, diesen einen Gesichtsausdruck aufrechtzuerhalten. Er hatte ihn lange vor dem Spiegel geübt.

»Was gibt es, Nabe?« Er sprach mit seiner normalen Ainz-Stimme.

»Geb… Sir Momon.«

»Hm, du nennst mich immer noch ab und zu Gebieter, nicht wahr? Wir müssen uns wohl damit abfinden, dass das eine deiner Gewohnheiten ist. Aber wenn ich dich darauf hinweise, hörst du eine Weile damit auf, wie es aussieht. Ach, du musst dich nicht verneigen. Ich bin nicht sauer, und was den zusätzlichen Respekt angeht: Schon in Ordnung. Die Oberhäupter der Gilden scheinen ebenfalls irgendwie einem Missverständnis aufgesessen zu sein. Na egal, was ist los?«

»Der Händler, dem Ihr befohlen habt, Eisenerz zu beschaffen, hat seinen Auftrag erfüllt.«

Ich hab ihm nichts befohlen! Das war ein ganz normales Geschäft! Trotz dieses Gedankens behielt Ainz seine würdevolle Miene aufrecht.

»Verstehe. Und woher stammt das Erz? Von allen acht Standorten?«

»Verzeiht, danach habe ich nicht gefragt.«

»Auch gut. Ich hab jede Menge Gold. Selbst wenn wir nicht wissen, woher es stammt, mir steht genug Gold zur Verfügung, um alles zu kaufen.«

Ainz füllte sämtliche Münzen auf dem Schreibtisch in den Beutel, warf ihn ihr vor die Füße und beobachtete, wie sie ihn respektvoll aufhob.

»Zu Befehl. Doch darf ich Euch etwas fragen?«

»Warum ich Eisen von verschiedenen Herkunftsorten kaufe?«

Narberal nickte, also erklärte er es ihr. »Um es in die Tauschbox zu legen. Ich will herausfinden, ob die Herkunft einen Unterschied macht, was den Wert angeht.«

Die Tauschbox kümmerte sich nicht um die Form eines Gegenstands. Beispielsweise wurde einem aufwendig bearbeiteten Stein derselbe Wert zugeordnet wie einem unbearbeiteten Stein gleichen Gewichts. Wie verhielt es sich jedoch mit der Zusammensetzung … Mit Unterschieden in der Qualität? Darum sammelte er Eisen aus verschiedenen Gegenden.

»Wie du ja weißt, haben wir vor Kurzem den Wert von Weizen bestimmt.« *Es war eine unerhörte Menge nötig, um auch nur eine einzelne Goldmünze im Tausch zu bekommen*, murrte Ainz gedanklich.

Das bedeutete jedoch, sofern sie genug davon herstellten, konnten sie zumindest etwas Geld verdienen. Daraus war der Plan entstanden, außerhalb von Nazarick Felder anzulegen. Er nahm an, wenn sie die Arbeit Untoten und Golems überließen, konnten sie riesige Anbauflächen bewirtschaften. Natürlich gab es noch eine ganze Reihe von Problemen zu bewältigen, bevor sie überhaupt damit beginnen konnten.

»Ich verstehe. Dann mache ich mich sofort auf den Weg, um den Handel abzuschließen.«

»Okay. Aber sei vorsichtig. Wir können nicht mit Sicherheit sagen, ob es nicht doch jemand auf uns abgesehen hat. In dem Fall … weißt du, was du zu tun hast, richtig?«

»Ich nehme einen *Shadow Demon* als Geleitschutz mit, richte mein Augenmerk mehr auf Sicherheit als auf Informationsbeschaffung, und wenn es nicht anders geht, ziehe ich mich so schnell wie möglich zurück. In dem Fall teleportiere ich zur falschen Gruft von Nazarick, die

Aura als Attrappe errichtet hat, und lasse den Feind falsche Informationen sammeln.«

»Gut. Konzentriere dich auf die Sicherheit. Nimm keine verlassenen Pfade, wo es einfach ist, dich zu überfallen. Und wenn jemand versucht, Streit mit dir anzufangen oder dich zu ärgern, verletze die Leute nicht zu schwer. Dass sich dieser eine Typ bei mir beschwert hat, nur weil er versucht hat, sich an dich ranzumachen, war ziemlich verstörend. Du kannst nicht einfach mit voller Kraft zuschlagen und deine Bereitschaft zu töten offenbaren. Einem Taschendieb die Hand zu zertrümmern mag nicht besonders schlimm sein, aber tu das nicht zu oft. Und auf keinen Fall solltest du Menschen als Gewürm oder so bezeichnen. Wenn es darum geht, Menschen zu verletzen oder gar zu töten, bitte ich dich im Großen und Ganzen um Zurückhaltung. Wir sind Momon und Nabe, bekannt als ›Nachtschwarz‹, Abenteurer erster Klasse.«

Narberal machte deutlich, dass sie verstanden hatte, und Ainz nickte. Seiner Meinung nach gab es sonst nichts mehr, worauf er sie hinweisen musste.

»Ja, das war's. Okay. Geh, Nabe.«

Mit dem Lederbeutel in der Hand verneigte sich Narberal ein letztes Mal, bevor sie das Zimmer verließ. Obwohl er keine Lunge hatte, seufzte Ainz, nachdem sie weg war.

»Kaum hat man Geld, muss man es auch schon wieder ausgeben. Was für ein Scheiß.«

Kapitel 3: Die Finder und die Gefundenen

Kapitel 3: Die Finder und die Gefundenen

1

26 mittlerer Flammenmond (August), 15:27 Uhr

Nachdem er die alte Frau nach Hause gebracht hatte, machte sich Sebas Tian auf den Weg zu seinem ursprünglichen Ziel. Schließlich erreichte er eine lange Mauer. Jenseits davon befanden sich drei fünfgeschossige Türme. Da es in der Umgebung keine höheren Bauwerke gab, wirkten sie geradezu riesig. Sie waren von mehreren länglichen, zweigeschossigen Gebäuden umgeben.

Dies war die Hauptniederlassung der Zauberergilde des Königreichs. Sie benötigte viel Platz, da hier neue Zauber entwickelt und *Arcane-Caster* ausgebildet wurden. Da die Leute hier die einzigen Hersteller magischer Items waren, konnten sie sich dieses Gelände trotz mangelnder Unterstützung durch die Regierung leisten.

Irgendwann kam das stabile Eingangstor in Sicht. Das Gittertor stand weit offen, die Wachtürme zu beiden Seiten waren mit einer Reihe bewaffneter Männer besetzt. Niemand hielt ihn auf – die Wachen musterten ihn lediglich kurz – und Sebas ging durch das Tor. Dahinter lag eine breite, leicht abfallende Treppe, an deren Ende sich die Tür zu einem alten, weiß getünchten Hauses befand. Selbstverständlich stand die Tür offen, um Besucher einzulassen.

Wenn man eintrat, fand man sich erst in einem kleinen Flur wieder, dem ein Foyer folgte. Der Raum war zwei Stockwerke hoch und von der Decke hingen mehrere Kronleuchter mit magischem Licht. Auf der rechten Seite befand sich ein Sitzbereich mit einigen Sofas, auf denen *Caster* saßen, in eine lebhafte Unterhaltungen vertieft. Links befand sich der Aushang. In Roben gekleidete Leute, was für *Arcane-Caster* die Norm war, und andere, die wie Abenteurer aussahen, studierten die angehefteten Pergamente.

Nahe der Wand gegenüber dem Eingang saßen ein paar jüngere Männer und Frauen hinter einem Tresen. Ihre Roben waren vorne mit einem Symbol verziert, das auch am Eingang des Gebäudes prangte.

Zu beiden Seiten der Theke standen schlanke Gestalten, die an Schaufensterpuppen ohne Augen oder Nasen erinnerten: *Wood Golems*. Offensichtlich dienten sie als Wächter. Dass es hier keine menschlichen Wachen gab, abgesehen von denen draußen, war vermutlich ein Anzeichen für das Selbstvertrauen der Zauberergilde.

Sebas' bemessene Schritte klackten beim Näherkommen auf dem Boden. Ein junger Mann hinter der Theke bemerkte ihn und erwiderte seinen Blick. Sebas deutete eine leichte Verbeugung an. Er war häufig hier, daher kannten sie sich.

Als Sebas vor ihm stehen blieb, lächelte der junge Mann kaum merklich, und begrüßte ihn auf die übliche Weise. »Willkommen bei der Zauberergilde, Sir Sebas Tian. Was kann ich für Euch tun?«

»Ich möchte eine magische *Scroll* kaufen. Dürfte ich die übliche Liste sehen?«

»Natürlich, Sir.«

Der Mann beeilte sich, ein recht großes Buch auf dem Tresen zu platzieren. Vermutlich hatte er es schon bereitgelegt, als er Sebas bemerkt hatte.

Das Buch war prächtig, mit hochwertigen, dünnen weißen Papierseiten in einem Ledereinband. Da der Titel mit Goldfaden gestickt war, musste es einen beachtlichen Wert haben.

Sebas zog es zu sich her und schlug es auf.

Leider war es in einer Sprache verfasst, die er nicht lesen konnte. Oder besser gesagt, niemand, der aus *Yggdrasil* stammte, konnte sie lesen. Obwohl sie gesprochene Sprache wie durch ein Wunder des Universums verstanden, verhielt es sich mit Geschriebenem anders.

Doch dank eines Items, das Sebas von seinem Gebieter erhalten hatte, stellte das kein Problem dar.

Er griff in seine Tasche, holte ein Etui heraus und öffnete es. Darin lag eine Brille. Der Metallrahmen schimmerte silbern. Wenn man ganz genau hinschaute, konnte man winzig kleine Buchstaben erkennen, die darin eingraviert waren. Die Gläser bestanden aus dünn geschnittenem und poliertem Frostkristall.

Wenn er sie aufsetzte, konnte er die Schrift dank Magie entziffern.

Während er vorsichtig und dennoch zügig blätterte, hielt Sebas auf einmal inne. Er hob den Kopf und sprach die Frau an, die neben dem jungen Mann hinter dem Tresen saß. »Kann ich etwas für Euch tun?«

»Oh, nein ...« Sie errötete, bevor sie den Blick senkte. »Ich dachte mir nur gerade ... Ihr habt eine gute Körperhaltung.«

»Danke.« Er lächelte sachte, was dazu führte, dass noch mehr Blut in die Wangen der Frau schoss.

Sebas war ein weißhaariger Herr, den man schon auf den ersten Blick mochte. Nicht nur seine attraktiven Gesichtszüge sorgten für Aufmerksamkeit, das Gleiche galt auch für sein elegantes Auftreten. Wenn er die Straße entlangging, drehten sich neun von zehn Frauen, unabhängig vom Alter, nach ihm um. An der Tatsache, dass ihn die Frau hier gedankenverloren betrachtete, ließ sich nichts ändern. Abgesehen davon kam es häufig genug vor.

Da er nun wusste, was los war, befasste er sich wieder mit dem Buch. Auf einer bestimmten Seite hielt er erneut inne und fragte den jungen Mann: »Könntet Ihr mir in allen Einzelheiten erklären, was dieser Zauber, *Floating Board*, bewirkt?«

»Jawohl, Sir.« Ohne Umschweife begann er mit der Erläuterung. »*Floating Board* ist ein Zauber der Stufe eins, der ein durchsichtiges, schwebendes Brett erzeugt. Größe und wie viel es tragen kann, sind von der Energie des *Casters* abhängig, doch wenn man den Zauber mit einer *Scroll* wirkt, hat es eine Kantenlänge von etwa einem Meter und trägt bis zu fünfundfünfzig Kilo. Es kann sich bis zu eineinhalb Meter vom *Caster* entfernen und der *Caster* kann es beauftragen, ihm zu folgen. Allerdings ist es ausschließlich in der Lage zu folgen; man kann es nicht vor sich herschweben lassen, und wenn sich der *Caster* umdreht, umrundet es ihn, um weiter hinter ihm zu bleiben. In der Regel benutzt man den Zauber, um Dinge zu befördern, deshalb wird er häufig auf öffentlichen Baustellen eingesetzt.«

»Ich verstehe.« Sebas nickte. »Dann würde ich gerne einen davon kaufen.«

»Jawohl, Sir.«

Der junge Mann wirkte nicht im Geringsten überrascht, dass Sebas einen Zauber kaufte, der sich keiner besonders großen Beliebtheit erfreute – das tat er jedes Mal. Die Gilde war dankbar dafür, da es half, überschüssiges Inventar zu Geld zu machen.

»Wäre das dann eine *Scroll*, Sir?«

»Ja, bitte.«

Der junge Mann nickte demjenigen, der neben ihm saß, kaum merklich zu.

Der Kollege, der bislang nur schweigend zugehört hatte, stand augenblicklich auf, öffnete eine Tür in der hinteren Wand, die in ein Hinterzimmer führte, und verschwand im Inneren. *Scrolls* waren sehr teuer. Trotz der Wachen wäre es nicht ratsam, sie direkt hinter dem Tresen aufzubewahren. Etwa fünf Minuten später kehrte er mit einem zusammengerollten Stück Pergament in der Hand zurück.

»Bitte sehr, Sir.«

Sebas inspizierte die *Scroll* auf dem Tresen eingehend. Das Pergament wirkte sehr widerstandsfähig und unterschied sich von herkömmlichen Materialien, die man üblicherweise zum Schreiben benutzte. Der Name des Zaubers prangte in schwarzer Tinte darauf und er überprüfte, dass es sich um den handelte, den er ausgesucht hatte. Schließlich nahm er die Brille ab.

»Ja, das ist die Richtige. Ich nehme sie, bitte.«

»Danke sehr.« Der Mann verbeugte sich höflich. »Diese *Scroll* ist ein Zauber der Stufe eins, der Preis ist ein Gold- und ein Silberstück.«

Ein allein mit Magie erschaffener Heiltrank derselben Stufe kostete zwei Goldstücke, das machte die *Scroll* vergleichsweise günstig. Der Grund war, dass eine *Scroll* nur von jemandem benutzt werden konnte, der dieselbe Gattung von Zaubern bereits beherrschte. Es war also verständlich, dass ein Heiltrank, den jeder nutzen konnte, teurer war.

Obwohl der Zauber günstig war, stellte der Betrag für einen Normalsterblichen eine ziemliche Summe dar – das Ganze entsprach etwa eineinhalb Monatslöhnen. Doch für Sebas Tian – nein, für den Gebieter, dem er diente – war der Preis unbedeutend.

Sebas zog einen Lederbeutel aus seiner Brusttasche. Er lockerte die Verschnürung, holte elf Münzen heraus, die er dem jungen Mann übergab.

»Die exakte Summe.« Der junge Mann machte sich nicht die Mühe zu überprüfen, ob es sich bei den Münzen um eine gültige Währung handelte. Sebas kam oft genug vorbei, um sich dieses Vertrauen verdient zu haben.

»Dieser alte Mann ist so cool!«

»Absolut!«

Nachdem Sebas gegangen war, unterhielten sich die Leute am Empfang, besonders die Frauen, aufgeregt miteinander. Sie verhielten sich mehr wie Mädchen, die gerade ihrem Märchenprinzen begegnet waren, als intelligente Frauen mit eleganter Haltung und perfekter Selbstbeherrschung. Einer der Männer hinter der Theke offenbarte kurz eine eifersüchtige Miene, doch er sagte nichts, da er notgedrungen zustimmen musste.

»Bestimmt dient er einem ziemlich wichtigen Adeligen. Würde mich nicht wundern, wenn er selbst der dritte Sohn eines Adeligen wäre!«

Adelige, die nicht den Titel und die damit verbundenen Reichtümer ihrer Familie erbten, wurden häufig Diener oder Kammerzofen, und je einflussreicher ein Adeliger war, umso wahrscheinlicher war es, dass man genau so jemanden anstellte. Sebas' Auftreten war derart makellos, dass es nur natürlich war anzunehmen, er wäre von edlem Geblüt.

»Er ist so weltgewandt.«

Alle hinter dem Tresen nickten.

»Sollte er mich zum Tee einladen, ich würde auf jeden Fall hingehen!«

»Ja, ich auch! Garantiert!«

Die Mädchen quiekten aufgeregt.

Die Männer unterhielten sich, wobei sie den Mädchen, die darüber redeten, was für vornehme Orte er wohl kannte und dass er der perfekte Begleiter wäre, immer wieder verstohlene Blicke zuwarfen.

»Er scheint ziemlich viel Ahnung zu haben. Denkst du, er ist ein *Caster*?«

»Das frag ich mich auch. Kann aber schon sein.«

Sämtliche von ihm erworbenen Zauber waren erst vor Kurzem entwickelt worden. Daraus schlossen sie, dass er zumindest über ein solides magisches Grundwissen verfügte. Würde er vorbeikommen, um etwas im Auftrag von jemand anderem zu kaufen, müsste er sich nicht das Buch ansehen; dann würde er einfach eine bestimmte *Scroll* verlangen. Da das nicht der Fall war und er das Angebot jedes Mal sorgfältig durchging, konnte man davon ausgehen, dass Sebas selbst entschied, was er kaufte. Darum lag es nahe anzunehmen, dass es sich bei ihm nicht um irgendeinen alten Mann handelte, sondern um jemanden mit magischer Ausbildung – wie ein *Caster.*

»Und diese Brille … Sie sieht ziemlich teuer aus.«

»Ob sie magisch ist?«

»Nee, sieht nur nach einer hochwertigen Brille aus – von Zwergen hergestellt oder so.«

»Ja, erstaunlich, dass er so was besitzt.«

»Ich würde gerne die hübsche Lady wiedersehen, die er mal mitgebracht hat«, murmelte einer von ihnen, erntete allerdings keine Zustimmung.

»Wirklich? Also auf mich wirkte sie zu sehr nach viel heißer Luft und nichts dahinter, verstehst du, was ich meine?«

»Ja, ich hatte damals richtig Mitleid mit Sebas. Ich hatte den Eindruck, als wäre sie ziemlich schwierig.«

»Ja, sie war hübsch, hatte aber eine grässliche Persönlichkeit. Wie sie uns angesehen hat, war geradezu abstoßend. Er tut mir wirklich leid, weil er so jemandem dienen muss.«

Die Männer verstummten, als die Frauen damit begannen, die Lady zu kritisieren. Sebas' Herrin war eine unvergleichliche Schönheit, die Art, die jedes Herz im Sturm erobern konnte. Die anwesenden Frauen waren alle hübsch genug, um ausgewählt zu werden, die Zauberergilde zu repräsentieren, trotzdem herrschte zwischen ihnen und der Lady ein Unterschied wie Tag und Nacht. Am liebsten hätten die Männer ihren Kolleginnen mitgeteilt, ihre Eifersucht im Zaum zu halten, allerdings war deutlich, was geschehen würde, wenn sie es wagen sollten.

Keiner von ihnen war dermaßen dämlich, also …

»Na schön, genug getratscht.« Der junge Mann erspähte einen Abenteurer, der sich dem Tresen näherte, und die Gruppe konzentrierte sich augenblicklich wieder auf ihre Arbeit.

26 mittlerer Flammenmond (August), 16:06 Uhr

Beim Verlassen der Zauberergilde blickte Sebas Tian zum Himmel hinauf.

Weil er die alte Dame nach Hause begleitet hatte, hatten seine Erledigungen länger als geplant gedauert und das alles überspannende Blau wandelte sich bereits zu einem dunklen Rot.

Er zog seine Uhr aus der Brusttasche und stellte fest, wie weit der Tag vorangeschritten war. Er hatte vorgehabt, um diese Zeit zurück zu Hause zu sein, doch noch war er mit seinen Besorgungen nicht fertig. *Es ist ja nicht schlimm, wenn ich es erst morgen erledige – sollte ich es also verschieben? Oder sollte ich lieber heute alles hinter mich bringen und später als geplant nach Hause kommen?*

Er zögerte nur einen Moment lang.

Der Kohlverkäuferin zu helfen war seine eigene Entscheidung gewesen, er durfte seine Pflichten deswegen nicht vernachlässigen.

»*Shadow Demon* …«

In Sebas' Schatten zuckte eine Präsenz.

»Sage Solution bitte, dass ich mich verspäten werde. Das ist alles.«

Er bekam keine Antwort, aber die Präsenz regte sich und huschte von Schatten zu Schatten davon.

»Na, dann los«, sagte Sebas leise zu sich selbst und setzte sich in Bewegung.

Er hatte kein bestimmtes Ziel; er war vielmehr darauf aus, sich ein vollständiges Bild des Aufbaus der Hauptstadt zu machen. Man hatte ihn nicht damit beauftragt, allerdings hatte er von sich aus beschlossen, dies im Rahmen seiner Informationsbeschaffung zu tun.

»Also schön, ich würde sagen, heute gehe ich in diese Richtung«, murmelte er, wobei er über seinen Bart strich und die gekaufte *Scroll* in einer Hand drehte. Er verhielt sich wie ein gut gelauntes Kind.

Er entfernte sich immer weiter von den sicheren Gebieten im Zentrum der Hauptstadt.

Nachdem er einmal abgebogen und mehreren weiteren Straßen gefolgt war, begannen die Gassen, etwas ungepflegter zu werden, außerdem war ein schwacher, trotzdem unangenehmer Geruch auszumachen. Dieser Gestank nach Müll und Schmutz würde sich sicher in seiner Kleidung festsetzen, dennoch ging Sebas schweigend weiter.

Dann blieb er abrupt stehen, sah sich um. Vermutlich befand er sich in einer Seitengasse. Hier war es so eng, dass gerade einmal zwei Personen aneinander vorbeigehen konnten.

Die Sonne stand tief und befand sich bereits jenseits der verlassenen Gebäude der schmalen Gasse – ohne Licht wäre es einem Menschen schwergefallen, sich hier zurechtzufinden. Sebas hatte solche Probleme nicht. Lautlos lief er weiter, verschmolz mit den Schatten.

Nachdem er mehrere Ecken umrundet hatte, fand er sich in einer noch verlassenеren Gegend wieder, wo seine bisher zuversichtlichen Schritte schließlich verstummten.

Er war hierhergekommen, indem er ziellos durch die Stadt gewandert war, hatte sich dabei allerdings weit von dem Gebäude entfernt, zu dem er jeden Tag zurückkehrte. Sein Instinkt verriet ihm, wo er sich ungefähr befand; in Gedanken zog er eine direkte Linie zu seinem Stützpunkt.

In Anbetracht von Sebas' körperlicher Kraft war es keine allzu große Entfernung, allerdings nur, wenn er sich auf einer geraden Linie dort hinbewegt hätte. Den Straßen zu folgen würde hingegen eine ganze Weile dauern. Da es langsam dunkel wurde, war es vermutlich eine gute Idee, jetzt umzukehren.

Um Solution, die mit ihm zusammenwohnte, machte er sich dabei keine Gedanken. Selbst wenn ein unglaublich starker Feind auftauchen sollte, in ihrem Schatten lauerte genau wie in seinem ein Monster. Das würde ihr auf jeden Fall genug Zeit zur Flucht verschaffen. Dennoch …

»Dann also zurück nach Hause.«

Er hätte sich gerne noch etwas mehr umgeschaut, wäre am liebsten weiter herumgewandert, allerdings musste sogar er zugeben, dass es vermutlich keine gute Idee war, so viel Zeit mit etwas zu verbringen, das im Grunde lediglich ein Hobby darstellte. Doch selbst wenn er seine Erkundungstour für heute beenden sollte, wollte er zumindest sehen, was weiter vorne auf ihn wartete. Also folgte er der schmalen Gasse noch ein Stückchen.

Während sich Sebas lautlos durch die Dunkelheit bewegte, wurde keine fünfzehn Meter entfernt ohne Vorwarnung eine schwere Eisentür geöffnet. Sie knarrte in ihren Angeln, dann drang aus dem Inneren Licht. Er blieb stehen, wartete schweigend ab, was wohl geschehen würde.

Nachdem sich die Tür vollends geöffnet hatte, steckte jemand den Kopf nach draußen. Aufgrund der Beleuchtung konnte Sebas nur eine Silhouette erkennen, es schien sich allerdings um einen Mann zu handeln. Er blickte sich in der Gasse um, doch da er sich kurz darauf ohne Reaktion wieder zurückzog, hatte er Sebas Tian anscheinend nicht bemerkt.

Dann warf der Mann einen großen Stoffbeutel hinaus, als würde er einen Sack Müll beseitigen. Dank des Lichts konnte Sebas sehen, wie sich der weiche Inhalt bewegte.

Die Tür stand nach wie vor offen, doch der Mann hatte sich für den Moment offenbar ins Innere des Hauses zurückgezogen.

Sebas runzelte kurz die Stirn, fragte sich, ob er weitergehen oder eine andere Richtung einschlagen sollte. Das Ganze erschien ihm wie eine üble Situation.

Da es nun wieder ruhig war, entschied er nach kurzer Unentschlossenheit, der schmalen Gasse weiter zu folgen.

»Unf!«

Der große Beutel öffnete sich abrupt. Sebas' Schritte hallten durch die Gasse, während er sich dem im Lichtkegel liegenden Sack näherte.

Er war kurz davor vorbeizugehen, als ihn etwas innehalten ließ.

Er spürte etwas, als würde er mit der Hose an irgendetwas festhängen. Sebas blickte hinunter und sah, womit er gerechnet hatte – aus dem Beutel ragte eine dürre Hand und klammerte sich an den Saum seiner Hose. Dann schälte sich eine halb nackte Frau aus dem Stoffgefängnis.

Der Sack war inzwischen weit geöffnet und der Oberkörper der Frau ragte heraus.

Ihre blauen Augen hatten ihren Glanz eingebüßt. Unterernährung hatte ihr schulterlanges Haar strähnig werden lassen und ihr Gesicht war von Schlägen oder Tritten ganz geschwollen. Ihre mit unzähligen rosafarbenen fingernagelgroßen Flecken übersäte Haut war so trocken wie abgestorbene Baumrinde.

Nicht einmal ein Fingerhut voll Leben beseelte diesen ausgemergelten Körper.

Sie war praktisch bereits eine Leiche. Selbstverständlich war sie noch nicht tot. Dass sie Sebas' Hosensaum gepackt hatte, war ein ausreichender Beweis dafür. Doch konnte man einen Organismus, der kaum mehr als atmen konnte, tatsächlich lebendig nennen?

»Würdest du mich bitte loslassen?«

Er erhielt keine Antwort auf seine Bitte. Ein Blick bestätigte, dass sie ihn nicht ignorierte. Was durch die geschwollenen Lider von ihren Augen zu sehen war, wirkte leer und spiegelte nichts. Ihre Finger waren schwächer als tote Zweige, er hätte sein Bein einfach wegziehen können. Stattdessen fragte er: »Steckst du in Schwierigkeiten? Falls ja ...«

»Hey, alter Mann, was haste hier zu suchen?«, fiel ihm eine bedrohliche Stimme ins Wort.

Der Mann stand wieder in der Tür. Er hatte eine breite Brust mit dazu passenden Armen, und während er Sebas durchdringend anstarrte, stand ihm die Feindseligkeit deutlich ins narbige Gesicht geschrieben. In der Hand hielt er eine Laterne – sie leuchtete rot.

»Hey, hey, hey, alter Mann. Was schauste so?« Der Kerl schnalzte laut mit der Zunge und gestikulierte mit dem Kinn. »Verdufte. Verschwinde auf der Stelle, dann kommste ungeschoren nach Hause.«

Als sich Sebas nicht rührte, trat er einen Schritt auf ihn zu. Hinter ihm fiel die Tür schwer ins Schloss. Als wollte er dadurch noch bedrohlicher wirken, stellte der Mann die Laterne übertrieben langsam in der Nähe seiner Füße auf den Boden. »Hey, alter Mann! Biste taub? Hörste mich nich'?« Er rollte die Schultern, streckte den Rücken, bis es knackte. Gemächlich hob er die Hand, ballte sie zur Faust. Es gehörte fraglos nicht zu denen, die vor Gewalt zurückschreckten.

»Hmm …« Sebas lächelte. Man konnte ihn als älteren Herrn mit einem tiefgründigen Lächeln beschreiben, das auf andere eine äußerst beruhigende Wirkung ausübte und ihnen ein Gefühl von Geborgenheit vermittelte. Warum also wich der Mann einen Schritt zurück, als würde er sich plötzlich einem zähnefletschenden Raubtier gegenübersehen?

»Ahh, hey hey, wa…« Unter dem unerbittlichen Gewicht von Sebas' Lächeln sprudelten unartikulierte Laute aus dem Mund des Mannes, als wäre er nicht länger imstande, ganze Wörter zu formen. Ohne es zu bemerken, schnaufte der Kerl inzwischen angestrengt, wich noch weiter zurück.

Sebas schob die *Scroll* mit dem Siegel der Zauberergilde darauf unter seinen Gürtel. Dann trat er einen entschlossenen Schritt auf den Mann zu und griff nach ihm. Sein Gegenüber konnte nicht einmal reagieren. Die Hand an Sebas' Hosenbein löste sich und fiel kaum hörbar auf die Straße.

Als wäre dies ein Signal, packte Sebas den Mann am Kragen, hob ihn mit ausgestrecktem Arm mühelos in die Höhe. Hätte es irgendwelche Zeugen gegeben, so hätten diese das Ganze sicher für einen Scherz gehalten.

Rein äußerlich betrachtet hätte Sebas Tian gegen den Hünen nicht die geringste Chance haben sollen. Jugend, Brust- und Armumfang, Größe, Gewicht und die Aura der Gewalt – bei jedem dieser Punkte befand er sich im Nachteil.

Trotzdem hielt der ältere Herr den stämmigen, schweren Kerl mit einer Hand in die Höhe.

Nein, vermutlich hätte ein aufmerksamer Zuschauer bemerkt, wie wenig sich diese beiden Männer glichen. Es hieß, die Intuition der Menschen – ihre tierischen Instinkte – wäre abgestumpft, dennoch wäre jeder von ihnen in der Lage gewesen, augenblicklich zu erkennen, was die beiden voneinander unterschied.

Der Unterschied zwischen Sebas und diesem Mann ließ sich am einfachsten so beschreiben: absolute Stärke und vollkommene Schwäche.

Der Mann zappelte hilflos im Griff des älteren Herrn. Dann versuchte er, Sebas' Arme zu packen, und die Furcht plötzlicher Erkenntnis glimmte in seinen Augen auf.

Endlich hatte er begriffen: Obwohl es den Anschein hatte, handelte es sich bei der Gestalt vor ihm nicht um einen alten Mann – und seine vergebliche Gegenwehr würde das Monster nur noch wütender machen.

»Diese Frau, was ist sie?« Die leise Stimme drang in seine vor Angst fast tauben Ohren. Sie glich dem Säuseln eines leisen, klaren Baches. Eben weil sie nicht zur mühelosen Art und Weise passte, wie ihn der Mann mit einer Hand in die Höhe hielt, erschien sie so schrecklich.

»E… eine unserer Angestellten«, haspelte der Mann hektisch mit sich überschlagender Stimme.

»Ich habe dich gefragt, ›was‹ sie ist. Deine Antwort ist ›eine Angestellte‹?«

Der Mann überlegte fieberhaft, ob er etwas Falsches gesagt hatte. Doch in dieser Situation erschien ihm diese Antwort am zutreffendsten. Der Blick seiner hervorquellenden Augen zuckte wie bei einem vor Angst erstarrten, kleinen Tier umher.

»Nein, ich habe Freunde, die Menschen wie Gegenstände behandeln. Ich dachte, vielleicht gilt das Gleiche auch für dich. In dem Fall hättest du nichts Falsches getan. Du bezeichnest sie allerdings als Angestellte. Das bedeutet, du behandelst sie so, obwohl du sie als Person anerkennst. Dann gestatte mir eine weitere Frage: Was wird jetzt mit ihr geschehen?«

Der Mann dachte einen Moment nach.

Doch kaum waren ein paar Sekunden vergangen, da ertönte ein Knacken.

Sebas hatte fester zugepackt und mit einem Mal fiel es dem Mann noch schwerer, Luft zu bekommen.

»Gugh!« Er gab einen erstickten Schrei von sich.

Es war deutlich, was Sebas damit sagen wollte: *Ich gebe dir keine Zeit zum Nachdenken – rede einfach.*

»S… sie ist krank, darum bringen wir sie zum Schrein.«

»Ich bin kein Freund von Lügen.«

»Kgh… eegh!« Ein weiteres, bizarres Kreischen. Sebas übte so viel Druck auf seine Kehle aus, dass der Mann allmählich rot anlief.

Selbst wenn Sebas so überaus wohlwollend gewesen wäre und angenommen hätte, dass der Mann die Frau in den Beutel gestopft hatte, um sie für eine Behandlung zum Schrein zu bringen, ließ sich die Tatsache, dass er sie wie Abfall auf die Straße geworfen hatte, keinesfalls damit vereinbaren.

»Aufhör… Gah!« Inzwischen konnte der Kerl kaum noch atmen und begann, um sein Leben zu fürchten und wild um sich zu schlagen und zu treten.

Sebas fing die Schläge gegen sein Gesicht ohne Mühe ab. Die Tritte des Mannes trafen ihn und beschmutzten seine Kleidung, ohne ihm jedoch irgendeine Reaktion zu entlocken.

Natürlich nicht.

Etwas so Unbedeutendes wie die Füße eines Menschen hatten nun mal keine Wirkung auf einen riesigen Stahlklumpen. Sebas Tian sprach von den kräftigen Tritten unbeeindruckt weiter.

»Ich rate dazu, die Wahrheit zu sagen.«

»Gagh …«

Er betrachtete das Gesicht des Mannes, das durch den Sauerstoffmangel mittlerweile dunkelrot geworden war. Er wartete auf den Moment, an dem der Mann das Bewusstsein verlieren würde, und ließ kurz vorher los.

Der Kerl schlug hart auf der Straße auf.

»Gehgyaaagh!« Den letzten Rest Atemluft gab er in einem Schrei von sich.

Sebas musterte den japsenden Mann vor sich, bevor er erneut nach seinem Hals griff.

»Whoa, w… warte kurz!« Trotz seiner Schmerzen und deutlich erschüttert rollte sich der Mann von Sebas weg.

»Ich … Ja, ich wollte sie zum Schrein bringen.«

Das ist doch gelogen, oder? Du bist härter im Nehmen, als man dir zutrauen würde.

Sebas hatte damit gerechnet, der Mann würde angesichts des Schreckens, den der Schmerz und die Androhung des Todes in ihm auslösten, augenblicklich einknicken, doch obwohl er Angst hatte, schien er nicht bereit, die Wahrheit zu sagen. Das bedeutete, was ihn erwartete, sollte er Informationen preisgeben, war genauso Furcht einflößend wie Sebas.

Sebas zog in Betracht, sein Vorgehen zu ändern. Er befand sich gewissermaßen auf feindlichem Gebiet. Dass der Mann nicht um Hilfe rief, konnte nur bedeuten, ihm war klar, dass niemand sofort herbeieilen würde, selbst wenn sich Leute im Haus hinter ihm befinden sollten. Das änderte nichts daran, dass die Angelegenheit nur komplizierter wurde, je länger Sebas hierblieb.

Sein Gebieter hatte ihm nicht befohlen, für Aufsehen zu sorgen. Stattdessen sollte er sich bemühen, nicht aufzufallen, und Informationen beschaffen.

»Wenn du sie zum Schrein bringen wolltest, nehme ich an, es ist kein Problem, wenn ich das übernehme? Ab jetzt werde ich mich um sie kümmern.«

Der Mann schaute sich entsetzt um. Dann japste er eine verzweifelte Antwort. »Woher weiß ich, dass du das wirklich machen wirst?«

»Warum gehen wir dann nicht zusammen?«

»Ich hab noch was zu erledigen, kann also nicht. Darum bring ich sie später hin.« Irgendwas in Sebas Tians Miene veranlasste ihn, hastig weiterzusprechen. »Sie gehört uns, ganz legal. Tuste ihr was, so brichste das Gesetz dieses Landes! Versuch ruhig, sie mitzunehmen ... Das ist dann Entführung!«

Sebas erstarrte, legte zum ersten Mal die Stirn in Falten.

Dieses Argument sprach einen nicht zu missachtenden Punkt an.

Sein Gebieter hatte ihm gesagt, ein gewisses Maß an Aufmerksamkeit sei nun einmal unvermeidbar, aber dies müsse man in Anbetracht seiner Rolle als Diener der Tochter eines reichen Mannes in Kauf nehmen.

Sollte er das Gesetz brechen, würde das die Behörden auf den Plan rufen und es bestand die Gefahr, dass man seine Tarnung durchschauen würde. Anders ausgedrückt, es könnte zu großen Schwierigkeiten führen – und er würde jene Art von Aufmerksamkeit auf sich ziehen, die sein Gebieter vermeiden wollte.

Es fiel Sebas schwer zu glauben, dass dieser grobschlächtige Hüne irgendeine Art von höherer Bildung besaß, allerdings sprach er im Brustton der Überzeugung. Jemand musste ihm diese Worte eingetrichtert haben. Wenn das der Fall war, war es sehr gut möglich, dass er weiter daran festhalten würde.

Ohne Zeugen war die Angelegenheit allerdings recht simpel. Er konnte den Mann zwingen zu reden. Er könnte ihm einfach das Genick brechen und nichts als eine Leiche zurücklassen.

Das war jedoch die letzte Option, die nur dann zur Verfügung stand, wenn etwas die Pläne seines Gebieters gefährdete. Für eine Frau, die er nicht einmal kannte, konnte er das nicht tun.

Bedeutet das also, es wäre das Richtige, sie schlichtweg im Stich zu lassen?

Das dreckige Lachen des Mannes, während Sebas die Situation überdachte, verärgerte ihn.

»Sollte ein so feiner Diener ein solches Problem auf sich nehmen und ein Geheimnis vor seinem Herrn haben?«

Sebas bedachte den grinsenden Mann mit einem weiteren Stirnrunzeln.

Dieser schien darin eine Art von Schwäche zu erkennen. »Keine Ahnung, welchem Adeligen du dienst, aber ... wird er keine Schwierigkeiten bekommen, wenn das rauskommt, hm? Und was, wenn er gute Beziehungen mit uns pflegt? Dann wird er stinkig, richtig?«

»Du denkst, mein Gebieter käme mit so einer Nichtigkeit nicht zurecht? Du weißt doch, Regeln existieren nur, um von den Mächtigen gebrochen zu werden.«

Der Mann zuckte ein wenig zusammen, als wüsste er, wie die Welt funktionierte, fasste sich jedoch gleich wieder. »Willst es also riskieren, was?«

»Hmm …« Es sah nicht so aus, als ließe sich der Mann von Sebas' Bluff beeindrucken. *Hat er wirklich so viel Rückendeckung?* Offensichtlich war seine Methode ineffizient, es war also an der Zeit, etwas Neues auszuprobieren. »Verstehe. Ja, es hat den Anschein, als könnte das Ganze Ärger bedeuten, juristisch betrachtet. Doch wenn jemand um Hilfe bittet, erlaubt das Gesetz eine gewaltsame Rettung. Ich helfe ihr nur im Rahmen dieser Bestimmungen. Zunächst einmal ist klar, dass sie bewusstlos ist, darum muss sie zum Schrein, um behandelt zu werden, richtig?«

»Hm … aber … das ist …«, nuschelte der Mann ratlos.

Seine Unkenntnis lag deutlich auf der Hand.

Sebas war erleichtert, dass dieser Mann ganz offensichtlich nicht der Schlagfertigste war und ihn die Situation überforderte. Da sein Gegner die Gesetzgebung ins Spiel gebracht hatte, hatte er ihm eine gewaltige Lüge aufgetischt, etwas, das plausibel klang.

Sollte dem Mann ein weiteres Argument einfallen, selbst wenn es nichts als eine Lüge wäre, so würde Sebas ihm nichts entgegenhalten können, da er nicht genug über die Gesetze dieses Landes wusste. Letztes Endes besaß er lediglich vage Kenntnisse auf diesem Gebiet, und dass er sich nicht eingehender damit befasst hatte, war der Grund für seine aktuelle Situation.

Andererseits würde jemand ohne ausreichendes Wissen zögern, sobald ein anderer versuchte, Gesetzestexte als Waffe einzusetzen. Zudem musste es sich bei diesem Mann um einen Untergebenen handeln. Vermutlich fehlte ihm die Befehlsgewalt, eigene Entscheidungen zu treffen.

Sebas wandte sich von ihm ab, kniete nieder und hob vorsichtig den Kopf der Frau an. »Willst du, dass ich dir helfe?« Er beugte sich vor, bis sein Ohr fast ihre trockenen, aufgeplatzten Lippen berührte.

Er hörte schwache Atemzüge, die wie das letzte Keuchen eines Ballons klangen, bevor ihm die Luft ausging.

Keine Antwort. Er schüttelte sachte den Kopf, bevor er erneut fragte: »Willst du, dass ich dir helfe?«

Ihr zu helfen war etwas völlig anderes, als die alte Dame nach Hause zu bringen, die sich den Knöchel verstaucht hatte. Wann immer er konnte, wollte er anderen behilflich sein. Wenn er sich allerdings in die Angelegenheiten dieser Frau einmischte, war es recht wahrscheinlich, dass dies zu einer Menge Probleme führen würde. Und während er darüber nachdachte, ob der Erhabene ihm vergeben würde oder ob ein solches Vorgehen seinem Willen widerspräche, packte ein eisiger Wind sein Herz.

Noch immer keine Antwort.

Der Mann gackerte wieder seine dreckige Lache.

Da er wusste, was sie durchgemacht haben musste, war ihm klar, dass sie nicht antworten würde. Wenn sie in der Lage gewesen wäre zu sprechen, hätte man vermutlich nicht versucht, sich ihrer auf diese Weise zu entledigen.

So oft trat wahres Glück nicht zweimal hintereinander ein – denn wenn etwas so häufig passierte, konnte man es nicht länger Glück nennen.

Nein, wenn es reines Glück gewesen war, dass es ihr gelungen war, Sebas' Hose zu packen, würde sich etwas Derartiges nicht noch einmal ereignen.

Stattdessen war es ihr Glück gewesen, dass Sebas zufällig im richtigen Moment die Gasse entlanggekommen war. Alles danach war das Werk ihrer eigenen Willenskraft gewesen.

Ganz bestimmt *kein* Glück.

Eine schwache Regung …

Ja, ihre Lippen rührten sich kaum merklich. Es war kein unbewusstes Atemholen, sondern deutlich beabsichtigt. Das leiseste Wispern drang an Sebas Ohr.

Als der elegante ältere Herr hörte, was sie sagte, nickte er mitfühlend. »Ich bin nicht daran interessiert, jede einzelne Person zu retten, die mich um Hilfe bittet, wie eine Pflanze, die erwartet, vom Regen gegossen zu werden. Wenn jemand allerdings um sein Überleben kämpft …« Er legte ihr die Hand auf die Augen. »Du musst keine Angst mehr haben, ruh dich aus. Du stehst jetzt unter meinem Schutz.«

Sie klammerte sich an seine warme, freundliche Berührung, schloss ihre leeren Augen.

Der Kerl am Boden konnte es nicht glauben, darum war es kaum verwunderlich, dass er aussprach, was er dachte: »Das ist gelo…« Noch während er im Begriff war, seinen Widersacher der Lüge zu bezichtigen, erstarrte er plötzlich.

»Gelogen, sagst du?« Sebas hatte sich wieder erhoben und durchbohrte den Mann nun mit einem eisigen Blick.

Diese brutalen Augen.

Dem Mann stockte der Atem … Es war, als würde dieser Blick sein Herz zermalmen, als würde er physischen Druck auf ihn ausüben.

»Willst du damit sagen, ich hätte gelogen – so wie du?«

»Ah, hm, äh …« Er schluckte hörbar den Speichel, der sich in seinem Mund gesammelt hatte. Seine vor Angst geweiteten Augen huschten zu Sebas Tians Armen. Nachdem er sich so weit aus dem Fenster gelehnt hatte, schien ihm mit einem Mal wieder einzufallen, wie sehr er sich vor dem älteren Herrn fürchtete.

»Nun, ich werde jetzt gehen und sie mitnehmen.«

»W… warte … ich meine, warte bitte!« Der Mann hob die Stimme, Sebas betrachtete ihn.

»Du hast noch etwas zu sagen? Versuchst du, Zeit zu schinden?«

»N… nein. Wenn du sie mitnimmst, wird das Schwierigkeiten geben. Für dich und deinen Herrn! Hast bestimmt schon von den Acht Fingern gehört, oder?«

Sebas erinnerte sich, dass ihm der Name während seiner Suche nach Informationen bereits zu Ohren gekommen war. Es handelte sich um eine kriminelle Organisation, die die Unterwelt des Königreichs beherrschte.

»Ich sag dir also, tu so, als hättest du nichts gesehen. Wenn du sie mitnimmst, hab ich meinen Auftrag nicht erfüllt und man wird mich bestrafen!«

Da er begriff, dass er hier mit Gewalt nicht weiterkommen würde, versuchte der Mann, an Sebas' Mitgefühl zu appellieren. Doch der sah ihn nur eiskalt an und seine Stimme war sogar noch frostiger. »Ich gehe und nehme sie mit.«

»Jetzt mach mal halb lang! Die bringen mich um!«

Sollte ich ihn besser gleich töten?, überlegte er. Der Mann jammerte weiter, während Sebas die Vor- und Nachteile gegeneinander abwog.

Es bestand die Möglichkeit, dass der Mann versuchte, Zeit zu gewinnen, da er auf Unterstützung wartete, doch aus seinem Verhalten schloss Sebas, dass das nicht der Fall war. Er kam nur nicht darauf, warum.

»Warum hast du keine Hilfe gerufen?«

Verdutzt blinzelte der Mann und erklärte dann, dass im Grunde alles auf eines hinauslief: Würde Sebas entkommen, während er nach Unterstützung rief, wäre das quasi ein direktes Eingeständnis, dass ihm ein schwerwiegender Fehler unterlaufen war. Und selbst wenn er mehr Leute herbeirufen würde, bezweifelte er, dass es ihnen gemeinsam gelingen würde, Sebas zu überwältigen. Darum versuchte er stattdessen, ihn umzustimmen.

Während er sprach, wirkte der Mann derart erbärmlich, dass Sebas spürte, wie sein Verlangen, ihn zu töten, immer mehr schwand und sich schließlich in nichts auflöste. Das bedeutete jedoch nicht, er würde ihm die Frau überlassen. Daher ...

»Warum läufst du nicht weg?«

»Ich kann nicht. Ich hab nicht genug Geld.«

»Das würde wohl kaum so viel kosten wie dein Leben, aber ... wie dem auch sei, ich komme dafür auf.«

Die Worte hellten die Miene des Mannes auf.

Sebas wusste, es wäre sicherer ihn einfach umzubringen, doch wenn er ihn dazu bringen konnte, einen verzweifelten Fluchtversuch zu unternehmen, würde ihm das Zeit verschaffen. Dann musste er sich um die Frau kümmern und sie an einen sicheren Ort bringen.

Abgesehen davon: Sollte Sebas ihn hier töten, könnte es durchaus sein, dass man nach der Frau suchen würde. Da nicht klar war, wie sie in diese Situation geraten war, ließ sich unmöglich vorhersagen, ob sein Handeln jemanden gefährden würde, den sie kannte.

Während er überlegte, fragte er sich, warum er etwas dermaßen Riskantes tat.

Er konnte sich nicht im Geringsten vorstellen, woher diese Gefühlsregung stammte, die ihn letztendlich dazu getrieben hatte, sie zu retten. Jeder andere aus Nazarick hätte sie ignoriert, um Schwierigkeiten zu vermeiden. Sie wären einfach weitergegangen.

Es ist eine Selbstverständlichkeit, jemandem in Not zu helfen.

Sebas Tian schob die Beweggründe, die aus seinem Herzen entsprangen, beiseite, da er sie ohnehin nicht ergründen konnte und darüber nachzudenken im Moment zu nichts führen würde. Stattdessen antwortete er dem Mann. »Nimm das hier. Bezahle einen Abenteurer oder so was und lauf, so schnell du kannst.« Er zückte einen Lederbeutel.

Der Mann blickte ihn zweifelnd an. Vielleicht war er der Ansicht, die Summe in dem kleinen Beutel sei unzureichend. Kurz darauf starrte er entgeistert die Münzen an, die klirrend auf die Straße fielen. Sie glänzten strahlend silbern – Platin-Handelswährung. Zehn Münzen, jede davon zehn Goldmünzen wert, lagen auf dem Boden.

»Lauf, so schnell du kannst. Das verstehst du doch, oder? Und ich habe noch ein paar Fragen. Hast du Zeit zu antworten?«

»Ja, das geht schon in Ordnung. Ich bin rausgekommen, um sie loszuwe… ähm, um sie zum Schrein zu bringen. Man erwartet mich also nicht so bald zurück.«

»Verstehe. Dann sollten wir aufbrechen.« Mit einer ruckartigen Bewegung seines Kinns bedeutete er dem Kerl, ihm zu folgen, hob die Frau auf und ging los.

2

26 mittlerer Flammenmond (August), 18:58 Uhr

Sebas Tians Unterkunft lag in einer der besseren Gegenden der königlichen Hauptstadt, ein Haus in einem Luxuswohnviertel. Im Vergleich zu den Herrenhäusern, die die Straßen in der Nähe säumten, wirkte es eher klein und gemütlich, doch vermutlich hatte man beim Bau angenommen, dass hier abgesehen von den Hausherren auch zwei Familien Bediensteter leben würden. Für Sebas und Solution alleine war es viel zu groß.

Selbstverständlich gab es einen Grund, ein solches Herrenhaus zu mieten. Solange sie sich als Angehörige einer großen Handelsfamilie aus einem weit entfernten Land ausgaben, konnten sie wohl kaum in einer schäbigen Behausung leben. Da es ihnen allerdings an Verbindungen mangelte und sie niemanden von der Baugilde kannten, hatten sie mit einer geradezu absurden Summe in Vorleistung gehen müssen.

Als er bei ihrer Ankunft durch die Tür trat, wurden sie bereits erwartet. Im Foyer stand Solution Epsilon, eine Combat Maid in einem weißen Kleid, die Sebas direkt unterstellt war. Die anderen Bewohner setzten sich aus *Shadow Demons* und *Gargoyles* zusammen, weil sie jedoch als Wachen hier waren, kamen sie nicht an die Tür.

»Willkommen zu Hau…« Solution stockte, verharrte mitten in ihrer Verbeugung. Der Blick, mit dem sie die Frau musterte, die Sebas an seine Brust drückte, wirkte noch kälter, als sonst bei ihr üblich war.

»Meister Sebas, was um alles in der Welt ist das?«

»Ich habe sie gefunden.«

Es dauerte einen Moment, bis sie auf diese knappe Antwort reagierte, und die Luft im Raum erschien auf einmal schwerer und drückender als zuvor. »Ich verstehe. Für mich sieht das nicht wie ein Souvenir aus, was habt Ihr also damit vor?«

»Hmm. Das Wichtigste zuerst – könntest du für mich ihre Verletzungen heilen?«

»Verletzungen?« Sie betrachtete die Frau, schüttelte den Kopf, als sie begriff, was er meinte, um schließlich wieder Sebas anzusehen. »Hättet Ihr sie nicht zu einem Schrein bringen können?«

»Ja, vermutlich hätte ich daran denken sollen …« Unerschüttert erwiderte er ihren unterkühlten Blick mit ebensolcher Kälte. Solution wandte als Erste die Augen ab.

»Soll ich sie entsorgen?«

»Nein, ich habe sie absichtlich hergebracht. Wir sollten uns überlegen, wie sie uns am besten nutzen kann.«

»Zu Befehl.«

Was ihr Mienenspiel anging, verfügte Solution über keine sonderlich große Bandbreite, allerdings wirkte ihr Gesicht in diesem Moment vollkommen ausdruckslos und Sebas verstand nicht, was das Funkeln in ihren Augen zu bedeuten hatte. Trotzdem war es überdeutlich, dass ihr der Gedanke nicht besonders gefiel.

»Könntest du bitte als Erstes ihren körperlichen Zustand beurteilen?«

»Zu Befehl. Dann gestattet mir …«

»Warte …« Solution mochte vielleicht denken, die Frau verdiene nicht mehr als das absolute Minimum, Sebas hingegen war der Ansicht, sie müsse nicht zwischen Tür und Angel untersucht werden. »Wir haben ein freies Zimmer, dürfte ich dich also bitten, es dort zu erledigen?«

Solution verbeugte sich schweigend.

Sie sprachen kein Wort, während sie die Frau vom Eingang ins Gästezimmer brachten. Weder Solution noch Sebas neigten dazu, Stille mit Small Talk zu füllen, allerdings war der Grund ein anderer – irgendetwas stimmte nicht.

Sebas trug die Frau im Arm, darum öffnete ihm Solution die Tür des Gästezimmers. Da die schweren Vorhänge zugezogen waren, herrschte im Inneren Dunkelheit, man konnte aber nicht behaupten, es wäre stickig. Das Zimmer wurde regelmäßig gelüftet und gereinigt. Kaum mehr als ein Schimmer von Mondlicht drang durch den Spalt zwischen den Vorhängen und erhellte die Düsternis. Sebas legte die Frau vorsichtig auf die sauberen Laken des Bettes. Er hatte ihr ein wenig geholfen, indem er Chi in ihren Körper geleitet hatte, doch da sie keinen Muskel rührte, drängte sich ihm der Gedanke auf, es würde sich um eine Leiche handeln.

»Nun denn.«

Achtlos riss Solution die Lumpen, die die Frau bedeckten, weg und entblößte ihren geschundenen Körper. Der Anblick war gleichermaßen schrecklich und mitleiderregend, nichtsdestotrotz blieb die Miene der Maid leer und desinteressiert.

»Solution, ich überlasse alles Weitere dir.« Damit verließ Sebas das Zimmer.

Solution, die bereits damit begonnen hatte, die Frau abzutasten, versuchte nicht, ihn aufzuhalten.

Sobald er im Flur stand, flüsterte er etwas vor sich hin, zu leise, als dass sie ihn hätte hören können. »Das ist idiotisch.« Die Worte verflüchtigten sich augenblicklich und selbstverständlich reagierte niemand darauf.

Ohne es zu bemerken, strich er sich über den Bart. *Warum habe ich diese Frau gerettet?* Er konnte es nicht sagen. *»Der Löwe verschont den Bittsteller«, nicht wahr?*

Nein, das war nicht der Grund. *Warum habe ich sie gerettet?*

In der Großen Gruft von Nazarick kümmerte sich Sebas Tian um die Verwaltung und war den Einundvierzig Erhabenen Wesen bedingungslos ergeben. Er sollte demjenigen, der den Namen Ainz Ooal Gown angenommen hatte, dem Gildemeister, nach vollen Kräften dienen.

Seine Loyalität war aufrichtig und er war ein durch und durch ergebener Diener. Er würde sich, ohne zu zögern, für seinen Gebieter opfern. Und doch ... Müsste er sich entscheiden, einem einzigen Erhabenen Wesen seine Treue zu schwören, wüsste er, wer das wäre: Touch Me.

Touch Me war das stärkste Mitglied von Ainz Ooal Gown und Sebas Tians Schöpfer. Er war unübertroffen, er hatte die Klasse des *World*-Champions errungen.

Neben anderen Dingen wurde ihre Gilde durch das Töten anderer Spieler stärker. Wer hätte geglaubt, dass der ursprüngliche Zweck der Gruppe, die er gegründet hatte – der Vorgänger der Gilde, die Ersten Neun –, darin bestanden hatte, die Schwachen zu unterstützen? Doch es war die Wahrheit.

Er hatte Momonga gerettet, als dieser immer wieder von anderen Spielern getötet worden war und kurz davor gestanden hatte, das Spiel frustriert hinzuschmeißen. Als Nächstes hatte er sich an Bukubukuchagama gewandt, mit der sich damals aufgrund ihres unglückseligen Aussehens niemand für Questen zusammentun wollte.

Die Überbleibsel von Touch Mes Absichten umgaben Sebas wie eine unsichtbare Kette.

»Vermutlich ist das ein Fluch …« Wahrscheinlich war diese Aussage bereits Blasphemie. Würde ein anderer Bewohner der Großen Gruft von Nazarick – die von den Einundvierzig Erhabenen Wesen erschaffen worden waren – mitbekommen, dass er so etwas sagte, bestand die Möglichkeit, dass sie ihn wegen seiner Respektlosigkeit angreifen würden.

»Es ist falsch, jene zu bemitleiden, die nicht zu Ainz Ooal Gown gehören«, flüsterte er düster.

Dieser Gedanke war völlig natürlich. Jeder von ihnen vertrat die Ansicht, dass es richtig war, Außenstehende zu ignorieren – bis auf ein paar bestimmte Bewohner Nazaricks, die von ihren Schöpfern absichtlich anders gestaltet worden waren, so wie die Leiterin der Maids, Pestonia S. Puppydog.

Beispielsweise hatte ihm Solution berichtet, dass sich Lupusregina, eine der Plejaden, mit einem Mädchen in Carne angefreundet hatte. Allerdings wusste Sebas: Wenn nötig würde sie das Mädchen, ohne mit der Wimper zu zucken, niederstrecken.

Nicht, weil sie kaltblütig war.

Wenn ein Erhabener ihnen befahl zu sterben, mussten sie sterben. Und wenn sie den Befehl erhielten, jemanden zu töten, selbst wenn es sich um einen Freund handelte, mussten sie dem augenblicklich nachkommen. So sah wahre Loyalität aus. Im Gegenzug wurde jeder, der das nicht verstehen konnte, von den anderen bemitleidet.

Entscheidungen aufgrund dummer Gefühle zu treffen war falsch.

Was ist dann mit mir? Habe ich das Richtige getan? Sebas kaute besorgt auf seiner Lippe, als Solution aus dem Zimmer kam. Wie immer zeigte ihr Gesicht nicht die geringste Regung.

»Wie sieht es aus?«

»Sie leidet an Syphilis und zwei anderen Geschlechtskrankheiten. Mehrere gebrochene Rippen und Finger. Durchtrennte Sehnen im rechten Arm und im linken Bein. In Ober- und Unterkiefer fehlen jeweils die beiden vorderen Schneidezähne. Ihre Organe scheinen auch nicht besonders gut zu funktionieren. Zusätzlich hat sie auch einen Analriss. Möglicherweise ist sie von irgendeiner Droge abhängig. Da die Prellungen und Schnittwunden praktisch unzählbar sind, nehme ich mir die Freiheit, keine weiteren Einzelheiten dazu zu nennen, aber ... benötigt Ihr sonst noch eine Erklärung?«

»Nein, das reicht. Nur eines ist wichtig: Wird sie sich davon erholen?«

»Mit Leichtigkeit.«

Mit dieser Antwort hatte er gerechnet.

Wenn man Heilfähigkeiten nutzte, konnte sogar jemand wiederhergestellt werden, dem sämtliche Glieder abgetrennt worden waren. Beispielsweise könnte Sebas mit seinem Chi Kung ihre körperlichen Verletzungen beheben. Hätte sich Nazarick zurzeit nicht im Alarmzustand befunden und hätte er sich keine Gedanken darüber machen müssen, dass jemand davon erfuhr, hätte er den verstauchten Knöchel der alten Frau ebenfalls heilen können.

Obwohl es körperliche Blessuren heilen konnte, war Chi Kung bei Giften und Krankheiten nicht so effizient. Über diese Skills verfügte Sebas nicht. Und darum benötigte er hierbei Solutions Hilfe.

»In Ordnung, bitte heile sie.«

»Wenn Ihr jemanden wollt, der Heilmagie einsetzen kann, wäre es vielleicht besser, Meisterin Pestonia zu rufen.«

»Das wird nicht nötig sein. Solution, du hast doch die entsprechenden magischen *Scrolls*, oder etwa nicht?« Nach einem bestätigenden Nicken ihrerseits fuhr er fort. »Dann benutze sie bitte.«

»Meister Sebas. Diese *Scrolls* haben wir von den Erhabenen Wesen erhalten. Ich glaube kaum, dass wir sie für Menschen verschwenden sollten.«

Sie hatte recht. Vermutlich musste er sich eine andere Lösung einfallen lassen. Zuerst würden sie ihre Verletzungen heilen, um zu verhindern, dass sie daran starb. Mit ihrer Vergiftung und den Krankheiten konnten sie sich später noch befassen. Die Frage war allerdings, ob ihnen so viel Zeit blieb. Wenn sie wegen ihres Gesamtzustands an der Schwelle zum Tod stand, anstatt nur aufgrund der schweren Verwundungen, wäre es sinnlos, ihren Körper wiederherzustellen, es sei denn, er kümmerte sich um alles auf einmal.

Er zögerte, dann, mit stählerner Stimme, die seine wahren Gefühle verbarg, befahl er: »Tu es.«

Er glaubte, in ihren zusammengekniffenen Augen etwas Rötliches aufflackern zu sehen, doch da sie gleich darauf den Blick senkte, konnte er es nicht mit Sicherheit sagen.

»Zu Befehl. Soll ich ihren Körper wieder in seinen unverletzten Zustand zurückversetzen? Bevor man ihr das alles angetan hat?« Als Sebas nickte, verneigte sie sich höflich. »Ich werde mich sofort darum kümmern.«

»Sobald du mit ihrer Heilung fertig bist, bitte ich dich, etwas Wasser aufzuheizen und sie zu baden. Ich gehe etwas zu essen kaufen.«

Im Herrenhaus gab es niemanden, der Mahlzeiten zubereiten konnte oder benötigte. Sofern sie kein Item übrig hatten, das Nahrungsaufnahme unnötig machte, mussten sie der Frau etwas zu essen besorgen.

»Meister Sebas. ihren Körper zu behandeln ist kein Problem ... aber ich kann nichts für ihren Geisteszustand tun.« Sie zögerte einen

Moment, schaute ihn schließlich direkt an. »Ich denke, es wäre das Beste, deswegen Lord Ainz herzubitten. Soll ich nach ihm rufen?«

»Die Sache ist nicht wichtig genug, um Lord Ainz damit zu behelligen. Wir können ihren Verstand lassen, wie er ist.«

Solution verbeugte sich tief, öffnete lautlos die Tür und huschte zurück ins Zimmer. Nachdem sie verschwunden war, sackte Sebas langsam gegen die Wand.

Was soll ich ihretwegen unternehmen?

Vermutlich wäre es das Beste, sie zu heilen, ihr etwas Zeit zum Erholen zu geben und dann, während der Schlägertyp, der sie in die Gasse geworfen hatte, noch auf der Flucht war und seine Freunde ihn verfolgten, sie an einen Ort ihrer Wahl zu bringen. Ideal wäre ein Versteck, das ein Stück weit von der königlichen Hauptstadt entfernt lag. Sie einfach auf die Straße zu setzen wäre gefährlich und grausam. Das würde ihr nicht im Geringsten nützen.

Aber ist das für Sebas Tian, den Diener der Großen Gruft von Nazarick, wirklich die angemessene Vorgehensweise?

Er atmete tief aus. Wie viel einfacher wäre alles, wenn er die in ihm rumorenden Gefühle wegwerfen könnte, so wie der widerliche Kerl es mit der verletzten Frau getan hatte? Doch das war unmöglich. Seine Gedanken waren ein einziges Durcheinander, weißes Rauschen, das in sein Bewusstsein vordrang.

»Das ist idiotisch. Warum sollte ich … für einen Menschen …?«

Er gab es auf, nach einer Antwort zu suchen, die sich ihm ohnehin entzog, und beschloss, mit etwas Einfachem anzufangen. Damit würde er zwar bloß Zeit schinden, etwas Besseres fiel ihm im Moment jedoch nicht ein.

Solution verlängerte ihre schlanken Finger zu Schläuchen mit nicht einmal einem Zentimeter Durchmesser. Eigentlich war sie ein gestaltloser

Slime; das ermöglichte es ihr, ihre Erscheinung drastisch zu verändern. Die Verformung ihrer Fingerspitzen stellte also nicht das geringste Problem dar.

Ein Blick zur Tür verriet ihr, dass sich Sebas' Präsenz nicht länger im Flur aufhielt, und sie näherte sich leise der auf dem Bett liegenden Frau.

»Ich habe Meister Sebas' Erlaubnis, darum bringe ich dieses Ärgernis schnell hinter mich. Das ist bestimmt auch in deinem Sinne. Vermutlich bekommst du gar nichts mit von dem, was um dich herum geschieht.«

Mit ihrer unveränderten Hand griff Solution in ihren eigenen Körper, um die dort aufbewahrten *Scrolls* herauszuholen. Diese waren nicht das Einzige, was sie unauffällig mit sich führte. In ihrem Inneren befanden sich nicht nur magische Verbrauchsgüter, sondern selbstverständlich auch Waffen und Rüstungen. Dort drinnen herrschte genug Platz, um mehrere Menschen zu verschlingen, daher war es alles andere als überraschend.

Solution betrachtete die bewusstlose Frau.

Sie interessierte sich kein bisschen für das Gesicht der Verletzten. Solution hatte nur einen einzigen Gedanken: *Sie sieht nicht besonders lecker aus.* Sonst nichts.

In diesem Zustand würde sie sich vermutlich nicht einmal besonders wehren, während sie sich in Solutions Säure auflöste. Wo blieb da bitte der Spaß?

»Wenn ich sie nach dem Heilen als Spielzeug behalten dürfte, könnte ich Meister Sebas' Verhalten ja verstehen, aber ...«

Sie kannte die Persönlichkeit ihres Vorgesetzten. Das würde er nie erlauben. Sofern man sie nicht auf der Straße angriff, würde er ihr niemals gestatten, Menschen zu verschlingen.

»Wenn er auf Befehl des Erhabenen handelt und sie retten soll, muss ich es wahrscheinlich akzeptieren, aber ... ist sie es wirklich wert, dass man den teuren Besitz des Erhabenen ihretwegen verschwendet?

Dieser Mensch?« Sie schüttelte den Kopf, um ihn freizubekommen. »Sollte ich sie einfach essen, bevor Meister Sebas zurückkommt?«

Sie brach das Siegel einer *Scroll* und entrollte sie. Die darin enthaltene Magie war *Heal*, ein Heilzauber der Elitestufe sechs, der eine große Menge Gesundheit wiederherstellte und beinahe sämtliche negativen Statuseffekte behob, darunter auch Krankheiten.

Normalerweise konnten *Scrolls* nur von denjenigen benutzt werden, die über die dem enthaltenen Zauber zugehörige Klasse verfügten. Um *Scrolls* für *Faith-Caster* verwenden zu können, musste man erst die *Priest*-Klasse erlangen. Um genau zu sein, musste sich der Zauber auf der Liste jener Sprüche befinden, die diese Klasse auch tatsächlich erlernen konnte. Ein paar *Thief*-Klassen verfügten allerdings über die Möglichkeit, diese Voraussetzung zu umgehen und die *Scrolls* »hereinzulegen«. Als *Assassin* besaß Solution einige *Thief*-Klassen, die es ihr erlaubten, die *Heal-Scroll* einzusetzen.

»Zuerst versetze ich sie ins Koma. Dann …« Sie mischte ein starkes Betäubungsmittel mit etwas zur Muskelentspannung und begab sich zu der Frau.

26 mittlerer Flammenmond (August), 19:37 Uhr

Sebas Tian kam fast im selben Moment vom Einkaufen zurück, als Solution das Zimmer verließ. In jeder Hand trug sie einen dampfenden Eimer mit Handtüchern darin. Das heiße Wasser war schwarz und die Handtücher schmutzig, was belegte, in welch verwahrlostem Zustand sich die Frau befunden hatte.

»Danke sehr, Solution. Es scheint, die Behandlung … war erfolgreich?«

»Ja. Es gab keinerlei Schwierigkeiten. Es sah nicht danach aus, als hätte sie andere Kleidung, darum habe ich sie mit etwas eingekleidet, das gerade verfügbar war. Ich hoffe, das war in Eurem Sinne?«

»Natürlich. Das ist vollkommen in Ordnung.«

»Nun denn ... Die Betäubung sollte inzwischen aufgehört haben zu wirken ... Wenn Ihr mich ansonsten nicht mehr benötigt, werde ich mich zurückziehen.«

»Gute Arbeit.«

Solution verneigte sich und ging an Sebas vorbei.

Nachdem sie gegangen war, klopfte er an die Tür.

Er bekam keine Reaktion, spürte aber, dass sich jemand in dem Zimmer bewegte, und schob leise die Tür auf. Auf dem Bett saß ein Mädchen, das ziemlich benommen wirkte, vielleicht, weil es eben erst aufgewacht war. Beinahe hätte er die junge Frau für eine andere Person gehalten.

Ihr schmutziges, unordentliches blondes Haar war nun sauber und glänzte. Ihre vormals hohlen Wangen waren erstaunlich voll. Ihre eben noch trockenen, aufgeplatzten Lippen schimmerten nun in einem gesunden Pink.

Bezaubernd beschrieb ihr Aussehen besser als *hübsch*.

Nun konnte man auch in etwa ihr Alter schätzen. Vermutlich war sie noch nicht ganz zwanzig, doch ihr schreckliches Leben hatte ihr Gesicht deutlicher gezeichnet als die Jahre, die vergangen waren. Solution hatte sie in ein weißes Negligé gekleidet, allerdings ein einfaches, mit möglichst wenig Spitze und anderem Firlefanz.

»Wie es aussieht, bist du vollständig geheilt, aber wie geht es dir?«

Keine Antwort. Ihren leeren Augen fehlte der Wille, zu Sebas aufzublicken. Doch er sprach weiter, ohne sich deswegen Gedanken zu machen. Nein, er hatte für den Anfang ohnehin nicht viel erwartet. Er wusste, ihre ausdruckslose Miene deutete an, dass sie geistig gar nicht anwesend war.

»Hast du Hunger? Ich habe dir etwas zu essen mitgebracht.«

In einem Restaurant hatte er eine ganze Mahlzeit samt Teller besorgt.

Der Haferschleim in der Schüssel war mit heller Brühe gekocht worden. Das darüber geträufelte Sesamöl verlieh dem Gericht einen appetitanregenden Duft.

Das Mädchen reagierte auf den Geruch, ihr Gesicht zuckte leicht.

»Dann lass es dir schmecken.«

Sie ist also nicht vollständig in ihrer eigenen Welt versunken. Sebas hielt ihr die Schüssel mit dem Holzlöffel darin entgegen.

Sie regte sich nicht, doch Sebas bedrängte sie auch nicht.

Nach einer Weile, die ausgereicht hätte, um jeden anderen zu verärgern, bewegte sie langsam den Arm. Sie rechnete offenbar mit Schmerzen, daher wirkte die Bewegung steif. Auch wenn ihre körperlichen Verletzungen Vergangenheit waren, erinnerte sie sich deutlich an ihr Leid.

Sie packte den Holzlöffel, tauchte ihn flach in die Grütze. Dann führte sie ihn zum Mund, schloss die Lippen darum. Der Haferschleim war derart dünnflüssig, dass das Kauen praktisch unnötig war. Sebas hatte darum gebeten, dass die vierzehn Zutaten extrem klein geschnitten wurden, bevor man sie hinzufügte. Ihre Kehle bewegte sich, die Speise erreichte ihren Magen.

Ihre Augen bewegten sich ein wenig. Es war wirklich nur eine Winzigkeit, dennoch stellte diese Regung die Verwandlung von einer Puppe zum Menschen dar. Ihre andere Hand zitterte, als sie Sebas die Schüssel abnehmen wollte.

Er stützte ihre Hände, bewegte die Schüssel dichter an ihren Mund heran.

Sie tauchte den Holzlöffel in die Schüssel und schlang den Haferschleim hinunter, hektisch und ohne eine Pause zu machen. Wäre das Essen nicht bereits auf eine angenehme Temperatur abgekühlt, hätten die Verbrennungen ihr sicher das Bewusstsein geraubt. Sie achtete nicht einmal auf die Flüssigkeit, die ihr über die Lippen rann und auf die Vorderseite des Negligés tropfte. Die Art und Weise, wie sie ihre Mahlzeit vertilgte, erinnerte eher an Trinken statt an Essen.

Die Geschwindigkeit, mit der sie gegessen hatte, passte ganz und gar nicht zu ihren anfänglichen Bewegungen. Nun seufzte sie mit der Schüssel in der Hand.

Sie hatte eine Verwandlung vollzogen, war von einer leeren menschlichen Hülle zu einer Person geworden; jetzt wurden ihre Lider schwer und begannen zuzufallen. Die Kombination aus vollem Magen, bequemer Kleidung und der Tatsache, dass sie nun sauber und schmerzfrei war, sorgte für Entspannung und Schlaf drohte, sie zu übermannen. Doch kaum, dass sich ihre Augen vollends schlossen, riss sie sie wieder auf, zuckte ängstlich zusammen.

Fürchtete sie sich davor, die Augen zu schließen? Oder war es die Angst, ihre derzeitige Situation wäre nur Einbildung und könnte jederzeit wie ein schöner Traum zerplatzen? Oder gab es einen anderen Grund. Sebas, der sie weiter beobachtete, wusste es nicht.

Es bestand die Möglichkeit, dass sie es nicht einmal selbst wusste.

Um sie zu beruhigen, sprach er sanft mit ihr. »Dein Körper braucht bestimmt Erholung. Vermutlich wäre es das Beste, wenn du es langsam angehst und erst einmal schläfst. Du schwebst hier nicht in Gefahr – das schwöre ich dir. Wenn du die Augen öffnest, wirst du noch immer in diesem Bett liegen.«

Zum ersten Mal sah sie ihm ins Gesicht.

In ihrem Blick lag nicht viel Kraft oder Verständnis; allerdings waren ihre blauen Augen nicht länger die einer Leiche, sondern einer lebendigen Person.

Sie öffnete den Mund ein wenig … und schloss ihn. Dann öffnete sie ihn erneut … und schloss ihn wieder. Das wiederholte sie einige Male. Sebas schaute lediglich zu. Er hetzte sie nicht. Er betrachtete sie schweigend.

»Da…« Schließlich drang ein Wispern über ihre Lippen, die Wörter kamen in kleinen Stückchen. »Da… dank… e … sehr …«

Das Erste, was sie zu ihm sagte, diente nicht etwa dazu, ihm klarzumachen, dass sie ihre neue Situation verstand, stattdessen drückte sie ihre Dankbarkeit aus. Sebas hatte das Gefühl, eine Spur ihrer Persönlichkeit zu erleben, was ihn dazu veranlasste, nicht wie sonst sein aufgesetztes Lächeln zu präsentieren, sondern ein aufrichtiges.

»Mach dir deswegen keine Gedanken. Da ich dich gefunden habe, werde ich alles in meiner Macht Stehende tun, um deine Sicherheit zu gewährleisten.«

Die Augen des Mädchens wurden ein wenig größer. Dann begannen ihre Lippen zu zittern. Erst benetzte ein feuchter Schimmer ihre Wimpern, bevor sie anfing zu weinen. Sie schluchzte mit weit geöffnetem Mund.

Es dauerte nicht lange, bis sich Schimpfwörter daruntermischten.

Sie verfluchte ihr Schicksal, verabscheute diejenigen, die dafür verantwortlich waren, und beklagte die Tatsache, dass man ihr nicht schon früher geholfen hatte. Letzteres richtete sich auch gegen Sebas. *Hättet Ihr mich doch nur früher befreit …* Diese Art von Anschuldigung brachen aus ihr heraus.

Seine Freundlichkeit – und die Tatsache, dass er sie wie eine Person behandelte – zerbrach, was auch immer es ihr ermöglicht hatte, all die Schrecken auszuhalten, die ihr widerfahren waren. Nun, da sie wieder über ein menschliches Herz verfügte, konnte sie die Erinnerung an das, was sie durchgemacht hatte, nicht länger ertragen.

Sie griff sich an den Kopf, riss sich hörbar Haare aus. Unzählige goldene Strähnen schlangen sich um ihre schlanken Finger. Die Schüssel samt Löffel landete auf dem Bett.

Sebas beobachtete das Ganze schweigend.

Ihre bitteren Anschuldigungen, die sie Sebas entgegenfauchte, waren unzutreffend und nichts weiter als der Versuch, irgendwen zur Rechenschaft zu ziehen. Manche hätten das vermutlich persönlich genommen und wären wütend geworden, Sebas hingegen zeigte keine Spur von Ärger und sein von Falten durchzogenes Gesicht offenbarte nichts als Mitgefühl.

Sebas beugte sich zu ihr hinüber, legte die Arme um sie.

Er umarmte sie, wie es ein Vater mit seiner Tochter tun würde, ohne irgendwelche Hintergedanken und voller Zuneigung. Einen Moment lang verkrampfte sie sich, doch da sie spürte, dass er sie anders hielt als die Männer, die sie bis jetzt missbraucht hatten, entspannte sie sich ein wenig.

»Jetzt ist alles gut.« Wie einen Zauberspruch wiederholte er diese Worte fortwährend, wobei er ihr sanft über den Rücken strich. Es war, als würde er ein weinendes Kind trösten.

Sie schluchzte kurz – dann, als hätte sie Sebas Tians Worte endlich begriffen, drückte sie das Gesicht gegen seine Brust, um noch ungehemmter zu weinen. Allerdings waren es andere Tränen als zuvor. Es dauerte eine Weile und als sein Hemd völlig getränkt war, hörte die junge Frau endlich auf zu weinen. Sie löste sich langsam von ihm, senkte den Blick, um ihr gerötetes Gesicht zu verbergen.

»Ah … ent…schuldigung.«

»Bitte mach dir deswegen keine Gedanken. Es ist für einen Mann eine Ehre, seine Brust einer Frau zur Verfügung zu stellen.«

Aus seiner Brusttasche zückte er ein frisches, sauberes Taschentuch, um es ihr anzubieten. »Bitte, benutze das.«

»Ab…er … ich kann nicht … et…was so … Schönes …«

Sachte legte Sebas einen Finger unter das Kinn des ängstlichen Mädchens, hob es an. Während sie noch immer wie erstarrt war, sich fragte, was geschehen war, begann er vorsichtig, ihr die Tränen von den Wangen zu wischen.

Ach ja, Solution hat erzählt, dass sie über Message *eine ausgedehnte Unterhaltung mit Shalltear hatte … Offenbar hat sie damit angegeben, dass ihr die Tränen abgewischt wurden. Unter welchen Umständen sollte sich unser Gebieter damit befasst haben, dass sie weint?* Auch wenn er verwirrt war – er konnte sich Shalltear beim besten Willen nicht weinend vorstellen –, seine Hände hielten nicht still. Schließlich war auch die letzte Träne vom Gesicht der jungen Frau gewischt.

»Ah …«

»In Ordnung, alles fertig.« Er drückte ihr das leicht feuchte Taschentuch in die Hand. »Ein unbenutztes Taschentuch ist eine traurige Sache, besonders eines, das nie die Gelegenheit bekommt, Tränen fortzuwischen.« Lächelnd löste er sich von ihr. »Dann lasse ich dich mal alleine, damit du dich ausruhen kannst. Wenn du wieder wach bist, reden wir darüber, wie es weitergeht.«

Magie war sehr vielseitig einsetzbar. Solutions Behandlung hatte dem Körper der Frau dabei geholfen, wieder vollständig zu genesen, und ihre geistige Erschöpfung war ebenfalls Vergangenheit. Vermutlich könnte sie ohne Weiteres sofort ein neues Leben beginnen. Allerdings war sie nur Stunden zuvor durch die Hölle gegangen. Er befürchtete, ein ausführliches Gespräch könnte diese Wunden erneut aufreißen lassen.

Tatsächlich war es falsch zu behaupten, sie wäre bereits wieder geistig vollkommen stabil. Das hatte ihr Ausbruch gezeigt. Magie war in der Lage, den Verstand eine Weile zu beruhigen, gegen die zugrunde liegenden Probleme war sie hingegen machtlos. Die sichtbaren

Blessuren konnte man damit behandeln, nicht jedoch die klaffenden, unsichtbaren Wunden ihres Verstandes.

Soweit Sebas wusste, waren sein Gebieter und möglicherweise auch Pestonia die Einzigen, die sich um ihre geistigen Verletzungen kümmern konnten. Er versuche, sie dazu zu bringen, sich auszuruhen, stattdessen fragte sie fassungslos: »Wei... weitergeht?«

Er war sich nicht sicher, ob es gut war, das Gespräch fortzusetzen, doch ihr schien nach Reden zumute zu sein, daher fuhr er fort, wobei er ihren Zustand genau im Auge behielt.

»Vermutlich fühlst du dich in der königlichen Hauptstadt nicht sicher. Gibt es jemanden, auf den du dich verlassen kannst?«

Sie senkte den Blick.

»Verstehe ...« Selbstverständlich sprach er nicht aus, was er dachte. *Es gibt also niemanden ... Na schön, das ist ein Problem.* Doch es bedeutete bestimmt nicht, dass er sofort etwas unternehmen musste. Das war nichts weiter als eine hoffnungsvolle Einschätzung, doch er wollte glauben, dass es keinen Grund zur Eile gab, zumindest nicht, bevor sie wieder ganz bei Kräften war.

»Na schön. Verrätst du mir deinen Namen?«

»Oh ... Ich bin ... Tsu... Tsuare.«

»Tsuare? Ach, stimmt ja, ich habe dir meinen Namen auch noch nicht genannt. Ich heiße Sebas Tian. Bitte nenn mich Sebas. Ich bin der Besitzer dieses Herrenhauses und diene Lady Solution.«

So lautete zumindest die Geschichte, die sie allen Leuten auftischten.

Solution trug anstelle ihrer Dienstmädchenkleidung stets ein weißes Kleid, für den Fall, dass unangekündigter Besuch vorbeikam. Doch solange Tsuare hier war, würde er die Maid anweisen müssen, sich mehr wie die Hausherrin zu verhalten, um den Schein zu wahren.

»La... Solu...tion.«

»Ja, Lady Solution Epsilon. Auch wenn ich nicht glaube, dass du sie häufig zu Gesicht bekommen wirst.«

Tsuare bedachte ihn mit einem fragendem Blick

»Sie ist recht übellaunig.« Sebas schloss den Mund, als gäbe es ansonsten nichts weiter über sie zu sagen. Nach kurzem Schweigen ergriff er erneut das Wort. »Na schön, bitte ruh dich jetzt aus. Wir unterhalten uns morgen über deine Zukunft.«

»I… in Ordnung.«

Nachdem er sichergestellt hatte, dass sie ordentlich zugedeckt im Bett lag, nahm Sebas die leere Schüssel und verließ das Zimmer.

Er war nicht überrascht, dass Solution bereits im Flur auf ihn wartete. Vermutlich hatte sie gelauscht, doch er schimpfte deswegen nicht mit ihr. Und sie wirkte nicht so, als würde sie mit einer Zurechtweisung rechnen – darum stand sie mitten im Gang, ohne auch nur zu versuchen, ihre Anwesenheit zu verbergen. Hätte sie sich verstecken wollen, wäre sie dank ihrer *Assassin*-Klassen durchaus dazu in der Lage gewesen.

»Was gibt es?«

»Meister Sebas, habt Ihr bereits entschieden, was mit ihr geschehen soll?«

Die Tür, hinter der Tsuare sich befand, war aus dickem Holz, doch keinesfalls schalldicht – dessen war er sich nur allzu bewusst. Wenn sie sich hier unterhielten, bestand die Möglichkeit, dass das Mädchen etwas davon mitbekam.

Er ging den Flur entlang und Solution folgte ihm schweigend. Als er sicher war, außer Hörweite zu sein, blieb er stehen.

»Du meinst Tsuare, richtig …? Ich denke, das entscheiden wir morgen.«

»Ihr kennt ihren Namen …?« Statt diese Tatsache zu kommentieren, nahm sich Solution zusammen und sagte: »Verzeiht mir meine

Anmaßung, aber ich glaube, dieser Mensch wird uns nur hinderlich sein. Wir sollten uns ihrer so bald wie möglich entledigen.«

Was meint sie mit »entledigen«?

Angesichts ihrer schonungslosen Wortwahl musste Sebas daran denken, dass es für jemanden aus Nazarick vermutlich vollkommen richtig war, so über Außenstehende zu denken. Die Art, wie er Tsuare behandelte, war höchst ungewöhnlich.

»Du hast recht. Wir müssen uns augenblicklich mit allem befassen, das uns davon abhält, Lord Ainz' Befehle zu befolgen.«

Solution wirkte ein wenig verwirrt. Ihr Miene schien zu fragen: *Wenn Ihr das wisst, warum tut Ihr das dann ...?*

»Sie könnte nützlich für uns sein. Ich habe sie hergebracht, darum sollte ich sie nicht so leichtfertig wieder loswerden, sondern mir lieber überlegen, wie wir sie zu unserem Vorteil nutzen können.«

»Meister Sebas. Ich weiß weder, wo Ihr sie gefunden habt, noch, aus welchem Grund sie jetzt hier ist, aber diese Art von Verletzungen deutet auf eine bestimmte Art von Umfeld hin. Diejenigen, die ihr das angetan haben, werden vermutlich nicht besonders erfreut sein, dass sie noch am Leben ist.«

»Das ist kein Problem.«

»Ihr meint, Ihr habt Euch bereits um sie gekümmert?«

»Nein. Sollte es allerdings zu einem Problem kommen, werde ich mich auf die eine oder andere Weise damit befassen. Ich möchte nur, dass du auf sie aufpasst. In Ordnung, Solution?«

»Zu Befehl.«

Während sie Sebas Tian hinterherblickte, verdrängte Solution ihren aufkeimenden Ärger.

Obwohl sie mit seinen Antworten höchst unzufrieden war, war er immer noch ihr direkter Vorgesetzter, somit blieb ihr nichts anderes übrig, als seine Anordnungen hinzunehmen. Und solange es zu keinerlei Problemen kam, war es vermutlich in Ordnung, stillschweigend zuzustimmen.

Dennoch ...

»Nazaricks Ressourcen für so was wie einen Menschen zu benutzen ist ...«

Die Reichtümer Nazaricks gehörten einzig und allein Ainz Ooal Gown und den anderen Erhabenen Wesen. Würde man ihnen verzeihen, wenn sie sie ohne Erlaubnis verwendeten?

Egal wie sehr sie auch darüber nachdachte, sie gelangte zu keiner zufriedenstellenden Antwort.

3 später Flammenmond (September), 9:48 Uhr

Sebas Tian öffnete die Haustür. Er war an diesem Morgen wieder bei der Abenteurergilde gewesen und hatte sich den Inhalt sämtlicher Aushänge notiert, bevor die Abenteurer anfingen, sich Aufträge auszusuchen.

Er bündelte alle Informationen, die er in der Hauptstadt sammelte, und leitete sie an Nazarick weiter, sogar Kleinigkeiten wie örtliche Gerüchte. Die Daten zu analysieren war schwierig, darum überließ er es den intelligenteren Leuten in der Gruft.

Er betrat das Gebäude. Noch vor ein paar Tagen hätte ihn Solution hier empfangen. Allerdings ...

»Will...kommen ... zu...rück.«

... war das mittlerweile die Aufgabe der leise nuschelnden Frau in Dienstmädchenkleidung mit einem bodenlangen Rock.

Am Tag, nachdem er Tsuare gefunden hatte, hatten sie die Angelegenheit besprochen und beschlossen, sie würde im Herrenhaus arbeiten.

Er hätte sie auch als Gast bleiben lassen, doch das wollte sie nicht akzeptieren, schließlich hatte er ihr durch die Rettung bereits einen immensen Dienst erwiesen. Zum Dank arbeitete sie nun im Haus, was ihrer Meinung nach unzureichend war, aber sie wollte wenigstens irgendetwas tun, um sich erkenntlich zu zeigen.

Sebas nahm an, der Grund für diesen Wunsch war Angst. Anders ausgedrückt: Da sie wusste, dass ihre Anwesenheit diesem Haushalt Probleme bereiten könnte, wollte sie tun, was sie konnte, um nicht vor die Tür gesetzt zu werden.

Natürlich hatte ihr Sebas versichert, er würde das nicht tun. Wenn er vorgehabt hätte, eine Person wie sie, die niemanden hatte, an den sie sich wenden konnte, auf die Straße zu setzen, hätte er sie erst gar nicht mitgenommen. Doch er musste feststellen, seine Beschwichtigungskünste reichten nicht aus, um ihren ängstlichen Verstand zu beruhigen.

»Ich bin zurück, Tsuare. Geht deine Arbeit gut voran?«

Sie nickte zur Antwort. Inzwischen war ihr Haar ordentlich geschnitten und ihre weiße Haube wippte bei der Bewegung.

»Es … keine Probleme.«

»Nicht? Das ist gut.«

Ihre Stimmung war nach wie vor spürbar getrübt und ihre Miene blieb fast immer reglos, doch es schien, als sei ihre Stimme dank der Chance, endlich wieder ein menschenwürdiges Leben zu führen, etwas lauter geworden – vielleicht, weil sie ihr Leid allmählich verarbeitete.

Sie ist noch immer ein wenig nervös, weil … Sebas ging los und sie hielt mit ihm Schritt.

Normalerweise war es für ein Dienstmädchen unangebracht, neben dem obersten Diener des Hauses – ihrem Vorgesetzten – herzugehen. Doch da Tsuare keine entsprechende Ausbildung hatte, wusste sie nichts über die Etikette, und Sebas hatte nicht vor, ihr die Regeln einzutrichtern.

»Was gibt es heute zum Abendessen?«

»Eintopf ... mi... Kart...offeln.«

»Verstehe. Das ist etwas, auf das man sich freuen kann; du kochst hervorragend.«

Das Lächeln, das das Kompliment begleitete, ließ das Mädchen erröten und es blickte mit in der Schürze vergrabenen Fingern zu Boden.

»D... das stimm... nicht.«

»Doch, es stimmt. Ich kann überhaupt nicht kochen, es ist also eine große Hilfe. Hast du alle Zutaten, die du brauchst? Wenn dir etwas ausgeht oder du noch etwas benötigst, musst du es nur sagen, dann gehe ich es kaufen.«

»In Ordnung. Ich ... sehe ... später ... bitte ... Euch.«

Innerhalb des Herrenhauses und in Gegenwart von Sebas kam Tsuare zurecht, doch von der Außenwelt wollte sie nichts wissen. Da sie sie nicht rausschicken konnten, war das Besorgen von Zutaten seine Aufgabe.

Was Tsuare auf den Tisch brachte, war nichts Extravagantes, sondern schlichte Hausmannskost. Das machte die Zutaten günstig und Sebas fand alles, was sie brauchte, auf dem Markt. Während er dort etwas über Nahrungsmittel lernte, sammelte er Informationen über die Ernährungsweise dieser Welt. Er schlug also zwei Fliegen mit einer Klappe.

Plötzlich kam ihm eine Idee.

»Sollen wir später zusammen Einkaufen gehen?«

Sie starrte ihn entsetzt an und wurde blass. Ängstlich schüttelte sie den Kopf und begann, vor Nervosität zu schwitzen.

»Nein, dan... sehr.«

Sebas Tian ließ sich seine Gedanken nicht anmerken. *Sie kann also immer noch nicht nach draußen gehen ...*

Seit sie ihre Arbeit aufgenommen hatte, hatte sie nie versucht, etwas zu tun, wofür sie das Haus verlassen musste. Sie konnte ihre Furcht kontrollieren, weil sie die Wände dieses Gebäudes als undurchdringlichen Schutz betrachtete. Mit anderen Worten, sie hatte eine klare Grenze zwischen der Außenwelt – der Welt, die Schmerzen bedeutete – und diesem Ort gezogen. So würde sie jedoch niemals nach draußen gehen können. Und Sebas konnte sie nicht für immer vor allem abschirmen.

Er wusste, in Anbetracht ihres Geisteszustands wäre es grausam gewesen, ihr nach nur ein paar Tagen zu befehlen hinauszugehen. Sicherer wäre es, ihr Zeit zu lassen, sich allmählich an ihre neuen Umstände zu gewöhnen, doch das setzte voraus, dass sie diese Zeit tatsächlich hatten.

Sebas hatte nicht vor, sich irgendwo niederzulassen oder den Rest seines Lebens hier zu verbringen. Er war lediglich ein Fremder, der sich auf einer Mission zur Informationsbeschaffung in der Stadt befand. Sobald ihm sein Gebieter den Rückzug befahl …

Er hatte das Gefühl, er sollte ihr so viele Gelegenheiten wie möglich geben, um sich auf diesen Moment vorzubereiten. Er blieb stehen, wandte sich Tsuare zu. Errötend senkte sie den Blick, er hingegen legte die Hände an ihre Wangen, hob ihr Gesicht.

»Tsuare, ich weiß, du hast Angst. Aber bitte vertraue mir. Ich werde dich beschützen. Ich werde mich jeder Bedrohung entgegenstellen und nicht zulassen, dass dir etwas passiert.«

Sie begegnete seinem Blick, ohne etwas zu erwidern.

»Tsuare. Versuche es zumindest. Wenn du Angst bekommst, kannst du die Augen schließen.«

Auch diesmal antwortete sie nicht.

Da sie zögerte, drückte er ihre Hand. Dann sagte er etwas, das seiner Ansicht nach nicht ganz fair war. »Glaubst du mir nicht, Tsuare?«

Wie ein Schleier breitete sich Schweigen im Flur aus, die Zeit schien langsamer zu vergehen. Mit feuchten Augen öffnete sie ihre inzwischen wieder gesund schimmernden Lippen. Ihre perlweißen Zähne waren zu sehen.

»Ni…cht gerecht … Meis… Sebas. Wenn … zustimme … dann kann ich … unmöglich …«

»Keine Angst. Ich mache vielleicht nicht den Eindruck, aber ich bin recht stark … Hmm, ja. Es gibt nur einundvierzig andere, die stärker als ich sind … Nun, möglicherweise ein paar mehr.«

»Sind … das … viele?« Tsuare lächelte, vermutete wohl, er hätte irgendeine beliebige Zahl aus der Luft gegriffen, um sie zu beruhigen.

Sebas lächelte nur, ohne zu antworten, und setzte sich wieder in Bewegung. Während er dem Korridor folgte, bemerkte er, dass Tsuare gelegentlich sein Profil betrachtete, sagte jedoch nichts dazu. Er war sich darüber im Klaren, dass sie eine ganze Reihe komplizierter Gefühle für ihn hegte, die man nicht unbedingt als Verliebtheit bezeichnen konnte, und nahm an, es sei eine Reaktion darauf, dass er sie aus der Hölle gerettet hatte – die Abhängigkeit von einer zuverlässigen Person.

Außerdem war Sebas alt, es bestand also durchaus die Möglichkeit, dass sie familiäre Zuneigung mit der Liebe zwischen Mann und Frau verwechselte. Und selbst wenn sie ihn liebte, so beabsichtigte er nicht, ihre Gefühle zu erwidern. Nicht, wenn er so viel vor ihr geheim halten musste und ihre Stellung in der Gesellschaft sich dermaßen unterschied.

»In Ordnung, ich muss mit der jungen Lady ein paar Dinge besprechen, danach hole ich dich ab.«

»Lady … Solut…ion?« Sie blickte ein wenig betrübt.

Sebas verstand den Grund, sprach es jedoch nicht an.

Solution gab sich nicht mit Tsuare ab, und wenn sie sich zufällig begegneten, musterte sie sie nur kurz, um sich dann wortlos zurückzuziehen. Diese Art der Missachtung würde jeden beunruhigen, und wenn man zudem Tsuares Position berücksichtigte, musste ihre Furcht dadurch enorm verstärkt werden.

»Es ist alles in Ordnung. So ist sie zu jedem. Sie hat es nicht auf dich abgesehen … Unter uns gesagt, ihre Persönlichkeit ist recht gewöhnungsbedürftig.« Sein scherzender Tonfall in Verbindung mit seinem Lächeln hob Tsuares Stimmung ein wenig. »Sie schmollt, sobald sie ein niedliches Mädchen sieht.«

»Ab… ich bin … nicht … Sie ist … so …« Verlegen versuchte sie, sein Kompliment zu überspielen.

Tsuare war durchaus hübsch, doch kein Vergleich zu Solution. Allerdings lag Schönheit zumindest zum Teil immer im Auge des Betrachters.

»Du bist mir lieber als Solution.«

»Wa… Warum?«

Sie senkte errötend den Blick und ihm wurde warm ums Herz, er runzelte jedoch die Stirn, als sich ihre Miene veränderte.

»Aber … ich bin … schmutzig …«

Ihr Gesichtsausdruck verfinsterte sich merklich und Sebas Tian seufzte in Gedanken. Dann sagte er, ohne sie direkt anzusehen: »So verhält es sich mit Edelsteinen. Die Reinen ohne Makel sind wertvoller und gelten als schön.«

Die Worte schienen Tsuare noch mehr zu betrüben.

»Aber Menschen sind keine Edelsteine.«

Er spürte, wie sie ruckartig den Kopf hob.

»Du sagst, du wärst schmutzig, aber was macht Menschen sauber? Für Edelsteine gibt es Richtlinien. Doch was sind die Standards, um die Reinheit oder Schönheit eines Menschen zu beurteilen? Die Norm? Bedeutet das dann, die Meinung der Minderheit, deren Ansichten abweichen, hat keinerlei Bedeutung?« Sebas holte tief Luft, bevor er fortfuhr. »Jeder findet etwas anderes ansprechend und so verhält es sich auch mit Schönheit. Wenn wir einräumen, dass es mehr als nur das Aussehen ist, was einen Menschen schön macht, so glaube ich, dass diese Anmut oder Ausstrahlung ihren Ursprung im Inneren eines

Menschen haben, nicht in seiner Vergangenheit. Ich weiß zwar nicht, was dir alles widerfahren ist, aber was ich während unserer gemeinsamen Tage von dir gesehen habe, macht dich meiner Meinung nach nicht im Geringsten schmutzig.«

Sebas verstummte und ihre durch den Flur hallenden Schritte waren mit einem Mal das einzige Geräusch im Herrenhaus. Dann sagte Tsuare, als hätte sie eine Entscheidung getroffen:

»Wenn Ihr ... das ... denkt ... dann ... umarmt m...«

Bevor sie ihren Satz beenden konnte, nahm er sie in die Arme. »Du bist sauber und schön«, erklärte er zärtlich und sie weinte daraufhin lautlos. Um sie zu beruhigen, streichelte er ihr über den Rücken, bevor er sich langsam von ihr löste.

»Es tut mir leid, Tsuare, doch die junge Lady verlangt nach mir.«

»I... ich verstehe ...«

Sebas verabschiedete sich von Tsuare, die mit geröteten Augen ein wenig traurig einen Knicks vollführte, und klopfte an die Tür. Obwohl er keine Antwort bekam, öffnete er sie. Während er sie hinter sich schloss, schenkte er dem Mädchen, das ihm eindringlich nachsah, noch ein letztes Lächeln.

Dass sie das Haus mieteten, war einer der Gründe, warum es trotz der vielen Zimmer kaum Möbel gab. Dieser Raum jedoch war ausreichend möbliert, um sich im Falle eines Besuchs nicht zu blamieren. Wenn man die Ausstattung allerdings genauer in Augenschein nahm, bemerkte man schnell, nichts hier hatte eine Geschichte. Das gesamte Zimmer war nichts weiter als Augenwischerei.

»Ich bin zurück, Lady Solution.«

»Danke, Sebas.«

Solution, die vermeintliche Dame saß auf dem Sofa in der Mitte des Zimmers und trug eine gelangweilte Miene zur Schau. Tatsächlich war der Gesichtsausdruck nur gestellt. Da sich Tsuare, eine

Außenstehende, im Gebäude aufhielt, behielt sie die lächerliche Maskerade des arroganten, reichen Mädchens bei.

Solution sah von Sebas zur Tür. »Sie ist weg.«

»In der Tat.«

Sie musterten sich gegenseitig und Solution ergriff zuerst das Wort. »Wann werft Ihr sie raus?«

Diese Frage stellte sie bei jeder Begegnung und Sebas' Antwort blieb immer gleich: »Wenn die Zeit reif ist.«

Normalerweise wäre dies das Ende der Unterhaltung gewesen. Solution würde einen übertriebenen Seufzer ausstoßen und der Moment wäre vorbei. Doch heute schien sie sich damit nicht zufriedengeben zu wollen. »Darf ich Euch darum bitten zu erklären, wann diese ›Zeit‹, auf die Ihr wartet, eintreten wird? Es gibt keinerlei Gewährleistung, dass die Unterbringung dieses Menschen keine Probleme für uns mit sich bringt. Bedeutet das nicht, dass wir mit diesem Vorgehen gegen Lord Ainz' Willen handeln?«

»Im Moment macht die Sache uns keine Schwierigkeiten. Ich bezweifle, dass die Angst vor den Problemen, die ein einfacher Mensch verursachen könnte, und deswegen in Panik zu geraten, eine Reaktion darstellt, die für einen Diener von Lord Ainz' angemessen ist.«

Zwischen ihnen breitete sich Schweigen aus und Sebas atmete leise aus.

Das ist unheimlich unangenehm.

Solution zeigte keinerlei Gefühle, trotzdem wusste er, dass sie sich über ihn ärgerte. Dieses Herrenhaus stellte ihre vorläufige Basis dar, doch für Solution war es quasi Teil der Großen Gruft von Nazarick. Dass sie ohne Wissen ihres Gebieters einen Menschen beherbergten, war für sie unerträglich. Sie hatte Tsuare bisher nichts angetan, weil Sebas sie davon abhielt, doch irgendwann würde er sie nicht mehr zurückhalten können.

Mir bleibt nicht viel Zeit. Dessen war er sich nur allzu deutlich bewusst.

»Meister Sebas, wenn sie Lord Ainz' Befehlen im Weg stehen sollte ...«

»Dann werde ich mich um sie kümmern«, fiel er ihr ins Wort.

Solution schwieg, beäugte Sebas Tian mit undurchdringlicher Miene, bevor sie sich verneigte. »Dann habe ich nichts weiter zu sagen. Meister Sebas, bitte vergesst nicht, was Ihr gerade gesagt habt.«

»Das werde ich nicht, Solution.«

»Dennoch ...« Etwas in ihrem Flüstern reichte, um ihn den Atem anhalten zu lassen. »Dennoch, Meister Sebas, denkt Ihr nicht, wir sollten Lord Ainz Bericht erstatten? Bezüglich Tsuare?«

Er schwieg einige Sekunden lang, um dann zu antworten: »Das sollte kein Problem darstellen. Es wäre mir unangenehm, seine kostbare Zeit in Anspruch zu nehmen, um über einen Menschen zu sprechen.«

»Ich bin mir recht sicher, Ihr kontaktiert Etoma täglich zur gleichen Zeit mit *Message*. Könntet Ihr dann nicht ein paar Worte darüber fallen lassen? Oder verbergt Ihr es absichtlich?«

»Nein, selbstverständlich nicht. Ich würde niemals so etwas ...«

»Dann ... handelt Ihr nicht aus Eigennutz, richtig?«

Die Atmosphäre zwischen ihnen knisterte vor Nervosität.

Sebas spürte, dass sich Solution ein wenig anspannte, und erkannte, in was für einer gefährlichen Lage er sich befand. Von jedem Bewohner Nazaricks wurde Ainz Ooal Gown und den Erhabenen Wesen gegenüber absolute Ergebenheit erwartet. Egal ob Wächter oder irgendjemand weiter unten in der Rangordnung, man konnte annehmen, dass jeder so dachte. Selbst der Hilfsbutler Éclair, der ununterbrochen Pläne schmiedete, um die Große Gruft von Nazarick zu übernehmen, war den Einundvierzig Erhabenen Wesen gegenüber loyal und respektierte sie.

Natürlich war Sebas ein Teil von Nazarick.

Dennoch rechtfertigte das seiner Meinung nach jedoch nicht, jemanden im Stich zu lassen, der sich in einer misslichen Lage befand, nur weil die vage Sorge bestand, dass damit Ärger einhergehen könnte. Dennoch wusste er genau, die meisten Bewohner Nazaricks würden diese Ansicht nicht teilen.

Nein, er hatte geglaubt, die gesamte Situation zu überblicken. Solution hatte ihm gerade vor Augen geführt, wie naiv er bisher gewesen war.

Sie meinte es ernst. Sie war bereit, sich abhängig von seiner Antwort gegen den Diener – Sebas, einen der besten Kämpfer unter den Verwaltungsmitgliedern von Nazarick – zu stellen. Er hätte nicht erwartet, dass sie bereit war, so weit zu gehen, um das Problem aus der Welt zu schaffen.

Er lächelte.

Als sie das sah, trat Zweifel in ihren Blick.

»Natürlich nicht. Ich zieh keinerlei persönlichen Nutzen daraus, Lord Ainz nicht davon zu berichten.«

»Könnt Ihr mir dann erklären, warum Ihr sie hierbehaltet?«

»Ich halte sehr große Stücke auf ihre Kochkünste.«

»K… Kochkünste?« Fast schien es, als würde ein Fragezeichen über ihrem Kopf schweben.

»Ja. Und denkst du nicht, man könnte uns seltsam finden, weil wir ganz alleine in diesem riesigen Herrenhaus leben?«

»Möglicherweise.« Da musste ihm Solution zustimmen. Bei der Größe des Hauses und ihrem augenscheinlichen Wohlstand musste das Fehlen von Bediensteten merkwürdig wirken.

»Ich denke, es ist nur angemessen, dass wir ein Minimum an Leuten hier haben. Würde es nicht ein Problem darstellen, wenn wir Besuch bekämen und absolut nichts zu essen anbieten könnten?«

»Ihr benutzt den Menschen also als Teil unserer Tarnung?«

»Ganz genau.«

»Aber ist sie wirklich so nützlich?«

»Tsuare denkt, sie schuldet mir etwas, was bedeutet, selbst wenn sie das Gefühl bekommt, dass hier etwas nicht stimmt, würde sie mit keinem Außenstehenden darüber sprechen. Oder irre ich mich da?«

Solution dachte kurz darüber nach. »Nein, das ergibt Sinn.«

»Das ist der Grund. Wir sollten für etwas, das unserer Tarnung dient, nicht die Erlaubnis von Lord Ainz benötigen. Ganz im Gegenteil, ich denke, er würde sich ärgern und uns mitteilen, dass wir selbst denken sollen«, erklärte Sebas Tian der schweigenden Solution. »Überzeugt dich das?«

»Ja.«

»Dann belassen wir es vorläufig dabei …« Ein hartes Klopfen ließ ihn abrupt innehalten.

Es war sehr leise – jemand ohne Sebas' guten Gehörsinn hätte es vermutlich nicht einmal bemerkt. Irgendjemand erzeugte dieses unregelmäßige Trommeln, daran bestand kein Zweifel.

Er öffnete die Tür, blickte den Flur entlang.

Als sie begriffen, dass das Geräusch vom Klopfer an der Eingangstür herrührte, erstarrten beide. Seit sie in der Hauptstadt angekommen waren, hatte niemand an die Tür dieses Hauses geklopft. Wenn sie arbeiteten, taten sie das stets außerhalb und luden nie jemanden in ihren Wohnsitz ein. Es war ein notwendiges Vorgehen, um zu vermeiden, dass sich jemand fragte, warum sie ganz alleine ohne weitere Bedienstete in einem derart großen Gebäude lebten.

Doch heute bekamen sie Besuch. Das alleine reichte schon aus, um Ärger anzudeuten.

Sebas ließ Solution allein im Zimmer zurück, ging in die Diele, wo er die kleine Klappe in der Tür beiseiteschob, sodass er durch den breiten Spalt nach draußen blicken konnte. Auf der anderen Seite sah er einen stämmigen Mann in Begleitung von Soldaten des Königreichs.

Der Mann wirkte gepflegt und trug maßgeschneiderte Kleidung mit einem schweren, glänzenden Kupfersiegel auf der Brust. Vermutlich war seine Ernährung der Grund für den fettigen Schimmer seines geröteten, teigigen Gesichts.

An seiner Seite befand sich ein weiterer Mann, der nicht unterschiedlicher hätte sein können.

Er war bleich, so als hätte er die Sonne noch nie zu Gesicht bekommen. Sein stechender Blick in Verbindung mit den eingefallenen Wangen erinnerte an einen Vogel – die Art, die das Fleisch von Leichen pulte. Seine schwarze Kleidung war lose geschnitten. Er verbarg auf jeden Fall eine Waffe.

Sebas' sechster Sinn reagierte auf die Boshaftigkeit und den Gestank nach Blut, die dieser Mann verströmte. Die Gruppe war derart bunt gemischt, dass er sich keinen Reim darauf machen konnte, wer sie waren oder was sie wollten.

»Ja, bitte?«

»Kommandant der Streife Staffan Heivish.« Der fette Mann verkündete seinen Namen mit unerwartet hoher Stimme.

Sebas wusste, dass der Kommandant für die Sicherheit innerhalb der Hauptstadt verantwortlich war. In seiner Position war er hauptsächlich für die patrouillierenden Wachen zuständig, doch seine Aufgaben umfassten noch einiges mehr. Darum verstand Sebas nicht, warum er hier war.

Staffan sprach unbeirrt weiter. »Wie Ihr wisst, verbietet das Gesetz des Königreichs den Sklavenhandel ... Es war Prinzessin Renner, die diese Initiative auf den Weg gebracht und eingeführt hat. Wie dem auch sei, man hat uns informiert, dass jemand in diesem Herrenhaus möglicherweise gegen dieses Gesetz verstößt. Darum sind wir gekommen, um der Angelegenheit auf den Grund zu gehen.« Anschließend fragte er, ob sie eintreten dürften.

Ein unangenehmer Schweißtropfen lief Sebas' Rücken hinab. Er zögerte.

Ihm fiel eine ganze Reihe von Ausreden ein, ihnen den Einlass zu verwehren, allerdings befürchtete er, dass Staffan abzuweisen nur zu noch größeren Schwierigkeiten führen könnte.

Es gab keinen handfesten Beleg dafür, dass Staffan wirklich ein Amtsträger war. Er trug zwar ein entsprechendes Siegel, das reichte allerdings nicht, um absolut sicher zu sein. Es bestand also durchaus die Möglichkeit – auch wenn das ein Schwerverbrechen gewesen wäre –, dass es sich dabei um eine Fälschung handelte.

Andererseits, gab es einen Grund, ein paar Menschen den Zutritt zum Herrenhaus zu verweigern? Sollten sie gewalttätig werden, käme Sebas damit mühelos zurecht. Tatsächlich wäre es besser, wenn der Mann sich als Schwindler entpuppte.

Wie mochte Staffan Sebas Tians Schweigen wohl auffassen, während dieser überlegte? Erneut ergriff er das Wort: »Es tut mir leid, Euch zu belästigen, aber könnten wir mit dem Hausherren sprechen? Sollte er nicht anwesend sein, lässt sich daran selbstverständlich nichts ändern, aber wir sind im Rahmen einer Ermittlung gekommen und es wäre nicht sonderlich erfreulich, wenn wir unverrichteter Dinge wieder gehen müssten.« In seinem Lächeln lag nicht der Hauch einer Entschuldigung. Man bekam vielmehr den Eindruck, er wolle seine Autorität missbrauchen, fast wie bei Erpressung.

»Dürfte ich vorher erfahren, wer der Mann hinter Euch ist?«

»Hmm? Ach, dies ist Succuronte. Er ist ein Vertreter der Einrichtung, die uns über diese Angelegenheit informiert hat.«

»Succuronte ist mein Name. Angenehm.«

Das dünne Lächeln des Mannes vermittelte Sebas das Gefühl, in der Falle zu sitzen.

Es war jene Art von höhnischem Grinsen, mit der ein gewissenloser Jäger seine Beute bedachte, wenn er sie erwischt hatte. Er musste das alles vorbereitet haben. In dem Fall war es sehr gut möglich, dass Staffan tatsächlich ein Amtsträger war. Und vermutlich hatten sie sich bereits zurechtgelegt, wie sie reagieren würden, sollte er sich weigern. In dem Fall war es möglicherweise ratsam zu erfahren, was genau sie im Schilde führten.

»Wie Ihr wünscht. Ich werde die Lady informieren. Bitte wartet einen Augenblick.«

»Ja, wir werden warten, wir werden warten.«

»Aber ich hoffe, Ihr beeilt Euch. Wir haben nicht den ganzen Tag Zeit.«

Succuronte schnaubte verächtlich, Staffan zuckte mit den Schultern.

»Verstanden. Wenn Ihr mich dann entschuldigen wollt.« Sebas schloss die Klappe des Türspions und wandte sich zu Solutions Zimmer um. Doch vorher musste er Tsuare Bescheid sagen, dass sie sich verstecken sollte.

Staffan und Succuronte ließen die Soldaten im Flur vor der Tür warten und betraten das Zimmer, in das man sie führte. Sie staunten, als sie Solution sahen. Offensichtlich hatten sie nicht mit einer derart schönen Frau gerechnet. Staffans Miene entspannte sich, sein Blick huschte zwischen ihrem Gesicht und ihrer Brust hin und her. Während er mehrmals schluckte, blitzte in seinen Augen so etwas wie Begehren auf. Succurontes Miene spannte sich hingegen an.

Vor wem sollte ich mich mehr in Acht nehmen? Die Antwort auf diese Frage lag auf der Hand. Sebas bot den beiden an, auf dem Sofa gegenüber von Solution Platz zu nehmen.

Solution, Staffan und Succuronte stellten sich vor.

»Nun, worum geht es denn?«

Staffan räusperte sich etwas übertrieben, bevor er Solutions Frage beantwortete. »Uns wurde von einem bestimmten Etablissement berichtet, dass jemand eine der dortigen Angestellten entführt hat. Wir hörten, besagte Person habe einem anderen Angestellten im Austausch illegal Geld übergeben. Sklavenhandel ist gesetzlich verboten … Das klingt nach einem Verstoß, würdet Ihr dem nicht zustimmen?«

Während er sprach, schien Staffans Aufregung zuzunehmen, wobei sein Tonfall im gleichen Maße energischer wurde, doch Solution antwortete gelangweilt: »Ach?«

Die beiden Besucher blinzelten überrascht. Anscheinend hatten sie nicht mit einer solchen Reaktion gerechnet, immerhin hatten sie ihr gerade durch die Blume gedroht.

»Ich überlasse alle lästigen Angelegenheiten Sebas. Sebas, kümmere dich darum.«

»S… seid Ihr sicher? Es könnte sein, dass Ihr am Ende als Kriminelle dasteht.«

»Meine Güte, wie beängstigend. Nun, Sebas, sollte es den Anschein haben, dass ich letzten Endes als Kriminelle überführte werde, lass es mich bitte wissen.« Sie verabschiedete sich und erhob sich mit einem strahlenden Lächeln im Gesicht. Niemand versuchte, sie aufzuhalten, als sie das Zimmer verließ. Dieser Moment bewies, welche Macht das Lächeln einer schönen Frau besaß.

Möglicherweise überraschte Solutions Schönheit die Soldaten – bevor die Tür geschlossen wurde, war überraschtes Keuchen zu hören.

»Nun denn, ich werde mir im Namen meiner Herrin anhören, was Ihr zu sagen habt.« Lächelnd nahm Sebas gegenüber den beiden anderen Platz.

Dieses Lächeln schien Staffan zu entmutigen. Darum übernahm Succuronte das Reden. »Hmm, ja, dann wollen wir Euch mal reinen Wein einschenken. Wie Herr Heivish bereits an der Tür sagte, unsere …

nun, ja, eine unserer Angestellten wird vermisst. Und wer hätte es geahnt? Nachdem wir einen unserer Männer befragt haben, hat er zugegeben, sie verkauft zu haben. Mir war klar, das dies Sklavenhandel gleichkommt, was im Königreich gegen das Gesetz verstößt. Ich wollte nicht glauben, dass irgendwer, der in meinem Etablissement arbeitet, jemals so was tun würde. Aber ich sah mich gezwungen, ihn wegen dieses Verbrechens anzuzeigen.«

»Und das mit gutem Recht. So eine Ungerechtigkeit darf nicht ungestraft bleiben!« Staffan schlug auf den Tisch. »Succuronte hat die Anschuldigung wegen Sklavenhandels vorgebracht, ungeachtet der Tatsache, welchen Schaden der Ruf seines Etablissements dadurch nehmen könnte. Er gilt gemeinhin als Musterbürger!« Während seiner überschwänglichen Lobrede spritzten Speicheltröpfchen aus seinem Mund; Succuronte verneigte sich.

»Vielen Dank, Herr Heivish.«

Was ist das für eine Schmierenkomödie!, schoss es Sebas durch den Kopf. Er war überzeugt, dass die beiden zusammenarbeiteten, was bedeutete, vor ihrem Kommen hatten sie garantiert einige Vorbereitungen getroffen. Es sah so aus, als stünde seine Niederlage kurz bevor. *Wie kann ich das Ganze überstehen und den Schaden dabei so gering wie möglich halten?*

Zugleich fragte er sich, wie wohl seine Siegesbedingungen lauteten. Für Sebas, den Diener Nazaricks, war es von oberster Priorität, die Angelegenheit beizulegen, bevor sie unkontrollierbare Ausmaße annahm – Tsuares Schutz gehörte nicht dazu.

Allerdings …

»Die Behauptungen des Mannes, der das Geld angenommen hat, könnten reine Erfindung sein. Wo ist er jetzt?«

»Man hat ihn wegen Verdachts auf Sklavenhandel festgenommen und eingesperrt. Und als wir hörten, was er zu sagen hatte, und eine ausführliche Ermittlung angestellt haben …«

»Fanden wir heraus, dass Ihr, Herr Sebas, derjenige seid, der meine Angestellte gekauft hat.«

Der Mann befand sich in Haft und hatte ihnen vermutlich alles erzählt, was er wusste. Und sehr wahrscheinlich hatte man ihn dazu gebracht, Dinge zu sagen, die sie für ihre Zwecke nutzen konnten. Sebas war sich unsicher, ob er so tun sollte, als wüsste er nicht, wovon sie sprachen, oder ob er lügen und versuchen sollte, ihre Anschuldigungen zu widerlegen.

Was, wenn ich behaupten würde, sie wäre nicht hier? Oder wenn ich behaupte, sie wäre tot?

Er ging unzählige Pläne durch, allerdings war die Wahrscheinlichkeit, dass sie sich reinlegen ließen, recht gering und es machte nicht den Anschein, als würden sie so leicht aufgeben. Er beschloss, etwas zu fragen, das er zuerst wissen musste.

»Wie seid Ihr zu dem Ergebnis gekommen, dass ich es war? Welche Beweise habt Ihr?« Das war der Punkt, den Sebas nicht verstand. Solange er nichts in der Gasse zurückgelassen hatte, das Rückschlüsse auf seine Identität zuließ, sollte es keinerlei Belege geben. Wie waren sie also darauf gekommen, ausgerechnet ihn aufzusuchen? Wann immer er das Haus verließ, hielt er nach etwaigen Verfolgern Ausschau. Seiner Meinung nach gab es in der ganzen Stadt niemanden, der ihm folgen konnte, ohne dass er es bemerken würde.

»Die *Scroll*.«

Sebas ging ein Licht auf.

Die Scroll, *die ich von der Zauberergilde gekauft habe.*

Ja, da sie kunstvoll gearbeitet war und aus besserem Material bestand, unterschied sie sich von herkömmlichen *Scrolls*. Jeder, der sich ein wenig auskannte, wusste, sie stammte von der Gilde. Der Rest ließ sich mit ein wenig Nachforschung herausfinden. Jemand, gekleidet wie ein Diener, mit einer solchen *Scroll* in der Hand wäre sogar noch auffälliger.

Doch das war noch kein Beweis, dass sich Tsuare hier aufhielt. Er konnte darauf beharren, es würde sich um eine andere Person handeln, die ihr lediglich ähnelte. Eine Durchsuchung des Herrenhauses würde jedoch zu Schwierigkeiten führen. Die Tatsache, dass inklusive Tsuare lediglich drei Personen in dem großen Haus lebten, würde sie rasch in Erklärungsnot bringen.

Dann muss ich die Anschuldigung vermutlich wohl oder übel hinnehmen.

»Ich habe die Frau mitgenommen. Das stimmt. Allerdings war sie zu diesem Zeitpunkt schwer verletzt und ihr Leben schwebte in Gefahr, daher blieb mir keine andere Wahl.«

»Ihr gesteht also, dass Ihr dafür bezahlt habt, um sie in Eure Gewalt zu bekommen?«

»Ich würde gerne vorher mit dem Mann sprechen.«

»Das ist leider nicht möglich. Wir können nicht zulassen, dass es Absprachen gibt, was den Ablauf innerhalb der Schilderungen angeht.«

»Ihr könntet ...«

... dabei sein und uns zuhören, wollte Sebas Tian vorschlagen, stattdessen schloss er den Mund.

Wie man es auch betrachtete, es war ein abgekartetes Spiel. Selbst wenn er mit dem Mann sprechen könnte, die Möglichkeit, alles zu seinen Gunsten zu wenden, war verschwindend gering. Es überhaupt zu versuchen war Zeitverschwendung.

»Ist es nicht unklug für ein Land, die Art von Arbeit zu gestatten, bei der sie solche Verletzungen überhaupt erleiden konnte ...?«

»Die Arbeit bei uns ist recht anstrengend. Verletzungen gehören zum Alltag. Denkt beispielsweise an Grubenarbeiter – Unfälle passieren. So ist das nun mal.«

»Ich glaube kaum, dass es sich um jene Art von Verletzungen handelt ...«

»Ha ha ha. Nun, wir sind im Gastgewerbe tätig, also kommen die unterschiedlichsten Kunden zu uns. Wir sind vorsichtig, doch Ihr wisst, wie die Dinge nun mal sind. Wie dem auch sei, ich verstehe, was Ihr sagt. Das nächste Mal werden wir ... nun ja, wir werden ein bisschen besser aufpassen.«

»Ein bisschen?«

Bei Sebas' Frage hoben sich Succurontes Mundwinkel zu einem höhnischen Grinsen. »Ihr müsste das verstehen. Zu viel Aufwand würde uns bloß unnötig Geld kosten.«

Sebas lächelte.

»Also gut, das reicht.« Staffan seufzte schwer und machte damit deutlich, dass er überzeugt war, es mit einem Trottel zu tun zu haben. »Meine Aufgabe ist es festzustellen, ob es sich hierbei um einen Fall von Sklavenhandel handelt. Um die Überprüfung der korrekten Behandlung von Angestellten kümmert sich jemand anderes. Ich kann nur sagen, dass dies für das aktuelle Gespräch unerheblich ist.«

»Wärt Ihr dann so freundlich, mir zu sagen, wer dafür zuständig ist?«

»Hmm, das würde ich wirklich gerne tun, aber so einfach ist das nicht. Tut mir leid, doch niemand mag es, wenn jemand seine Nase in anderer Leute Angelegenheiten steckt.«

»Dann würde ich gerne so lange warten, bis diese Person die Angelegenheit untersuchen kann.«

Staffan kicherte, als hätte er nur auf diese Worte gewartet.

Succuronte feixte auf ähnliche Weise.

»Ja, ich würde auch gerne warten, da uns jedoch bereits eine schriftliche Beschwerde seitens des Etablissements vorliegt, müssen wir Euch mitnehmen, notfalls mit Gewalt. Um die Angelegenheit weiter zu untersuchen.«

Mit anderen Worten, ihm blieb keine Zeit.

»So wie die Dinge stehen, belegen die Indizien, dass Ihr das Verbrechen begangen habt, aber das Etablissement ist bereit, die Angelegenheit anderweitig zu regeln. Selbstverständlich verlangt es nach Entschädigung. Und es kostet natürlich etwas, die Aufzeichnungen verschwinden zu lassen, die Euch des Sklavenhandels bezichtigen.«

»Von was für einer Entschädigung sprechen wir hier genau?«

Diesmal ergriff Succuronte das Wort: »Ja, was das angeht: Als Erstes hätten wir gerne unsere Angestellte zurück. Und wir möchten, dass Ihr den durch ihr Verschwinden entstandenen Verdienstausfall bezahlt.«

»Ich verstehe. Wie viel wäre das?«

»In Goldstücken ... hmm. Ach, ich mach es günstig. Einhundert. Und weitere dreihundert als Wiedergutmachung, womit wir bei vierhundert wären.«

»Das ist ziemlich viel Geld. Wie setzt sich das zusammen? Wie viel pro Tag und für welche Tätigkeiten?«

»M... Moment mal«, mischte sich Staffan ein. »Das ist doch noch nicht alles, Succuronte!«

»Oh, stimmt. Selbst wenn wir das alles unter uns regeln – da wir den Schaden gemeldet haben, kommt noch eine Gebühr dazu, um die Akten zu vernichten.«

»Ernsthaft?«

»Hmm?«

»Ach, nichts«, murmelte Sebas lächelnd.

»Ähm, verzeiht, Herr Heivish.« Succuronte neigte den Kopf in Staffans Richtung, bevor er weitersprach. »Ein Drittel der Wiedergutmachung wäre wohl angemessen, um besagte Akten zu vernichten, das sind also noch einmal einhundert Goldstücke. Insgesamt also fünfhundert.«

»Ich habe etwas dafür bezahlt, als ich sie mitgenommen habe. Wird das abgezogen?«

»Ach, das ist ja niedlich. Hör mal, Kumpel, wenn du dich mit ihnen einigst, bedeutet das, du hast nie eine Sklavin gekauft. Anders ausgedrückt, es hat dieses Geld nie gegeben … Du hast es irgendwo verloren.«

Ihr verlangt also, dass sich so tue, als hätte ich hundert Goldstücke verloren? Nun, vermutlich hast du jetzt gerade die Hälfte davon in der Tasche. »Ein weiteres Problem ist, dass sie sich noch nicht ganz erholt hat. Wenn Ihr sie jetzt mitnehmt, könnte sich ihr Zustand wieder verschlechtern. Abhängig davon, wie die weitere Behandlung verläuft, könnte sie sogar sterben. Ich denke, es wäre sicherer, wenn wir uns weiter um sie kümmern.«

Ein eigenartiges Glitzern trat in Succurontes Auge.

Als er es bemerkte, wurde Sebas klar, dass er einen Fehler begangen hatte – er hatte soeben verraten, dass er sich um Tsuare sorgte.

»Verstehe, verstehe. Damit könntet Ihr recht haben. Wenn sie sterben sollte, müsstet Ihr uns natürlich ihren Wert ersetzen. Aber wie wäre es, wenn Ihr uns die Hausherrin zur Verfügung stellt, bis sie vollends genesen ist?«

Staffan nickte bei diesen Worten zustimmend. »Oh! Das macht Sinn. Wenn Euer Handeln für eine leere Stelle sorgt, solltet Ihr auch dafür verantwortlich sein, sie zu besetzen.«

Das Verlangen war Staffans grinsender Visage deutlich anzusehen. Vermutlich stellte er sich Solution nackt vor.

Sebas' Lächeln verblasste, sodass er die beiden nun mit ausdrucksloser Miene ansah.

Vermutlich meinte Succuronte das Ganze nicht ernst, doch wenn er eine günstige Gelegenheit witterte, würde er sie ergreifen. Darüber war sich Sebas im Klaren, schließlich hatte er den Fehler gemacht, sich anmerken zu lassen, wie wichtig ihm Tsuare war. Nun bestand die Gefahr, dass die Angelegenheit noch weiter aus dem Ruder lief.

»Wird es keine Probleme geben, wenn Ihr zu gierig werdet?«

»Macht Euch nicht lächerlich!« Während er das schrie, lief Staffan hochrot an.

Wie das Quieken eines Schweins auf der Schlachtbank. Sebas betrachtete den Kommandanten der Streife schweigend.

»Was meint Ihr mit ›gierig‹? Ich mache das alles nur, um dem durch Prinzessin Renner geschaffenen Gesetz Geltung zu verleihen! Nennt Ihr das Gier?! Wie unhöflich kann man denn bitte sein?!«

»Nicht doch, nicht doch, bitte beruhigt Euch, Herr Heivish.«

Kaum, dass Succuronte das sagte, flaute die Wut des Kommandanten augenblicklich ab. Dieser plötzliche Wechsel ließ darauf schließen, dass das alles nichts weiter als ein Teil des Plans war, um Sebas einzuschüchtern.

Was für ein erbärmlicher Schauspieler, flüsterte Sebas in Gedanken.

»Aber Succuronte …«

»Herr Heivish, ich denke, wir haben alles gesagt, was wir im Moment vorbringen können. Ich würde gerne übermorgen wieder herkommen, um Sebas' Entscheidung zu hören. Ihr seid doch damit einverstanden, oder, Herr Sebas?«

»Ja.«

Damit kam das Gespräch zu seinem Ende und er begleitete die Männer zur Tür. Succuronte, der als Letzter das Haus verließ, bedachte ihn lächelnd mit ein paar Abschiedsworten: »*Jemand* hat gesagt: ›Ich schulde dieser ehemaligen Konkubine meinen Dank. Ich hätte nie geahnt, dass jemand, der für die Entsorgung vorgesehen war, letztendlich noch ein goldenes Ei legen würde.‹«

Die Tür fiel krachend hinter ihm ins Schloss.

Sebas starrte ihnen hinterher, als wäre die geschlossene Tür durchsichtig. Seinem Gesicht war nicht anzusehen, was er empfand. Da war nichts als die übliche Gelassenheit. Tief in seinen Augen hingegen loderte eine unverkennbare Gemütsregung.

Wut.

Nein, das Gefühl ließ sich nicht mit einem derart einfachen Wort wie *Wut* beschreiben.

Zorn, Rage – diese Begriffe waren um einiges angemessener.

Succuronte hatte beim Gehen so viel Ehrlichkeit an den Tag gelegt, weil er Sebas deutlich machen wollte, dass ihm kein Ausweg blieb und er vollkommen machtlos war – der Mann war überzeugt, bereits gewonnen zu haben.

»Solution. Warum kommst du nicht heraus?«

Auf seine Bitte hin schälte sie sich aus den Schatten und zeigte sich. Sie hatte einen Skill der *Assassin*-Klasse benutzt, um mit der Dunkelheit zu verschmelzen.

»Du hast dem Gespräch gelauscht, nicht wahr?« Es war eine Frage, doch er wollte lediglich eine Bestätigung.

Selbstverständlich nickte Solution. »Was werdet Ihr jetzt tun, Meister Sebas?«

Darauf hatte er keine sofortige Antwort.

Wegen seines Schweigens bedachte ihn Solution mit einem kalten Blick. »Sollen wir ihnen den Menschen überlassen und die Angelegenheit damit hinter uns bringen?«

»Ich denke nicht, dass es damit getan wäre.«

»Und warum nicht?«

»Wenn wir Schwäche zeigen, kommen sie zurück, um so viel aus uns herauszupressen, wie sie nur können. Zu diesem Schlag von Mensch gehören diese Männer nun mal. Ich denke nicht, dass es etwas ändert, wenn wir ihnen Tsuare übergeben. Die Frage ist, wie genau ihre Untersuchungen aussehen und was sie bislang über uns herausgefunden haben. Wir sind als Händler in die Hauptstadt gekommen, aber wenn sie tief genug graben, wird die Geschichte bald auffliegen – sie werden unsere Tarnung aufdecken.«

»Was wollt Ihr dagegen unternehmen?«

»Ich weiß es nicht. Ich glaube, ich gehe etwas spazieren und denke darüber nach.« Sebas Tian schob die Tür auf, machte sich auf den Weg.

Solution blickte ihm schweigend hinterher, während er in der Ferne verschwand.

Das Ganze ist so was von idiotisch. Hätte er diesen Menschen nicht hergebracht, wäre nichts hiervon passiert. Natürlich ist es jetzt zu spät für solche Gedanken. Wichtiger ist, wie es nun weitergeht.

Für jemanden, der Sebas unterstand, war es ungebührlich, seine Befehle zu ignorieren und selbst zu handeln. Doch Solution wurde das Gefühl nicht los, dass es schlimmer wäre, stattdessen nichts zu unternehmen.

Würde unsere kleinste Schwester herkommen ... Wenn wir als Plejaden agieren könnten, wäre das alles gar kein Problem ...

Sie hatte keinen Schimmer, was sie tun sollte. Es fiel ihr derart schwer zu entscheiden, was das beste Vorgehen wäre, dass sie vermutlich perplexer war als je zuvor. Doch am Ende traf sie ihre Entscheidung, hob die linke Hand und öffnete sie.

In ihrer Handfläche erschien eine *Scroll*, als würde sie aus der Tiefe an die Oberfläche eines Sees treiben. Sie hatte sie wie diverse andere Gegenstände in ihrem Inneren verborgen. Solution hatte diese *Message-Scroll* bekommen, um sie bei einem unvorhergesehenen Notfall einsetzen zu können. Dank Demiurges Nachforschungen war man in Nazarick inzwischen in der Lage, niedrigstufige *Scrolls* ohne großen Aufwand herstellen, doch zu Beginn ihrer Mission war das noch nicht der Fall gewesen, daher hatte man ihr damals mitgeteilt, sie sei ausschließlich für Notsituationen vorgesehen. Ihrer Meinung nach rechtfertigten die Umstände ihren Einsatz.

Sie entrollte das Pergament und wirkte den darin enthaltenen Zauber. Das Item zerfiel erst zu kleineren Stücken, diese dann zu Asche. Bevor sie den Boden erreichten, hatten sie sich bereits vollständig aufgelöst.

Während die Magie ihre Wirkung entfaltete, war es, als würde sie durch so etwas wie eine Schnur mit der anderen Person verbunden werden. »Lord Ainz, hört Ihr mich?«

»Solution ...? Was um alles in der Welt ist los? Wenn du dich bei mir meldest, muss es sich um einen Notfall handeln.«

»Ja.« Sie hielt inne. Ihre Loyalität zu Sebas ließ sie zögern und sie fragte sich, ob sie ihn vielleicht nur missverstanden hatte. Doch ihre Ergebenheit gegenüber Ainz war stärker.

Und obwohl ihre oberste Priorität stets darin bestand, durch ihr Handeln den größtmöglichen Nutzen für die Einundvierzig Erhabenen Wesen zu erreichen, konnte man durchaus behaupten, dass Sebas' Vorgehen eher die gegenteilige Wirkung gehabt hatte. Darum wollte sie erfahren, wie ihr Gebieter darüber dachte.

»Es besteht die Möglichkeit, dass Sebas ein Verräter ist.«

»Was? ... Argh!!! ... Ähm ... wie kann das sein? Erlaube dir keine Scherze mit mir, Solution. Ich werde nicht zulassen, dass du ohne Beweise solche Anschuldigungen vorbringst ... Hast du welche?«

»Nun, ich bin mir nicht sicher, ob man es Beweise nennen kann, aber ...«

Kapitel 4: Begegnung unter Männern

Kapitel 4: Begegnung unter Männern

1

3 später Flammenmond (September), 4:01 Uhr

Die Erschöpfung, die sich mit der Zeit in Brain angestaut hatte, übermannte ihn, kaum dass er Gazefs Haus betreten hatte, und er schlief fast einen ganzen Tag lang tief und fest. Als er aufwachte, aß er eine Kleinigkeit, um danach weiterzuschlafen.

Er wollte es sich nicht eingestehen, doch die Antwort auf die Frage, warum er sich in Gazefs Haus so gut erholen konnte, lautete, dass er sich dort sicher fühlte. Sollte Shalltear angreifen, würde dieses Monster selbst Gazef mit Leichtigkeit bezwingen, das wusste er. Dennoch gestattete Brain die Tatsache, dass er sich im Haus seines ehemaligen Rivalen befand, das aus diesem Grund auf ihn wie der sicherste Ort auf der ganzen Welt wirkte, sich zu entspannen und einfach auszuruhen.

Sonnenlicht fiel durch die Jalousien auf Brains Gesicht. Die Helligkeit drang durch seine Augenlider, weckte ihn aus einem derart tiefen Schlaf, dass er nicht einmal geträumt hatte. Er öffnete die Augen, nur um sie sofort wieder zu schließen und sie mit der Hand abzuschirmen.

Er setzte sich auf und sein Blick zuckte umher wie der einer verängstigten Maus, während er seine Umgebung begutachtete. Das einfache Zimmer verfügte gerade einmal über die notwendigsten Möbel. Seine Ausrüstung lag als Haufen in einer Ecke.

»Das ist also das Zimmer, das der Hauptmann der königlichen Garde seinen Gästen zur Verfügung stellt«, teilte er dem leeren Raum spöttisch mit. Erleichtert darüber, alleine zu sein, streckte er sich erst einmal, seine verspannten Muskeln lockerten sich und er regte seine Durchblutung an.

Dann gähnte er ausgiebig.

»Vermutlich übernachtet gelegentlich einer seiner Männer bei ihm. Ich kann mir vorstellen, dass die dann von diesem Zimmer enttäuscht sind …«

Die Adeligen führten ihr Leben nicht allein deshalb in Saus und Braus, weil sie die damit verbundenen Annehmlichkeiten mochten. Das Ganze diente außerdem dazu, den schönen Schein zu wahren. Ebenso verhielt es sich mit den Vorgesetzten gewöhnlicher Soldaten, die durch ihr luxuriös eingerichtetes Heim oftmals ihre Untergebenen dazu anspornten, sich mehr anzustrengen und auf eine Beförderung hinzuarbeiten.

»Ach, kann mir ja eigentlich völlig egal sein«, grummelte Brain. Dann kicherte er – nicht über Gazef, sondern über sich selbst.

Wenn er in der Lage war, über derart Belangloses nachzudenken, bedeutete das möglicherweise, dass er sich ein wenig von den beiden großen Schrecken seines Lebens erholt hatte.

Der Gedanke an das mächtige Monster brachte seine Hände zum Beben.

»Ja …« Diese Furcht würde ihn noch lange begleiten.

Shalltear Bloodfallen.

Eine Macht, der sogar Brain Unglaus, der alles geopfert hatte, um den Umgang mit der Klinge zu erlernen, absolut nichts entgegenzusetzen hatte. Ein Monster unter Monstern und unvorstellbar schön, zumindest hatte es den Anschein. Sie verfügte über wahre Stärke.

Allein die Erinnerung an sie ließ ihn vor Angst am ganzen Körper zittern.

Im eiskalten Griff der Furcht, das Monster könnte ihm folgen, hatte er sich in der Hauptstadt versteckt, und nur geschlafen, wenn es absolut nötig war. Er war ständig in Bewegung geblieben, hatte sich keine Ruhe gegönnt, stets befürchtet, sie könnte über ihn herfallen, während er schlief, oder aus einem Schatten springen, wenn er nachts die Straßen entlangrannte.

Der Grund, warum er in die Hauptstadt geflüchtet war, war einfach. Wenn er sich unter vielen Menschen versteckte, war er schwieriger aufzuspüren. Allerdings hatte er nicht damit gerechnet, dass ihn das Leben als Flüchtling derart körperlich erschöpfen würde – der daraus entspringende Todeswunsch hatte ihn ebenso überrascht.

Schon gar nicht hatte er erwartet, ausgerechnet Gazef zu begegnen. Oder hatte ihn eine unbewusste Hoffnung, der Hauptmann könnte etwas tun, zu ihm geführt? Er wusste es nicht.

Ihm war nichts geblieben.

Er öffnete seine Hände und fand sie leer vor.

Schließlich blickte er zu dem Haufen in der Ecke, sah das Katana, das er gekauft hatte, um damit Gazef Stronoff den Sieg zu entreißen.

Doch welchen Zweck hätte es, ihn zu besiegen? Inzwischen wusste er, dass es eine Macht gab, die ihnen beiden unendlich überlegen war – welche Bedeutung hatte ihr lächerlicher Wettstreit da noch?

»Ein Feld zu bestellen … wäre vermutlich bedeutsamer.« Während er sich selbst verspottete, spürte er, dass jemand draußen vor der Tür stand.

»Unglaus, sieht so aus … als wärst du wach?« Es war die Stimme des Hausherren.

»Ja, Stronoff. Bin ich.«

Die Tür wurde geöffnet, Gazef kam herein. Er trug seine volle Montur.

»Du hast ziemlich viel geschlafen, hm? Ich bin überrascht, wie gut du dich erholt hast!«

»Ja, danke, dass du mir die Gelegenheit dazu gegeben hast. Ich war ziemlich mies dran.«

»Mach dir deswegen keine Gedanken. Aber ich muss jetzt erst mal ins Schloss. Wenn ich zurück bin, erzählst du mir, was mit dir passiert ist.«

»Ist aber eine ziemlich üble Geschichte. Am Ende könnte es dir wie mir gehen.«

»Ich will sie trotzdem hören. Ich verkrafte es bestimmt, wenn wir dabei ein bisschen was trinken … Fühl dich so lange ganz wie zu Hause. Wenn du was essen willst, sag es den Bediensteten und du bekommst was. Und solltest du in die Stadt gehen … Hast du Geld?«

»Nein, aber wenn nötig verkaufe ich einfach ein paar meiner Items.« Er hob die Hand, zeigte Gazef die Ringe an seinen Fingern.

»Bist du sicher? Die sind doch bestimmt ziemlich wertvoll, oder?«

»Ja, ist schon in Ordnung.«

Er hatte sie sich besorgt, um Gazef mit ihrer Hilfe zu bezwingen. Welchen Nutzen hatten sie noch für ihn, wenn er jetzt wusste, wie vergeblich seine Bemühungen waren?

»Na ja, manchmal ist es schwierig, wertvolle Items zu Geld zu machen, und es könnte dauern, bis der Käufer die Summe zusammen hat. Nimm das.«

Gazef zückte einen kleinen Stoffbeutel. Als er ihn Brain in die Hand drückte, ertönte ein metallisches Klirren.

»Ähm, danke. Dann leihe ich mir das eben.«

2

3 später Flammenmond (September), 10:31 Uhr

Während Sebas Tian durch die Stadt lief, fragte er sich, was er wegen der fünf Männer unternehmen sollte, die ihm folgten, seit er das Haus verlassen hatte. Er hatte kein bestimmtes Ziel. Dieser Spaziergang sollte ihm lediglich helfen, seine Stimmung zu heben und ihn möglicherweise auf eine gute Idee zu bringen.

Kurze Zeit später erspähte er am Ende der Straße, auf der er gerade unterwegs war, eine Menschenmenge.

Weder Rufe noch Gelächter waren zu hören, sondern eher allgemeines Gemurmel, und es klang, als würde man auf etwas einschlagen. Aus der Menge hörte er Kommentare wie: »Er wird sterben« und »Vielleicht sollten wir einen Soldaten rufen ...«

Er konnte zwar keine Einzelheiten ausmachen, allerdings war offensichtlich, dass dort irgendeine Gewalttat vor sich ging.

Sebas überlegte, einen anderen Weg einzuschlagen, wollte gerade seine Richtung ändern, stattdessen zögerte er einen Sekundenbruchteil lang – dann ging er weiter.

Er bewegte sich auf das Zentrum des Pulks zu.

»Verzeihung.« Sich entschuldigend schlängelte er sich an den Umstehenden vorbei. Erschrocken und staunend, dass sich ein älterer Mann derart gewandt an ihnen vorbeischob, spannten sich die Leute an, die er passierte. Offenbar versuchten auch andere, sich durch die Menge zu kämpfen. Er hörte: »Lasst mich durch!«, doch im Gegensatz zu seinen waren ihre Bemühungen vergeblich. Nachdem er dieses Hindernis mühelos überwunden hatte, sah Sebas mit eigenen Augen, was vor sich ging.

Mehrere schäbig gekleidete Männer traten auf etwas ein, das am Boden lag.

Schweigend näherte er sich ihnen bis auf Armeslänge.

Einer der Männer bemerkte ihn und blaffte ihn barsch an: »Was willst du, alter Mann?«

»Ich dachte mir nur, ihr macht hier ziemlichen Lärm.«

»Willst du auch Ärger?«

Die Männer umstellten Sebas und dieser konnte nun erkennen, was sie da getreten hatten. War das ein Junge? Er lag schlaff auf der Seite und blutete entweder aus Mund oder Nase – es war nicht zu sagen, was davon zutraf. Möglicherweise hatte er durch die Tritte das Bewusstsein verloren, doch allem Anschein nach war er noch am Leben.

Sebas starrte die Männer an. Ihr Atem stank nach Fusel. Ihre Gesichter waren gerötet, allerdings nicht durch die Anstrengung.

Ihr seid betrunken – könnt ihr euch deswegen nicht zurückhalten, gewalttätig zu werden? »Ich weiß nicht, was der Grund für das alles ist, aber wie wäre es, wenn ihr es jetzt gut sein lasst?«, fragte er mit unbewegter Miene.

»Häh? Der Junge hat mein Hemd dreckig gemacht! Der kommt mir nicht so leicht davon!« Einer der Männer deutete auf etwas. Zugegeben, auf seinem Hemd prangte ein blasser Fleck; allerdings war ihre Kleidung generell schmutzig. Daher fiel der Fleck kaum auf.

Sebas betrachtete denjenigen, der offenbar der Anführer der fünf jungen Männer war – der Diener verfügte über die Sinne eines erfahrenen Kriegers, was es ihm erlaubte, Unterschiede zu bemerken, die Menschen entgingen.

»Hmm … diese Stadt ist nicht besonders sicher.«

»Häh?« Einer der Männer bekam durch Sebas' beiläufige Bemerkung offenbar den Eindruck, man würde ihn nicht ernst nehmen, und gab ein Geräusch von sich, als sei er beleidigt.

»Verschwindet.«

»Häh? Was haste da gesagt, alter Mann?«

»Ich wiederhole: Verschwindet.«

»Na warte, du …!« Der Anführer lief hochrot an, ballte die Fäuste … und brach zusammen.

Viele der Umstehenden keuchten erschrocken – darunter auch die anderen vier Männer.

Sebas hatte etwas ganz Einfaches getan. Mit der Faust hatte er das Kinn des Manns getroffen – mit absoluter Präzision und einer Geschwindigkeit, die am Rande der menschlichen Wahrnehmung lag – und sein Gehirn mit einem Hochgeschwindigkeitstreffer erschüttert. Er war in der Lage, sogar wesentlich schneller zuzuschlagen, als die Augen eines Menschen mitverfolgen konnten, doch damit hätte er ihnen keine Angst einjagen können, sondern lediglich für Verwirrung gesorgt, darum hielt er sich zurück.

»Wollt ihr noch immer kämpfen?«, fragte er leise.

Sein Auftreten und seine Kraft überwanden den Rausch, der ihren Verstand umnebelte. Jeder einzelne von ihnen zog sich mit einer Entschuldigung auf den Lippen ein paar Schritte zurück.

Sebas war zwar der Meinung, dass sie sich bei der falschen Person entschuldigten, doch er sagte nichts. Er blickte den Männern, die ihren bewusstlosen Freund mitschleiften, kurz hinterher, bevor er einen Schritt auf den Jungen zutrat, nur um mitten in der Bewegung innezuhalten.

Was tue ich denn da?

Er musste sich dringend überlegen, was er im Bezug auf sein aktuelles Problem unternehmen konnte. Nur ein Idiot würde sich ausgerechnet jetzt noch mehr Schwierigkeiten aufhalsen. War der Grund für seine gegenwärtige Zwickmühle nicht genau der, dass er, ohne nachzudenken, mitfühlend gehandelt hatte?

Er ist fürs Erste sicher. Das sollte mir genügen. Mit diesen Gedanken näherte er sich der am Boden liegenden Gestalt. Er berührte den reglosen Körper des Jungen, ließ ein wenig Chi in seine schlaffen Glieder fließen. Eine Übertragung mit voller Kraft hätte ihn auf der Stelle vollständig geheilt, doch das hätte eindeutig zu viel Aufmerksamkeit erregt.

Er beließ es beim Minimum und deutete auf jemanden, als sich ihre Blicke zufällig trafen. »Bringt diesen Jungen zum Schrein. Möglicherweise ist sein Brustbein gebrochen, tragt ihn also vorsichtig. Legt ihn auf ein Brett und versucht, ihn beim Transport ruhig zu halten.«

Nachdem der Mann die Anordnung nickend bestätigte, setzte sich Sebas wieder in Bewegung und verließ den Schauplatz. Es war unnötig, mit Gewalt durch den Pulk der umstehenden Gaffer zu drängen. Stattdessen teilte sich die Menge vor ihm ganz von allein.

Kurz darauf spürte er, dass er nun noch mehr Verfolger hatte.

Es gab dabei jedoch ein Problem – ihre Identität.

Die fünf, die ihm seit dem Herrenhaus folgten, mussten zu Succuronte gehören. Wer also waren die beiden, die ihm seit dem Vorfall mit dem Jungen auf den Fersen waren? Klang und Länge ihrer Schritte deuteten auf erwachsene Männer hin, allerdings wusste Sebas nicht, um wen es sich handeln könnte.

»Nun, mir darüber den Kopf zu zerbrechen wird mir keine Antwort liefern. Vermutlich wäre es das Beste ... sie einfach zu fragen?«

Er bog auf seinem Weg in immer schmutzigere und heruntergekommenere Straßen ab. Man verfolgte ihn nach wie vor.

»Versuchen sie überhaupt, unentdeckt zu bleiben?« Nichts ließ darauf schließen, dass sie sich sonderlich viel Mühe gaben, sich leise zu bewegen. *Liegt es daran, dass ihnen die entsprechende Fähigkeit fehlt, oder gibt es einen anderen Grund?* Sebas neigte den Kopf zur Seite, als er beschloss, es herauszufinden. Sobald er außer seinen Verfolgern kaum noch jemand anderen in der Nähe wahrnahm, machte er sich bereit zu handeln, doch im selben Augenblick ertönte die heisere – dennoch junge – Stimme eines seiner menschlichen Schatten.

»Entschuldigt bitte!«

3

3 später Flammenmond (September), 10:27 Uhr

Auf dem Rückweg zum Schloss grübelte Climb vor sich hin.

In Gedanken ließ er sein Training mit Gazef an diesem Morgen immer wieder Revue passieren, überlegte, was er hätte tun können, um sich besser zu schlagen. Etwa zu der Zeit, als er sich ein paar Taktiken zurechtgelegt hatte, die er beim nächsten Mal ausprobieren wollte, falls er erneut die Gelegenheit dazu bekommen sollte, bemerkte er eine Gruppe von Leuten, die aufgeregt durcheinanderredeten. In der Nähe standen zwei Soldaten, die das Ganze unbeholfen beobachteten.

Inmitten dieser Menge ging etwas vor sich, das sich ganz und gar nicht nach einer friedlichen Auseinandersetzung anhörte.

Climb setzte eine ernste Miene auf, ging auf die Soldaten zu. »Was macht ihr da?«

Von der Stimme hinter ihnen erschrocken drehten sich die beiden zu Climb um.

Sie waren mit Speeren ausgerüstet; über ihrem Kettenhemd trugen sie einen Waffenrock mit dem Wappen des Königreichs darauf. Dies war das typische Erscheinungsbild königlicher Wachen, allerdings machten die beiden nicht den Eindruck, besonders gut ausgebildet zu sein.

Zum einen konnte man sie nicht gerade als körperlich fit bezeichnen. Zum anderen hatten sie sich weder den Bart ordentlich gestutzt, noch das Kettenhemd angemessen poliert und geölt, wodurch sie recht ungepflegt wirkten. Alles in allem machten sie einen äußerst schlampigen Eindruck.

»Und du bist …?«, fragte einer der beiden verwirrt und ein wenig gereizt, weil jemand, der eindeutig jünger war als er, es wagte, ihn auf diese Weise anzusprechen.

»Ich bin außer Dienst«, erklärte Climb, woraufhin ihn der Mann misstrauisch musterte und offensichtlich nicht so recht glauben wollte, ein Grünschnabel wie er könnte im Rang über ihm stehen. Aber zumindest für den Moment schien der Mann gewillt, lieber vorsichtig zu sein, und nahm Haltung an. »Es scheint eine Art Aufruhr zu geben.«

Climb unterdrückte den Drang, sie mit den Worten »Das ist mir auch schon aufgefallen!« zurechtzuweisen. Anders als die Soldaten, die das Schloss bewachten, waren jene, die auf den Straßen Streife gingen, in der Regel Bürgerliche, die also keine sonderlich gründliche Ausbildung erhielten. Es handelte sich praktisch um einfache Leute, die gelernt hatten, mit einer Waffe umzugehen.

Climb blickte von den nervösen Soldaten zu der Menschenansammlung. Anstatt zu erwarten, dass sie eingriffen, erschien es ihm sinnvoller, selbst etwas zu tun. Möglicherweise überschritt er die Befugnisse seiner Position, wenn er sich in ihre Angelegenheiten einmischte, doch wie könnte er seiner mitfühlenden Herrin je wieder unter die Augen treten, wenn er in einer solchen Situation tatenlos zusah, wie andere litten?

»Ihr wartet hier.« Ohne auf eine Antwort zu warten, drängte er sich entschlossen durch den Pulk, musste jedoch rasch feststellen, dass er kaum vorwärtskam. Selbst wenn er eine kleine Lücke entdeckte, er konnte sie nicht nutzen. Während er verzweifelt versuchte, sich mit Schultern und Ellbogen einen Weg zu bahnen und dabei fast wieder hinausgeschoben wurde, hörte er aus der Mitte der Menge Stimmen.

»Verschwindet.«

»Häh? Was haste da gesagt, alter Mann?«

»Ich wiederhole: Verschwindet.«

»Na warte, du …!«

Das ist übel.

Sie würden wieder zuschlagen und ihre Wut dieses Mal gegen einen alten Mann richten.

Als sich Climb mit vor Anstrengung gerötetem Gesicht endlich erfolgreich durch den Schwarm Schaulustiger gekämpft hatte, sah er als Erstes den älteren Herren, dessen Stimme er bereits vernommen hatte – und die Männer, die ihn umringten. Zwischen ihnen lag ein Kind, das einem Haufen zerfetzter Lumpen ähnelte.

Die Eleganz des gut gekleideten, älteren Mannes ließ vermuten, dass es sich bei ihm entweder um einen Adeligen oder den Diener eines solchen handeln musste. Die stämmigen Kerle um ihn herum schienen betrunken zu sein. Ein Blick reichte, um zu erkennen, wer hier im Unrecht war.

Der Mann, der wie der stärkste unter ihnen aussah, ballte die Fäuste. Der Unterschied zwischen ihm und dem Alten war überwältigend.

Der Raufbold besaß einen gedrungenen Körperbau, deutlich erkennbare Muskeln und ein gewalttätiges Gemüt, das keinen Zweifel daran ließ, dass er, ohne zu zögern, Blut vergießen würde. Sollte er den älteren Mann treffen, würde dieser garantiert zu Boden gehen und vermutlich nicht wieder aufstehen. Die Umstehenden erkannten das ebenfalls und die sich anbahnende Tragödie ließ einen gedämpften Aufschrei durch die Menge gehen.

Climb war der Einzige, der bemerkte, dass hier etwas nicht stimmte.

Natürlich, der andere Mann wirkte kräftiger, doch Climb hatte das Gefühl, diese enorme Stärke, die er wahrnahm, gehöre dem älteren Herrn. Diese kurze Ablenkung reichte aus, um ihn davon abzuhalten, dem Gewaltausbruch zuvorzukommen. Der Mann holte aus ... und brach zusammen.

Alle um Climb herum waren überrascht.

Der alte Mann hatte selbst die Faust geballt und sie dem Betrunkenen erschreckend gezielt gegen den Kiefer geschmettert – mit erstaunlicher Geschwindigkeit. Selbst Climb, der darauf trainiert war, schnellen Bewegungen zu folgen, hatte die Bewegung kaum mitverfolgen können.

»Wollt ihr noch immer kämpfen?«, fragte der alte Mann mit tiefer, leiser Stimme.

Sein Auftreten und die plötzliche Zurschaustellung von Kraft ernüchterte die Trunkenbolde auf der Stelle aus. Sogar die Zuschauer schienen eingeschüchtert. Niemand hier hatte noch den Willen zu kämpfen.

»Äähh, tut uns leid.« Entschuldigungen stammelnd zogen sie sich mehrere Schritte zurück. Dann hievten sie ihren Freund hoch, um die Flucht zu ergreifen.

Climb war nicht danach, sie zu verfolgen. Von der stolzen Pose des älteren Manns wie gebannt, wagte er es nicht, sich zu rühren. Sein Rücken war so gerade wie ein Schwert. Jeder Soldat sehnte sich nach einer solchen Haltung.

Nachdem er den Rücken des Jungen berührt hatte, vermutlich, um ihn nach Verletzungen abzutasten, bat der alte Mann einen Zuschauer, sich um ihn zu kümmern, und ging. Die Menge teilte sich vor ihm, machte ihm den Weg frei, und alle schauten ihm hinterher. Ein solches Auftreten machte Eindruck.

Climb eilte zu dem am Boden liegenden Jungen, holte den Heiltrank heraus, den er nach dem Training von Gazef bekommen hatte. »Kannst du das trinken?«

Er erhielt keine Antwort. Der Junge war nicht ansprechbar.

Climb öffnete das Fläschchen und verteilte den Inhalt auf seinem Körper. Viele glaubten, man müsste einen Heiltrank trinken, doch er wirkte genauso gut, wenn man ihn äußerlich anwendete. Magie war etwas Erstaunliches.

Die Haut des Jungen saugte die Flüssigkeit förmlich auf. Er bekam wieder Farbe im Gesicht.

Climb nickte erleichtert.

Die Umstehenden schienen von der Verwendung eines so teuren Items ebenso überrascht wie von der Kraft des alten Mannes. Climb hatte einen Heiltrank geopfert, doch selbstverständlich bedauerte er es nicht. Solange die Leute Steuern zahlten, war es seine Pflicht, sie zu beschützen und den Frieden zu wahren. Immerhin lebte er von diesen Steuergeldern. Und wenn er dazu nicht in der Lage war, sollte er zumindest helfen, so gut er konnte.

Dank des Heiltranks sollte es ihm schon etwas besser gehen, trotzdem wäre es vermutlich sinnvoll, ihn zum Schrein zu bringen, nur für alle Fälle. Als er zu den Wachen aufschaute, hatten sich drei weitere zu ihnen gesellt. Diese waren wohl später dazugekommen und beäugten die gesamte Szene nun mit kritischem Blick.

Climb sprach einen der unbehaglich wirkenden Wächter an. »Bring dieses Kind zum Schrein.«

»Was um alles in der Welt …?«

»Er wurde verprügelt. Ich habe einen Heiltrank benutzt, er sollte also in Ordnung sein. Aber um sicherzugehen, möchte ich, dass du ihn zum Schrein bringst.«

»In Ordnung. Zu Befehl!«

Climb beschloss, den Rest den Wachen zu überlassen. Er hatte getan, was er konnte. *Ein Soldat aus dem Schloss sollte sich vermutlich nicht zu sehr in ihren Zuständigkeitsbereich einmischen.*

»Dürfte ich dich darum bitten, eine Aussage von jemandem aufzunehmen, der alles mit angesehen hat?«

»Zu Befehl.«

»Dann überlasse ich alles Weitere dir und deinen Kollegen.«

Diese Männern waren es gewohnt, Befehle zu bekommen, und reagierten umgehend. Nachdem Climb sich überzeugt hatte, dass sie seiner Aufforderung nachkamen, stand er auf und rannte los. Einer rief ihm zu: »Wo geht Ihr hin?«, doch er ignorierte ihn.

Als er die Straße erreichte, in die der alte Mann eingebogen war, wurde er langsamer. Er entdeckte sein Ziel augenblicklich.

Am liebsten hätte er ihm hinterhergerufen, allerdings fehlte ihm der Mut. Es war, als würde ein unheimlicher Druck auf ihm lasten, wie eine massive, unsichtbare Mauer.

Der alte Mann ging weiter, bog in immer schmutzigere Gassen ab. Climb folgte ihm. Die ganze Zeit konnte er sich nicht überwinden, ihn anzusprechen.

Ich verfolge ihn. Climb verzweifelte fast an sich selbst. So etwas hätte er auf keinen Fall tun sollen, egal wie schwer es war, einen Fremden anzusprechen. *Ich muss an dieser Situation was ändern*, sagte er sich eindringlich, während er weiterlief.

Als sie kurz davor waren, in eine Seitengasse zu gelangen, in der sich keine Menschenseele herumtrieb, holte er mehrmals tief Luft und rief dann mit allem Mut, den er aufbringen konnte, wie ein Junge, der einem Mädchen seine Gefühle gestand: »Entschuldigt bitte!«

Der alte Mann fuhr zu ihm herum.

Sein Haar war schneeweiß, dasselbe galt für seinen Bart, doch sein Rücken war so gerade wie die Klinge eine stählernen Schwertes. Die deutlichen Falten in seinen ausgeprägten Gesichtszügen verliehen ihm etwas Gütiges, doch sein durchdringender Blick glich dem eines Falken, der seine Beute in Augenschein nahm. Jede seiner Bewegungen war gezeichnet von der Anmut eines Adeligen.

»Kann ich dir irgendwie helfen?« Die Stimme des alten Mannes klang ein wenig heiser, das änderte jedoch nichts an der lebhaften, würdevollen Kraft, die darin mitschwang.

Climb fühlte sich, als würde etwas versuchen, ihn zu Boden zu drücken, und er schluckte. »Ääh …« Überwältigt von der Ausstrahlung des Mannes bekam er kein Wort heraus.

Der Alte entspannte sich, als er das bemerkte. »Wer bist du?« Er klang freundlich.

Es war, als würde der Druck auf einen Schlag nachlassen, Climb konnte wieder sprechen. »Ich heiße Climb und ich bin ein Soldat dieser Stadt. Ich möchte Euch danken, dass Ihr getan habt, was eigentlich meine Aufgabe hätte sein sollen.« Er verneigte sich tief.

Der Mann musterte ihn nachdenklich mit leicht zusammengekniffenen Augen, schien dann zu verstehen, was Climb meinte. »Oh … Nicht der Rede wert. Ich muss weiter.«

Als der Mann das Gespräch beendete und sich anschickte, seinen Weg fortzusetzen, hob Climb den Kopf. »Wartet bitte. Eigentlich … Ich schäme mich, das zuzugeben, aber ich bin Euch gefolgt, weil – und ich hoffe, Ihr lacht über meine Anmaßung – wenn es Euch keine Umstände macht, möchte ich Euch bitten, mir diese Fähigkeit beizubringen, die Ihr eben eingesetzt habt.«

»Wie … meinst du das?«

»Ich arbeite sehr hart daran, stärker zu werden, und als ich Euch vorhin beobachtet habe, dachte ich mir, es wäre großartig, wenn ich Euch dazu überreden könnte, mir diesen Skill beizubringen.«

Der alte Mann musterte Climb. »Hmm … zeig mir deine Hände.«

Er streckte sie ihm entgegen und der vornehme Herr betrachtete seine Handflächen eingehend. Aus irgendeinem Grund machte ihn das nervös. Der alte Mann drehte seine Hände, besah sich seine Fingernägel, bevor er zufrieden nickte. »Sie sind dick und kräftig … Die Hände eines Kriegers.«

Das Lächeln zusammen mit dem Kompliment sorgte dafür, dass Climb ganz warm ums Herz wurde. Das Gefühl erinnerte ihn an die Freude, die er empfunden hatte, als Gazef ihn heute morgen gelobt hatte. »Nein … ich bin ja kaum ein Soldat.«

»Kein Grund zur Bescheidenheit … Dürfte ich mir dein Schwert ansehen?«

Der alte Mann begutachtete erst den Griff, dann die Klinge. »Verstehe … Ist das eine Ersatzwaffe?«

»Woher wisst Ihr das?!«

»Bedeutet das ja? Hier ist eine kleine Scharte.«

Als er die Stelle, auf die der ältere Herr deutete, genau untersuchte, entdeckte er eine winzige Kerbe. Das musste während des Trainings passiert sein.

»Wie peinlich!« Climb wünschte sich, der Erdboden würde sich auftun und ihn verschlucken. Da er genau wusste, wie unbegabt er war, achtete er umso penibler auf den Zustand seiner Waffen, damit er zumindest auf diesem Gebiet keine Mängel aufwies. Zumindest hatte er das bis zu diesem Moment geglaubt.

»Verstehe. Nun habe ich ein grobes Bild deiner Persönlichkeit. Hände und Waffe spiegeln den Charakter eines Kriegers wider. Du machst einen sehr guten Eindruck auf mich.«

Climb begegnete dem Blick des alten Mannes, der ihn gütig und freundlich anlächelte, mit hochroten Ohren und bewundernd leuchtenden Augen.

»Na schön, ich bilde dich aus, aber nur ein wenig. Allerdings«, … er fiel Climb ins Wort, bevor sich dieser bedanken konnte …, »gibt es etwas, das ich dich fragen möchte. Du sagtest, du wärst Soldat, richtig? Nun, vor ein paar Tagen habe ich eine Frau gerettet …«

Nachdem der alte Mann mit seiner Geschichte fertig war, war Climb wütend. Es widerte ihn an, dass jemand die von Renner durchgesetzte Befreiung von Sklaven missbrauchte und sich praktisch nichts geändert hatte.

Nein, das war nicht richtig. Er schüttelte den Kopf.

Das Gesetz verbot den Kauf und Verkauf von Sklaven. Allerdings war es nicht ungewöhnlich, dass jemand Schulden unter erbärmlichen Umständen abarbeiten musste. Das war ein gerne genutztes Schlupfloch. Vermutlich hatte es dieses Hintertürchen überhaupt erst ermöglicht, dass das Gesetz verabschiedet worden war.

Renners Gesetz ist beinahe bedeutungslos. Hastig verdrängte er den Gedanken wieder. Jetzt musste er über Sebas Tians Umstände nachdenken.

Er runzelte die Stirn.

Sebas befand sich entschieden im Nachteil. Natürlich wäre es möglich, die Grundlagen des Vertrags der jungen Frau herauszufinden und darauf eine Verteidigung aufzubauen. Doch er konnte sich nicht vorstellen, dass die Gegenseite nicht auf ein solches Vorgehen vorbereitet sein würde. Wenn sie das Gesetz als Schutz benutzten, würde Sebas bestimmt verlieren. Die Tatsache, dass sie ihn noch nicht zur Verantwortung gezogen hatten, ließ vermuten, dass sie damit rechneten, dem alten Mann mithilfe von Erpressung eine große Summe aus der Tasche zu ziehen.

»Kennst du zufällig jemanden, der nicht korrupt ist und den ich um Hilfe bitten könnte?«

Da fiel Climb nur eine Person ein. Er konnte voller Überzeugung sagen: Kein Adeliger konnte es, was Redlichkeit anging, mit Renner aufnehmen. Ihr konnte man vertrauen.

Allerdings konnte er die beiden nicht miteinander bekannt machen. Wenn diese Leute in der Lage waren, das Verbot des Sklavenhandels zu umgehen, verfügten sie bestimmt über weitreichende Verbindungen. Also musste man annehmen, dass die Adeligen, mit denen sie zusammenarbeiteten, recht einflussreich waren. Und wenn die Prinzessin als Mitglied der königlichen Fraktion die Staatsgewalt nutzte, um der Angelegenheit auf den Grund zu gehen, eine Rettung einleitete und damit der Fraktion der Adeligen Verluste bescherte, würde das zu weitaus Schlimmerem führen.

Renner konnte ihre Macht nicht einfach in vollem Umfang einsetzen. Der kleinste Fehler könnte zu einem Bürgerkrieg führen, besonders in einem gespaltenen Königreich wie diesem hier. Climb konnte nicht zulassen, dass seine Prinzessin in die Situation geraten könnte, am Ende für den Niedergang des Königreichs verantwortlich zu sein.

Lakyus sah das genauso, weswegen ihr Gespräch vor einigen Stunden diesen Verlauf genommen hatte. Darum hatte Climb dem älteren Herrn bisher nicht geantwortet – nein, seine Lippen mussten bei dieser Sache fest versiegelt bleiben.

Wie auch immer Sebas sein leidgeplagtes Schweigen auffasste, er murmelte: »Ich verstehe«, und versetzte Climb den nächsten Schrecken. »Sie hat mir auch erzählt, dass man in diesem Gebäude noch andere festhält, Männer und Frauen.«

Was zur Hölle? Bedeutet das, es gibt noch ein weiteres Bordell außer dem, das der Sklavenhändlerring betreibt? Oder … ist es dasselbe?

»Wenn es darum geht, diese Leute nach ihrer Flucht irgendwo unterzubringen … Ich müsste mit meiner Herrin sprechen; sie besitzt etwas Land, vielleicht wäre das eine Möglichkeit …«

»Wäre das machbar? Könnte man auch die Frau dorthin bringen, die ich bereits gerettet habe?«

»Verzeiht mir, Sir Sebas. Ohne vorher meine Herrin zu fragen, kann ich leider nichts versprechen. Aber sie ist sehr mitfühlend. Ich denke, sie wäre bereit zu helfen!«

»Hmm! Deine Herrin muss eine wundervolle Person sein, wenn du so viel Vertrauen in sie setzt.«

Climb nickte. Seine Herrin war die Beste von allen.

»Dann möchte ich nun eine weitere Sache ansprechen. Mal angenommen, wir können beweisen, dass dieses Bordell Sklaverei betreibt, was würde dann geschehen? Würde man selbst so etwas vertuschen?«

»Wenn wir die Beweise den entsprechenden Behörden übergeben, kann es gut sein, dass diese Leute ihren Betrieb einstellen müssen ... Zumindest möchte ich glauben, dass das Königreich nicht dermaßen korrupt ist, dass ein solchen Verbrechen ignoriert würde.«

»Verstehe. Dann gestatte mir, dir eine andere Frage zu stellen. Warum möchtest du stärker werden?«

»Häh?« Der plötzliche Themenwechsel überraschte Climb, was auch der Grund für seinen dümmlich klingenden Ausruf war.

»Du sagtest eben, du möchtest von mir ausgebildet werden. Ich denke, ich kann dir vertrauen, dennoch möchte ich den Grund erfahren, warum du stärker werden willst.«

Während er darüber nachdachte, stierte Climb konzentriert ins Leere.

Warum möchte ich stärker werden?

Man hatte ihn als Kind ausgesetzt und er kannte seine Eltern nicht. Das kam im Königreich gar nicht so selten vor. Und leider war es genauso normal, mit dem Gesicht im Dreck zu sterben.

Eigentlich wäre es Climbs Schicksal gewesen, an jenem Regentag genau auf diese Weise zu verenden. Stattdessen war er der Sonne begegnet. Nach einer Existenz in Schmutz und Schatten hatte sie ihn in ihr strahlendes Licht gehüllt. Als er noch jünger gewesen war, hatte er sie bewundert und dieses Gefühl war inzwischen zu etwas Stärkerem geworden.

Liebe.

Er musste diese Emotion zerstören. Ein Wunder wie in den Legenden, die die Barden zum Besten gaben, trat in der wirklichen Welt nicht ein. So wie kein Mensch imstande war, die Sonne zu berühren, konnte Renner Climbs Gefühle niemals erwidern – nein, das durfte er nicht zulassen.

Das Schicksal der Frau, die Climb liebte, war es, die Frau eines anderen zu werden. Auf keinen Fall würde eine Prinzessin mit jemandem wie ihm zusammenkommen. Jemandem, der von noch geringerem Stand war als ein Bürgerlicher und von dem man nicht einmal wusste, woher er stammte.

Sollte der König plötzlich zusammenbrechen und der älteste Prinz den Thron besteigen, würde man Renner vermutlich so schnell wie möglich mit einem der mächtigsten Adeligen vermählen. Vermutlich gab es, was das anging, bereits eine Abmachung zwischen dem Prinzen und einem der Aristokraten. Oder es käme zu einer strategischen Heirat mit jemandem in einem der benachbarten Länder.

Der Umstand, dass sie zwar im heiratsfähigen Alter war, allerdings weder einen Ehemann noch einen Verlobten hatte, war ungewöhnlich genug. Diese Zeit, in der die Prinzessin noch frei und ungebunden war, kam Climb wie ein herrlicher Moment vor, wie jene goldene Stunde vor dem Sonnenuntergang, und er hätte alles dafür gegeben, die Zeit anhalten zu können. Hätte er nicht so viel trainieren müssen, hätte er ein wenig mehr davon damit verbringen können, in ihrem Glanz zu baden.

Doch Climb war ein junger Mann ohne angeborene Begabung. Dank seiner harten Arbeit war es ihm gelungen, ein recht fähiger Soldat zu werden. Wäre es folglich nicht besser, sich mit seinem jetzigen

Trainingszustand zufriedenzugeben, um stattdessen etwas mehr Zeit in Renners Gesellschaft zu verbringen?

Aber … könnte er das wirklich tun?

Er bewunderte ihren Scharfsinn – daran bestand kein Zweifel. So empfand er aus tiefstem Herzen.

Allerdings …

»Ich bin ein Mann, also …« Climb lachte.

Ja, er wollte an ihrer Seite stehen. Die Sonne befand sich hoch am Himmel. Ein Mensch könnte niemals neben ihr stehen. Dennoch wollte er sich so weit nach oben hocharbeiten, wie er es vermochte; jemand werden, der ihr zumindest ein wenig näher sein konnte.

Er wollte nicht für alle Zeit bewundernd zu ihr aufblicken.

Dies waren die albernen Gefühle eines Jungen, allerdings dienten sie ihm durchaus als Motivation. Er wollte ein Mann sein, der zu der Frau, die er bewunderte, passte. Selbst wenn sie nie zusammen sein konnten.

Diese Gefühle ermöglichten es ihm, alles zu erdulden, was ihm aufgebürdet wurde: sein Leben ohne Freunde, der steinige Pfad eines Kriegers, der Schlaf, den er opferte, um stattdessen zu lernen.

Wenn jemand über meine dummen Ideen lachen will, soll er doch.

Nur eine Person, die jemals wirklich geliebt hatte, konnte das nachvollziehen.

Sebas Tian kniff die Augen zusammen, während er versuchte, die zahllosen Bedeutungen der knappen Antwort des Jungen zu verstehen. Schließlich nickte er zufrieden.

»Anhand deiner Antwort habe ich entschieden, was für eine Ausbildung ich dir erteilen werde.«

Climb wollte sich gerade bedanken, als ihn eine erhobene Hand davon abhielt.

»Leider muss ich feststellen, dass du über keine angeborene Begabung verfügst. Sollte ich dir alles beibringen, würde das sehr viel Zeit verlangen, und das kann ich mir nicht leisten. Ich möchte dich gerne auf eine Weise trainieren, die effektiv ist und vermutlich nicht lange dauert, aber … sie ist ziemlich heftig.«

Climb schluckte.

Sebas' Augen sorgten dafür, dass ihm ein kalter Schauer über den Rücken lief. Sein stechender Blick machte deutlich, dass Climb hier jemandem gegenüberstand, mit dem es Gazef selbst an seinem besten Tag nicht hätte aufnehmen können, so unvorstellbar dieser Gedanke auch war. Das hinderte den Jungen daran, sofort zu antworten.

»Ich will es nicht beschönigen: Du könntest dabei zu Tode kommen.«

Er scherzt nicht. Das spürte Climb. Er war bereit, sein Leben für Renner zu opfern, nicht jedoch für sein selbstsüchtiges Streben nach mehr Kampfkraft.

Er war kein Feigling … nun, vielleicht doch.

Er schluckte und zauderte. Einen Moment lang herrschte zwischen ihnen eine dermaßen durchdringende Stille, dass sie weit entfernten Lärm hörten.

»Ob du stirbst oder nicht, hängt einzig und allein von deinem Willen ab … Wenn du etwas hast, das dir wichtig ist, wenn du einen Grund hast, dich an dein Leben zu klammern, selbst wenn du am Boden liegst, solltest du es schaffen.«

Wollte er mir nicht Kampfkunst beibringen?, fragte sich Climb insgeheim, aber darum ging es gerade nicht. Er dachte über die Bedeutung von Sebas' Worten nach und antwortete: »Ich bin bereit. Bitte trainiert mich.«

»Soll das heißen, du bist zuversichtlich, dass du dabei nicht sterben wirst?«

Climb schüttelte den Kopf. Darum ging es nicht. Er wollte sich an sein Leben klammern, selbst wenn er am Boden lag – weil er immer einen Grund dafür hatte. Möglicherweise erkannte Sebas diese Gefühle in Climbs Augen, denn er nickte mitfühlend. »Verstehe. Dann lass uns mit dem Training beginnen.«

»Hier?«

»Ja. Es wird nur ein paar Minuten dauern. Bereite deine Waffe vor.«

Was um alles in der Welt hat er vor? Climb zog sein Schwert, stellte sich dem Unbekannten mit einer Mischung aus Besorgnis und Verwirrung, doch auch mit einem winzigen bisschen Erwartung und Neugierde.

Das leise Schaben, das die Klinge beim Ziehen verursachte, hallte durch die schmale Gasse. Er richtete die Spitze auf Sebas' Augen, während ihn der alte Mann anstarrte.

»In Ordnung, fangen wir also an. Versuche dein Möglichstes, bei Bewusstsein zu bleiben.«

Und im nächsten Moment ...

... schien es fast, als würden von dort aus, wo Sebas stand, Klingen aus Eis in alle Richtungen fliegen.

Climb war sprachlos.

Was Sebas wirklich wie eine Wolke umgab, war seine Absicht zu töten.

Eine schwere, düstere Präsenz schwappte wie eine Welle über Climb hinweg, beinahe stark genug, um sein Herz zu zerquetschen. Er glaubte, einen Schrei zu hören, als würde jemand erleben, wie seine Seele zertrümmert wurde. Ob der Ursprung dieses gequälten Lautes weit entfernt oder ganz in der Nähe lag, ließ sich nicht sagen – möglicherweise hatte er selbst geschrien.

Inmitten dieser mörderischen, schwarzen Strömung spürte Climb, wie er begann, das Bewusstsein zu verlieren. Eine schreckliche Furcht veranlasste seinen Verstand dazu, sich in die beruhigende Umarmung der Dunkelheit fallen zu lassen.

»Mehr hast du nicht zu bieten? Und du willst ein ›Mann‹ sein? Dabei wärme ich mich gerade erst auf.«

Sebas' Enttäuschung hallte durchdringend in Climbs nachlassender Wahrnehmung wider.

Diese Worte verletzten ihn mehr, als jede Klinge es vermocht hätte. Sie reichten aus, seine wilde Panik zu zügeln, wenn auch nur einen Moment lang.

Sein Herz schlug einmal, ein lauter Trommelschlag.

Zischend stieß er die Luft aus.

Climb hatte solche Angst, dass er am liebsten die Flucht ergriffen hätte. Doch er blieb mit Tränen in den Augen, wo er war. Seine Hände bebten, die Spitze seines Schwerts schwang ziellos umher. Er zitterte so sehr, dass sein Kettenhemd klimperte. Er biss die Zähne zusammen, um sie vom Klappern abzuhalten, während er versuchte, dem Schrecken zu widerstehen, den Sebas in ihm wachrief.

Sebas schnaubte angesichts dieses erbärmlichen Auftritts, ballte langsam seine erhobene rechte Hand zur Faust. Er holte langsam aus, als würde er einen Bogen spannen.

Als Climb begriff, was folgen würde, schüttelte er mit schlotternden Gliedern den Kopf, als wolle er um Gnade flehen. Selbstverständlich würde ihm der alte Mann diesen Gefallen nicht tun.

»Nun, dann ... stirb bitte.«

Umgeben von rauschender Luft flog Sebas' Faust wie ein von der Sehne losgelassener Pfeil nach vorne.

Dieser Schlag wird mich auf der Stelle töten. Climb verfolgte das Geschehen wie in Zeitlupe. In seiner Vorstellung nahm der Tod Gestalt an – eine

Eisenkugel, viel größer als er selbst, raste mit unvorstellbarer Geschwindigkeit auf ihn zu. Sollte er versuchen, sie mit seinem Schwert abzuwehren, würde sie es mühelos zertrümmern. Er konnte sich nicht rühren. Sein gesamter Körper war dermaßen angespannt, dass er wie erstarrt dastand.

Ich blicke dem unausweichlichen Tod entgegen.

Climb gab auf, gleichzeitig ärgerte er sich über sich selbst.

Wenn er nicht zumindest für Renner sterben konnte, warum hatte er nicht einfach damals schon aufgegeben? Er hätte alleine und zitternd im Regen sterben sollen.

Ihr schönes Gesicht erschien vor seinem inneren Auge.

Es hieß, wenn man kurz davor stand, seinen letzten Atemzug zu tun, würde man sein eigenes Leben Revue passieren sehen. Angeblich durchforstete das Gehirn dabei die Erinnerungen an das bisherige Leben auf der Suche nach einem möglichen Ausweg. Darum fand es Climb seltsam, dass das Letzte, das er sehen würde, das Lächeln seiner Herrin war, die er liebte und respektierte.

Ja, sie lächelte.

Als sie ihn gerettet hatte, hatte sie nicht gelächelt. *Wann hat sie angefangen, für mich zu lächeln?*

Er wusste es nicht, erinnerte sich allerdings daran, dass sie irgendwann begonnen hatte, ihm hier und da ein schüchternes Lächeln zu schenken.

Würde sich diese heitere Miene verfinstern, wenn sie von seinem Tod erfuhr? Würden dunkle Wolken die Sonne verhüllen?

Verdammt!

Wut ergriff von Climbs Herz Besitz.

Man hatte sein Leben wie Abfall auf die Straße geworfen und sie hatte es aufgehoben. Das bedeutete, sein Leben gehörte nicht länger ihm. Er existierte für Renner, um sie zumindest ein wenig glücklicher zu machen ...

Es muss einen Ausweg geben!

Diese verbissene Überzeugung zerschmetterte die Ketten der Angst.

Seine Hände regten sich.

Seine Füße bewegten sich.

Er riss die Augen auf, die er versucht hatte, vor dem Ende zu verschließen, sein Blick heftete sich auf die heranrasende Faust. Mit einem Mal kam es ihm so vor, als wären seine Sinne bis aufs Äußerste geschärft, als könnte er die kleinste Luftschwingung spüren.

Man sagte, es gäbe ein Phänomen namens hysterische Kraft. Damit beschrieb man das unglaubliche Potenzial, das Leute in Extremsituationen erlebten, da ihr Gehirn sämtliche Beschränkungen ihrer körperlichen Leistungsfähigkeit aufheben würde. In solchen Fällen würden große Mengen an Hormonen ausgeschüttet, während sich der gesamte Organismus einzig und allein aufs Überleben konzentrieren würde. Auf diese Weise seien Personen plötzlich in der Lage, große Mengen an Informationen mit ungeahnter Geschwindigkeit zu verarbeiten, um die beste Vorgehensweise zu finden.

Für einen kurzen Moment gehörte Climb zu den besten Kriegern aller Zeiten. Sebas' Angriff war trotzdem schneller. Bestimmt war es bereits zu spät. Vermutlich fehlte ihm die Zeit, der Faust noch auszuweichen. Dennoch musste er sein Möglichstes tun. Er durfte keinesfalls aufgeben. Er wusste, im Vergleich bewegte er sich wie eine Schildkröte, als er verzweifelt seinen Körper drehte.

Dann ...

Sebas' Faust raste an Climbs Gesicht vorbei. Die Zugluft riss ihm ein paar Haare aus.

Er hörte eine leise Stimme. »Gratuliere. Wie fühlt es sich an, die Angst vor dem Tod überwunden zu haben?«

Climb stand mit verdutztem Gesichtsausdruck da, verstand nicht, was man ihn gerade gefragt hatte.

»Wie war diese Erfahrung? Wie hat es sich angefühlt, dem Tod ins Auge zu blicken? Und wie ist es, ihm entgangen zu sein?«

Schwer keuchend starrte Climb Sebas mit leerer Miene an, als hätte er etwas verloren. Es schien, als wäre die Absicht des alten Mannes, ihn zu töten, nichts weiter als eine Lüge gewesen. Er begann, den Sinn seiner Worte zu begreifen, und endlich überkam ihn Erleichterung.

Als hätte ihn nichts als die Absicht des anderen, ihn umzubringen, auf den Beinen gehalten, brach Climb wie eine Marionette mit durchtrennten Schnüren zusammen. Auf der Straße liegend sog er wie besessen Luft in seine Lunge.

»Du hast Glück, dass du nicht aus Angst gestorben bist. Das passiert manchmal. Manche sind dermaßen überzeugt zu sterben, dass sie das Leben aufgeben und einfach sterben.«

Climb hatte noch immer einen bitteren Nachgeschmack im Mund. Er war überzeugt, es war der Geschmack des Todes.

»Wenn wir das noch ein paarmal wiederholen, solltest du in der Lage sein, herkömmliche Furcht abzuschütteln. Allerdings müssen wir vorsichtig vorgehen, da dabei dein Überlebensinstinkt angesprochen wird. Sollte dieser abstumpfen, wärst du nicht länger in der Lage, ernsthafte Gefahren zu erkennen. Du musst dir deiner Situation stets bewusst sein.«

»V… verzeiht, aber wer oder was seid Ihr?«, keuchte Climb noch immer am Boden liegend.

»Was meinst du?«

»D… diese Entschlossenheit zu töten war nichts, was man bei einer normalen Person spürt. Also, was um alles in der Welt …?«

»Sagen wir fürs Erste, ich bin nur ein alter Mann, der auf seine Kraft vertraut.«

Climb konnte den Blick nicht von Sebas' lächelndem Gesicht losreißen. Seine Miene wirkte freundlich, gleichzeitig schien es sich um das unerschütterliche Grinsen eines Menschen zu handeln, der ein Maß an Kraft besaß, das sogar jemandem wie Gazef weit überlegen war.

Ein Mann, der möglicherweise sehr viel stärker ist als Gazef, der mächtigste Krieger, den man hier oder in den umliegenden Ländern finden kann …

Climb beschloss, sich mit dieser Erkenntnis vorerst zufriedenzugeben. Seiner Meinung nach hatte er nicht das Recht, mehr Informationen zu verlangen. Allerdings ließ ihn die Frage nicht los, wer dieser alte Herr wirklich war. Er fragte sich sogar, ob er es mit einem der Dreizehn Helden zu tun haben könnte.

»Ich würde also sagen, es ist Zeit, dass ich weitergeh…«

»W… wartet! Ich muss Euch etwas fragen!«

Hinter ihnen ertönte eine entsetzte Stimme und verhinderte, dass Sebas antwortete.

4

3 später Flammenmond (September), 9:42 Uhr

Brain verließ Gazefs Haus.

Er drehte sich um und musterte das Gebäude eingehend, damit er es bei seiner Rückkehr auf jeden Fall wiedererkennen würde. Wegen seiner niedrigen Körpertemperatur war er kaum bei Bewusstsein gewesen, als ihn Gazef hergebracht hatte, daher erinnerte er sich kaum an seine Ankunft.

Den Standort des Hauses kannte er, da er sich bereits vor einer Weile über Gazef schlaugemacht hatte, um ihn später zu einem Duell herausfordern zu können. Allerdings handelte es sich dabei lediglich um Informationen aus zweiter Hand, was bedeutete, es gab ein paar Abweichungen zu den Tatsachen.

»Pfff, so viel dazu, dass angeblich ein Schwert im Dach steckt.« Er verfluchte den Informationshändler, der ihm dieses unausgegorene Gerücht aufgetischt hatte, während Brain das Haus eingehend betrachtete.

Es war um einiges kleiner als die Herrenhäuser, in denen die Adeligen residierten, und passte mehr zu etwas bessergestellten Normalbürgern. Trotzdem war es groß genug für Gazef und das alte Ehepaar, das für ihn arbeitete.

Nachdem er sich alles genau eingeprägt hatte, ging Brain los.

Er hatte kein bestimmtes Ziel. Früher wäre er vielleicht losgezogen, um nach Waffen, Rüstungen oder magischen Items Ausschau zu halten, doch das war Vergangenheit.

»Ich frag mich, was ich machen soll …« Sein Grummeln verflüchtigte sich ungehört.

Er hätte nicht schlecht Lust gehabt, einfach zu verschwinden. Noch hatte der Gedanke zu sterben seinen Reiz nicht verloren. Als er in sich hineinhorchte, was er begehrte, war da nichts weiter als ein klaffendes Loch. Sein früheres Ziel war vollkommen zerstört worden.

Warum also …?

Sein Blick fiel auf seine rechte Hand, in der er sein Katana trug. Unter seinem Hemd klimperte ein Kettenhemd. Auf dem Weg zur Hauptstadt hatte er seine Waffe aus Angst nicht losgelassen. Obwohl er genau wusste, wie wirkungslos sie gegen das Monster Shalltear war, die seinen stärksten Angriff mit einem Fingernagel abgewehrt hatte, machte ihn der Gedanke, es nicht in der Hand zu halten, nervös.

Warum halte ich es dann selbst jetzt noch? Ich hätte es einfach in Gazefs Haus liegen lassen können. Hab ich immer noch Angst? Einen Augenblick später schüttelte Brain den Kopf. *Nein.*

Allerdings kam er zu keinem Ergebnis bei der Frage, was ihn dazu bewogen hatte, sein Schwert mitzunehmen. Während Brain durch die Straßen schlenderte, erinnerte er sich daran, wie die königliche Hauptstadt bei seinem ersten Besuch ausgesehen hatte. Ein paar Gebäude wie die Zauberergilde und das Schloss hatten sich nicht verändert, er entdeckte jedoch auch viele neue Bauten. Seinen Erinnerungen nachhängend bemerkte er ein Stück die Straße entlang einen Aufruhr.

Das ließ ihn die Stirn runzeln. Er spürte die Gewalt, die vom Zentrum des Pulks ausging.

Ich sollte vermutlich woanders hingehen. Doch gerade als er sich abwenden wollte, bemerkte er einen alten Mann. Dieser näherte sich der Mitte der Menge mit fließenden Bewegungen, er schien zwischen den Menschen hindurchzugleiten.

»H… häh? Was zur Hölle? Wie macht er das?« Die Worte kamen ihm unwillkürlich über die Lippen und er blinzelte mehrmals. Wie sich der alte Mann bewegte war einfach unglaublich. Brain glaubte, es müsse sich um Einbildung oder die Wirkung irgendeines Zaubers handeln.

Er selbst wäre zu so etwas vermutlich niemals in der Lage gewesen. Für solche Grazie benötigte man ein perfektes Gefühl für seine Umgebung und die Bewegungen der Menge. Dies war der Gipfel der Körperbeherrschung.

Ohne zu zögern, trugen ihn seine Beine in Richtung der Traube von Leuten. Nach einigem Schieben und Drücken durchbrach er die Wand aus Leibern, gerade rechtzeitig, um mit anzusehen, wie der alte Mann einem aggressiven Trunkenbold gegen den Kiefer schlug.

Was zur Hölle? Könnte ich so einen Hieb überhaupt abfangen? Sieht … schwierig aus. Hat er die Wahrnehmung und Aufmerksamkeit des Kerls manipuliert? Vielleicht mache ich mir auch zu viele Gedanken. Trotzdem, der Schlag war sauber genug, um ihn in ein Übungshandbuch aufzunehmen. Während Brain über den gerade miterlebten Angriff nachdachte, kam ihm ein beeindrucktes Schnauben über die Lippen. Er hatte nicht alles gesehen und es war äußerst schwierig, Faustkämpfer mit Schwertkämpfern zu vergleichen. Trotzdem reichte ihm diese kurze Zurschaustellung, um zu erkennen, dass der Mann unheimlich stark war.

Kann sein, dass er stärker als ich ist.

Während er sich auf die Unterlippe biss, verglich er das Profil des alten Mannes mit sämtlichen starken Leuten, an die er sich erinnerte, ohne eine Übereinstimmung zu finden. *Wer um alles in der Welt ist der Kerl?*

Einen Augenblick später hatte sich der ältere Herr aus dem Kreis der Zuschauer entfernt. Ein Junge folgte ihm und Brain beschloss, es genauso zu machen.

Ihn beschlich ein seltsames Gefühl, als hätte der alte Mann Augen im Hinterkopf, darum konnte Brain sich nicht überwinden, ihm offenkundig zu folgen und seine Anwesenheit nicht zu verbergen. Stattdessen hielt er sich an den Jungen. *Abgesehen davon*, dachte er verschlagen, *sollte der Junge auffliegen, bin ich noch immer sicher.*

Kurz nach Beginn der Verfolgung bemerkte er, dass auch andere den alten Mann oder den Jungen beschatteten. Brain scherte sich nicht wirklich darum, was davon zutraf. Mit der Zeit bogen die beiden in immer dunklere und schmutzigere Gassen ab. Allmählich machte er sich Sorgen. Es kam ihm beinahe so vor, als würde der Mann sie irgendwo hinführen. Gerade als er sich zu fragen begann, ob sich der Junge nicht darüber wunderte, wohin sie unterwegs waren, rief dieser nach dem alten Mann. Zu Brains Glück unterhielten sie sich gleich hinter einer Ecke, was ihm erlaubte, heimlich zu lauschen.

Der Junge bat den Alten darum, ihm etwas beizubringen. *Auf keinen Fall. Ein so starker Kerl wird sich niemals dazu herablassen, diesen kleinen Scheißer zu unterrichten.* Hätte er das Ausmaß ihrer Fähigkeiten umschreiben müssen, so wäre der Junge ein Kiesel und der alte Mann ein riesiger Edelstein. Zwischen ihnen lagen Welten. *Wie traurig. Wie unvorstellbar traurig, dass er die Kluft zwischen ihren Fähigkeiten nicht einmal erkennt. Lass es bleiben, Kleiner,* wisperte er in Gedanken.

Eigentlich meinte er den Jungen, doch gleichzeitig verspottete er auch sein früheres, närrisches Selbst, das überzeugt gewesen war, der Stärkste zu sein. Während er zuhörte – die Informationen über das Bordell, die die beiden austauschten, waren ihm völlig egal –, bekam er den Eindruck, als würde der alte Mann dem Jungen eine einzelne Lektion anbieten. Er verstand nicht, was dieser in ihm sah.

Was hat das zu bedeuten? Oder entgeht mir hier was? Nee, das kann nicht sein. Der Junge hat als Krieger ja kaum was zu bieten und sein Potenzial ist praktisch nicht vorhanden.

Was für eine Art Training würde das wohl werden? Von seiner aktuellen Position aus konnte er die beiden zwar hören, aber nichts sehen. Seine Neugier war stärker, also verschleierte er seine Anwesenheit, um unbemerkt um die Ecke zu linsen. In diesem Moment …

Eine schreckliche Präsenz schoss durch seinen ganzen Körper.

Er kreischte auf und erstarrte.

Diese Präsenz war wie der Atem eines riesigen Fleischfressers. Ein überwältigendes Gefühl des bevorstehenden Todes legte sich über die gesamte Welt. Er konnte nicht einmal blinzeln, an Flucht war gar nicht zu denken. Es fühlte sich, als wäre selbst sein Herz stehen geblieben. Diese Aura glich jener, von der Brain überzeugt war, dass es sich um die mächtigste der Welt handelte – der von Shalltear Bloodfallen.

Anstatt nur *allem Anschein nach* stehen zu bleiben, hätte das Herz eines schwächeren Manns höchstwahrscheinlich wirklich versagt. Seine Beine zitterten so heftig, dass er auf dem Hintern landete. *Wenn das für mich schon so schlimm ist, ist der Junge vermutlich tot – oder zumindest bewusstlos, wenn er Glück hat!*

Obwohl er Angst hatte, kroch Brain zu einer Stelle, von der aus er die beiden Gestalten beobachten konnte. Was er sah, war dermaßen unglaublich, dass er für einen Sekundenbruchteil seine eigene Furcht vergaß.

Der Junge war noch auf den Beinen. Seine Beine zitterten ebenso wie Brains, dennoch hielt er sich aufrecht.

Wa… was zur Hölle? Wie kann der Kleine noch stehen? Brain begriff nicht, wie dieser Knirps das bewerkstelligte, während seine eigenen Beine unter ihm nachgegeben hatten.

Hat er ein magisches Item oder beherrscht er eine Kampfkunst, um sich vor der Angst zu schützen? Oder besitzt er ein entsprechendes Talent?

Das alles lag ihm Rahmen der Möglichkeiten, doch als Brain bemerkte, wie hilflos der Junge wirkte, spürte er, es war etwas anderes. Seine Schlussfolgerung erschien ihm unmöglich, allerdings war es die Einzige, die ihm einfiel: Dieses Kind war stärker als er.

Niemals! Das kann auf keinen Fall sein!

Vermutlich trainierte er seinen Körper jeden Tag, doch er war nicht annähernd muskulös genug. Aus der Beobachtung seiner Beinarbeit und Technik bei der Verfolgung des alten Mannes hatte Brain geschlossen, dass der Junge nicht besonders begabt war. Augenscheinlich hatte er nicht viel zu bieten, doch der aktuelle Anblick belegte das Gegenteil.

W… wie kann das sein? Bin ich wirklich dermaßen schwach?

Seine Sicht verschwamm.

Er bemerkte, dass er weinte, ihm fehlte allerdings die Kraft, die Tränen wegzuwischen.

»Wagh, ngh … ngh …« Vergeblich versuchte er, sein Schluchzen zu unterdrücken, doch seine Tränen ließen sich nicht aufhalten. »Warum …? Warum?«

Er stemmte die Finger in die Erde, rappelte sich auf. Doch das Gefühl, sich im Griff eines Raubtiers zu befinden, das ihn zerfleischen wollte, hielt ihn nach wie vor in seinem Bann. Es war, als stünden seine Beine unter der Kontrolle eines anderen – sie waren nutzlos. Er konnte nichts anderes tun, als den Blick zu heben und den alten Mann und den Jungen zu beobachten.

Der Junge hatte ihm den Rücken zugewandt und stand noch immer. Offenbar hielt er den Blick auf den alten Mann gerichtet, der diesen Blutdurst verströmte. Brain hatte dieses Jungchen für schwach gehalten, doch nun machte es den Eindruck, als würde er ihn bei Weitem übertreffen.

»Bin ich ...«

... wirklich so schwach?

Brain ärgerte sich über sich selbst. Sogar als die Atmosphäre des Todes endlich abebbte, konnte er sich kaum auf den Beinen halten.

Es sah so aus, als würden die beiden ihr Training fortsetzen, doch Brain konnte sich nicht länger zurückhalten, sammelte all seinen Mut und kam um die Ecke. »W... wartet!«

In seinem derzeitigen Zustand war er nicht imstande zu überlegen, dass er sie vermutlich nicht stören und stattdessen auf eine bessere Gelegenheit warten sollte. Die angsterfüllte Stimme ließ den Jungen erschrocken herumfahren. Vermutlich hätte Brain an seiner Stelle genauso reagiert.

»Bitte akzeptiert meine aufrichtige Entschuldigung, dass ich Euch störe. Ich konnte nicht warten.«

»Kennt Ihr ihn, Sir Sebas?«

»Nein, tue ich nicht. Und ich nehme an, du auch nicht ...?«

Sie betrachteten ihn misstrauisch, doch damit hatte er gerechnet. »Ich heiße Brain Unglaus. Ich möchte mich noch mal für die Störung entschuldigen. Von ganzem Herzen.«

Er verneigte sich noch tiefer als beim ersten Mal und spürte, dass sich die beiden ein wenig entspannten. Nachdem genug Zeit verstrichen war, um sein Bedauern deutlich zu machen, hob Brain den Blick und erkannte, dass sie ihn nicht mehr ganz so skeptisch musterten.

»Und was willst du?«

Bei der Frage des alten Manns zuckte Brains Blick zum Jungen.

Dieser bemerkte es und erkundigte sich: »Was könntet Ihr von mir wollen?«

Es fiel Brain schwer, trotzdem fragte er den verdutzten Jungen: »Warum ... wie warst du in der Lage, diesem mörderischen Ansturm standzuhalten?«

Die Augen des Jungen weiteten sich kaum merklich. Da er eine sehr neutrale Miene zur Schau trug, ließ selbst eine so kleine Veränderung durchschimmern, wie sehr ihn Brains Worte schockierten.

»Ich will es wissen. Das war jenseits von allem, was eine normale Person verkraften kann. Verdammt – entschuldigt meine Wortwahl –, es lag jenseits von allem, was sogar ich verkrafte. Aber du bist anders. Du hast es geschafft. Du hast dich auf den Beinen gehalten. Wie hast du das gemacht? Im Angesicht von etwas derart Mächtigem!?«

Man hörte ihm an, wie aufgewühlt er war. Er konnte nichts dagegen tun. Brain war vor Shalltear Bloodfallens überwältigender Macht geflüchtet. Dieser Junge hatte einem ähnlichen Blutdurst getrotzt. *Wo liegt der Unterschied?*

Er musste es einfach erfahren.

Möglicherweise hatte er sich trotz allem verständlich genug ausgedrückt. Der Junge wirkte nervös, trotzdem dachte er über die Frage nach, bevor er antwortete: »Ich weiß es nicht. Ich kann nicht sagen, wieso ich nicht zusammengebrochen bin. Es könnte daran liegen ... dass ich an meine Herrin gedacht habe.«

»Deine Herrin?«

»Ja. Ich habe an die Person gedacht, der ich diene ... und habe es so geschafft, nicht aufzugeben.«

Das ist völlig unmöglich!, dachte Brain und wollte diese Worte am liebsten laut kreischen. Doch der alte Mann ergriff vor ihm das Wort.

»Deine Loyalität ist also stärker als Angst. Sir Unglaus, wenn es für jemanden ist, der ihnen viel bedeutet, sind die Leute dazu fähig, unglaubliche Kräfte zu mobilisieren. So wie eine Mutter den Stützbalken eines eingestürzten Hauses anheben kann, um ihr Kind zu retten. Oder ein Mann, der seine Frau an der Hand festhält, um zu verhindern, dass sie in den Tod stürzt. Ich denke, das ist der Inbegriff menschlicher Stärke. Dieser Junge konnte darauf zugreifen. Und er ist nicht der Einzige, der dazu in der Lage ist. Wenn du etwas hast, das du niemals aufgeben könntest, wärst du vermutlich ebenfalls imstande, Kräfte zu entwickeln, die du dir niemals zugetraut hättest.«

Brain konnte es nicht fassen. Sein Streben nach Stärke, von dem er geglaubt hatte, er könnte es niemals aufgeben, war letzten Endes bedeutungslos, oder etwa nicht? Er war eingeknickt, hatte Angst bekommen und die Flucht ergriffen.

Seine Miene verfinsterte sich, während er diesen Gedanken nachhing, doch Sebas holte ihn mit seinen nächsten Worten ins Hier und Jetzt zurück.

»Wenn man nur sich selbst hat, ist man schwach … denn sobald man sich beugt, ist es vorbei. Wenn man allerdings etwas mit einer anderen Person oder für jemanden aufbaut, beugt man sich vielleicht, aber man zerbricht nicht.«

Brain fragte sich insgeheim: *Habe ich so jemanden?*

Nein. Vor langer Zeit hatte er entschieden, solche Beziehungen seien zu nichts nutze, und hatte sie mit Füßen getreten. Bedeutete das etwa, was er bei seinem Streben nach Stärke aufgegeben hatte, war in Wahrheit das Wichtigste?

Brain lachte. Sein ganzes Leben war nichts weiter als eine lange Reihe von Fehlern. So blieb ihm nichts weiter, als zu grummeln: »Ich hab sie alle von mit weggestoßen. Denkt Ihr, ich kann daran jetzt noch was ändern?«

»Ihr schafft das. Ich verfüge über keine Begabung und war trotzdem in der Lage, das Ganze zu überstehen. Dann könnt Ihr es bestimmt auch, Sir Unglaus! Es ist nie zu spät.«

Dies waren die haltlosen Worte eines Jungen. Und doch wärmten sie Brains Herz. »Du bist freundlich … und stark … Es tut mir leid.«

Auf diese unerwartete Entschuldigung reagierte der Junge mit ratlosem Blick. Er war so stark, trotzdem hatte ihn Brain unterschätzt und insgeheim als »Scheißer« bezeichnet.

Ich bin ein Trottel. Ich bin so ein riesengroßer Trottel.

»Übrigens, Ihr seid doch nicht etwa der Brain Unglaus, der mal gegen Sir Stronoff gekämpft hat, oder?«

»Du kennst dich aus, hm? Hast du den Kampf mit angesehen?«

»Oh nein. Ein Zuschauer hat mir davon erzählt. Es hieß, Ihr wärt ein hervorragender Schwertkämpfer, bestimmt einer der besten des gesamten Königreichs. Ich denke, Eure Ausstrahlung und Eure ausgewogenen Bewegungen bestätigen das.«

So viel Freundlichkeit war Brain nicht gewohnt, darum konnte er seine Antwort nur stammeln. »Ähh … da… danke sehr. I… ich denke nicht, dass ich so gut bin, aber ich freue mich trotzdem … über dein Lob.«

»Hmm. Sir Unglaus …«, setzte der alte Mann an.

»Sir, nur Unglaus reicht völlig. Ich bin nicht würdig, von jemandem mit Eurer Stärke derart respektvoll behandelt zu werden.«

»Nun gut. Ich heiße Sebas Tian, nenn mich also bitte Sebas … Würde es dir etwas ausmachen, Climb ein wenig Schwertkampfunterricht zu erteilen? Ich denke, das würde dir ebenfalls nützen.«

»Oh! Bitte verzeiht mir! Ich heiße Climb, Sir Unglaus.«

»Sir … Entschuldigung … Sebas, wollt Ihr ihn nicht unterrichten? Bevor ich gestört habe, sah es so aus, als wolltet Ihr gerade damit beginnen.«

»Ja, das hatte ich vor, aber wir haben inzwischen Gesellschaft. Darum denke ich, ich sollte mich erst mit ihnen befassen ... Ach, da sind sie ja. Sieht so aus, als hätten sie etwas Zeit gebraucht, um sich Waffen zu besorgen.«

Brain drehte sich um, sah in die Richtung, in die auch Sebas blickte.

Langsam kamen drei Männer zum Vorschein. Sie trugen Kettenhemden und in ihren durch dicke Lederhandschuhe geschützten Händen hielten sie Klingenwaffen. Sie wirkten nicht einfach nur feindselig, sondern hatten es eindeutig aufs Töten abgesehen. Ihre Mordlust richtete sich gegen den alten Mann, sie machten allerdings nicht den Eindruck, auch nur in Erwägung zu ziehen, irgendwelche Zeugen am Leben zu lassen.

Brain war entsetzt und schaffte es nicht, seinen heiseren Ruf zu unterdrücken: »Das ist doch wohl ein übler Scherz ...! Die haben diesen Blutdurst gespürt und wollen es trotzdem darauf ankommen lassen? Sind die etwa so stark?!«

Wenn das der Fall war, musste jeder von ihnen über die gleiche Stärke verfügen wie Brain ... nein, sogar noch mehr. Vielleicht hatten sie sich einzig und allein auf Kriegerfähigkeiten spezialisiert, was ihren Mangel an Heimlichkeit erklären könnte.

Doch Sebas wischte Brains Bedenken beiseite. »Ich habe dafür gesorgt, dass nur ihr beide es spürt.«

»Häh?« Brain wusste genau, wie dämlich er klang.

»Für Climb war es Training. Dich sollte es hervorlocken und davon abbringen, kämpfen zu wollen oder eine anderweitig feindselige Haltung einzunehmen. Schließlich hatte ich keine Ahnung, wer du bist, und du hast dich versteckt. Dass diese Männer Feinde sind, wusste ich von Anfang an, darum habe ich dafür gesorgt, dass sie nichts davon bemerken. Hätten sie Angst bekommen und die Flucht ergriffen, hätte das die ganze Angelegenheit nur schwieriger gestaltet.«

Während er Sebas Tians erschreckender Erklärung zuhörte, merkte Brain, dass ihn allmählich nichts mehr wirklich überraschte, was der alte Herr zu sagen hatte. Eine solche Kraft dermaßen perfekt kontrollieren zu können widersprach dem gesunden Menschenverstand.

»I… ich verstehe. Dann wisst Ihr, wer sie sind?«

»Ich habe so eine Ahnung, allerdings noch ohne schlüssige Beweise. Ich denke also darüber nach, einen oder zwei festzuhalten, um sie ein wenig zu befragen; allerdings …« Sebas neigte den Kopf. »Ich möchte euch beide nicht in die Angelegenheit verwickeln. Darf ich euch darum bitten, euch sofort von hier zu entfernen?«

»Darf ich im Gegenzug vorher noch eine Frage stellen? Sind das … Kriminelle?«, wollte Climb wissen.

»Sieht jedenfalls ganz danach aus – die Art von Leuten, die was zu verbergen haben.«

Brain sah, wie seine Bemerkung ein eifriges Glimmen in Climbs Augen entfachte. »Ich möchte mich nicht einmischen, will aber auch kämpfen. Als Bewahrer des Friedens in der Hauptstadt ist es meine Aufgabe, das Volk zu beschützen.«

Dabei wissen wir nicht einmal, ob Sebas auf der richtigen Seite des Gesetzes steht, dachte Brain. Sicher, im Vergleich zu diesen finsteren Gesellen würde wohl jeder vermuten, dass ein vornehmer Herr mit Sebas' Auftreten rechtschaffen war, eine Garantie dafür gab es allerdings nicht. *Der Kleine ist so leichtgläubig …*

Trotzdem verstand er, was der Junge empfand. Die Wahl zwischen einem Mann, der ein Kind vor einem Haufen Trunkenbolde beschützt hatte, und diesen Typen fiel Brain leicht. »Nicht, dass ich denke, Ihr bräuchtet Unterstützung, Sebas, aber mich soll der Schlag treffen, wenn … Ähm, ich meine, ich will auch helfen.«

Er bezog neben Climb Aufstellung. Sebas brauchte sie nicht – tatsächlich gab es nicht den geringsten Grund, warum sie blieben. Brain entschied sich jedoch, Climbs Beispiel zu folgen und zu versuchen, für jemand anderen zu kämpfen, den Weg einzuschlagen, den er vorher ignoriert hätte. Er würde den Jungen, dessen Herz so viel stärker als seine Fähigkeiten mit dem Schwert war, beschützen.

Stirnrunzelnd betrachtete er die Waffen ihrer Gegner. »Sind die vergiftet …? Wenn die was benutzen, womit sie sich selbst verletzen könnten, bedeutet das wohl, sie haben Erfahrung damit … Sind das Assassinen?«

In der Rillen eines jeden Dolches, die als Stoßschwert bekannt waren, glänzte eine schleimige, unnatürliche Flüssigkeit. Die gewandten Bewegungen ihrer Widersacher bestätigten Brains gemurmelte Vermutung. Sie legten mehr Wert auf Geschicklichkeit, als es ein Schwertkämpfer tun würde.

»Climb, sei vorsichtig. Sofern du kein Item hast, das dich vor Gift schützt, solltest du schon die kleinste Verletzung als Problem betrachten.« Wenn man seinen Körper wie Brain trainiert hatte, war eine Unempfindlichkeit gegen die meisten herkömmlichen Gifte vollkommen natürlich. Climb hingegen war vermutlich sehr viel anfälliger.

»Sie zeigen sich so offen, ohne gleich anzugreifen, weil sie darauf warten, dass uns die anderen beiden in den Rücken fallen, oder? Wenn wir schon die Gelegenheit dazu haben, warum befassen wir uns nicht sofort mit ihnen?« Sebas hatte absichtlich laut genug gesprochen, dass ihre Gegner ihn hören konnten. Sie zögerten einen Moment lang, offenbar überrascht, dass man ihren Plan, sie zu umstellen, so einfach durchschaut hatte.

»Scheint das sinnvollste Vorgehen zu sein. Noch sinnvoller wäre es vermutlich, erst die hier fertigzumachen, und uns dann um die hinter uns zu kümmern«, bestätigte Brain Sebas' Gedanken, doch der alte Mann widersprach ihm.

»Oh, aber wenn wir das tun, laufen sie vielleicht weg. Ich übernehme die drei vor uns, und ihr beide die hinter uns, einverstanden?«

Brain stimmte zu und Climb nickte. Das war Sebas' Kampf. Sie zwangen ihn lediglich dazu, ihnen zu gestatten, ihm zu helfen. Solange er keinen schwerwiegenden Fehler machte, war es ihre Aufgabe, sich an seinen Plan zu halten.

»Na, dann mal los!«, sagte Brain zu Climb und wandte sich von den Männern ab. Weil Sebas da war, konnten sie ihren Gegnern gefahrlos den Rücken zuwenden. Die Anwesenheit des alten Herrn war in etwa so beruhigend, wie eine dicke Festungsmauer im Rücken zu haben.

»Nun denn, unglückseligerweise werde ich Euer Gegner sein, meine Herren. Ach, bitte lasst Euch nicht von den beiden hier ablenken.«

Als Brain einen Blick über die Schulter warf, hielt Sebas drei Dolche zwischen den beringten Fingern seiner rechten Hand. Er öffnete die Hand und die Waffen, die die Männer gerade nach Brain und Climb geworfen hatten, fielen klappernd zu Boden. Man konnte zusehen, wie der Kampfesmut der Angreifer verpuffte.

Nur verständlich. Jedem würde die Lust vergehen, nachdem man mit ansehen durfte, wie jemand drei Dolche aus der Luft fängt. Habt ihr endlich kapiert, wie stark Sebas ist? Aber dafür ist es jetzt zu spät ...

Selbst wenn sie sich verteilen würden, vor diesem alten Mann gab es kein Entkommen.

»Erstaunlich.« Climb bewegte sich zusammen mit Brain auf ihre eigenen Gegner zu.

»Ja. Würde jemand behaupten, Sebas sei der Stärkste im Königreich, ich würde zustimmen.«

»Noch stärker als der Hauptmann der königlichen Garde?«

»Stronoff? Ja, um ehrlich zu sein: Wenn Gazef und ich es zwei gegen einen mit Sebas zu tun hätten, wären wir trotzdem unterlegen – oh, sie sind da.«

Zwei weitere Männer tauchten auf und begannen, sie mit etwas Abstand zu umrunden. Wie zu erwarten ähnelten sie den anderen drei. Als Brain hörte, wie neben ihm ein Schwert gezogen wurde, tat er das Gleiche.

»Weil ihnen Sebas bereits auf die Schliche gekommen ist, drückt sich vermutlich keiner mehr in den Schatten herum, um mit Dolchen um sich zu werfen.«

Ein Hinterhalt war nur dann sinnvoll, wenn man nicht schon vorher bemerkt wurde. Ihnen war also vermutlich klar, dass es bloß ihre Kampfkraft schwächen würde, wenn sie an ihrem ursprünglichen Plan festhielten, und dass sie besser Aussichten haben würden, wenn sich jeder von ihnen um einen Gegner kümmerte.

»Die haben doch keine Ahnung ... Climb, ich übernehme den rechts, du den links«, befahl er dem Jungen, nachdem er anhand ihrer Bewegungen entschieden hatte, welcher ihrer Gegner der schwächere war. Climb nickte, nahm Kampfhaltung ein. Dass er nicht zögerte, legte nahe, dass er sich bereits in lebensbedrohlichen Scharmützeln wiedergefunden hatte. Brain war froh, dass der Kleine zumindest ein wenig Kampferfahrung besaß und mehr kannte als nur Übungskämpfe.

Climb sollte gegen diesen Kerl gewinnen können ... aber da sie Gift benutzen, könnte es trotzdem brenzlig werden.

Selbst wenn Climb über Kampferfahrung verfügte, Brain konnte sich nicht vorstellen, dass er jemals einen Spießrutenlauf mitgemacht hatte, bei dem man sich immer wieder gegen vergiftete Waffen wehren musste. *Könnte sein erstes Mal sein.*

Sogar Brain wurde sehr vorsichtig, wenn er es mit Monstern zu tun hatte, die ätzende Säure oder tödliche Gifte einsetzten. Das erschwerte es, mit voller Kraft zu kämpfen.

Soll ich diesen Kerl einfach töten ... und Climb unterstützen? Würde ihm das nützen? Oder würde ich ihm damit nur seine Bemühungen ruinieren,

Sebas behilflich zu sein? Soll ich ihn zurückdrängen und an seiner Stelle kämpfen? Nein ... sollte er in Gefahr schweben, würde ihn Sebas vermutlich retten. Soll ich eingreifen, wenn es nicht so aussieht, als würde Sebas etwas tun? Ich hätte nie gedacht, dass ich mir jemals um so was Gedanken machen würde ...

Er kratzte sich verlegen am Kopf, bevor er seinen Gegner entschlossen anstarrte.

»Na schön. Du musst wohl dran glauben, um meine vergeudete Zeit wettzumachen.«

Drei Schläge.

Sebas Tian stürmte los und bevor die Männer reagieren konnten, von einer Abwehr ganz zu schweigen, hatte er dreimal zugeschlagen. Damit war es vorbei.

Wie nicht anders zu erwarten. Er war der fähigste Kämpfer in ganz Nazarick, diese Assassinen hätte er mit dem kleinen Finger niederstrecken können. Er löste den Blick von den schlaff wie bewusstlose Tintenfische zusammenbrechenden Menschen und wandte sich dem Kampf hinter ihm zu.

Brain setzte seinen Gegner ununterbrochen unter Druck, um ihn musste er sich also keine Gedanken machen. Der Assassine schien nach einer Gelegenheit zur Flucht zu suchen, doch das ließ Brain nicht zu, so als würde er nur mit ihm spielen. Nein, Sebas bekam vielmehr den Eindruck, Brain würde verschiedene Angriffe üben, weil seine Fähigkeiten ein wenig eingerostet waren.

Ich habe doch vorhin gehört, wie er was von vergeudeter Zeit gesagt hat. Und er wirkt etwas abgelenkt, da er auf Climb aufpasst, um ihm notfalls zu helfen. Er scheint eine recht gute Person zu sein.

Sebas Blick huschte weiter zu Climb. *Nun, er wird den Kampf vermutlich überstehen.*

Es war ein unsicherer Austausch von Angriff und Abwehr. Sebas machte sich ein wenig Sorgen wegen der vergifteten Waffe, es hatte jedoch nicht den Anschein, als müsse er einschreiten, um den Jungen zu retten. Es behagte ihm nicht, seine Probleme auf freundliche Menschen abzuwälzen. Allerdings ...

Hätte er nicht gesagt, dass er stärker werden will, würde ich ihn retten ... Echte Kämpfe sind ein gutes Training. Wenn es nötig wird, greife ich ein.

Während er Climbs Kampf beobachtete, strich er sich nachdenklich über den Bart.

Climb parierte mit seinem Schwert einen Stoßangriff. Sein Rücken war nass geschwitzt. Ein Moment später und die Klinge hätte seine Panzerung durchgedrungen. Einen Sekundenbruchteil lang starrte ihn sein kaltschnäuziger Gegner enttäuscht an.

Er stieß mit seinem Schwert zu, um den Assassinen auf Abstand zu halten, doch der tänzelte ein paar Schritte vor und zurück, gab ihm keine Gelegenheit, ihn in die Defensive zu drängen. Für gewöhnlich benutzte Climb im Kampf Schwert und Schild – jetzt nur über eine Klinge zu verfügen stellte eine geistige und körperliche Herausforderung dar. Das Gift an der Waffe seines Gegners war noch etwas, das ihn unentwegt beunruhigte. Da man mit einem Stoßschwert hauptsächlich zustach, wusste er, worauf er am meisten achten musste. Aber zu wissen, dass bereits ein Kratzer tödlich enden konnte, schränkte seinen Handlungsspielraum empfindlich ein.

Er brachte seine unregelmäßige Atmung unter Kontrolle. *Er keucht auch. Ich bin also nicht als Einziger erschöpft.* Die Stirn des anderen Mannes glänzte vor Schweiß. Mit seinem auf Wendigkeit ausgelegten Kampfstil überraschte er Climb immer wieder aufs Neue. Allerdings bedeutete dies auch, sollte es Climb gelingen, seinem Gegner eine Verletzung beizubringen, würde das seinen Vorteil aufheben und sie wären nicht länger ebenbürtig.

Ein Treffer würde diesen Kampf entscheiden.

Diese Tatsache war der Quell der zwischen ihnen herrschenden Anspannung. Natürlich war das immer so, wenn ebenbürtige Gegner aufeinandertrafen, hier wurde es allerdings noch deutlicher.

»*Tscha!*« Während er hart ausatmete, schlug Climb zu. Seine Waffe vollführte lediglich einen engen Bogen mit nicht besonders viel Kraft dahinter. Er war zu besorgt, sich zu angreifbar zu machen, wenn er weiter ausholte, und seinem Gegner dadurch eine Gelegenheit für einen Gegenangriff zu bieten.

Der Assassine wich dem Schlag mühelos aus, griff sich an die Brusttasche. Climb rechnete mit einem hinterhältigen Angriff, darum behielt er diese Hand im Auge. Als der Dolch auf ihn zuflog, schlug er ihn mit dem Schwert zur Seite. Er hatte Glück gehabt. Hätte er seinen Gegner nicht so genau beobachtet, hätte er vermutlich nicht schnell genug reagieren können. Noch bevor er erleichtert aufatmen konnte, machte der Assassine einen kurzen Satz auf ihn zu.

Scheiße!

Ein eiskalter Schauer lief ihm den Rücken hinab.

Es gab keine Möglichkeit, sich dagegen zu verteidigen. Er hatte den Dolch vermutlich aus Angst mit einem zu hektischen Schwung abgewehrt. Nun fehlte ihm die Zeit, seine Waffe herumzureißen, um dieser Attacke zu begegnen. Er wollte ausweichen, doch der Mann war zu schnell.

Er konnte nichts tun, außer seinen Arm als Schild zu benutzen ...

Gerade als Climb diesen Entschluss gefasst hatte, griff sich der Assassine plötzlich ans Gesicht, sprang zur Seite.

Ein Kiesel, gerade einmal so groß wie eine Bohne, hatte ihn über dem linken Augenlid getroffen. Dank seiner gesteigerten Wahrnehmung, die ihm diese extremen Umstände bescherten, hatte Climb das Ganze mitbekommen.

Er musste sich nicht umdrehen, um zu wissen, wer ihn geworfen hatte. Wie zur Bestätigung hörte er Sebas' Stimme. »Furcht ist ein wichtiges Gefühl, aber du darfst dich nicht von ihr beherrschen lassen. Ich beobachte dich bereits eine Weile und du kämpfst zu einseitig. Du legst dich nicht ins Zeug. Hättest du wirklich einen Arm geopfert, wäre das dein Tod. Wenn du ihm körperlich nicht gewachsen bist, dann musst du deinen Geist benutzen. Manchmal ist der Verstand dem Fleisch überlegen.«

Ja, Sir, antwortete Climb in Gedanken und war überrascht, wie gelassen er sich auf einmal fühlte. Es war nicht die Erleichterung, dass er ihn gerettet hatte, sondern die Beruhigung, dass jemand über ihn wachte. Die Angst, möglicherweise zu sterben, konnte er jedoch nicht gänzlich abschütteln.

»Sollte ... sollte ich sterben, sagt Prinzessin Renner bitte ... sagt der Prinzessin, dass ich mutig gekämpft habe.«

Er atmete aus, hob sein Schwert wieder. Climb glaubte, etwas Neues in den Augen des Assassinen zu erkennen. Obwohl dieser Kampf noch nicht lange dauerte, konnte es sein, dass sie einander inzwischen verstanden?

Sein Gegner, der Climbs Entschlossenheit spürte, traf seine eigene Entscheidung.

Der Mann griff an. Ohne ein Wort überwand er die Entfernung, die die beiden Kontrahenten trennte.

Sobald sein Gegner in Reichweite war, schwang Climb sein Schwert nach unten. Im selben Moment machte der Assassine einen Satz zurück. Er hatte Climbs bisherige Schwerthiebe beobachtet und sich selbst zum Köder gemacht, um mit einer Finte zu reagieren.

Eines war ihm dabei jedoch entgangen.

Er hatte jede von Climbs Schwerttechniken gesehen, bis auf eine Ausnahme – die einzige, auf die Climb wirklich vertraute. Sein

Kopfüberschwung war schneller und kräftiger als alles andere, was er draufhatte.

Das Schwert traf die Schulter des Assassinen, doch sein Kettenhemd verhinderte, dass ihm der Arm abgetrennt wurde. Stattdessen brach sein Schlüsselbein mit einem widerlichen Knacken, Fleisch wurde zerfetzt und sein Schulterblatt zertrümmert.

Mit einer Drehung schlug er auf den Boden auf. Er sabberte vor Schmerzen und schrie lautlos.

»Ausgezeichnet.«

Sebas Tian kam näher und trat dem Assassinen beiläufig in den Bauch.

Das reichte, um ihn erschlaffen zu lassen, vermutlich hatte er das Bewusstsein verloren.

Aus dem Augenwinkel sah Climb, wie Brain, der seinen Gegner bereits bezwungen hatte, für ihn jubelnd die Arme in die Luft riss.

»Nun denn, wollen wir sie befragen? Wenn du etwas wissen möchtest, zögere bitte nicht.«

Sebas zerrte einen der Besiegten von den anderen weg, schüttelte ihn, bis er wieder zu sich kam. Dann legte er ihm eine Hand auf die Stirn.

Es dauerte keine zwei Sekunden. Er übte nicht einmal viel Druck aus, doch der Kopf des Mannes bog sich abrupt nach hinten und kehrte wie ein Pendel in seine ursprüngliche Position zurück. In diesem Moment war zu erkennen, dass die Augen des Mannes sich verändert hatten. Sein Blick wirkte abwesend, als wäre er betrunken.

Sebas begann seine Befragung. Der Assassine, der eigentlich darin ausgebildet sein sollte, den Mund zu halten, plauderte fröhlich alles aus.

Climb fand das alles so seltsam, dass er fragte: »Was habt Ihr mit ihm gemacht?«

»Das ist ein Skill namens Puppenspieler ... Ich bin froh, dass es funktioniert hat.«

Davon hatte Climb noch nie gehört, allerdings war für ihn wichtiger, was sie erfuhren: Einer der Sechs Arme, die die stärksten Mitglieder der Sicherheits-Abteilung der Acht Finger stellten, hatte ihn zum Assassinen ausgebildet. Er war damit beauftragt worden, Sebas zu folgen und ihn zu töten.

Brain sah Climb an. »Ich weiß nicht viel über die Acht Finger, aber die sind eine ziemlich große Verbrecherorganisation, oder? Bestimmt unterhalten sie auch Verbindungen zu Söldnern ...«

»Das ist richtig. Und die Sechs Arme sind ihre stärksten Mitglieder. Ich habe mal gehört, jeder von ihnen sei so stark wie ein Adamantit-Abenteurer. Nur weiß ich nicht, wie sie heißen, immerhin sind sie Teil einer Unterwelt-Organisation.«

Anscheinend gehörte Succuronte, der beim Herrenhaus aufgetaucht war, ebenfalls zu den Sechs Armen. Sein Spitzname lautete »Phantom Devil«. Er hatte vorgehabt, Sebas umzubringen und seine schöne Herrin zu verschleppen, um mit ihr zu tun, was immer ihm einfiel.

Als der Mann schließlich verstummte, überkam Climb ein Schauder, als würde er plötzlich von einem eisigen Luftzug erfasst. Die Kälte ging von Sebas aus.

Der elegante Herr stand langsam auf und Brain fragte: »Was werdet Ihr jetzt tun, Sebas?«

»Ich weiß jetzt genau, was ich tun muss. Als Erstes beseitige ich den Ort, an dem dieses ganze Übel seine Wurzeln hat. Dem Bericht dieses Mannes nach befindet sich Succuronte ebenfalls dort. Es ist nur logisch, die Glut zu löschen, bevor es zu einem Brand kommt.«

Seine entschlossene Antwort ließ Climb und Brain den Atem stocken. Wenn er diesen Ort überfallen wollte, bedeutete das, er war zuversichtlich, es mit Gegnern vom Adamantit-Rang aufnehmen zu können – mit Leuten, die den Gipfel menschlicher Stärke erreicht hatten.

Selbstverständlich machte das Sinn.

Obwohl sie so stark sind, hat er mit diesen drei Assassinen kurzen Prozess gemacht und Sir Unglaus respektiert ihn. Wer um alles in der Welt ist Sir Sebas? Vielleicht ein ehemaliger Adamantit-Abenteurer?

»Und er hat gestanden, dass man dort noch andere festhält. Vermutlich sollten wir so schnell wie möglich handeln«, meinte Brain.

»Richtig. Wenn diese Assassinen nicht bald zurückkommen, wissen die Leute dort, dass etwas nicht stimmt. Und wenn sie die anderen Gefangenen deswegen verlegen, werden wir sie nie befreien können«, ergänzte Sebas.

Sebas sah sich einem Dilemma gegenüber: Wenn sie sich Zeit ließen, würden sie ihren Gegnern damit nur in die Hände spielen.

»Na schön. Ich habe vor, sofort hinzugehen und dort einzudringen. Es tut mir schrecklich leid, aber mein Entschluss ist unumstößlich. Wenn ihr diese beiden bitte zur nächsten Wachstube schleifen könntet …«

»Bitte wartet, Sebas! Wenn Ihr keine Einwände habt, möchte ich mich Euch gerne anschließen, um diesen Bastar… Kerlen eine Lektion zu erteilen. Natürlich nur, wenn Ihr damit einverstanden seid.«

»Ich auch. Da ich Prinzessin Renner diene, ist es natürlich auch meine Aufgabe, den Frieden zu wahren. Wenn ein Bürger dieses Landes leidet, werde ich ihn mit diesem Schwert retten.«

»Unglaus wäre wahrscheinlich in der Lage, auf sich aufzupassen, allerdings befürchte ich, für dich könnte es ein wenig zu gefährlich werden.«

»Ich weiß, dass es gefährlich wird.«

»Climb … ich denke, er will damit sagen, du wärst im Weg. Na ja, von Sebas' Standpunkt aus gilt das vermutlich für uns beide, aber …«

»Nein, nein, so meinte ich das nicht. Ich mache mir bloß Sorgen um dich. Ich möchte vermeiden, dass du denkst, ich könnte dich dort genauso beschützen wie eben.«

»Ich verstehe.«

»Es könnte sein, dass man das, was wir tun werden, nicht dir oder deiner Herrin zuschreiben wird. Vermutlich gibt es bessere Orte, wo du dein Leben riskieren kannst.«

»Würde ich einer Ungerechtigkeit den Rücken zukehren, nur weil es gefährlich ist, wäre ich es nicht wert, meiner Herrin zu dienen. Wie sie möchte ich den Leidenden meine Hand reichen, um ihnen zu helfen.«

So, wie sie es bei mir getan hat …

Climbs unerschütterliche Entschlossenheit sorgte dafür, dass sich Sebas und Brain ansahen.

»Du hast dich also entschieden.«

Er antwortete mit einem entschlossenen Nicken.

»Ich verstehe. Dann werde ich nicht weiter widersprechen. Ihr beide, bitte steht mir zur Seite.«

Kapitel 5: Erstickte Glut, fliegende Funken

Kapitel 5: Erstickte Glut, fliegende Funken

1

3 später Flammenmond (September), 12:07 Uhr

»Das Etablissement befindet sich hinter dieser Tür. Dem Assassinen zufolge gibt es in dem Gebäude da drüben ebenfalls einen Zugang.« Sie standen vor dem Bordell, in der Nähe des Hintereingangs, aus dem man Tsuare geworfen hatte. Sebas Tian deutete auf ein Haus ein paar Türen weiter. Brain und Climb waren dabei gewesen, als der Assassine die Informationen preisgegeben hatte, doch keiner von ihnen war jemals in diesem Bordell gewesen, darum hörten sie seinen Erläuterungen aufmerksam zu.

»Ja, das waren seine Worte«, bestätigte Brain nickend. »Man könnte diesen Zugang auch als Fluchtweg nutzen und die Tür wird von mindestens zwei Leuten bewacht. Vielleicht sollten wir uns in zwei Gruppen aufteilen. Wie wäre es, wenn Ihr Euch um den Vordereingang kümmert, Sebas, und ich greife zusammen mit Climb die andere Tür an?«

»Ich habe keine Einwände. Was denkst du, Climb?«

»Ich habe nichts dagegen. Aber Sir Unglaus, was machen wir, sobald wir drin sind? Alles gemeinsam durchsuchen?«

»Ich fände es wirklich gut, wenn du anfangen würdest, mich Brain zu nennen. Sebas, Euch möchte ich ebenfalls darum bitten. Was die Frage angeht ... Es wäre wirklich sicherer, das Ganze gemeinsam zu erledigen, allerdings müssen wir das Gebäude so schnell wie möglich durchkämmen, während Sebas alle mit seinem Frontalangriff ablenkt. Es könnte Geheimwege geben, von denen der Assassine nichts wusste.« Als würde er sich an etwas Bestimmtes erinnern, fügte er leise hinzu: »Manchmal gibt es verborgene Korridore, die nur den Anführern bekannt sind.«

»Ihr meint also, wir sollten uns drinnen trennen?«

»Da wir bereits eine Ahnung haben, was uns erwartet, sollten wir am besten auf eine Weise vorgehen, mit der wir das meiste erreichen.«

Sebas Tian und Climb nickten zustimmend.

»Da Ihr stärker seid als ich, Sir Un… Brain, habt Ihr was dagegen, wenn ich Euch bitte, die Durchsuchung zu übernehmen?«

»Klingt gut. Und du hältst am Ausgang wache.«

Natürlich schwebte derjenige, der durch das Gebäude ging, in größerer Gefahr, da er garantiert auf Gegner stoßen würde. Brain war Climb haushoch überlegen, daher war es selbstverständlich, dass er diese Aufgabe übernahm.

»Dann sind wir mit unseren abschließenden Vorbereitungen fertig, oder?«, fragte Sebas.

Auf dem Weg hierher hatten sie sich eine grobe Strategie zurechtgelegt, doch ein paar Dinge hatten warten müssen, bis sie tatsächlich vor Ort waren. Da die Entscheidungen nun gefällt waren, gab es keine Einwände mehr.

Sebas trat einen Schritt auf die dicke Metalltür zu. Climb hätte sie niemals aufbrechen können, vor dem älteren Herren hingegen wirkte sie so widerstandsfähig wie ein Blatt Papier.

Nur einer würde den Haupteingang, den am besten gesicherten Bereich, angreifen, doch es gab keinen Grund zur Sorge – Brain Unglaus hatte Climb versichert, Sebas sei stärker als er und Gazef Stronoff zusammen. Das einzige Wort, das ihm gerecht wurde, war *außergewöhnlich*.

»Nun denn. Fangen wir an. Der Assassine meinte, man müsse sich an dieser Tür mit viermal anklopfen als Freund zu erkennen geben. Ich denke nicht, dass ihr das vergessen habt, ich wollte es nur für alle Fälle noch mal erwähnen.«

»Danke.« Er hatte es nicht vergessen, trotzdem bedankte sich Climb bei Sebas.

»Ich werde die Gegner gefangen nehmen, wenn es mir möglich ist, sollte ich allerdings auf Widerstand treffen, werde ich, ohne zu zögern, töten. Gibt es dagegen irgendwelche Einwände?«

Sebas lächelte freundlich, dennoch verspürten Climb und Brain ein leichtes Frösteln.

Das war eine vollkommen normale Herangehensweise, ganz und gar nicht verkehrt. Unter ähnlichen Umständen hätten sie genauso gehandelt. Was ihnen daran Angst machte, war das Gefühl, als würden in Sebas Tians Brust zwei Persönlichkeiten hausen. Ein über alle Maßen freundlicher Herr und ein hartgesottener Krieger ... In seinem Inneren existierten die beiden Extreme von Güte und Herzlosigkeit offenbar Seite an Seite. Sollten sie ihn gehen lassen, ohne sich gegen dieses Vorgehen auszusprechen, bestand die Möglichkeit, dass er jede einzelne Person innerhalb des Bordells umbringen würde.

Climb überwand seine Nervosität. »Wir sollten versuchen, den sinnlosen Verlust von Leben so gering wie möglich zu halten. Wir sind zahlenmäßig unterlegen, darum sind Opfer nicht zu vermeiden, aber wenn Ihr jemanden findet, der wie ein Anführer der Acht Finger aussieht, könntet Ihr ihn dann bitte in Gewahrsam nehmen? Das würde es uns ermöglichen, ihn zu verhören und so zu verhindern, dass diese Organisation in Zukunft noch mehr Schaden anrichtet.«

»Ich bin kein Freund von Mord. Ich bin nicht gekommen, um jeden einzelnen zu töten, mach dir also keine Sorgen.«

Sein sanftes Lächeln beruhigte Climb. »Dann entschuldigt mich bitte. Sollen wir beginnen?«

»Na schön. Dann will ich hier alle auf einmal ausschalten, um Zeit zu schinden.«

Wenn sie dieses Bordell dem Erdboden gleichmachten, würden diese Ganoven aufhören, Sebas zu belästigen, zumindest vorübergehend. Sollten sie so viel Glück haben und streng geheime Unterlagen in die Finger bekommen, könnte das die Acht Finger dermaßen beschäftigen, dass sie Tsuare vollkommen vergaßen. Im schlechtesten Fall würde ihr Sebas genug Zeit verschaffen, um zu entkommen. Oder er könnte die Verschnaufpause nutzen, um sich etwas Besseres einfallen zu lassen.

»Da war dieser freundliche Händler, der mich in E-Rantel angesprochen hat. Ich frage mich, ob ich ihn um Hilfe bitten könnte ...« Selbst wenn sich Tsuare geistig erholen sollte, wäre sie vermutlich glücklicher, jemanden um sich zu haben, dem sie vertraute.

Sebas betrachtete die dicke Eisentür erneut. Während er das mit kaltem Metall beschlagene Holz berührte, dachte er daran, wie man Tsuare hinausgeworfen hatte. Der Anblick dieser Pforte machte deutlich, ohne Werkzeug würde man sie nur mit Mühe aufbrechen können.

»Ich frage mich, ob Climb das überstehen wird.« Um Brain Unglaus musste er sich keine Gedanken machen. Selbst wenn er auf Succuronte treffen sollte, war sich Sebas sicher, dass der Krieger gute Aussichten hatte zu gewinnen. Climb hingegen nicht. Der Kleine hätte praktisch keine Chance.

Er war es, der seine Unterstützung bei der Erstürmung des Bordells angeboten hatte, daher war davon auszugehen, dass er auf alles vorbereitet war. Dennoch dachte Sebas, es wäre Verschwendung, sollte dieses gute, junge Leben vorzeitig enden.

»Meiner Meinung nach sollte so ein Junge ein langes Leben genießen ...« Der Gedanke passte zu jemandem, der selbst auf ein langes Leben zurückblicken konnte. Allerdings hatte man Sebas mit diesem Aussehen erschaffen. Wenn man also darüber nachdachte, war er jünger als Climb.

»Vermutlich wäre es das Beste, wenn ich mich selbst um Succuronte kümmern würde. Ich hoffe, sie begegnen ihm nicht.« Sebas Tian bat die Einundvierzig Erhabenen Wesen, Climb zu beschützen.

Wenn Succuronte der stärkste Gegner innerhalb dieses Etablissements war, bestand die Möglichkeit, dass er Sebas angreifen würde. Sollte er jedoch vielmehr ein Leibwächter sein, war es möglich, dass er sich auf den Schutz dieser Person konzentrierte und eine Flucht versuchte.

Mit einem Anflug von Nervosität packte Sebas den Türknauf und drehte ihn. Er bewegte sich nur ein wenig. Natürlich war der Eingang zu einem solchen Ort abgesperrt.

»Ich bin nicht besonders gut im Knacken von Schlössern ... Aber es gibt keine andere Möglichkeit. Ich muss es wohl auf meine Art machen«, murmelte Sebas enttäuscht, bevor er leicht in die Knie ging und so seinen Schwerpunkt senkte. Er holte mit der rechten Hand aus, streckte die Finger, während er an seiner linken Hand entlang zielte. Seine Haltung war standhaft, so gefestigt wie der Stamm einer tausend Jahre alten Zeder.

»Hump!«

Was als Nächstes geschah, schien unmöglich zu sein. Seine Hand durchschlug die Eisentür – noch dazu auf Höhe eines Scharniers. Dabei blieb es nicht. Er schob sie immer weiter hindurch. Das Scharnier löste sich mit einem metallischen Quietschen aus der Wand. Als wäre es das Normalste auf der Welt, öffnete Sebas die Tür.

»Was ... zur Hölle?!« Dahinter lag ein Flur, an dessen Ende ein großer, bärtiger Mann in einer halb geöffneten Tür stand und den Eindringling mit offenem Mund dümmlich anglotzte.

»Sie ist etwas eingerostet, also habe ich mir die Freiheit genommen, beim Öffnen ein wenig nachzuhelfen. Ich empfehle euch, die Scharniere gelegentlich zu ölen«, riet Sebas dem Hünen, während er die Tür hinter sich schloss. Nun ja, eigentlich lehnte er sie nur gegen den Rahmen.

Während der Kerl völlig verblüfft dastand, schlenderte Sebas lässig durch den Flur.

»Hey, was geht da vor sich?«

»Was war das für ein Lärm?«

Hinter dem Mann ertönten weitere männliche Stimmen. Der in der Tür antwortete ihnen nicht, stattdessen sprach er den Furcht einflößenden Besucher an. »Äh ... w... willkommen?!« Unfähig, sich zu regen, beobachtete er, wie sich der ältere Mann auf ihn zubewegte. Als Angestellter eines solchen Etablissements war er Gewalt vermutlich gewohnt. Doch was er gerade mit angesehen hatte, entzog sich dem gesunden Menschenverstand und nichts von alle dem, was er jemals erlebt hatte.

Die Fragen seiner Spießgesellen ignorierend lächelte er, wollte auf Sebas so harmlos wie möglich wirken. Sein Überlebensinstinkt schien ihm zu raten, dass er damit am weitesten kommen würde. Womöglich versuchte er auch verzweifelt, sich einzureden, der Diener vor ihm stünde im Dienst eines ihrer Kunden.

Der Bärtige mit dem gezwungenen Lächeln war kein angenehmer Anblick.

Sebas lächelte ebenfalls. Es war ein gütiger und freundlicher Ausdruck, in seinen Augen war jedoch nicht der geringste Hauch von Wohlwollen zu erkennen. Stattdessen lag in seinem Blick das geheimnisvolle, bezaubernde Funkeln eines Schwertes.

»Würdest du mir bitte aus dem Weg gehen?«

Es folgte ein Geräusch, bei dem sich einem der Magen umdrehte.

Der stämmige, voll bewaffnete Mann wog vermutlich über achtzig Kilo. Er flog zur Seite, wirbelte dabei mit einer Geschwindigkeit durch die Luft, die das menschliche Auge kaum wahrnehmen konnten. Dann krachte sein Körper mit einem feuchten Aufklatschen gegen die Wand.

Das ganze Gebäude erbebte, als wäre es von einer riesigen Faust getroffen worden.

»Ach Mist. Hätte ich ihn etwas weiter drinnen getötet, hätte er eine gute Barrikade abgegeben. Nun, sieht so aus, als wären da drin noch ein paar mehr. Ich muss von jetzt an einfach vorsichtiger sein.«

Während er sich ermahnte, sich besser zurückzuhalten, ging Sebas um die Leiche herum.

Er öffnete die Tür, betrat das Zimmer, sah sich würdevoll um. Er verhielt sich nicht, als würde er in feindliches Gebiet vordringen, sondern vielmehr so, als wäre er dabei, ein leer stehendes Gebäude zu begutachten.

Im Inneren befanden sich zwei Männer. Sprachlos gafften sie den blutigen Fleck an der Wand hinter Sebas an.

Es dauerte nur einen Moment, bis sich der Gestank von Organen, deren Inhalt sowie frischem Blut mit dem Geruch des Zimmers nach billigem Fusel zu einem übelkeiterregenden Aroma verband.

Sebas dachte daran, was er von Tsuare und den Assassinen erfahren hatte, um sich den Aufbau des Gebäudes ins Gedächtnis zu rufen. Tsuares Erinnerungen waren nur bruchstückhaft, doch sie hatte ihm erzählt, das eigentliche Bordell befände sich unter der Erde. Die Assassinen waren nie dort unten gewesen, darum würden ihn ihre Informationen von jetzt an nicht weiterbringen.

Er betrachtete den Boden, konnte jedoch keine nach unten führende Treppe entdecken. Möglicherweise war sie gut versteckt? Wenn er sie nicht selbst finden konnte, musste er eben jemanden fragen, der Bescheid wusste.

»Verzeihung. Ich hätte da eine Frage ...«

»Iieks!« Einer der Angesprochenen kreischte heiser, was vermuten ließ, dass er jegliche Gedanken an einen Kampf bereits verworfen und nur noch die Flucht im Sinn hatte. Das beruhigte Sebas. Wann immer er an Tsuare dachte, konnte er sich offenbar nicht zurückhalten und tötete jeden, der sich ihm in den Weg stellte.

Wenn sie nicht kämpfen wollten, reichte es völlig, ihnen beide Beine zu brechen. Im Versuch, Sebas zu entkommen, drückten sich die zitternden Männer gegen die Wand. Er betrachtete sie mit einem Lächeln, das lediglich seine Lippen umspielte.

»Iieks!«

Die wachsende Panik stand ihnen ins Gesicht geschrieben. Der Geruch von Ammoniak breitete sich aus.

Sieht so aus, als hätte ich sie ein wenig zu sehr erschreckt. Sebas Tian runzelte die Stirn.

Einer der Männer verdrehte die Augen, dann brach er zusammen. Durch den Stress hatte er das Bewusstsein verloren. Der andere starrte ihn neidisch an.

Sebas seufzte. »Wie ich schon sagte, habe ich eine Frage ... Tatsächlich habe ich unten etwas zu erledigen. Kannst du mir sagen, wie ich runterkomme?«

»D... das ist ...«

Er erkannte, wie viel Angst der Mann davor hatte, die Organisation zu verraten. Bei den Assassinen war es genauso gewesen. Es schien, als würden sie sich davor fürchten, rausgeworfen zu werden. Wenn er an das Verhalten des ersten Kerls dachte, dem er Geld für die Flucht gegeben hatte, musste er davon ausgehen, dass es den Tod bedeutete.

Während der Mann noch zauderte und offenbar innerlich mit sich rang, wie viel er preisgeben sollte, setzte Sebas seinem Zögern mit einem schlichten Kommentar ein Ende. »Es gibt hier zwei Münder – ich muss es nicht unbedingt aus deinem hören.«

Der Mann schwitzte und schauderte. »S… s… s… sie ist da drüben! Eine Falltür!«

»Da drüben?« Da er nun wusste, worauf er achten musste, bemerkte er die Schleifspuren auf dem Boden. »Aha. Danke sehr. Deine Aufgabe ist nun erfüllt.« Sebas lächelte.

Der Mann begriff die Bedeutung seiner Worte. Er wurde kreidebleich. Dennoch bewahrte er sich einen winzigen Funken Hoffnung, den er in Worte kleidete. »B… bitte … tötet mich nicht!«

»Das überzeugt mich nicht.«

Die Antwort ließ die Luft im Zimmer gefrieren. Dem Mann traten die Augen aus dem Schädel – ein für Menschen üblicher Gesichtsausdruck, wenn sie etwas Unglaubliches erlebten, es aber nicht wahrhaben wollten.

»Aber ich hab Euch doch gesagt, was Ihr wissen wolltet, oder etwa nicht? Kommt schon, ich mach alles … Verschont mich!«

»Das stimmt, allerdings …« Sebas gab so etwas wie ein Seufzen von sich und schüttelte den Kopf. »Nein.«

»Das … ist doch wohl ein Witz!«

»Wenn du möchtest, darfst du dir gerne einreden, dass ich scherze, aber das hier kann nur auf eine Weise enden.«

»Bei den Göttern …«

Sebas dachte daran, in welchem Zustand sich Tsuare befunden hatte, und verengte die Augen ein wenig. Jemand, der an so etwas Schrecklichem beteiligt war, hatte nicht das Recht, die Götter anzurufen. Und Sebas' Götter waren die Einundvierzig Erhabenen Wesen. Es war geradezu beleidigend.

»Du erntest, was du säst.« Diese harten Worte, die die Unterhaltung abrupt beendeten, verrieten dem Mann, dass sein Tod bevorstand.

Flüchten? Kämpfen? Als er gezwungen war, sich zu entscheiden, wählte der Mann, ohne zu zögern, die Flucht. Er wusste, wie ein Kampf gegen Sebas enden würde. Weglaufen beinhaltete zumindest die verschwindend geringe Möglichkeit zu überleben. Mit dieser Annahme hatte er nicht ganz unrecht, denn dadurch währte sein Leben immerhin ein paar Sekunden – nein, ein paar Sekundenbruchteile – länger.

Er stürmte Richtung Tür, doch Sebas holte ihn augenblicklich ein, riss ihn mühelos herum. Eine Windböe tanzte um den Kopf des Mannes, dann brach er wie eine Lumpenpuppe zusammen. Eine Kugel klatschte gegen die Wand, hinterließ einen blutigen Fleck, bevor sie auf dem Boden landete. Einen Herzschlag später verteilte sich das Blut aus dem Hals der kopflosen Leiche auf dem Boden.

Die Technik war eines Gottes würdig. Die unglaubliche Geschwindigkeit und Kraft des Roundhouse-Kicks gegen den Kopf des Mannes waren an sich bereits Ehrfurcht gebietend, am erschreckendsten war jedoch die Tatsache, dass der Schuh am Ende des Fußes keinen Fleck aufwies. Mit klackenden Absätzen ging er zu dem bewusstlosen Mann und trat auf ihn. Sein Körper zuckte, begleitet von einem Geräusch, als würde ein toter Baum brechen. Kurz darauf lag er reglos da.

»Wenn ihr daran denkt, welche Taten ihr bisher begangen habt, war es nur logisch, davon auszugehen, dass es hierzu kommen würde, meint ihr nicht? Aber tröstet euch mit der Tatsache, dass ihr mit eurem Leben bezahlt habt.«

Sebas sammelte die Leichen ein. Sie waren entsetzlich zugerichtet, darum reihte er sie an der Treppe auf, um jeden, der auf diesem Weg flüchten wollte, dazu zu bringen, noch einmal darüber nachzudenken. Das hatte er sich überlegt, falls er den Eingang nicht irgendwie blockieren konnte.

Nachdem er fertig war, trat er auf die Falltür ein.

Die Beschläge rissen ab und die Klappe öffnete sich, bevor sie mit unerwartetem Getöse die stabilen Treppenstufen hinunterpolterte.

»Ich verstehe ... Wenn ich die Treppe zerstöre, ist dieser Fluchtweg abgeschnitten.«

Der Raum war nicht besonders groß.

Es gab hier keinerlei Möbel außer einem Kleiderschrank und einem Bett.

Die Matratze des Bettes war nicht mit Stroh gefüllt, sondern mit hochwertiger Baumwolle. Der Rahmen selbst war stabil gearbeitet, wie etwas, das man auch im Haus eines Adeligen vorfinden würde. Allerdings hatte man mehr Wert auf Funktionalität statt auf Schönheit gelegt, weswegen es dem Möbelstück gänzlich an Verzierungen mangelte.

Darauf saß ein nackter Mann.

Offenbar hatte er seine besten Tage längst hinter sich. Sein schwammiger Körper war vermutlich das Ergebnis eines unersättlichen Appetits. Sein Gesicht hätte man als annähernd durchschnittlich bezeichnen können, allerdings verlor es dank der Massen überschüssiger Haut einiges an Punkten. Jeder, der ihn sah, hätte sein Aussehen wohl mit dem eines Schweins verglichen. Schweine waren von Natur aus intelligente, bezaubernde Tiere, die Schönheit zu schätzen wussten. In diesem Fall handelte es sich allerdings eher um die beleidigende Bedeutung – schwer von Begriff, gierig und schmutzig.

Er hieß Staffan Heivish.

Immer wieder ließ er seine Faust in Richtung Matratze niedersausen. Jeder Treffer wurde von einem dumpfen Aufklatschen begleitet. Auf Staffans schlaffen Gesichtszügen zeichnete sich Verzückung ab. Er spürte nicht nur, wie sich der Körper unter seiner Hand verformte, da war auch eine weitaus angenehmere Empfindung, die ihm den Rücken hinaufkroch. Er schauderte.

»Ooh ...«

Als er die Faust langsam hob, klebte rotes Blut daran.

Staffan saß auf einer nackten Frau.

Die Haut ihres geschwollenen Gesichts war mit frischen blauen Flecken übersät. Geronnenes Blut verklebte ihre zertrümmerte Nase. Schwere Entzündungen verunstalteten Lippen und Augenlider und von ihren einstmals hübschen Gesichtszügen war nichts mehr zu erkennen. Im Vergleich zu ihrem Gesicht waren die Anzeichen innerer Blutungen am Rest ihres Körpers gar nicht so schlimm. Das Laken unter den beiden war ebenfalls voller Blut.

Bis vor Kurzem hatte die Frau noch versucht, sich mit den Armen zu schützen, inzwischen lagen ihre Glieder kraftlos auf dem Bett. Ihr auf dem Laken aufgefächertes Haar erweckte den Eindruck, sie würde im Wasser treiben.

»Hey! Was ist los? Bist du etwa schon fertig? Häh?«

Sie konnte unmöglich noch bei Bewusstsein sein.

Staffan hob die Faust, schlug zu. Er traf ihre Wange, den Knochen darunter, Schmerz schoss durch seine Hand. Er verzog das Gesicht.

»Tze! Das hat wehgetan, Schlampe!«

Wütend schlug er sie erneut. Das Bett ächzte, er hörte Flüssigkeit spritzen. Die straff geschwollene Haut der Frau war aufgeplatzt. Frisches, dickes rotes Blut spritzte auf das Laken und bedeckte seine Faust.

»Urgh.« Die Frau regte sich nicht mehr, nicht einmal, wenn er zuschlug, und es gab kaum Lebenszeichen.

Dieser Grad von Gewalt war lebensbedrohlich. Sie lebte noch, aber nicht, weil sich Staffan zurückhielt; die Matratze fing einen Teil der Wucht ab. Hätte sie auf dem harten Boden gelegen, wäre sie vermutlich schon längst tot. Doch Staffan beherrschte sich nicht etwa deswegen, weil er wusste, welche Wirkung die Matratze hatte – schließlich wäre es für ihn kein Problem, sollte die Frau sterben. Eine Beteiligung an der Entsorgungsgebühr würde ausreichen, um die Angelegenheit aus der Welt zu schaffen. Tatsächlich hatte er in diesem Etablissement schon mehrere Frauen zu Tode geprügelt. Möglicherweise waren die Kosten, die sich inzwischen angehäuft hatten, der Grund, warum er sich unbewusst zügelte.

Er betrachtete die reglose Frau, leckte sich über die Lippen.

Dieses Bordell war der beste Ort, um kranke Gelüste zu befriedigen. In einem normalen Bordell würde man dergleichen niemals zulassen. Nun, vielleicht doch, allerdings konnte er das nicht mit Sicherheit sagen.

Als Sklaverei noch nicht verboten gewesen war, war Staffans Meinung nach alles bestens gewesen.

Man hatte Sklaven damals quasi als Gegenstände betrachtet und jene, die sie schlecht behandelten, mit verachtenden Blicken gestraft; ähnlich, wie man es bei Leuten tat, die protzig und verschwenderisch mit ihrem Vermögen umgingen.

Doch für Staffan und andere Leute mit abartigen Fetischen waren Sklaven die schnellste Möglichkeit gewesen, ihre Lust zu befriedigen. Da ihm dieser Weg inzwischen verwehrt war, blieb ihm nichts anderes übrig, als sich an einem Ort wie diesem Erleichterung zu verschaffen. Was wäre nur aus ihm geworden, wenn er nicht von diesem Etablissement erfahren hätte? Vermutlich hätte er früher oder später ein Verbrechen begangen, weil er seine Begierde nicht unter Kontrolle halten konnte, und wäre im Gefängnis gelandet.

Er konnte dem Adeligen – seinem Herrn – gar nicht genug dafür danken, dass er ihm dieses Bordell gezeigt hatte. Auch wenn er im Austausch seine Amtsbefugnis nutzen musste, um dessen illegale Machenschaften zu schützen.

»Ich danke Euch, mein Herr.«

Sein Blick wirkte entspannt. In Anbetracht seines Fetischs und seiner Persönlichkeit war das schwer zu glauben, doch er war seinem Herrn, und sonst niemandem, von ganzem Herzen dankbar.

Allerdings ...

In seinem Bauch nährte er eine immer heißer lodernde Flamme – Zorn.

Dieses Gefühl gebührte der Frau, die für das Ende der Sklaverei und den damit einhergehenden Verlust des Ventils für seine Gelüste verantwortlich war.

»Diese kleine Schlampe!« Vor Wut lief sein Kopf rot an, selbst seine Augen bekamen einen blutigen Schleier.

Anstelle des Gesichts der Frau, auf der er hockte, sah er das der Prinzessin, der er dienen sollte. Er konzentrierte die in ihm aufsteigende Empörung in seiner Faust und schlug zu.

Bei jedem deutlich hörbaren Treffer spritzte frisches Blut.

»Ich frage mich, wie unglaublich gut es sich anfühlen würde, *ihr* Gesicht zu zertrümmern ...«

Wieder und wieder fuhr seine Faust nieder.

Vielleicht hatte er ihr einen Zahn abgebrochen, der in ihrem Mund für eine Verletzung gesorgt hatte, denn mit einem Mal lief ihr eine überraschende Menge Blut über die aufgeplatzten Lippen.

Mittlerweile zuckte sie nur noch schwach, wenn er sie schlug.

»Puh ...« Dank der Anstrengung keuchte Staffan schwer. Stirn und Körper waren mit einem öligen Schweißfilm bedeckt. Er betrachtet die Frau unter sich. Ihr schrecklicher Zustand hatte inzwischen ein Ausmaß angenommen, das klarmachte: Sie stand an der Schwelle des Todes. Wie eine Marionette mit durchtrennten Schnüren lag sie auf der Matratze.

Staffan schluckte hörbar.

Nichts erregte ihn mehr als Sex mit einer beinahe totgeschlagenen Frau. Je schöner sie vor der Tracht Prügel ausgesehen hatte, umso besser. Nichts befriedigte seinen sadistischen Hunger mehr, als Schönheit zu zerstören.

»Wie großartig würde es sich anfühlen, das mit *ihr* zu machen?«

Er dachte an die hochmütigen, arroganten Züge der Herrin des Hauses, das er besucht hatte. Ihre Schönheit ließ sich mit der der Prinzessin vergleichen und von Renner sagte man, sie sei die liebreizendste Frau im ganzen Königreich.

Natürlich wusste er, eine solche Frau befand sich weit jenseits seiner Reichweite. Die einzigen Frauen, mit denen er seinen Fetisch befriedigen konnte, waren die, die tief genug gefallen waren, um in diesem Bordell zu enden – jene, die nur einen Schritt davon entfernt waren, entsorgt zu werden.

Für eine dermaßen schöne Frau wie die Prinzessin müsste ein Teufelskerl von einem Adeligen Unsummen ausgeben, um sie erst zu kaufen und dann sicher zu verwahren, damit kein Sterbenswörtchen darüber an die Öffentlichkeit drang.

»Irgendwann würde ich gerne eine solche Frau schlagen … sie zu Tode prügeln.«

Das würde Spaß machen und sehr befriedigend sein.

Es war unnötig zu erwähnen, wie unerreichbar dieser Traum war.

Er betrachtete die Frau unter sich. Ihre nackte Brust regte sich kaum merklich. Bei diesem Anblick verzog er die Lippen zu einem widerwärtigen Lächeln.

Er packte ihre Brüste, quetschte sie brutal.

Sie reagierte überhaupt nicht. Sie war nicht länger fähig, Schmerzen zu spüren – nicht einmal solch enorme Qualen. Inzwischen war der einzige Unterschied zwischen dieser Frau und einer Puppe, dass die Frau weich war.

Staffan allerdings fand dieses vollständige Fehlen von Widerstand ein klein wenig enttäuschend.

Hilfe.

Vergebt mir.

Es tut mir leid.

Oh, hört auf.

In Gedanken hörte er wieder ihr Flehen. *Hätte ich sie ficken sollen, als sie noch geschrien hat?* Mit einem Anflug von Bedauern knetete Staffan weiter ihre Brust.

Die meisten Frauen, die in diesem Bordell landeten, waren geistig abwesend, gebrochen. Die Frau heute hatte im Vergleich dazu recht normal gewirkt.

»War sie auch mal so?«

Er dachte an Tsuare. Er wollte gar nicht wissen, was aus dem Mann geworden war, der sie hatte entkommen lassen. Seine Gedanken wanderten weiter und der Diener des Herrenhauses kam ihm wieder in den Sinn. Eine finstere Miene breitete sich auf seinem Gesicht aus, ohne dass er etwas dagegen tun konnte.

Viele Männer hatten Tsuare gefickt, möglicherweise auch ein paar Frauen und Nichtmenschliche – wieso sollte ausgerechnet sie es also wert sein, beschützt zu werden? Alleine wenn er daran dachte, dass dieser Diener bereit schien, Hunderte von Goldstücken für sie zu zahlen, musste Staffan sich ein Lachen verkneifen.

»Wenn ich so darüber nachdenke: Diese Ausreißerin hat auch hübsch geschrien.« Er schwelgte in den Erinnerungen an ihr Kreischen. Ja, für jemanden in diesem Bordell war sie recht normal gewesen.

Staffan bereitete sich darauf vor, seine animalischen Gelüste zu befriedigen. Er packte die Beine der Frau, spreizte sie. Sie waren so dürr, dass man die Knochen erkennen konnte, und er war in der Lage, sie komplett mit einer Hand zu umspannen.

Er kroch zwischen ihre Beine, kniete vor der aufgerissenen Öffnung zwischen ihren Schenkeln.

Er packte sein Glied, das vor Verlangen bereits hart war, und …

Er hörte ein Klicken, dann wurde die Tür geöffnet.

»Was zur Hölle?!« Im Eingang stand ein alter Mann, den er schon einmal irgendwo gesehen hatte. Eine Sekunde später wurde Staffan schlagartig klar, wer das war: der Diener aus dem Herrenhaus.

Der alte Mann – Sebas Tian – kam völlig gelassen hereingeschlendert, seine Schritte klackten auf dem Boden. Er bewegte sich mit einer solchen Selbstverständlichkeit, dass es Staffan die Sprache verschlug.

Was macht der Diener aus dem Herrenhaus hier? Warum kommt er in dieses Zimmer? Die gesamte Situation erschien ihm derart absurd, dass er nicht wusste, was er davon halten sollte.

Sebas blieb neben dem Bett stehen. Nach einem Blick auf die Frau starrte er Staffan kalt an.

»Dir gefallen Schläge?«

»Häh?!«

Das sonderbare Geschehen verleitete Staffan dazu, aufzustehen und nach seinen Kleidern zu greifen.

Doch Sebas war schneller als er.

Er hörte einen Schlag, dann verschwamm Staffans Sicht, während sein Kopf zur Seite ruckte. Gleich darauf spürte er, wie sich auf seiner Wange heißer, pochender Schmerz ausbreitete. Endlich begriff er: Der alte Mann hatte ihn geschlagen – nein, *geohrfeigt* war wohl zutreffender.

»Du Pastarrrd, denkst du, du kannst …«

Es folgte eine weitere Ohrfeige. Und es nahm kein Ende.

Links, rechts, links, rechts, links, rechts, links, rechts …

»Pför auf!«

Staffan war es gewohnt, selbst zu schlagen, statt geschlagen zu werden, und ihm traten Tränen in die Augen. Während er zurückwich, hob er beide Hände, um sein Gesicht zu schützen. Seine Wangen brannten schmerzhaft.

»Du Pasdarrd! Zenksd du, du kommsd zamid duhch?«

Seine roten, geschwollenen Wangen pochten beim Sprechen.

»Komme ich nicht?«

»Nadühlich nichd! Du Idiod! Weissd do, whee ich bin?«

»Nur ein Trottel.«

Sebas überwand die von Staffan mühsam erarbeitete Distanz und schlug ein weiteres Mal zu.

»Pföhr auf! Biddhe phör auf!«

Staffan versuchte, seine Wangen zu schützen, wie ein Kind, das von seine Eltern eine Tracht Prügel erhielt. Er mochte Gewalt, allerdings waren diejenigen, die er geschlagen hatte, stets hilflos gewesen. Sebas mochte wie ein alter Mann aussehen, doch Staffan hatte zu viel Angst, um zurückzuschlagen. Er konnte jemanden nur dann schlagen, wenn er sich absolut sicher war, dass sich derjenige nicht wehren konnte. Möglicherweise hatte Sebas Tian das erkannt, da er das Interesse an ihm zu verlieren schien und sich stattdessen der Frau zuwandte.

»Das ist einfach nur schrecklich …«

Staffan drückte sich an Sebas vorbei, während dieser sich über das Bett beugte.

»Idiod!«

Sein Verstand raste. *Was für ein dummer, alter Mann. Ich werde sämtliche Leute in diesem Gebäude zusammenrufen, damit sie ihm eine Lektion erteilen. Nach allem, was er* mir *angetan hat, wird er nicht so einfach davonkommen. Ich werde ihm zeigen, was Furcht ist und was Schmerz bedeutet.*

Er dachte auch an die Herrin des Dieners, die schöne Frau.

Ein Herr ist für die Fehltritte seines Untergebenen verantwortlich. Für diesen Schmerz werde ich Herrin und Diener gleichermaßen zur Rechenschaft ziehen. Ich werde dafür sorgen, dass sie ganz genau wissen, wen er geschlagen hat!

Sein fetter Bauch schwabbelte, als er durch die Tür in den Flur stolperte.

»Irgentweeer! Isd irgentwer daah?«, brüllte er aus vollem Hals.

Eigentlich hätte sofort ein Angestellter oder sonst jemand kommen sollen. Doch seine Erwartung wurde enttäuscht. Das begriff er, als er nun im leeren Korridor stand.

Es war totenstill.

Nirgends war auch nur eine Menschenseele zu entdecken. Staffan schaute sich, nackt wie er war, besorgt um. Die eigenartige Atmosphäre im Flur – die Stille – machte ihm Angst. Zu beiden Seiten des Ganges befanden sich Türen, doch durch die würde natürlich niemand kommen. Die Zimmer dieses Etablissements für Leute mit eigentümlichen – oder gar gefährlichen – Fetischen waren vollkommen schalldicht. Die Angestellten hingegen mussten ihn auf alle Fälle gehört haben.

Als man ihn in sein Zimmer gebracht hatte, hatte er mehrere von ihnen gesehen. Allesamt gestandene, muskulöse Männer, gegen die der alte Sebas keine Chance hätte.

»Warum kommd niemand?«

»Weil sie entweder tot oder bewusstlos sind«, antwortete eine leise Stimme auf Staffans Schrei.

Verdattert drehte er sich zu Sebas um, der seelenruhig dastand.

»Es sieht so aus, als wären weiter hinten noch ein paar Leute, aber von denen schlafen die meisten.«

»D… dad kann nichd sein! Hiea sihnd fiele Leude!«

»Oben gab es drei, offenbar Angestellte. Zehn unten. Und dann waren da noch zehn andere wie du.«

Was redet der Kerl da?, fragte sich Staffan insgeheim, während er Sebas anglotzte.

»Jedenfalls ist niemand in der Nähe, der kommen und dich retten kann. Selbst wenn die Angestellten wieder zu sich kommen sollten, ich habe ihre Beine zertrümmert und ihre Arme gebrochen. Die können nur noch wie Raupen herumkriechen.«

Staffans Gesicht verriet seine Überraschung. Was Sebas da sagte, sollte nicht möglich sein, doch die seltsam stille Atmosphäre bestätigte seine Worte.

»Nun denn, ich verspüre nicht das geringste Verlangen, dich am Leben zu lassen. Ich werde dich einfach hier töten.«

Er zog keine Klinge, er hielt auch keine andere Waffe in den Händen. Schweigend und gelassenen Schrittes kam der Diener auf ihn zu. Seine entspannte Art, sich zu bewegen, machte Staffan Angst. Er erkannte, dass Sebas es todernst meinte.

»Warde! Warde! Laff unf einen Handeehl machen. Du wirsd ef nich bereuhen.«

»Es ist schwierig, dich zu verstehen. Du sagst, ein Handel, den ich nicht bereuen werde? Ich verstehe ... daran habe ich kein Interesse.«

»Warum machd du daf?«

Es gibt keinen Grund, warum mir so was widerfahren sollte. Warum sollte ich sterben? Sebas Tian schien seine Gedanken zu lesen.

»Bedenke all die Dinge, die du getan hast. Begreifst du es immer noch nicht?«

Staffan dachte über sein Verhalten nach. *Habe ich was Falsches gemacht?*

Sebas seufzte. »Ich verstehe.« Während er sprach, trat er Staffan kräftig in den Bauch. »So sieht das also aus, wenn jemand nicht würdig ist zu leben.«

Mehrere von Staffans Organen platzten und unvorstellbare Schmerzen erfassten seinen gesamten Körper. Eigentlich hätte er sofort das Bewusstsein verlieren und sterben sollen, aus irgendeinem Grund war er jedoch nach wie vor bei Sinnen.

Das tut weh!

Das tut weh!

Das tut weh!

Er wollte sich schreiend auf dem Boden winden, doch der Schmerz war derart durchdringend, dass er sich nicht rühren konnte.

»Nur zu, stirb so«, sagte eine kalte Stimme.

Er versuchte, um Rettung zu schreien, doch seine Kehle verweigerte ihren Dienst. Schweiß lief ihm in die Augen, seine Sicht verschwamm. Durch den Schleier beobachtete er, wie Sebas davonschlenderte.

Rette mich!

Rette mich!

Wenn du Geld willst, gebe ich dir, so viel du willst ... nur, rette mich!

Es war niemand mehr da, an den er sein unausgesprochenes Flehen um Hilfe richten konnte.

Langsam, aber unaufhaltsam nahmen die quälenden Schmerzen in seinem Bauch überhand und Staffan verreckte.

2

3 später Flammenmond (September), 12:12 Uhr

»Climb, ich werde die Kerle oben töten. Wir haben nichts, um sie zu fesseln, und wenn sie Hilfe holen, würde das alles nur noch schwieriger machen. Wir könnten sie zwar bewusstlos schlagen, aber solange die Gefahr besteht, dass sie wieder zu sich kommen, wird es gefährlich sein zu versuchen, hier die Kontrolle zu übernehmen. Wir wissen so wenig über diesen Ort ... Was ist los?«

»Oh, ähm, es ist nichts.« Climb schüttelte den Kopf, um seine Angst zu vertreiben. Sein Herz schlug so heftig, als wäre er mit voller Kraft gerannt, doch er versuchte, es bestmöglich zu ignorieren. »Bitte verzeiht. Es ist alles in Ordnung. Wir können jederzeit anfangen.«

»Bist du dir sicher? … Sieht so aus, als hättest du dein Pokerface wieder im Griff. Seit wir hier angekommen sind, verhältst du dich ein wenig seltsam, aber jetzt siehst du wie ein Krieger aus. Ich weiß ja, dass du nervös bist. Da drin lauern mächtige Gegner, die du in deinem jetzigen Zustand nicht besiegen kannst. Aber mach dir keine Sorgen … ich bin ja da, genau wie Sebas. Konzentriere du dich einfach darauf, am Leben zu bleiben – für deine Herrin.«

Brain klopfte Climb energisch auf die Schulter, bevor er mit dem Schwert in der Hand viermal gegen die Tür hämmerte. Climb packte seine eigene Waffe fester. Sie hörten stampfende Schritte, die sich rasch näherten, dann wurden mehrere Schlösser entriegelt, insgesamt vier Stück. Kaum, dass sich die Tür zu öffnen begann, handelte Climb ihrem Plan entsprechend und zerrte mit aller Kraft daran.

Brain griff den Mann schneller an, als dieser überrascht aufschreien konnte. Climb hörte das Geräusch einer Klinge, die Fleisch zerteilte, und wie etwas auf dem Boden aufschlug. Einen Moment später befand er sich ebenfalls im Getümmel.

Vor ihm war Brain gerade dabei, seinen zweiten Gegner auszuschalten. Ein dritter in Lederrüstung und mit einem Kurzschwert bewaffnet stand in der Nähe. Climb war mit einem Satz bei ihm.

»Wa…?! Was willste, du kleiner Hosenscheißer?!« Der Mann geriet in Panik, versuchte, Climb mit seinem Kurzschwert aufzuspießen, doch der Angriff wurde von ihm mühelos pariert. Dann hob Climb sein Schwert über den Kopf und ließ es in einer raschen Bewegung auf seinen Gegner zurasen.

Der Mann wollte es mit seinem Kurzschwert abfangen, Climb legte jedoch sein gesamtes Gewicht in den mächtigen Hieb. Sein Schwert schlug seinem Gegner die Waffe aus der Hand, biss in seine Schulter und blieb in der Nähe des Halsansatzes stecken.

Während der am Boden liegende Mann vor Schmerzen ächzte, verteilte sich so viel Blut auf den Dielen, dass man sich durchaus fragen konnte, woher das alles stammte. Sein Körper zuckte noch einmal heftig, bevor er tot liegen blieb.

Nach diesem tödlichen Angriff hielt Climb nicht inne, sondern stürmte gleich darauf ins nächste Zimmer, wo er sich mit wachsamem Blick umschaute. Nirgends lauerten Gegner auf ihn. Hinter sich hörte er Brain, der die Treppe ins obere Stockwerk hinaufrannte. Das Zimmer war bis auf ein paar gewöhnliche Möbel leer. Also machte sich Climb auf den Weg in den nächsten Raum.

Eine Minute später ...

Nachdem sie ihr jeweiliges Stockwerk abgesucht und festgestellt hatten, dass es keine weiteren Feinde gab, trafen sich Climb und Brain am Eingang.

»Ich habe mich im Erdgeschoss umgesehen, aber da war sonst niemand mehr.«

»Oben sieht es genauso aus. Nicht einmal Betten, also übernachtet hier auch niemand ... Es muss einen Geheimgang geben, der zu den Unterkünften führt.«

»Habt Ihr denn einen gefunden? Ich glaube ja kaum, dass er sich im oberen Stockwerk befindet, aber ...«

»Nee, da war nichts, das nach einer Falltür aussieht. Du hast sicher recht: Wenn es einen Zugang gibt, muss er hier unten sein.«

Die beiden wechselten einen Blick, dann durchsuchten sie das Zimmer.

Climb verfügte über keinerlei Diebes-Skills, er musste sich also mehr anstrengen, um eine verborgene Tür zu entdecken. Hätte er ein feines Pulver wie Mehl und Zeit für eine gründliche Suche gehabt, hätte er sie finden können, indem er das Mehl verteilte und dann pustete. Das Pulver hätte sich in den Spalten der Tür gesammelt, wodurch sie einfacher zu erkennen gewesen wäre. Da ihm weder viel Zeit noch irgendein Pulver zur Verfügung stand, holte er ein paar magische Items aus seinem Beutel.

Es handelte sich um kleine Glöckchen, die er von Gagaran von den Blauen Rosen hatte. »Es ist gefährlich, sich ohne Dieb auf ein Abenteuer zu begeben, aber manchmal bleibt einem nichts anderes übrig. In solchen Situationen kann es sehr nützlich sein, die hier dabeizuhaben«, hatte sie ihm erklärt. Er betrachtete die Zeichnungen auf den drei Glöckchen und wählte jenes, das er benötigte. Es war das Glöckchen zum Entdecken von Geheimtüren.

Während ihn Brain gespannt beobachtete, klingelte er einmal damit. Ein klarer Ton, den nur der Besitzer des Items hören konnte, erfüllte den Raum.

Eine Ecke des Bodens begann, hellblau zu leuchten. Sie blinkte, als wollte sie sagen: *Hier ist die Falltür!*

»Wow, das ist ein ziemlich nützliches Item. Alles, was ich habe, macht mich stärker oder ist für den Einsatz im Kampf gedacht.«

»Ist das für einen Krieger nicht normal?«

»Für einen Krieger ...«

Climb ließ Brain mit seinem gequälten Grinsen im Gesicht stehen, merkte sich die Position der Falltür und ließ den Blick durch den ganzen Raum schweifen. Der Effekt des magischen Items hielt nur eine bestimmte Zeit lang an. Er musste also alles so gründlich wie möglich inspizieren, bevor die Wirkung verflog. Er sah sich gründlich um, doch außer der Stelle am Boden war sonst nichts zu entdecken.

Jetzt mussten sie die Falltür nur noch öffnen und sich hindurchschleichen. Climb betrachtete sie argwöhnisch. Seufzend holte er seine Glöckchen wieder heraus. Er wählte eines mit einer anderen Abbildung darauf und klingelte damit. Der Klang war ähnlich, trotzdem anders: das Glöckchen zum Fallenentschärfen.

Er war übervorsichtig, schließlich konnte er Fallen weder aufspüren, noch entschärfen und er wusste nicht, wie er im schlimmsten Fall entkommen könnte. Hätten sie einen *Caster* dabeigehabt, hätte dieser sich um ihn kümmern können, falls er gelähmt oder vergiftet werden sollte. Er und Brain hingegen waren nichts weiter als Krieger. Climb hatte mal gehört, es gäbe eine Kampfkunst, durch die man vorübergehend unempfindlich gegen Gifte wurde, allerdings beherrschte er sie nicht und hatte auch kein Gegengift dabei. Ein negativer Status würde ihn mit Sicherheit ausschalten. In einem solchen Fall musste man, ohne zu zögern, auf ein magisches Item zurückgreifen, auch wenn man es nur ein paar Mal pro Tag einsetzen konnte.

Unter der Tür ertönte ein schweres Poltern.

Climb schob sein Schwert in den Spalt, der die Falltür umgab, und hebelte sie auf. Ein großes Stück des Holzbodens hob sich und klappte um. An der Unterseite der Tür war eine Armbrust befestigt. Die Spitze des eingelegten Bolzens glänzte im Licht, allerdings seltsam anders, als es bei Metall der Fall gewesen wäre.

Climb beugte sich vor, um sie genauer betrachten zu können. An der Spitze des Armbrustbolzens klebte eine zähe Flüssigkeit. Man konnte fast mit Gewissheit sagen, dass es sich um Gift handelte. Hätten sie die Tür einfach so geöffnet, wäre jetzt einer von ihnen vergiftet.

Nach einem erleichterten Aufatmen ging Climb in die Knie und probierte, die Armbrust von der Falltür zu lösen. Leider war sie ziemlich gut befestigt und er würde Werkzeug benötigen, um sie zu entfernen.

Nach diesem Fehlschlag spähte er in die Tiefe. Eine ziemlich steile Treppe führte hinunter, doch der Winkel verhinderte, dass er mehr erkennen konnte. Die Treppe und alles darum herum bestanden aus festem Mauerwerk.

»Was sollen wir jetzt machen? Hier warten?«, fragte Brain.

»Ich bin nicht besonders geübt im Kampf in beengten Räumen. Lieber wäre es mir, runterzugehen und in einem Bereich mit mehr Platz Stellung zu beziehen, wenn es da unten so was überhaupt gibt«, erwiderte Climb.

»Im Zweikampf wäre es von Vorteil, am oberen Ende der Treppe zu stehen. Aber wenn du am Ende hier oben in einen Kampf verwickelt wirst, könnte es sein, dass ich dich nicht höre, während ich weiter unten beschäftigt bin. Und wenn dann Verstärkung anrückt ... Ja, vielleicht lassen wir das lieber. Sollen wir zusammen runtergehen?«

»Ja, bitte.«

»Ich gehe vor. Du bildest die Nachhut, aber halt etwas Abstand.« Brain trat mit erhobener Waffe auf die offene Falltür zu.

»Verstanden. Und was das Item angeht, mit dem ich die Falle entschärft habe, ich kann es dreimal am Tag benutzen, allerdings nicht direkt hintereinander. Es dauert dreißig Minuten, bis ich es wieder verwenden kann, darauf können wir uns also nicht verlassen.«

»Alles klar. Wir werden einfach so vorsichtig wie möglich sein. Wenn dir was auffällt, melde dich.«

Damit machte sich Brain auf den Weg die Treppe hinunter, Climb folgte ihm. Der ältere Krieger nahm eine Stufe nach der anderen, berührte jede erst mit seinem Katana, bevor er darauf trat, nur um sicherzugehen. Der Boden am Fuß der Treppe war mit Pflastersteinen ausgelegt und dickes Mauerwerk bedeckte die Wände.

Mehrere Meter weiter vorne sahen sie eine mit Eisenbeschlägen verstärkte Tür. Brain glaubte wirklich nicht, es gäbe auf diesem Notfallfluchtweg mehr als eine Armbrustfalle, allerdings hatte er zu viele Geschichten gehört, wie ein einziger Fehler schwer bewaffneten Kriegern zum Verhängnis geworden war. Das wollte er auf jeden Fall vermeiden.

Bis zur Tür mussten sie lediglich eine kurze Strecke zurücklegen, trotzdem setzte er jeden Schritt äußerst vorsichtig. Climb stand noch am Fuß der Treppe, wenn es also zu einem Unfall käme, würde er selbst nicht in Gefahr geraten. Brain tippte die Tür mit seinem Schwert an. Als nach ein paarmal nichts geschah, packte er den Türknauf … und drehte ihn. Dann verharrte er mitten in der Bewegung.

Climb machte sich Sorgen, es wäre etwas passiert, doch Brain drehte sich zu ihm um und verkündete verlegen: »Abgesperrt.«

Natürlich war sie abgeschlossen. Nichts anderes war zu erwarten gewesen.

»Hast du was, womit wir sie öffnen können? Wenn nicht, können wir sie auch aufbrechen, aber …«

»Tatsächlich habe ich da was. Einen Moment.«

Climb klingelte mit dem dritten Glöckchen. Sie hörten, wie sich der Riegel dank der Macht des magischen Items öffnete.

Brain drehte den Türknauf, schob die Tür einen Spalt weit auf, um einen Blick hindurchzuwerfen. »Ich sehe niemanden. Ich gehe zuerst rein.«

Climb folgte ihm.

Sie betraten einen großen Raum. An den Wänden standen Käfige und Holzkisten, groß genug, um darin eine Person unterzubringen. War das ein Lagerraum? Für die wenigen Dinge, die hier untergebracht worden waren, wirkte er etwas zu groß geraten. In der gegenüberliegenden Wand befand sich eine Tür ohne Schloss. Climb lauschte angestrengt und konnte so etwas wie weit entfernten Tumult ausmachen.

Brain sah Climb an. »Wie wäre es mit dieser Stelle? Hier hast du jedenfalls Platz … aber du könntest dich auch plötzlich mehreren Feinden gleichzeitig gegenübersehen.«

»Wenn eine Gruppe auftaucht, ziehe ich mich zur Treppe zurück.«

»Na schön. Ich schaue mich kurz um und komme gleich zurück. Stirb nicht, Climb.«

»Werde ich nicht. Passt auch auf Euch auf.«

»Hast du was dagegen, wenn ich mir deine Items eben mal ausleihe?«

»Natürlich nicht. Tut mir leid, dass ich das nicht selbst angeboten habe.« Climb übergab Brain alle drei Glöckchen und der schob sie in einen Beutel an seinem Gürtel.

Dann, mit der für einen Krieger angemessen mutigen Miene, verkündete Brain: »Na schön, ich gehe rein«, und begab sich tiefer ins Bordell.

Da er nun alleine war, nutzte Climb die Gelegenheit, sich umzusehen. Zuerst überprüfte er, ob sich jemand in den Schatten zwischen den Holzkisten verbarg oder ob es Geheimgänge gab. Ohne die magischen Glöckchen war seine Fähigkeit zu suchen nicht besser als die jedes anderen Kriegers, allerdings hatte es nicht den Anschein, als würden irgendwelche verborgenen Türen existieren. Als Nächstes widmete er sich den zahlreichen Behältern.

Wenn möglich wollte er etwas über andere Einrichtungen der Acht Finger in Erfahrung bringen. Sollten hier Schmuggelware oder andere illegale Güter gelagert werden, wäre das hervorragend. Natürlich würde es nach der Räumung des Gebäudes eine Durchsuchung geben, dennoch beschloss er, sich erst einmal auf eigene Faust umzusehen.

Es gab große und kleine Kisten, er entschied sich für die größte mit etwa zwei Metern Kantenlänge.

Sorgsam überprüfte er, ob es offensichtliche Fallen gab. Natürlich fehlten ihm die entsprechenden Fähigkeiten, er konnte also nicht einmal ansatzweise so tun, als wäre er ein Dieb.

Er drückte ein Ohr an die Kiste, lauschte. Eigentlich glaubte er nicht, dass darin etwas eingesperrt war, doch in einem Versteck verbrecherischer Unterweltler wie diesem war alles möglich. Vielleicht schmuggelten sie irgendwelche Tiere.

Wie erwartet hörte er nichts. Als Nächstes versuchte er, den Deckel abzunehmen.

Er ließ sich nicht öffnen.

Selbst ein kräftiger Ruck bracht ihn nicht weiter, das Ding rührte sich nicht.

Climb sah sich nach so etwas wie einem Brecheisen oder einem Schürhaken um, es machte jedoch nicht den Eindruck, dass hier derartige Werkzeuge gelagert wurden.

»Na schön …«

Er versuchte sein Glück mit der nächsten Kiste, die einen Meter Kantenlänge aufwies. Diese ließ sich ohne Schwierigkeiten öffnen. Darin befanden sich alle möglichen Kleidungsstücke. Von schlichten Kleidern aus Sackleinen bis hin zu feinen Gewändern, die zur Tochter eines Adeligen gepasst hätten.

»Was ist das für ein Zeug? Ist da was unter den Klamotten versteckt …? Sieht nicht so aus. Ist das Kleidung zum Wechseln? Das sieht wie die Kluft eines Arbeiters aus und das hier gehört einem Dienstmädchen … Was zur Hölle hat das zu bedeuten?«

Climb zerbrach sich den Kopf, wofür man diese Sachen benötigen könnte. Er betrachtete ein Kleidungsstück etwas genauer, nichts daran erschien ihm ungewöhnlich. Wenn das alles irgendwie mit einem Verbrechen in Verbindung stand, war Diebstahl das Einzige, das ihm einfiel. Das reichte allerdings nicht als Beweis, um das Bordell dicht zu machen.

Er beschloss, seine Zeit nicht mit Dingen zu verschwenden, die er ohnehin nicht verstand, und wandte sich der nächsten Kiste zu, die genauso groß wie die erste war.

Plötzlich hallte ein lautes Krachen durch den Raum. Das konnte nicht sein. Er hatte sich gründlich umgesehen und sichergestellt, dass sonst niemand hier war. Schlagartig kam ihm ein Gedanke: *Was, wenn jemand* Invisibility *benutzt hat und schon von Anfang an hier lauerte?*

Die Vorstellung ließ ihn schaudern, als er in die Richtung herumfuhr, aus der das Geräusch gekommen war – es stammte von der größten Kiste, deren Deckel sich nicht hatte öffnen lassen. Sie stand direkt an der Wand. Die Vorderseite hatte sich gelöst. Allerdings sah er darin keinerlei Güter, stattdessen traten zwei Männer heraus. Hinter ihnen gähnte ein Tunnel. Die Kiste stand nicht an einer Wand, sondern vor einem Loch und bildete den Zugang zu einem Geheimgang.

Climb konnte einfach nicht anders als beim Anblick der beiden Männer mehrmals ungläubig zu blinzeln. Schweiß lief ihm unangenehm kalt den Rücken hinab.

Auf einen der beiden passte Sebas' Beschreibung. Das war Succuronte. Er war bei dieser Mission sowohl ihr größtes Hindernis als auch die wichtigste Person, die es zu ergreifen galt.

Einer der Sechs Arme, die alle auf einer Stufe mit den Adamantit-Abenteurern standen ... Mit einem Schwert in der Hand kniff dieser Gegner, den Climb niemals besiegen können würde, die Augen zusammen und sagte: »Dank *Alarm* wussten wir, dass es Eindringlinge gibt, darum haben wir diesen Weg genommen, um ihnen auszuweichen ... Und nun sieht es so aus, wir hätten doch eine andere Route wählen sollen, nicht wahr?«

»Nun, das lässt sich jetzt nicht mehr ändern«, antwortete der Mann hinter ihm mit hoher Fistelstimme. »Hmm? Irgendwo hab ich den Jungen schon mal gesehen.«

»Bitte sag mir jetzt nicht, dass du mit ihm im Bett warst, sonst werde ich sauer.«

»Oh, komm schon, Succuronte. Das kann ja wohl kaum sein. Aber wenn ich mich nicht irre, ist dies das Schoßhündchen der Frau, die mir auf dieser Welt am meisten auf den Sack geht.«

»Ach, er dient also der Prinzessin?«

Während er Climb von Kopf bis Fuß musterte, glitt Succurontes Blick über den Körper des Jungen, als würde er ihn ablecken. Die Augen des Mannes hinter ihm ließen ein beunruhigendes Maß an Begierde erkennen, Succuronte dagegen schätzte Climbs Stärke als Krieger ein – er beäugte ihn dabei wie eine Schlange, die feststellen wollte, ob sie diese Beute verschlingen konnte.

Der Mann hinter Succuronte leckte sich die Lippen. »Ich will ihn mitnehmen. Was denkst du?«

Ein eisiges Schaudern lief Climb den Rücken hinab, gleichzeitig spürte er ein Zwicken im Anus. *Bäh, diese Typen …*

»Das kostet extra.«

Ohne auf Climbs offensichtliches Unbehagen zu achten, wandte sich Succuronte ihm zu. Im Kampf ging es darum, jegliche Blöße des Gegners auszunutzen, ihn überkam jedoch das Gefühl, einer unüberwindbaren Festung gegenüberzustehen.

Succuronte trat einen entschlossenen Schritt auf ihn zu.

Climb wich hingegen zurück.

Möglicherweise lag es auf der Hand, dass ein Kampf zwischen diesen so offensichtlich unterschiedlichen Gegnern nicht lange dauern würde, trotzdem musste sich Climb der Gefahr stellen.

Wenn ich in der Defensive bleibe und mich einzig und alleine darauf konzentriere, ihre Angriffe zu blocken, sollte ich sie lange genug hinhalten können, bis die anderen kommen.

Allerdings musste er vorher noch etwas erledigen.

Er holte tief Luft.

»Hiiiilfee!!!«, schrie er, so laut er nur konnte.

Selbst wenn er diesen Kampf ohne Unterstützung für sich entschied, wäre dies kein Sieg. Er würde nur gewinnen, wenn es ihm und seinen Gefährten gelang, die beiden festzunehmen. Oder, um es anders auszudrücken, auch nur einen dieser beiden mächtigen Männer, die vermutlich umfassende Informationen besaßen, entkommen zu lassen, wäre letztendlich eine Niederlage. Welchen Grund könnte es also geben, in diesem Augenblick nicht nach Hilfe zu rufen?

Succuronte bedachte ihn mit einem strengen Blick.

Der Ruf lieferte seinen Gegnern einen dringenden Grund, diese Auseinandersetzung möglichst schnell zu Ende zu bringen. Sehr gut möglich, dass sie daher von Anfang an schwere Geschütze auffahren würden.

Climb behielt die beiden im Auge, achtete auf jede Bewegung.

»Coccodor, sieht so aus, als würde es nur Ärger machen, ihn mitzunehmen. Wir müssen das hier erledigen, bevor er Verstärkung bekommt.«

»Häh? Du bist doch einer der Sechs Arme, oder etwa nicht? Du kannst nicht mal eine Rotznase umhauen? Der Titel ›Phantom Devil‹ lässt zu wünschen übrig!«

»Nun, wenn du es unbedingt so sehen willst ... Ich tue, was ich kann, aber bitte denk daran: Solange du entkommst, haben wir gewonnen.«

Climb ließ Succuronte keinen Moment lang aus den Augen, versuchte zu verstehen, warum man ihn Phantom Devil nannte. Schwer vorstellbar, dass so ein Spitzname nichts mit seinen Fähigkeiten zu tun hatte. Wenn Climb herausfinden konnte, warum man ihm diesen Titel gegeben hatte, wüsste er, mit was für Tricks er rechnen musste. Leider gaben sein Aussehen und seine Ausrüstung keinerlei Aufschluss darüber.

Ihm war schmerzlich bewusst, dass er sich im Nachteil befand, darum brüllte er, um sich selbst Mut zu machen: »Ich bewache diese Tür mit meinem Leben! Solange ich stehe, wird keiner von euch diesen Raum verlassen!«

»Wir werden gleich herausfinden, ob du dich da nicht irrst – sobald du geschlagen auf dem Boden liegst.«

Succuronte hob langsam sein Schwert.

Häh?! Climb blinzelte verdutzt – weil das Schwert flackerte. Das war nicht irgendein Trick. Das eigenartige Phänomen hörte augenblicklich auf, doch er hatte es sich garantiert nicht eingebildet.

Das muss eine Kampfkunst sein …

Vielleicht hatte es etwas damit zu tun, dass er ein »Phantom Devil« war. In dem Fall benutzte er vermutlich bereits irgendeine Kraft. Climb war nicht unachtsam, doch er musste noch etwas besser aufpassen.

Succuronte griff mit über den Kopf erhobenem Schwert an. Seine Technik passte ganz und gar nicht zu einem Abenteurer von Adamantit-Rang. Sie war sogar ein wenig schlampiger als Climbs. Der Junge hob seine eigene Waffe, um die herabsausende Klinge abzufangen, doch ein eigenartiges Gefühl ließ ihn zur Seite springen. Plötzlich brannte beißender Schmerz in seiner Flanke und er wurde zurückgeworfen.

»Kha! Guh!«

Er taumelte gegen die Wand in seinem Rücken. Ihm blieb keine Zeit nachzudenken, was gerade geschehen war. Succuronte ragte bereits vor ihm auf. Wie zuvor hob er sein Schwert. Climb riss seine eigene Klinge hoch, um seinen Kopf zu schützen, und rollte sich nach links ab. Dieses Mal biss der Schmerz in seinen rechten Oberarm. Am Ende seiner Rolle schwang er das Schwert, ohne überhaupt hinzusehen, hinter sich.

Er traf nur Luft.

Als er begriff, dass es keinen Nachfolgeangriff geben würde, griff er sich an den Arm und drehte sich um. Succuronte rannte zur Tür, durch die man zur Treppe gelangte, und behielt Climb dabei im Auge. Der hingegen ignorierte den Versuch des Mannes, die Tür zu öffnen, stattdessen konzentrierte er sich auf Coccodor. Er hatte so ein Gefühl, das würde ausreichen, um Succuronte aufzuhalten, immerhin schien der Kerl für die Sicherheit dieses Mannes zuständig zu sein – und er behielt recht.

Succuronte hielt in seiner Bewegung inne. Dann bezog er zwischen Coccodor und Climb Stellung, schnalzte frustriert mit der Zunge. Sein Blick huschte vom Ausgang zu Climb und Coccodor, bevor er das Gesicht verzog. »Wir sitzen fest! Du musst mir verzeihen. Ich werde den Jungen töten.«

»Das kann nicht dein Ernst sein! Lebendig wäre er ein hervorragendes Druckmittel gegen die kleine Schlampe.«

»Er hat mich reingelegt. Vor der Tür zu stehen und zu behaupten, er würde sie mit seinem Leben bewachen ... das gehörte alles zu seinem Plan. Dieser kleine Drecksack ... hat mich verarscht!«

Ja! Er hat den Köder geschluckt. Sieht so aus, als wüssten sie nicht, was außerhalb dieses Raums passiert. Jetzt können sie nicht abhauen.

Ohne weitere Unterstützung war es für die beiden Männer eine schlechte Idee zu fliehen, während Climb noch am Leben und in der Lage war zu kämpfen. Sollten Climbs Kumpane oben warten, säßen sie in der Falle. Aus demselben Grund konnte Succuronte Coccodor nicht einfach losschicken und sich derweil um den Jungen kümmern.

Als Climb die Tür, die er angeblich um jeden Preis bewachen wollte, ohne zu zögern, aufgegeben hatte, um sich Coccodor zuzuwenden, war Succuronte misstrauisch geworden und nun glaubte er den Bluff. Vermutlich war er überzeugt, auf der andern Seite würde jemand nur darauf warten, sie in die Zange und Coccodor in Gewahrsam zu nehmen.

Unter diesen Umständen war es nur logisch zu schlussfolgern, dass er sich sofort um Climb kümmern musste, damit sie entkommen konnten. Das funktionierte natürlich nur unter der Annahme, dass er keine Ahnung hatte, was sich außerhalb dieses Raums abspielte. Würde er die Wahrheit kennen, hätte er einfach die Tür geöffnet und wäre davongelaufen.

Mit erhobenem Schwert stellte sich Climb Succuronte, dessen wachsender Wunsch, ihn umzubringen, sich deutlich auf seiner Miene abzeichnete. »Ngh!« Er musste gegen den Schmerz in seiner Seite und in seinem rechten Oberarm ankämpfen. Möglicherweise waren ein paar seiner Knochen gebrochen, doch er schätzte sich glücklich, sich noch bewegen zu können. Nein, wäre dieser Perversling nicht scharf auf ihn gewesen, wäre er vermutlich bereits tot. Ein Kettenhemd reichte nicht aus, um einen Schnitt vollständig abzufangen.

Aber was war das überhaupt für ein Angriff? Schwingt er sein Schwert dermaßen schnell? Ich glaube nicht, aber was macht er dann? Climb musste an Gazef denken.

Gazef Stronoffs ursprüngliche Kampfkunst, der Sechsfache Lichthieb, bestand aus sechs gleichzeitigen Angriffen. Handelte es sich hierbei also um eine schwachere Version davon, einen Zweifachen Lichthieb?

Und noch etwas ließ Succurontes Kampfkunst seltsam erscheinen: Der erste Angriff hatte normale Geschwindigkeit, während der zweite superschnell erfolgte.

Das passt einfach nicht zusammen. Wenn ich herausfinde, was das für ein Angriff ist, müsste ich auch was dagegen unternehmen können ... Sicher ist, nur auf Verteidigung zu setzen wird nicht lange gut gehen. Sollte ich also angreifen?

Climb schluckte schwer, dann preschte er los. Sein Blick zuckte von Succuronte zu Coccodor.

Succuronte machte ein Gesicht, als hätte er in etwas Saures gebissen.

Wenn man für die Sicherheit von jemandem verantwortlich ist, kann man es nicht ausstehen, wenn ein anderer es auf diese Person abgesehen hat. Selbst wenn es sich bloß eine Drohung handelt. Ich bin genauso, darum kenne ich das Gefühl nur allzu gut. Er nutzte eine Taktik, die ihn selbst in Rage versetzt hätte, wenn jemand sie gegen ihn zum Einsatz gebracht hätte. *Ein Phantom Devil ... Kann ich mir vorstellen ... Aber vielleicht ist sein Name auch nur dafür gedacht, einen in die Irre zu führen ... Einen Versuch ist es jedenfalls wert.*

Sobald er in Reichweite war, schlug er zu, doch wie nicht anders zu erwarten fing Succuronte sein Schwert mühelos ab. Climb biss beim Aufeinandertreffen ihrer Waffen die Zähne zusammen und schlug erneut zu. Er schwang sein Schwert nicht von oben herab, darum lag auch nicht besonders viel Kraft in seiner Attacke, dennoch reichte es.

Succuronte wehrte seine Klinge ein weiteres Mal ab und Climb ging mit einem zufriedenen Nicken auf Abstand. »Es ist eine Illusion, keine Kampfkunst!«

Als die Klingen aufeinandergetroffen waren, hatte es sich nicht ganz richtig angefühlt. Als wäre sein Schwert noch vor Succurontes Waffe auf Widerstand gestoßen.

»Dein ganzer rechter Arm ist eine Illusion. Der echte Arm samt Schwert ist unsichtbar!«

Das bedeutete, das Schwert, das er abgewehrt hatte, war ein Trugbild und das echte hatte ihn im selben Moment getroffen.

Jede Spur von Gefühlen wich aus Succurontes Gesicht und er sagte mit monotoner Stimme: »... Richtig. Es ist nichts weiter als die Verbindung eines Zaubers, der Teile von Dingen unsichtbar machen kann, mit einem anderen, der Halluzinationen hervorruft. Ich bin Illusionist und Fechter. Ziemlich armselig, sobald man den Trick kennt, oder? Du darfst ruhig lachen.«

Climb fand die Sache jedoch ganz und gar nicht lustig. Natürlich klang das Ganze recht simpel, sobald man es erklärte, und er fragte sich, warum er nicht von selbst darauf gekommen war. Doch im Kampf, wo ein einzelner Treffer den Tod bedeuten konnte, gab es nichts Furchteinflößenderes als ein unsichtbares Schwert. Und nur die Hälfte des Tricks tatsächlich sehen zu können war so verwirrend, wie es klang.

»Da ich meine Fähigkeiten streuen musste, bin ich möglicherweise der schwächere Krieger von uns beiden, aber …« Succuronte schwang sein Schwert in engen Bahnen. Doch war das wirklich sein Arm? Wenn es sich hierbei um die Illusion handelte, bestand die Möglichkeit, dass er mit der echten Hand einen Dolch hielt und nur auf eine Gelegenheit lauerte, ihn zu werfen.

Die Angst vor der Illusion ließ Climb in kalten Schweiß ausbrechen.

»Illusionisten können nur Zauber benutzen, die zum Illusionszweig der *Arcane*-Magie gehören. Mit den stärksten kann man das Gehirn praktisch so sehr verwirren, dass es stirbt … aber so weit bin ich noch nicht.«

»Klingt etwas suspekt. Welchen Beweis habe ich, dass das der Wahrheit entspricht?«

»Stimmt auch wieder.« Succuronte lachte. »Nun, du musst mir nicht glauben. Egal, was wollte ich sagen? Ach ja. Darum kann ich keine Zauber auf mich wirken, die mich stärker machen oder dich schwächen. Allerdings, kannst du Illusion und Wirklichkeit voneinander unterscheiden?«

Als er geendet hatte, vervielfältigte er sich. »*Multiple Vision*!«

Nun sah der junge Krieger sich drei Succurontes gegenüber. Die Vermutung lag nahe, dass der echte sich in der Mitte befand, doch dafür gab es keine Garantie.

Warum habe ich einem Caster *genug Zeit für Magie gelassen?!* Climb wollte zwar selbst Zeit schinden, es war jedoch gefährlich, einem *Caster* Gelegenheit zu geben, unterstützende Zauber zu wirken. Er stieß einen Kriegsschrei aus, benutzte gleichzeitig eine Kampfkunst, um seine Fähigkeiten und Wahrnehmung zu steigern, und preschte auf Succuronte zu.

»*Scintillating Scotoma*!«

»Argh!«

Es war, als würde ihm plötzlich ein Teil seines Sichtfelds fehlen; allerdings verflog der Effekt sofort wieder. Allem Anschein nach hatte er sich dem Zauber erfolgreich widersetzt. Er stürmte vorwärts, schwang sein Schwert, um sämtliche Succurontes auf einmal niederzustrecken, doch nur einer befand sich tatsächlich in Reichweite. Um sie alle zu treffen, musste er sich zwischen sie begeben. Im direkten Nahkampf konnte er allerdings nicht so viel Kraft in seinen Angriff legen wie bei einer Attacke, für die er über mehrere Schritte hinweg ausholen konnte.

Der unglückselige Succuronte wurde mit einem sauberen Hieb entzweit, die beiden Hälften kippten zur Seite. Die Klinge traf jedoch auf keinen Widerstand und es gab auch keinerlei Blut. Also hatte es sich um eine der heraufbeschworenen Illusionen gehandelt.

»Mehr Glück beim nächsten Versuch!«

Climb hatte das Gefühl, einen faustgroßen Eisklumpen verschluckt zu haben, dessen Kälte sich nun in seinem Bauch ausbreitete. Plötzlich spürte er Hitze nahe seiner Kehle. Er riss die linke Hand hoch, um so seinem Hals zu schützen. Scharfer Schmerz biss in seine Hand, gefolgt von frischem Blut, das in seine Kleidung sickerte. Hätte er die Mordlust seines Gegners nicht gespürt, hätte er auch nur einen Moment gezögert, seine Hand zu opfern, wäre seine Kehle nun aufgeschlitzt. Er biss die Zähne zusammen, ignorierte den Schmerz so gut es ging und war erleichtert, noch am Leben zu sein. Er schwang seine Klinge zur Seite. Erneut war da keinerlei Widerstand.

So kann das nicht weitergehen. Mit dieser Erkenntnis wechselte Climb seine Kampfkunst und ging in die Defensive. Er sah, wie die beiden übrigen Succurontes gleichzeitig ihr Schwert hoben. Da er wusste, dass es sich bei den Waffen ebenfalls um Illusionen handelte, konzentrierte er sich lieber auf das, was er hören konnte. Sein Kettenhemd und sein rasender Herzschlag drohten, alles zu übertönen. Er wollte ausschließlich die Geräusche seines Angreifers wahrnehmen.

Nein … Nein … Dort!

Das klang nicht wie ein Schwert, das man nach ihm schwang. Ganz leise machte er das Geräusch von etwas aus, das sich von einem Punkt vor ihm durch die Luft auf sein Gesicht zubewegte.

Hastig riss er den Kopf herum und zusammen mit dem brennenden Schmerz auf seiner Wange spürte er, wie Haut abgerissen wurde. Heiße Flüssigkeit lief seinen Hals hinab.

»Die Chancen, ihn zu treffen, stehen genau fifty-fifty!«, murmelte er und spuckte das in seinem Mund zusammengelaufene Blut aus, dann setzte alles auf einen einzigen Angriff.

Da er seine linken Arm als Schild benutzt hatte, schmerzte alles unterhalb des Handgelenks. Möglicherweise waren die Nerven durchtrennt worden, er wusste also nicht einmal, ob seine Finger noch richtig funktionierten. Doch solange er sie krümmen konnte, war er in der Lage, sein Schwert zu halten.

Der Schmerz schoss wie eine Explosion durch seine Hand, er biss die Zähne zusammen. Trotzdem schaffte er es, die Hand zu bewegen und die Finger um den Griff seiner Waffe zu legen. Vermutlich war die Verletzung der Grund, warum sich der ganze Arm wie angeschwollen anfühlte.

Er packte sein Schwert so fest er konnte mit beiden Händen, nahm all seine Kraft zusammen und schwang es nach unten.

Blut spritzte. Seine Klinge drang in etwas ein und rote klebrige Flüssigkeit sprudelte wie aus einem Brunnen empor. Es sah so aus, als hätte er dieses Mal den echten Succuronte erwischt.

Allem Anschein nach hatte er einen guten Treffer gelandet, denn sein Gegner fiel hart auf die Seite. Climb konnte nicht glauben, dass er jemanden mit Adamantit-Rang besiegt hatte, doch der Beweis lag vor ihm auf dem Boden. Er rang die in ihm aufschäumende Freude nieder, erwiderte Coccodors Blick. Dieser machte nicht den Eindruck, einen Fluchtversuch unternehmen zu wollen.

Der Schmerz in seiner Wange und der linken Hand reichte aus, dass Climb schlecht wurde, vielleicht weil er sich nun ein wenig entspannen konnte. »Das kann ich nicht … unbedingt als Sieg bezeichnen.«

Es wäre besser gewesen, auch Succuronte festzunehmen, aber das hätte er niemals geschafft. Trotzdem, ein Mann, der unter dem Schutz eines Mitglieds der Sechs Arme stand, sollte über eine Menge Informationen verfügen. Als er auf ihn zuging, beschlich Climb ein eigenartiges Gefühl. Die Miene des Mannes wirkte viel zu gelassen.

Warum?

In diesem Moment spürte er sengenden Schmerz in seinem Unterleib. Jegliche Spannung verließ ihn, er wurde so schlaff wie eine Puppe. Einen Moment lang wurde ihm schwarz vor Augen und als er wieder etwas erkennen konnte, lag er auf dem Boden. Er begriff nicht, was passiert war. Es fühlte sich so an, als hätte man ihm eine glühende Metallstange in den Bauch gerammt. Er atmete schwer. Einen Augenblick lang war der mit Steinplatten bedeckte Untergrund alles, was er erkennen konnte, bis zwei Beine in sein Sichtfeld kamen.

»Zu deinem Pech kann ich dich nicht gewinnen lassen.«

Mit großer Anstrengung hob Climb den Blick, nur um einen beinahe unversehrten Succuronte zu sehen.

»*Fox Sleep*. Diese Illusion benutzt man, nachdem man verletzt wurde. Das hat wehgetan! Vermutlich dachtest du, du hättest mich besiegt, oder?« Mit den Fingern folgte er einer Linie auf seiner Brust. Der Schnitt stammte von Climbs Klinge.

Climbs Atem kam inzwischen nur noch in knappen, mühevollen Stößen. Er spürte, wie das Blut aus seinem Unterleib das Kettenhemd und seine Kleidung tränkte.

Ich werde sterben.

Der Schmerz zerrte an seinem Bewusstsein, verzweifelt kämpfte er darum, wach zu bleiben.

Wenn ich jetzt ohnmächtig werde, bin ich erledigt.

Es war in jedem Fall nur eine Frage der Zeit, bis der Tod ihn ereilte, und die Wahrscheinlichkeit, dass ihm Succuronte den Rest geben würde, war sehr hoch. Er hatte gegen einen Mann gekämpft, der sich auf einer Stufe mit einem Adamantit-Abenteurer befand. Vermutlich hatte er sich sogar ganz gut geschlagen. Jetzt blieb ihm nichts anderes übrig, als aufzugeben. Der Unterschied zwischen ihnen war unbestreitbar.

Doch er konnte nicht einfach einknicken.

Auf gar keinen Fall.

Climb biss die Zähne dermaßen fest aufeinander, als wollte er sie zersplittern lassen.

Er konnte unmöglich zulassen, dass jemand anderes, oder er selbst, ohne Renners Erlaubnis starb – allein die Vorstellung war ihm unerträglich.

»Kugh! Gngh ... gyngh ... g ... g ...« Ächzend und mit mahlendem Kiefer stemmte er sich mit aller Kraft gegen den enormen Schmerz.

Ich kann noch nicht sterben. Auf keinen Fall darf ich jetzt schon sterben.

Er klammerte sich an den Gedanken an Renner. Er wollte heute wie jeden Tag zu ihr nach Hause gehen.

»Wir haben es eilig, also mach ich es kurz und töte dich. Auf Nimmerwiedersehen.« Succuronte richtete sein Schwert auf den ächzenden Jungen.

Sein Opfer war tödlich verletzt, es war nur eine Frage der Zeit, bis er sein Leben aushauchen würde, aber Succuronte hatte das Gefühl, es wäre das Beste, den Jungen hier und jetzt zu beseitigen.

»Hey, warum nehmen wir ihn nicht mit?«

»Bitte, Coccodor, nicht das schon wieder. Kann gut sein, dass der Bengel Freunde auf der anderen Seite der Tür hat. Und selbst wenn wir ihn mitnehmen, wird er verrecken, bevor wir in Sicherheit sind. Bitte, vergiss ihn einfach.«

»Dann nimm wenigstens seinen Kopf mit. Wir können ihn mit Blumen schmücken und der kleinen Schlampe schicken.«

»Na gut, na gut. Vermutlich ist das in Ord… Uh, whoa!« Succuronte sprang zur Seite.

Der Junge hatte sein Schwert geschwungen.

Für jemanden, der sich an der Schwelle des Todes befand, war es ein erstaunlich präziser, sauber geführter Angriff. Succuronte hatte eben noch verächtlich zugeschaut, wie sich sein Opfer verbissen gegen sein Schicksal auflehnte, nun jedoch bekam er vor Überraschung große Augen.

Der Junge stützte sich auf sein Schwert, stand auf.

Das sollte unmöglich sein.

Succuronte hatte mehr Menschen umgebracht, als er an seinen Fingern abzählen konnte. Diese Verletzung sollte tödlich sein. Wie es der Junge fertig brachte, sich auf den Beinen zu halten, war ihm ein Rätsel. Was er sah, widersprach allem, was seiner Erfahrung nach möglich sein sollte.

»W… wie kannst du stehen?«

Ihm wurde speiübel. Der Junge war praktisch ein Untoter. Sein blasses Gesicht in Verbindung mit dem langen Speichelfaden, der ihm von den Lippen hing, ließen Succuronte nur vermuten, dass er nicht länger menschlich war.

»I… ka… no… ni… ster… I… mu… mi… …zessin R…ner erkennt… zeig… …«

Der Anblick dieser seltsam funkelnden Augen ließ Succuronte kurz den Atem stocken. Er hatte Angst. Er fürchtete sich vor diesem Jungen, der das Unmögliche bewerkstelligte.

Der Todgeweihte taumelte und Succuronte riss sich zusammen. Er schämte sich zutiefst. Er konnte nicht fassen, dass er, einer der Sechs Arme, vor einem unterlegenen Gegner Angst gehabt hatte.

»Du halb toter Abschaum! Stirb endlich!« Succuronte griff an. Er war überzeugt, ein Stich würde ausreichen, um dem Jungen endgültig den Garaus zu machen.

Doch er hatte ihn erneut unterschätzt.

Natürlich war der Unterschied ihrer Fähigkeiten überwältigend deutlich. Allerdings war Succuronte ein Illusionist und ein Fechter, Climb hingegen war ein Krieger. Was die reinen Kampffähigkeiten anging, war ihm Climb durchaus gewachsen – sogar überlegen. Magie war der einzige Grund, warum er im Nachteil war. Ohne den Schutz seiner Magie war Succuronte der Schwächere der beiden.

Die Luft rauschte, als der Verletzte die Klinge herabfahren ließ; es folgte ein schrilles Klirren. Er hatte den von oben geführten Schlag nur abfangen können, weil sich der Junge träge bewegte.

Kalter Schweiß lief über Succurontes Gesicht. Sein Gegner war so gut wie tot. Dieser Gedanke hatte ihn abgelenkt, ihn dazu gebracht, sich in Sicherheit zu wiegen, nun jedoch richtete er seine gesamte Aufmerksamkeit auf diesen unbeugsamen Krieger. Als Fechter hatte er trainiert, den Angriffen seiner Feinde auszuweichen; er hatte den Schlag des Jungen nur deswegen mit seinem Schwert abgefangen, weil die Situation so außergewöhnlich war.

Niemand, der an der Schwelle des Todes steht, greift so an. Succuronte versuchte, das seltsame Geschehen in seiner Panik zu begreifen. *Verletzt ist er sogar noch schneller als vorher!*

»Was zur Hölle? Was ist das für ein Junge?«

Dieses Kind hatte sich zu neuen Höhen der Kampffähigkeiten aufgeschwungen. Es war unvorstellbar, doch so etwas hatte Succuronte in seinem ganzen Leben noch nicht erlebt.

Es war, als hätte sich etwas in seinem Inneren gelöst.

»Was passiert hier? Benutzt du ein magisches Item? Eine Kampfkunst?« Der Illusionist klang verstört. Er wusste nicht, was er tun sollte, unsicher, wer hier der überlegene Kämpfer war.

Was mit Climb geschehen war? Ganz einfach.

Dank seines Trainings mit Sebas war sein Selbsterhaltungstrieb verwirrt worden. Sein Lebenswille überschnitt sich mit dem Tod, dem er sich während dieses Trainings gegenübergesehen hatte. Sein Gehirn hatte sämtliche Schranken gelöst und ihm hysterische Kraft zur Verfügung gestellt. Die Übung hatte aus lediglich einem Manöver bestanden, doch ohne dieses wäre er hier und jetzt hilflos gestorben.

Ein schwerer Treffer schickte Succuronte zu Boden.

Der Aufschlag ging ihm durch Mark und Bein. Sein Kettenhemd aus Orichalkum absorbierte einen Teil der Wucht, trotzdem wurde ihm die Luft aus der Lunge gepresst und er rang einen Moment lang um Atem.

Was ist passiert? Als Opfer dieses Treffers verstand er nicht, für Coccodor hingegen, der das Ganze beobachtete, war es offensichtlich.

Das war ein Tritt gewesen. Kaum, dass Succuronte den Abwärtsschwung abgefangen hatte, hatte ihn der Junge mit aller Kraft getreten.

Nach wie vor unsicher, was überhaupt passiert war, rappelte er sich hastig auf. Fechter waren stolz auf ihre Gewandtheit; auf dem Boden zu liegen war für sie gleichbedeutend mit absoluter Hilflosigkeit.

»Scheiße. Der Kleine benutzt seine Füße! Das ist nicht sonderlich soldatenhaft! Würde er sich an die Regeln halten …!«, maulte Succuronte mit einem missbilligenden Zungenschnalzen, während er sich abrollte, aufrichtete und wieder eine standfeste Haltung einnahm. Diese Art zu kämpfen lernte man nicht beim Militär; diese schmutzige Taktik gab ihm das Gefühl, es mit einem Abenteurer zu tun zu haben. Er durfte ihn also nicht unterschätzen.

Allmählich wurde Succuronte nervös. Er hatte gedacht, dies würde ein leichter Sieg werden und er würde in der Lage sein, diesen kleinen Scheißer problemlos zu töten. Nun allerdings schwand diese Zuversicht. Wieder auf den Beinen beobachtete er, wie dieser gefährlich wirkende Junge langsam in sich zusammensackte. Succuronte hielt den Atem an.

Die totenbleiche Hautfarbe des Jungen deutete an, dass ihn seine Lebensgeister mittlerweile nahezu verlassen hatten. Nein, das traf es sogar auf den Punkt. Das Ganze erinnerte ihn an eine Kerze, die noch ein letztes Mal aufloderte, bevor sie vollends erlosch.

Vermutlich würde nun jeder noch so kleine Stoß ausreichen, um ihn zu töten.

Dieser Anblick ließ einen Hauch von Erleichterung in ihm aufsteigen, die jedoch gleich darauf von Verwirrung und Wut ersetzt wurde. Weil er, einer der Sechs Arme, der stärksten Mitglieder der Acht Finger, sich von einem einzelnen Soldaten derart bedroht gefühlt hatte. Weil er sich überhaupt Sorgen gemacht hatte. Aber jetzt war der Kampf entschieden. Er musste ihn nur noch umbringen und entkommen.

Aber …

»Ich denke, da muss ich wohl eingreifen.«

Offenbar war er gerade noch rechtzeitig gekommen.

Climb lag mit schweißbedecktem Gesicht auf dem Boden, zitternd und weiß wie ein frisch gewaschenes Bettlaken. Und trotzdem war er noch am Leben. Allerdings war seine Bauchverletzung schwer, er benötigte so schnell wie möglich Hilfe, sonst würde er sterben.

Besorgt stürmte Brain in den Raum hinein und nahm die zwei Männer ins Visier, die dort standen. Einer von ihnen schien über keinerlei kämpferische Fähigkeiten zu verfügen.

»Beachte diesen zwielichtigen Kerl nicht weiter. Töte einfach den Jungen!«

»Wenn ich das tue, greift er an und bringt mich sofort um. Er ist nicht wie dieser Bengel. Gegen den kann ich nur gewinnen, wenn ich mich auf ihn konzentriere und mit aller Kraft kämpfe. Wenn ich auch nur einen Moment lang unachtsam bin oder mich ablenken lasse, ist alles vorbei.«

Brain begriff, dass derjenige, der antwortete, Succuronte sein musste. Sebas' Beschreibung passte *perfekt* auf ihn. Diesen Schluss hätte der Krieger auch anhand des blutigen Schwertes ziehen können, das der Mann hielt, aber nun wusste er es mit Gewissheit.

Ohne ein weiteres Wort ging Brain entschlossen auf ihn zu, um in einer fließenden Bewegung sein Katana zu ziehen und zuzuschlagen, Succuronte hingegen war bereits zurückgesprungen. Die Klinge zerschnitt nichts weiter als Luft. Allerdings hatte Brain nur dafür sorgen wollen, dass er sich von Climb entfernte. Bei dem reglosen Jungen angekommen nahm er eine schützende Position ein.

»Climb, alles in Ordnung? Hast du irgendwelche Items, um dich zu heilen«, fragte er hastig. Es galt, keine Zeit zu verlieren. Wenn er nichts dabeihatte, mussten sie sich schleunigst etwas anderes überlegen.

»Argh«, keuchte er. »J... j...a.«

Brain riskierte einen Blick nach unten, sah, dass Climb sein Schwert losgelassen hatte und die Hand zu seinem Gürtel bewegte. »Gut.« Das war sehr beruhigend. Dann wandte er sich Succuronte zu, starrte ihn eindringlich an. »Ab jetzt bin ich dein Gegner. Ich werde ihn rächen.«

»Da du ein Katana hast, sollte es mich vermutlich nicht überraschen, dass du derart zuversichtlich bist. Die findet man nur selten so weit im Norden ... Ich hab noch nie gehört, dass jemand im Königreich eines besitzt. Darf ich fragen, wie du heißt?«

Brain war nicht danach zu antworten.

Er und Climb verfolgten dasselbe Ziel – sie waren Kameraden. Nun lag der Junge halb tot am Boden, wie könnte er da eine solche Frage beantworten, als wäre nichts geschehen …? Plötzlich fragte er sich: *War ich schon immer so?*

Hatte er nicht alles aufgegeben, um seine Fähigkeiten mit dem Schwert zu verbessern? Er neigte den Kopf leicht zur Seite, um über sich selbst zu lachen. *Oooh, ich verstehe.*

Sein Herz, seine Träume, seine Ziele, sein Lebensunterhalt, seine ganze Lebensweise – das Monster Shalltear Bloodfallen hatte ihm das alles genommen. Als sich der Junge Brains Bewunderung verdient hatte, indem er der brutalen Mordlust des geheimnisvollen Sebas Tian widerstand, waren Risse in dem eisigen Panzer entstanden, der die Leere in Brains umgab, und der Junge hatte sich klammheimlich darin eingenistet. Obwohl er schwächer war, hatte er etwas geschafft, das dem gestandenen Krieger nicht möglich war. Dieser junge Soldat verfügte über etwas, das ihm fehlte.

Er stand vor dem Jungen, stierte Succuronte an. *Kann ich Climb dazu bringen, in mir das Gleiche zu sehen, was ich in jenem Augenblick in ihm gesehen habe?*

Sein altes Selbst hätte in diesem Moment gelacht und gesagt: *Du bist weich geworden.*

Früher war er der Meinung gewesen, sich für andere einzusetzen würde einen Krieger schwach machen. Er hatte gedacht, Krieger müssten erbarmungslos sein.

Doch nun traf ihn die Erkenntnis.

»Das ist eine andere Art zu leben … Ich verstehe jetzt, Gazef … Kann aber sein, dass ich nie so weit kommen werde wie du.«

»Hast du mich nicht gehört? Soll ich noch mal fragen? Wie heißt du?«

»Entschuldige. Ich glaube zwar nicht, dass es wichtig ist, aber von mir aus … Ich bin Brain Unglaus.«

Succuronte bekam große Augen. »Was?! *Der* Brain Unglaus?«

»Unmöglich! Ist er das tatsächlich? Er behauptet das nicht bloß?«

»Nein, Coccodor, da gibt es keinen Zweifel. Eine wertvolle Waffe offenbart den Status eines Kriegers. Wenn er es wirklich ist, macht es durchaus Sinn, dass er ein Katana trägt.«

Brain verzog die Lippen zu einem gequälten Grinsen. »Die Tatsache, dass mich die meisten Leute, die ich heute getroffen habe, kennen … hätte mein altes Ich vermutlich sehr froh gemacht. Doch ich kann nicht wirklich behaupten, dass mich das zurzeit interessiert.« Succurontes wohlwollendes Lächeln war verwirrend, eine Erklärung ließ allerdings nicht lange auf sich warten.

»Hey, Unglaus, warum lassen wir es nicht einfach gut sein? Ein Mann deines Kalibers sollte sich uns anschließen. Was denkst du? Willst du nicht zu uns gehören? Ich bin sicher, du könntest einer der Sechs Arme werden. Ich muss dich nur ansehen, um zu wissen, dass du stark bist. Du bist genau wie wir. Du willst Macht, oder? Ich erkenne es in deinen Augen.«

»Nun, da könntest du durchaus recht haben.«

»In dem Fall, die Acht Finger sind eine gute Truppe. Für starke Leute sind sie die beste Gruppe, die man sich nur vorstellen kann! Du würdest von ihnen sogar mächtige magische Items bekommen. Sieh dir nur mein Kettenhemd aus Orichalkum an oder mein Mithril-Schwert, meine Ringe, meine Kleidung, meine Stiefel! Alles magisch! Also, Brain Unglaus, schließe dich uns an – werde wie ich einer der Sechs Arme!«

»Ist das alles? Klingt irgendwie langweilig.«

Brains unvorstellbare kühle, beleidigende Antwort ließ Succurontes Gesichtszüge erstarren.

»Was?«

»Hörst du schlecht? Ich sagte, ein Haufen Typen, die nichts als Stärke zu bieten haben, klingt nach keiner besonders tollen Truppe.«

»D… du Bastard! … H…hmpf. Wenn du so denkst, bist du selbst vermutlich gar nicht so stark!«

»Stimmt genau. Ich denke nicht, dass ich stark bin. Nicht jemand wie ich, der ein echtes Monster gesehen hat.« Brain bemitleidete diesen Kerl wie einen Frosch, der zufrieden in seinem Brunnen hockte und sich für stark hielt, und warnte ihn eindringlich. »Das Gleiche gilt auch für dich. Wir sind in etwa ebenbürtig – und genau darum sag ich dir das. Eigentlich sind wir gar nicht so toll.« Er warf einen Blick über die Schulter zu Climb, der gerade einen Heiltrank getrunken hatte. »Und ich hab etwas gelernt. Wenn man für jemand anderen stark ist, übertrifft man jeden, der nur aus Eigennutz handelt.« Brain lächelte. Ein freundliches, angenehmes Lächeln. »Vielleicht habe ich es noch nicht ganz verinnerlicht, aber zumindest weiß ich es inzwischen.«

»Ich hab keine Ahnung, wovon du da redest … Zu schade, Unglaus. Ich kann nicht glauben, dass ich gezwungen bin, den herausragenden Schwertkämpfer zu töten, der Stronoff um ein Haar geschlagen hätte.«

»Ich frage mich, ob du wirklich dazu imstande sein wirst, da du dein Schwert nur für dich selbst schwingst.«

»Und ob. Ich kann dich ohne Probleme kalt machen. Erst töte ich dich, dann den Bengel hinter dir. Keine Spielchen mehr, jetzt wird es ernst. Ab sofort gebe ich alles.«

Ohne Succuronte aus den Augen zu lassen, der damit begonnen hatte, einen Zauber zu wirken, warnte er Climb, als er bemerkte, dass sich dieser regte. »Bleib still liegen, Climb. Du bist nicht vollständig geheilt, oder?«

Der Junge rührte sich nicht mehr.

Lächelnd sagte Brain mit derselben Überraschung, die er vorhin bereits über sich empfunden hatte: »Überlasse alles Weitere mir.«

»Danke.«

Anstatt zu antworten, schob er sein Schwert zurück in die Scheide. Während er seinen Schwerpunkt senkte, richtete er die Waffe nach unten und ließ die Spitze auf dem Boden ruhen.

»Seid bitte vorsichtig. Succuronte benutzt Illusionen. Nicht alles, was Ihr seht, ist auch real.«

»Hrm ... das macht ihn zu einem schwierigen Gegner ... aber das ist schon in Ordnung.«

Schweigend und reglos beobachtete Brain Succuronte. Nach wenigen Sekunden tauchten fünf Abbilder von ihm auf. Darüber hinaus schienen sie in Schatten gehüllt und von einem magischen Funkeln erfüllt zu sein.

Er wusste nicht, um was für Zauber es sich handelte.

»Danke, dass du mir die nötige Zeit gewährt hast! Gib einem *Caster* genug Zeit und er wird stärker als der mächtigste Krieger. Deine Niederlage ist gewiss, Unglaus!«

»Ja, nichts zu danken. Da ich mich jetzt ein wenig mit meinem Freund hier unterhalten konnte, weiß ich genau, dass ich nicht verlieren werde!«

»Halt die Klappe! Du hast dich nicht bewegt, weil du den Bengel beschützen willst? Wie nobel von dir.«

Er hörte, wie sich Climb auf dem Boden regte. Der Junge machte sich bestimmt Vorwürfe, weil er ihrem Feind die Gelegenheit verschafft hatte, seine Zauber zu wirken. Darum verkündete Brain lautstark: »Ein einziger Treffer.«

»Was?«

»Ich sagte, ich beende das mit einem einzigen Treffer, Succuronte.«

»Versuch es ruhig!«

Succuronte stürmte auf Brain zu, wobei er eine Spur aus Nachbildern hinter sich herzog.

Er kam in Reichweite, Brain drehte sich um, präsentierte ihm in aller Seelenruhe seinen ungeschützten Rücken. Dann zog er sein Schwert mit übermenschlicher Geschwindigkeit, griff über Climb hinweg eine Stelle an, wo sich scheinbar niemand befand.

Es krachte und die Wände zitterten.

Vom Boden aus folgte Climb Coccodors Blick zu der Stelle, von wo der Lärm kam.

Es war Succuronte. Er lag reglos auf den kalten Steinplatten, sein Schwert war ganz in der Nähe gelandet. Brains einzelner Hieb hatte ihn mit unbeschreiblicher Wucht gegen die Wand geschleudert. Hätte er nicht mit der Rückseite seiner Klinge zugeschlagen, hätte er ihn trotz seines Orichalkum-Kettenhemdes in zwei Teile gespalten. Zumindest würde man das nach einem solchen Treffer vermuten.

»Es spielt keine Rolle, ob ein Gegner unsichtbar ist, meine Kampfkunst-Domäne kann ihn dennoch aufspüren«, erklärte Brain mit gelassener Stimme und wandte sich dabei dem Jungen am Boden zu. »Meine Aufmerksamkeit mit einer akustischen Illusion in eine Richtung zu lenken, während der tatsächliche Angriff in meinem Rücken stattfindet ... Das war im Grunde ein hervorragender Plan, funktioniert bei mir nur nicht. Und es war dumm von ihm, dich angreifen zu wollen. Vermutlich wollte er dich töten und dann so was sagen wie: ›Siehst du, du konntest ihn nicht beschützen‹, allerdings hat er dabei mehr auf dich geachtet als auf mich. Hat er vergessen, mit wem er es zu tun hat?« Brain schenkte Climb ein Lächeln. »Siehst du? Ein einziger Treffer!«

»Das war großartig.«

Zeitgleich mit Climb sagte eine andere Stimme: »Das war großartig.« Beide schauten sich überrascht um – es war die Stimme von Sebas Tian, doch das war nicht das Sonderbare daran. Der Grund für ihre Überraschung war die Richtung, aus der sie kam. Beide starrten die Stelle an, wo Coccodor gestanden hatte: Dort stand Sebas, während Coccodor am Boden lag.

»Wann seid Ihr denn eingetroffen?!«, fragte Brain.

Sebas antwortete gelassen: »Gerade eben. Vermutlich habt ihr mich nicht bemerkt, weil ihr euch beide so sehr auf Succuronte konzentriert habt.«

»Oh, verstehe ...«, entgegnete Brain, obwohl er dies für unmöglich hielt. *Ich habe Domäne benutzt! Der Wirkungsbereich ist klein, aber wenn er direkt an mir vorbeigerannt ist, hätte er ihn durchqueren müssen. Trotzdem hab ich ihn nicht bemerkt ...? Die Einzige, die sich bis jetzt so bewegen konnte, war Shalltear Bloodfallen! Ich hatte dieses Gefühl schon, als ich seinen ungeheuren Blutdurst verspürt habe. Ist er genauso stark wie dieses Monster? Wer ist dieser Kerl?!*

»Ich habe bereits alle Gefangenen befreit. Und ich möchte mich entschuldigen, Climb, mehrere unserer Gegner haben ziemlichen Widerstand geleistet, daher war ich gezwungen, sie zu töten. Bitte verzeih mir ... aber bevor ich weiterrede, sollte ich dich vermutlich heilen.«

Sebas ging zu Climb, legte ihm die Hand auf den Bauch. Es dauerte nur einen Augenblick lang. Kaum hatte er ihn berührt, da zog er sie schon wieder zurück. Die Wirkung war beachtlich. Selbst nach dem Heiltrank war Climb noch immer blass gewesen, nun kehrte sofort die Farbe in sein Gesicht zurück.

»Ihr habt mich geheilt ... Ihr seid also ein Priester?«

»Nein, ich habe dich nicht mit der Macht der Götter geheilt. Ich habe Chi auf dich übertragen.«

»Ein Mönch! Verstehe, das ergibt Sinn.« Jetzt begriff Brain, warum Sebas weder Rüstung noch Waffen trug, und der ältere Herr lächelte bestätigend.

»Was habt ihr beiden jetzt vor?«

»Wir haben es bis hierher geschafft, dann bleibe ich auch bis zum Schluss«, verkündete Brain.

Climb stand auf und sagte: »Nun, als Erstes werde ich zu einer Wachstube laufen und erklären, was hier vorgefallen ist. Mal sehen, ob man mir ein paar Soldaten zur Verfügung stellt, die uns helfen. Ich möchte Euch darum bitten, hier die Stellung zu halten, solange ich unterwegs bin. Aber es kann sein, dass bereits Verstärkung der Acht Finger unterwegs ist.«

»Damit habe ich kein Problem«, entgegnete Sebas. »Aber könntest du es bitte vermeiden, mich bei deinen Erklärungen zu erwähnen? Ich bin geschäftlich in dieses Land gekommen und möchte mich nicht unbedingt noch weiter mit der hiesigen Unterwelt anlegen.«

»Mich darfst du gerne erwähnen, wenn du willst«, meinte Brain lächelnd. »Du kannst ihnen sagen, dass Stronoff für mich bürgt.«

»Ah. Verstanden.«

3

3 später Flammenmond (September), 19:05 Uhr

Während die Nacht allmählich über die königliche Hauptstadt hereinbrach, kehrte Climb endlich zum Schloss zurück. Seine Verletzungen waren vollständig geheilt, trotzdem war er körperlich völlig erschöpft. Zum Teil durch den Kampf, allerdings hatten all die Dinge, die es zu koordinieren galt, um die ganze Angelegenheit abzuwickeln, viel Zeit verschlungen. Letztendlich war nicht Climbs Status als Bediensteter der Prinzessin der Grund, dass alles glatt verlief, vielmehr sorgte die Angst der Wachen vor den Acht Fingern dafür, dass sie unschlüssig waren, was sie tun sollten. Ein besonders großes Problem war die Frage, wen man für die Meldung des Etablissements verantwortlich machen sollte.

Dass die Acht Finger an denjenigen ein Exempel statuieren und sie töten würden, war nicht bloß eine vage Sorge, sondern würde mit größter Wahrscheinlichkeit zutreffen. Darum hatte man einen Soldaten mit einer schriftlichen Zusammenfassung der Ereignisse zu Prinzessin Renner geschickt und Erlaubnis erhalten, sie und Climb als Meldende einzutragen.

Natürlich barg dieses Vorgehen auch Nachteile, aber zumindest gab es zwei Vorteile. Zum einen wirkte es sich natürlich positiv auf Renners Ruf aus. Dass ihr persönlicher Untergebener die Machenschaften einer Organisation aufgedeckt hatte, die einen Schandfleck für ihr Land darstellte und deren Mitglieder so abscheuliche Dinge wie Sklavenhandel betrieben, würde einer Prinzessin, die kaum das Schloss verließ, etwas Anerkennung einbringen.

Zum anderen wurden Sebas Tian und die vom Bordell ausgebeutete Frau, die er beherbergte, auf diese Weise geschützt. Sie wollten keine Aufmerksamkeit auf sich lenken, und indem Climb die Verantwortung für alles übernahm, konnte er verhindern, dass es zu Racheaktionen seitens der Acht Finger kam.

Beim Überfall war ich ja praktisch nutzlos, also kann ich zumindest das übernehmen …

Brain hatte versprochen, Gazef alles selbst zu erklären, also musste sich Climb deswegen keine Gedanken machen. Während ihn all diese Überlegungen beschäftigten, klopfte er an Renners Tür an.

Er hatte zwar Erlaubnis, ohne anzuklopfen, einzutreten, allerdings war es spät, deshalb konnte er sich nicht dazu überwinden. Einmal hatte sie nichts als luftige Seide getragen …

Sie verstand seine Gründe.

Bevor sie ihn hereinbat, schnüffelte er an sich. Zwar hatte er sich mit einem Lappen sorgfältig von Schmutz befreit, doch ihm hing nach wie vor der Geruch von Blut in der Nase, er war sich also nicht sicher, ob er alles beseitigt hatte. Eigentlich sollte er das Zimmer der Prinzessin in diesem Zustand nicht betreten, er wollte ihr aber unbedingt selbst berichten, was sich ereignet hatte.

Das Wichtigste waren die Frauen, die man in der Einrichtung der Acht Finger festgehalten hatte. Vorläufig waren sie in einer Wachstube untergebracht worden, allerdings musste man sie in den nächsten Tagen an einen sicheren Ort verlegen. Zudem waren ein paar von ihnen verletzt, sie benötigten also einen Priester oder jemand anderen, der Heilmagie wirken konnte.

Prinzessin Renner ist so gutherzig, bestimmt wird sie diesen Not leidenden Bürgern ohne Zögern zur Seite stehen. Es gefiel ihm ganz und gar nicht, seiner Herrin Sorgen zu bereiten. Er ertappte sich dabei, wie er sich lachhafte Dinge wünschte. *Wäre ich nur stärker ... Dass ich eine so wundervolle Herrin habe, dass ich auf diese Weise leben kann – das verdanke ich alles nur ihr ... Häh? Keine Antwort?*

Er hörte keine Aufforderung einzutreten.

Vor ihrer Tür stand keine Nachtwache und für gewöhnlich war sie um diese Zeit noch wach. *Hat sie sich zur Ruhe begeben, ohne ihrer Wache Bescheid zu sagen?*

Climb klopfte erneut an.

Dieses Mal hörte er eine leise Stimme, die ihm gestattete hereinzukommen, was er erleichtert tat. Es war offensichtlich, was er als Erstes zu tun hatte.

»Tut mir leid, dass ich jetzt erst zurück bin.« Er verneigte sich knapp.

»Ich habe mir Sorgen gemacht!« In ihrer Stimme schwang hörbare Verärgerung mit. Das war überraschend. Climbs Herrin wurde so gut wie nie wütend. Selbst wenn man sie beleidigte, hatte er nie erlebt, dass sie sich darüber aufregte. Sie musste wirklich besorgt gewesen sein.

Er ignorierte die aufsteigende Hitze in seinen Wangen, hielt den Kopf geneigt und wiederholte seine Entschuldigung.

»Ich habe mir wirklich große Sorgen gemacht! Ich dachte, vielleicht haben dir die Acht Finger bereits etwas angetan ... Was um alles in der Welt ist geschehen? Ich habe deinen kurzen Bericht erhalten, aber könntest du mir bitte die Details erläutern?«

Climb richtete sich auf und begann zu reden, doch Renner bat ihn, auf seinem üblichen Stuhl Platz zu nehmen. Sie schenkte aus ihrer Wärmenden Flasche dampfenden Tee in die Tasse vor ihm.

Er dankte ihr, hob die perfekt temperierte Flüssigkeit an seinen Mund und trank etwas.

Er erzählte ihr alles. Natürlich tat er das – es gab Menschen, die von ihrer Hilfe abhängig waren.

»Und was hast du gedacht, als du sie gesehen hast?« Renners erste Frage, nachdem er geendet hatte, kam ihm seltsam vor. Trotzdem musste er sie beantworten.

»Sie haben mir leidgetan. Ich dachte, wenn ich nur stärker wäre, hätte ich sie retten können, bevor sie so viel durchmachen mussten.«

»Verstehe ... Du hattest also Mitleid mit ihnen.«

»Ja.«

»Verstehe. Du hast so ein gutes Herz, Climb.«

»Prinzessin Renner, solltet Ihr jemals jemanden brauchen, der sie bewacht, ich stehe jederzeit zur Verfügung.«

»Tu das, falls es nötig sein sollte. Wichtiger noch, ich sollte dir etwas mitteilen: Morgen oder spätestens übermorgen greifen wir die Einrichtungen der Acht Finger an, die auf Lakyus' Pergament verzeichnet sind. Nach dem Überfall auf das Bordell werden sie jede verfügbare Minute nutzen, um ihre Verteidigung zu stärken.«

»Vergebt mir! Ich habe unüberlegt gehandelt!«

»Nein, mach dir deswegen keine Gedanken. Du hast mir nur geholfen, eine Entscheidung zu fällen. Abgesehen davon halte ich große Stücke auf das, was du getan hast. Wir haben Succuronte, einen der Sechs Arme, und Coccodor, den Befehlshaber der Sklavenhandel-Abteilung verhaftet. Das muss ihre Organisation bis in die Grundfesten erschüttern. Darum möchte ich so bald wie möglich erneut zuschlagen.« Renner stieß auf hinreißende Weise ohne Kraft oder Geschwindigkeit eine Faust in die Luft. »Noch einmal zuschlagen, bevor sich die Nachricht über die Mauern der Hauptstadt hinaus verbreitet!«

»Zu Befehl! Ich gehe sofort, um mich für morgen auszuruhen.«

»Danke. Das wird ein großer Tag. Pass gut auf dich auf.«

Climb verließ ihr Zimmer. Sie bemerkte, dass der Blutgeruch etwas schwächer wurde.

»Das muss hart für dich gewesen sein, Climb. Nun denn ...«

Renner kippte den Rest ihres lauwarmen Tees hinunter und stand auf. Dann ging sie zu einer Handglocke. Dabei handelte es sich um ein magisches Item, das sein Gegenstück nebenan zum Klingeln brachte, wenn man es benutzte. Sie rief sich das Gesicht der Kammerzofe in Erinnerung, die im anderen Zimmer bereitstand, und lächelte kalt. Was war es doch für ein Glück, dass heute ausgerechnet sie Dienst hatte.

»Ach ja, welche Miene soll ich aufsetzen?« Sie stellte sich vor den Spiegel, drückte mit den Fingern auf ihren Wangen herum. Sie war menschlich, also konnte sie dadurch nicht einfach ihr Gesicht verändern. Vielmehr redete sie sich ein, auf diese Weise etwas zu bewirken. Lächelnd ließ sie die Hände sinken.

»Nein. Das ist das Lächeln, das ich zeige, wenn ich jemandem in meiner Rolle als Prinzessin begegne ...« Sie ahmte die Miene nach, lächelte erneut. Nachdem sie ein paar verschiedene Arten ausprobiert hatte, trat ein reines, unschuldiges Lächeln auf ihre Züge. »Das passt am besten.«

Da ihre Vorbereitungen abgeschlossen waren, benutzte sie die Glocke. Gleich darauf klopfte die Kammerzofe an und trat ein.

»Ich möchte dich um etwas bitten. Könntest du mir etwas Wasser kochen?«

»Selbstverständlich, Prinzessin Renner.« Sie vollführte einen Knicks und lächelte. »Oh, Ihr wirkt gut gelaunt. Ist etwas Angenehmes passiert?«

Da der Fisch am Haken hing, strahlte die Prinzessin glücklich. »Ach, es ist erstaunlich! Climb hat was ganz Wunderbares vollbracht!« Sie plapperte wie ein kleines Mädchen vor sich hin, ein angemessen einfältiger Tonfall für jemanden, der wichtige Informationen ausplauderte.

»Das ist wundervoll.« Diese Kammerzofe konnte Climb nicht ausstehen, und obwohl sie sich Mühe gab, es zu verbergen, war es ihr anzusehen. Während Renner sie betrachtete, hallten ihre eigenen Gedanken mit eisiger Gewissheit durch ihren Kopf.

Ich werde sie töten.

Ich werde auch diese Frau töten.

Ich werde jeden umbringen, der meinen *Climb verachtet.*

Renner ließ sich nicht anmerken, dass sie die wahren Gefühle des Mädchens kannte – denn in diesem Moment spielte sie die leichtgläubige Prinzessin. Als solche durfte sie nicht aufmerksam genug erscheinen, um die Niedertracht anderer zu bemerken, und sie vergab der Kammerzofe ihre Unverschämtheit. Das war die Art von schlichtem Gemüt – geradezu dümmlich –, die ihre Rolle als Prinzessin verlangte.

»Ja! Es ist einfach unglaublich! Climb hat ein paar wirklich üble Burschen zur Strecke gebracht! Und dann hat er noch ein paar Leute befreit, die festgehalten wurden, und sie irgendwo hingebracht ... in eine der Wachstuben. Jetzt können wir die Adeligen bestrafen, die mit diesen Ganoven gemeinsame Sache machen!«

»Wirklich? Das ist fantastisch. Von Eurem Climb hätte ich natürlich auch nichts anderes erwartet. Erzählt Ihr mir mehr von seinen herausragenden Leistungen?«

Renner träufelte dieser einfältigen Kuh ihr Gift ins Ohr. Weil sie die Prinzessin für dämlich hielt, kaufte sie ihr jedes Wort ab.

Renner hielt die Zügel in der Hand. Sie würde bekommen, was sie wollte.

3 **später Flammenmond** (September), 22:10 Uhr

Eine geheimnisvolle Gruppe war mit den Schatten der Nacht verschmolzen. Jedes der Mitglieder war anders gekleidet. Dadurch wirkten sie ganz und gar nicht wie Soldaten. Am ehesten hätte man sie für Abenteurer gehalten.

An der Spitze der Gruppe befand sich ein bulliger Kerl. Ihm folgten ein zierlicher Mann und eine Frau in feiner Seide. Danach kam eine in eine Robe gehüllte Gestalt, eine Person in Plattenrüstung bildete die Nachhut.

Sie spähten durch eine geöffnete Tür einen dunklen Flur entlang. Es machte nicht den Eindruck, als würde sich in dem Gebäude irgendjemand aufhalten. Egal wie angestrengt sie in die Finsternis starrten und dabei lauschten, sie konnten keinerlei Anzeichen ausmachen, dass sich hier jemand aufhielt.

Das war eigenartig. Natürlich, man hatte alles aus dem Bordell in eine Wachstube gebracht. Dennoch lag die Vermutung nahe, dass irgendjemand hier aufpassen würde. Nahe dem Eingang brannte das helle Feuer der Nachtwache auf der menschenleeren Straße. Warum hier draußen alles verlassen war, lag daran, dass sie ihre

Verbindungen genutzt hatten, um die Soldaten eine Weile abzuziehen.

Der massige Mann an der Spitze – Zero – betrachtete das stillgelegte Bordell ernst, bevor er hasserfüllt knurrte: »Wie idiotisch. Wahrscheinlich sollten wir uns bei Coccodor entschuldigen. Wir haben ihm Succuronte von den Sechs Armen zur Seite gestellt, trotzdem wurde der Laden so einfach hopsgenommen. Noch dazu am selben Tag, als er diesen Auftrag angenommen hat ... geradezu erbärmlich.« Als er hinter sich ein leises Kichern hörte, warf er einen scharfen Blick über die Schulter.

Da sie Zeros Persönlichkeit nur zu gut kannte, beeilte sich die in Seide gekleidete Frau, etwas zu sagen. »Oh, äh, dann ... Was sollen wir machen, Boss? Sollen wir Succuronte töten, weil man ihn festgenommen hat? Solange er in der Wachstube festgehalten wird, können wir nicht einfach jemanden reinschicken, der das mit Gewalt erledigt. Wir müssten uns von einer der anderen Divisionen ein paar Assassinen leihen ... Wie sollen wir vorgehen?«

»Nein, Succuronte zu töten macht keinen Sinn. Er ist recht brauchbar. Ich werde den Grafen bitten, ihn noch heute freizulassen ... Das wird aber ein Vermögen kosten. Stell eine Liste zusammen, was der Graf mag.«

»Und was unternehmen wir wegen Coccodor«, fragte der grazile Mann.

»Der darf seine eigenen Beziehungen benutzen. Wenn er darum bittet, können wir ja als Wiedergutmachung ein paar Dinge in die Wege leiten. Was ist aus der Kundenliste geworden? Wissen wir, ob die Wachen sie gefunden haben?«

»Ich hab nichts dergleichen gehört. Im Moment sind nur ziemlich wenig Einzelheiten bekannt.« Die düstere Stimme unter der Kapuze der Robe hallte schauderhaft, als käme sie direkt aus einem offenen Grab.

»Würde mir echt gefallen, diese Liste in die Finger zu bekommen. Wir könnten so viele Leute erpressen.«

»Sei nicht dumm. Damit machen wir uns nur noch verdächtiger. Man wird denken, das Ganze wäre auf unserem Mist gewachsen. Wenn wir die Liste finden, sollten wir sie an einem sicheren Ort verwahren und Coccodor später zurückgeben, wenn wir uns bei ihm entschuldigen. Abgesehen davon ist sie auf eine Weise codiert, die nicht so einfach zu knacken ist, sie wäre also ohnehin nutzlos für uns.«

Der zierliche Mann zuckte bei Zeros Worten mit den Schultern. »Was auch immer, wir gehen rein und überlegen uns später, was wir tun wollen. Wenn die Liste hier ist, dann vermutlich in einem versteckten Tresor ... Trotzdem ist es hier irre.« Er deutete auf die demolierte Tür, die gegen den Rahmen gelehnt worden war. »Wie ist dieses Loch entstanden? Sieht nicht nach einer Waffe aus ... Magie?«

»Eine Faust.«

Alle sahen ihn an und Zero wiederholte sich.

»Eine Faust? Was für ein Kerl!«

»Mach dich nicht lächerlich. Das ist doch gar nichts«, fiel Zero der Frau ins Wort, die mit bewundernder Miene die Spuren der Zerstörung musterte. Er atmete tief durch, um dann einmal auf die Tür einzuschlagen. Seine Faust durchdrang das Eisen, als wäre es Papier. Als er sie langsam zurückzog, befand sich darin ein Loch wie jenes, das Sebas hinterlassen hatte.

Der zierliche Mann staunte. »Wir können dich aber nicht als Standard betrachten, Boss ... Wie dem auch sei, er ist stark genug, eine eisenverstärkte Tür zu durchschlagen und Succuronte – einen der Sechs Arme, auch wenn er der schwächste von ihnen sein mag – zu besiegen. Ich nehme an, wir sollten ihn als recht starken Gegner betrachten?«

»Was redest du da für einen Blödsinn? Dass Succuronte verloren hat, bedeutet nicht, dass der Feind stark ist.« Die Stimme unter der Robe schnaubte verächtlich. »Sobald man seine Illusionen durchschaut hat, kann er keinem von uns das Wasser reichen. In einem Kampf, wo er klar im Vorteil ist, ist er schwer zu bezwingen. Doch wenn er es mit einem ebenbürtigen oder auch einem geringfügig schwächeren Gegner zu tun hat, ist seine Niederlage unausweichlich. Ich denke mal, das ist euch allen bewusst.«

Jemand lachte leise und zustimmend, machte sich offensichtlich über den schwächeren Mann lustig.

»Wenn wir das also berücksichtigen, stellt sich die Frage: Was sollen wir unternehmen? Uns raushalten? Sollten wir uns der Angelegenheit annehmen, kann ich mir nicht vorstellen, dass der Nutzen den Aufwand wert ist«, fuhr der Vermummte fort.

»Mach dich nicht lächerlich.« Wenn er sprach, sickerte gelegentlich etwas von Zeros ungezügelter Wut durch, was auch diesmal der Fall war. »Wenn wir an dem Kerl, der das Bordell überfallen hat, kein Exempel statuieren und ihn nicht töten, schadet das nur unserem Ruf. Das ist nicht der richtige Moment, um eine Kosten-Nutzen-Rechnung aufzustellen. Um diese Scharte auszuwetzen, müssen die Sechs Arme zusammenarbeiten.« Zero wandte sich an einen seiner Gefährten. »Untoter König Davernoch.«

Die Gestalt in der Robe hob eine Hand, die offensichtlich nicht zu einem lebendigen Wesen gehörte. Darin ruhte eine Kugel, deren eigentümliches Leuchten die Gefühle ihres Besitzers widerspiegelte.

»Alles Umfassender Hieb, Peshurian.« Die Gestalt in der Plattenrüstung, die bis eben geschwiegen hatte, schlug sich laut scheppernd auf die Brust.

»Tanzende Krummsäbel, Edström.« Die Frau in Seide verneigte sich elegant, wobei ihre goldenen Armreifen klimperten.

»Tausend Tode, Marmvist.« Der zierliche Mann schlug die Hacken zusammen.

»Und ich, Kämpfender Oger, Zero!«

Alle um Zero herum nickten zustimmend oder zumindest als Zeichen, dass sie ihm zuhörten.

»Um mehr Informationen zu bekommen, sollten wie als Erstes Succuronte und die anderen Gefangenen rausholen. Sobald das erledigt ist ... besorgen wir jemanden, der sich mit Folter auskennt. Wir werden diesen Angreifern zeigen, was für eine Hölle diese Welt sein kann. Sie werden ihre Dummheit bereuen!«

3 später Flammenmond (September), 17:42 Uhr

Als Sebas Tian alles erledigt hatte und wieder zum Herrenhaus zurückkehrte, ging die Sonne bereits unter. Während er die Straße entlangging, dachte er: *Climb wird die Frauen, die man festgehalten hat, beschützen. Succuronte und der Betreiber dieser Einrichtung sind in Haft. Vermutlich geht bei ihrer Organisation gerade alles drunter und drüber, was uns möglicherweise etwas Zeit verschaffen wird.*

Was also sollte mit Tsuare geschehen? Seiner Meinung nach wäre es das Beste gewesen, sie zu einer sicheren Zuflucht zu bringen, doch er kannte keinen Ort, auf den das zutraf. Das beschäftigte ihn, als er das Gebäude erreichte.

Er wollte gerade die Tür öffnen, als er innehielt. Jemand stand direkt auf der anderen Seite. Die Präsenz gehörte zu Solution, er wusste allerdings nicht, warum sie dort wartete.

Irgendein Notfall?

Äußerst besorgt öffnete er die Tür. Was er vorfand, war dermaßen unerwartet, dass er erstarrte.

»Willkommen zurück, Meister Sebas.«

Vor ihm stand Solution in ihrer Dienstmädchenuniform.

Ein eisiger Schauer lief Sebas den Rücken hinab. Eigentlich sollte sie nach wie vor ihre Rolle als Tochter eines Händlers spielen, schließlich hielt sich ein Mensch im Haus auf, der von alledem nichts wusste. Tsuare hätte diese Uniform tragen sollen, nicht Solution. Das bedeutete, die Tarnung war mittlerweile hinfällig oder es gab einen anderen Grund für den Kleidungswechsel.

Ersteres würde bedeuten, dass mit Tsuare etwas geschehen war. Letzteres …

»Meister Sebas, Lord Ainz wartet drinnen auf Euch.«

Als er Solutions leise Stimme vernahm und begriff, was sie sagte, setzte sein Herz aus. Ein mächtiger Feind oder ein Wesen vom Rang eines Wächters vermochte es nicht, ihn zu beeindrucken. Doch ein Besuch seines Herren machte Sebas nervös.

»Wa… warum …?« Seine Zunge stolperte über das Wort.

Solution blickte ihm mit unbewegter Miene entgegen. »Meister Sebas, Lord Ainz wartet.«

Ihr Verhalten verriet ihm, dass sie nichts weiter zu sagen hatte, also folgte er ihr. Seine Schritte wirkten so schleppend und schwer wie die eines Verurteilten, den man zur Guillotine führte.

OVERLORD

OVERLORD
Charakterprofile

Charakter 17

Sebas Tian

Heteromorph

Der stählerne Diener

Aufgabe: —— Diener der Großen Gruft von Nazarick

Residenz: —— Eine der Bedienstetenunterkünfte auf der neunten Ebene

Gesinnung: —— *Extreme Good* (Karmapunkte 300)

Rassenklassen: —— *Unbekannt*

Charakterklassen: — *Monk* —— **Level 10**

Martial King —— **Level 10**

Striker —— **Level 5**

Internal Chi-Master —— **Level 15**

External Chi-Master —— **Level 5**

Etc.

(Rassenlevel) + (Charakterlevel) —— 100 Level

● Rassenlevel — insgesamt 25 erreicht

Charakterlevel ● — insgesamt 75 erreicht

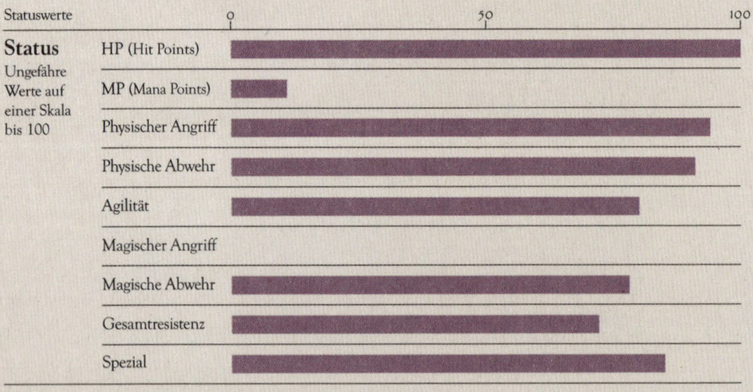

Solution Epsilon (ε)

Heteromorph

Gefängnis der Auflösung

Aufgabe: —— Combat Maid der Großen Gruft von Nazarick

Residenz: —— Eine der Bedienstetenunterkünfte auf der neunten Ebene

Gesinnung: —— *Böse* (Karmapunkte -400)

Rassenklassen: —— *Shoggoth* —— **Level 10**

Ubbo-Sathla —— **Level 10**

Charakterklassen: —— *Assassin* —— **Level 2**

Poison Maker —— **Level 4**

Master Assassin —— **Level 1**

Etc.

(Rassenlevel) + (Charakterlevel) —— 57 Level

● Rassenlevel — Charakterlevel ●

insgesamt 45 erreicht — insgesamt 12 erreicht

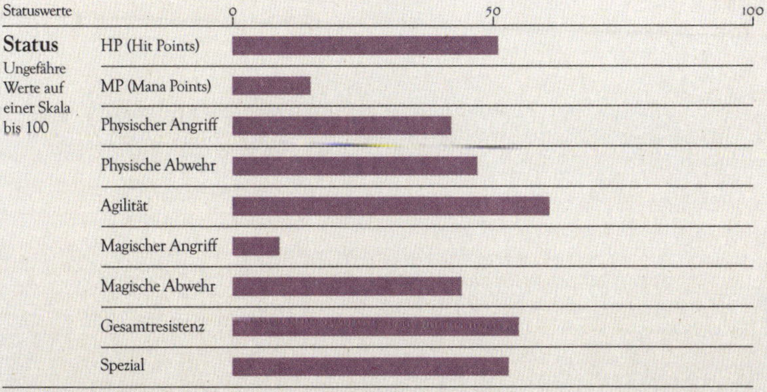

Climb

Mensch

Treues Schoßhündchen

Aufgabe: —— Soldat des Königreichs

Residenz: —— Burg Ro-Lente

Rassenklassen: —— *Kämpfer* —— **Level ?**

Wächter —— **Level ?**

Geburtstag: —— Unbekannt (gefeiert wird der Tag, als Renner ihn fand)

Hobby: —— Sammeln von Heldensagen und dergleichen

Persönlichkeit

Ein Junge, den Prinzessin Renner auf der Straße gefunden hat. Seine strahlend weiße Rüstung ist ein Geschenk der Prinzessin, zusätzlich ist er mit Breitschwert und Schild ausgerüstet. Er ist ein temperamentvoller junger Mann, der keine harte Arbeit scheut und der Prinzessin absolut loyal ergeben ist. Aus diesem Grund trainiert er jeden Tag seine Fähigkeiten mit dem Schwert. Dass er trotz dieser Bemühungen über keinerlei Begabung verfügt, frustriert ihn zutiefst. Es liegt zum Teil an der bevorzugten Behandlung durch Renner, dass er außer ihr niemandem nahesteht.

Renner Theiere Chardelon Ryle Vaiself

Mensch

Die Goldene Prinzessin

Aufgabe: —— Prinzessin

Residenz: —— Schloss Ro-Lente

Rassenklassen: — *Prinzessin (gewöhnlich)* —— **Level ?**

Schauspielerin (gewöhnlich) —— **Level ?**

Geburtstag: —— 7 früher Flammenmond

Hobby: —— Climb ansehen

{ Persönlichkeit }

Langes, hellblondes Haar und Augen wie Saphire. Die Prinzessin des Königreichs Re-Estize ist so schön, dass sie als die Goldene Prinzessin bekannt ist. Die Geschichten über ihre Schönheit scheinen endlos zu sein, daher ist es kaum verwunderlich, dass jeder Barde Lieder über sie zum Besten gibt. Zudem ist sie nicht nur hübsch, ihr liegen auch das Königreich und seine Bürger am Herzen. Sie versucht, politischen Einfluss zu nehmen, und hat es geschafft, die Sklaverei abzuschaffen. Sie ist mitfühlend, freundlich – ein strahlendes Beispiel dafür, wie eine Prinzessin sein sollte –, allerdings ...

Charakter 21

Gazef Stronoff

Mensch

Der stärkste Krieger des Königreichs

Aufgabe: ——— Hauptmann der königlichen Garde

Residenz: ——— Die königliche Hauptstadt

Rassenklassen: ——— *Kämpfer* ——— **Level ?**

Söldner ——— **Level ?**

Champion ——— **Level ?**

Etc.

Geburtstag: ——— 21 mittlerer Erdmond

Hobby: ——— Geld sparen

Persönlichkeit

Er ist nicht nur der stärkste Krieger des Königreichs, sondern auch der umliegenden Regionen. Sein Ruf als aufrechter Mann ist landauf, landab bekannt, bei den Adeligen ist er jedoch nicht sehr beliebt. Er stammt aus bürgerlichen Verhältnissen, doch nach seinem Sieg über Brain im Finale eines königlichen Turniers nahm ihn der König in seine Dienste auf. Seitdem dient er dem König mit mehr Hingabe als der herkömmliche Bürger. Er ist ein über alle Maßen begabter Schwertkämpfer, allerdings ist es ihm bis jetzt noch nicht gelungen, sich einen Platz unter den Helden der Legenden zu sichern. Am deutlichsten zeigt sich seine südliche Abstammung in der Farbe seines Haars und seiner Augen.

Brain Unglaus

Mensch

Machtsuchender

Aufgabe: Keine

Residenz: Keine

Rassenklassen: *Genialer Kämpfer* — **Level ?**
Schwertmeister — **Level ?**
Schwertheiliger — **Level ?**

Geburtstag: 10 mittlerer Windmond

Hobby: Mit seinem Katana trainieren (und dabei stärker werden)

Persönlichkeit

Ein wahres Genie mit dem Schwert. Extremst ehrgeizig, wenn es darum geht, stärker zu werden. Er ist Gazef, dem Stärksten des Königreichs, ebenbürtig. Er betrachtet den Hauptmann der königlichen Garde als seinen Rivalen, weswegen er unaufhörlich trainiert hat. Doch bei seinem Kampf mit Shalltear erlebte er Macht, die jenseits von allem lag, was er sich jemals vorgestellt hatte. Diese Erkenntnis, dass es Gipfel gab, die man selbst mit noch so viel Arbeit nicht erreichen konnte, beraubte ihn jeglichen Antriebs. Er war nur noch ein Schatten seiner selbst. Überraschenderweise geht er gerne einkaufen, aber nur, weil er immer auf der Suche nach Items ist, die ihn noch stärker machen.

Nachwort

Ich bin's, Kugane Maruyama, der Autor. *Overlord* ist inzwischen beim fünften Band. Erlaubt mir, allen zu danken, die von Anfang an dabei sind. Vielen Dank.

Also dann, die Bände 5 und 6 gehören zusammen, Teil eins und zwei, braucht man dann wirklich jetzt schon ein Nachwort? Das habe ich zumindest meine Verlegerin gefragt und sie sagte, es könnte Leser geben, die sich darauf freuen, ich solle also bitte eines verfassen. Gibt es ... Leser die ... sich darauf freuen? Oder anders gefragt: Ist es überhaupt möglich, sich auf ein Nachwort zu freuen? Erwarten Leute bei so etwas das Unmögliche, im Sinne von: »Los, sag was Interessantes!«?

Habe ich was Lustiges zu sagen ...? Eigentlich nicht, außer, dass ich während der Arbeit an den Bänden fünf und sechs von August bis Ende November jedes Wochenende und jeden Feiertag zu Hause verbracht habe. Dermaßen beschäftigt war ich. Und von Band sechs gibt es eine Premium-Edition mit CD, genau wie beim vierten, das hat das Ganze also noch nervenaufreibender gemacht.

So sieht es aus, wenn man das Doppelleben eines Autors führt!

Hmm, eigentlich ist das ganz und gar nicht lustig. Vermutlich zerstört es eher Träume.

Wechseln wir das Thema.

Die Web-Version von *Overlord* wird noch immer aktualisiert, aber Band sechs wird zu etwa neunzig Prozent aus neuem Material bestehen. Ich hatte immer vor, ausführlicher zu werden, wenn ich die Web-Novel zu einem Buch mache. Der nächste Band wird also die Frucht dieses Vorhabens. Mit dem Schreiben bin ich schon fertig, sofern also keine unerwarteten Probleme auftreten, wird er Ende Januar 2014 erscheinen. Wir sehen uns dann im Nachwort wieder.

Ab jetzt kommen die Danksagungen.

Vielen Dank an so-bin für die Illustrationen, an Code Design Studio für das Design, Osako für das Korrekturlesen, F___ta für das Lektorat und an jeden, der an der Herstellung von *Overlord* beteiligt ist. Und Honey, danke für alles.

Und an euch alle, die ihr dieses Buch gekauft habt, vielen herzlichen Dank!

Kugane Maruyama
Dezember 2013

Ich langweile mich so sehr, dass ich …!
MAMPF
MAMPF
(Ich mach nur Scherze.)
So bin

Nachwort von so-bin

Profil

Profil des Autors – Kugane Maruyama

Er hat begonnen, Romane zu schreiben, als Ergebnis bekommt er den Hintern noch weniger hoch als vorher und hat dadurch einen ziemlich dicken Bauch entwickelt. Er hat nicht vor die nächsten Monate mit Winterschlaf zu verbringen, darum denkt er ernsthaft darüber nach, eine Diät zu machen.

Profil des Illustrators – so-bin

Er wurde vor Kurzem von jedem als »zu dürr« bezeichnet und ist traurig, darum lautet sein erklärtes Ziel für 2014, etwas zuzunehmen.

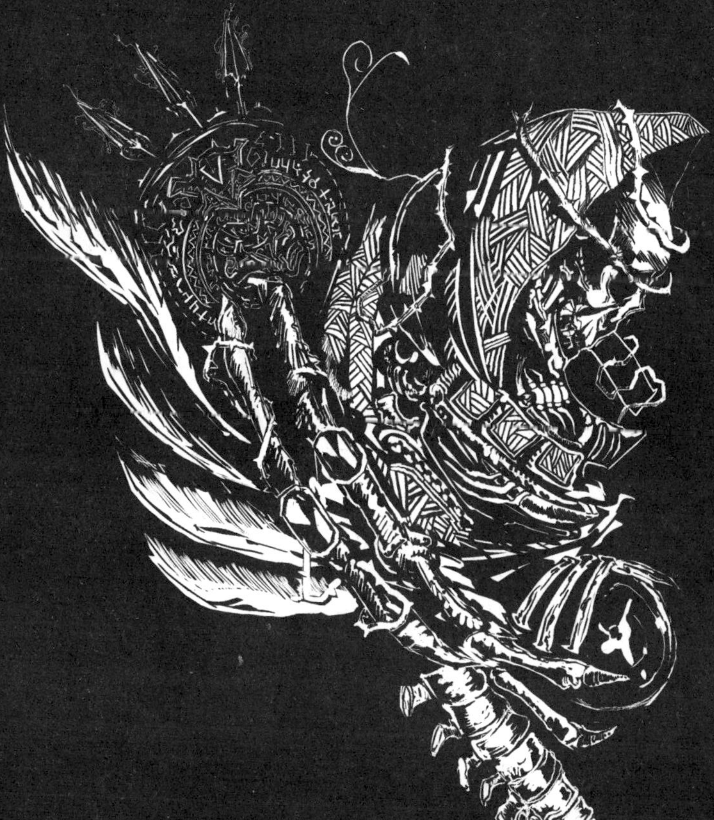

Vorschau

Die Sechs Arme – die stärkste Kampfeinheit der Acht Finger, der Unterweltorganisation, die im Königreich ihr Unwesen treibt – werden aktiv. Ihnen stellen sich die Adamantit-Abenteurer der Blauen Rosen in den Weg.

Doch dann mischt sich ein geheimnisvoller, mächtiger Dämon namens Jaldabaoth in ihren Kampf ein.

Dieses erbarmungslose Ringen wird die königliche Hauptstadt in Flammen hüllen – in Band 6.

OVERLORD

Band 6: Die Männer des Königreichs Teil II

Kugane Maruyama | Illustration: so-bin

TOKYOPOP GmbH
Hamburg

TOKYOPOP
1. Auflage, 2024
Deutsche Ausgabe/German Edition

Übersetzt von René Ulmer

OVERLORD vol. 5 OKOKU NO OTOKO TACHI (JO)

First published in Japan in 2014 by
KADOKAWA CORPORATION, Tokyo.
German translation rights arranged with
KADOKAWA CORPORATION, Tokyo
through TUTTLE-MORI AGENCY, INC., Tokyo.

Redaktion: Markus Rohde
Lektorat: Jana Karsch
Lettering und Herstellung: Annika Meyer-Wülfing
Umschlaggestaltung: Anja Winteroll, Annika Meyer-Wülfing
Vielen Dank an Marco Hofmann für den inhaltlichen
Abgleich der themenspezifischen Begrifflichkeiten.
Druck und buchbinderische Verarbeitung:
CPI – Clausen & Bosse GmbH, Leck
Printed in Germany

MIX
Papier
FSC FSC® C083411

Wir achten auf die Umwelt.
Dieses Produkt besteht aus FSC®-zertifizierten
und anderen kontrollierten Materialien.

ISBN 978-3-8420-7453-8

www.tokyopop.de

THE RISING OF THE SHIELD HERO – LIGHT NOVEL

Yusagi Aneko

Beim Stöbern in der Bibliothek entdeckt der Nerd Naofumi ein Buch mit der Aufschrift *Traktat der Waffen der vier Heiligen*. Nur wenige Augenblicke später verliert er das Bewusstsein und erwacht in einer videospielartigen Welt. Diese steht kurz vor ihrem Untergang und allein vier legendäre Helden sollen in der Lage sein, den bevorstehenden Angriffswellen der Monster aus anderen Dimensionen Einhalt zu gebieten. Naofumi ist einer von ihnen – der Held des Schildes. Allerdings genießt seine auf Verteidigung spezialisierte Waffe wenig Ansehen. Von Verachtung und Verrat umgeben, steht Naofumi nun vor seiner größten Aufgabe: der Held zu werden, den bisher niemand in ihm sieht!

SWORD ART ONLINE – LIGHT NOVEL

Reki Kawahara / abec

Dein Spiel, dein Leben!

Wir schreiben das Jahr 2022: Gamer auf der ganzen Welt warten gespannt auf das neue Virtual-Reality-Game *Sword Art Online*, in dem man die Spielewelt so real wie nie zuvor erleben kann! Doch als die Spieler in Massen online gehen, stellen sie geschockt fest, dass es keine Möglichkeit zum Log-out gibt. Eine Rückkehr in die Realität ist ihnen nur möglich, wenn sie das Game komplett durchspielen. Doch ein Game Over in der Welt von Aincrad bedeutet den Tod im wirklichen Leben!

ACCEL WORLD – LIGHT NOVEL

Reki Kawahara / HIMA

Welcome to the accelerated world!

Die Begegnung mit Kuroyukihime, dem schönsten Mädchen der Schule, krempelt das Leben des dicken dreizehnjährigen Haruyuki komplett um. Sie führt ihn in die »beschleunigte Welt« des Online-Games *Brain Burst* ein. Von dem Moment an ist der sonst stets verspottete Haruyuki ein »Burst Linker« und muss ritterlich seine Prinzessin beschützen. Eine neue unterhaltsame Scifi-Novel des talentierten japanischen *Sword Art Online*-Autors Reki Kawahara, der mit diesem Debütwerk den großen Newcomer-Preis des *Dengeki Bunko*-Magazins abräumte!

TOKYOPOP®

www.tokyopop.de

HEAVEN OFFICIAL'S BLESSING LIGHT NOVEL

Mo Xiang Tong Xiu

Zweimal schon ist Xie Lian zum Gott aufgestiegen – und zweimal wurde er aufgrund seines Hochmuts wieder verbannt. Als es ihm nun zum dritten Mal gelingt, ist er das Gespött des Himmels. Er hat jedoch inzwischen Demut gelernt und da er in der Menschenwelt keinerlei Anhänger mehr hat, beschließt er, sich selbst seinen ersten Schrein zu errichten. Dabei begegnet er einem seltsamen jungen Mann, der sich als »San Lang« ausgibt und nicht nur viel über die Götter- und Geisterwelt zu wissen scheint, sondern auch über außergewöhnliche Fähigkeiten verfügt. Gemeinsam müssen sie gegen böse Geister kämpfen – doch wer ist dieser mysteriöse Mann in Rot …?

CHOCOLATE VAMPIRE – LIGHT NOVEL
DAS GEHEIMNIS DER FAMILIE KUROYURI
Nao Tsuzuki / Kyoko Kumagai

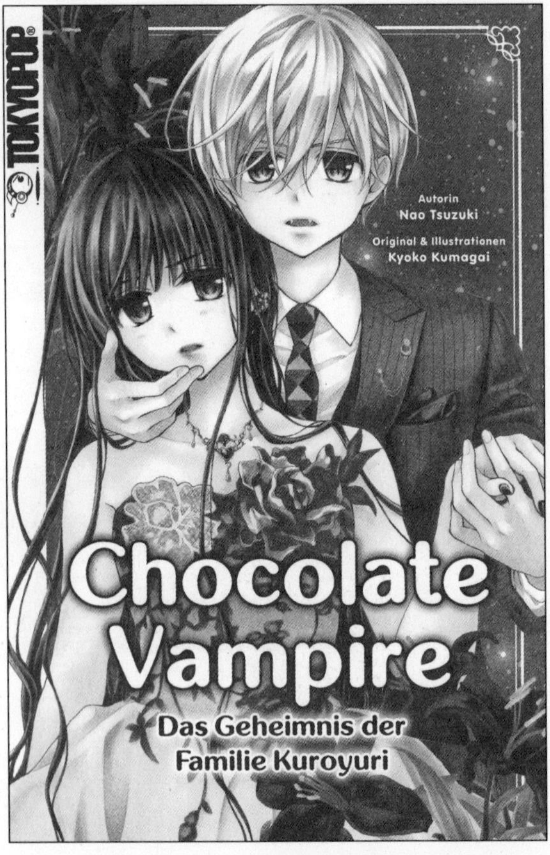

Die Droge in den totalen Wahnsinn ...

Das Menschenmädchen Chiyo und der Vampir Setsu haben als Kinder einen Blutspakt geschlossen. Inzwischen groß geworden, besuchen die beiden eine Schule, an der Vampire und Menschen gemeinsam unterrichtet werden. Dort geht neuerdings das Gerücht über eine gefährliche Droge namens »Spice« um. Diese soll die Kräfte der Blutsauger schlagartig verbessern. Als Mitglied der Campus-Sicherheitstruppe wird Chiyo mit der Untersuchung beauftragt. Doch plötzlich entführen Unbekannte Setsus Bruder! Hat der Täter etwas mit der Droge zu tun ...?